検証・日本史の舞台

戸川　点
小野一之　編
樋口州男

東京堂出版

◎はじめに

　休日などにふらりと遠出をしてみる。少し気をつけてまわりを見てみると結構意外なところに有名な史跡や歴史上の人物ゆかりの地があったりするものだ。
　興味のない人にはごくふつうのお寺だったり、ぽつんと古びた説明版が立っているだけだったりする。
　ところが歴史好きの人間は宝の山でも見つけたような胸のたかまりを感じてしまうのだ。
「なぜここにあるのだろう？」
「この人物はこことどんな関わりがあったのだろう？」
「近所には何があるのか？」
「あの場所がどうして今こんな風な場所になったのだろう？」
　次から次へ疑問が浮かんできて知りたくなる、調べたくなる。これが歴史の舞台を訪ねる楽しみなのである。歴史的事件の起こった場に立つことによって歴史が身近になる。
　もちろん当時と今日とはその趣も近辺の状況も大きく変わっているにちがいない。しかし関連する事件が起こった場所との距離感などはつかめるかもしれない。「あの事件の起こった場所とこことは意外にちかい。だからあの事件と関連してここでも事件が起きたのだ」などと現場に立つことによって理解できることも多くある。
　もちろん風景も建物も変わってしまっていることの方が多い。だからできるだけ情報を集めて当時の状況が復元できるようにすることが必要である。そのうえで現場に立つと今まで見えなかった歴史の風景が目の前に現れてくる。
　本書はこうした歴史の現場を訪れる楽しみを書物の形にまとめたものである。居ながらにして日本史の舞台に行ける本づくりを目指したものなのである。
　本書を作る際に３点ほどこだわった点がある。
　第一はできるだけ事件が起きた当時の雰囲気・環境・原風景をとらえようと努めた。現在と当時は当然風景が異なっている。そこでできるだけ資料をあつめて当時、その地がどのような場所だったのかの復元を試みることにした。そのことによってよりはっきりと歴史が見えてくるからである。
　平家が水鳥の羽音に驚いて敗走したという富士川。あの富士川は流れが早く川幅も広い渡河の難所であった。そのため平家は敵情を正確に把握できず、それが平家敗走の一因となったのではないか。富士川の環境を把握することに

よってリアルな歴史像が浮かび上がってくる。京都六波羅の対岸が院政期には院や摂関家による再開発が進む場所であり、六波羅の北には天皇家の御願寺が並んでいた。こうしたことを知ると平家がこの地を押さえた意味もよりはっきりしてくるだろう（本書「富士川」「京都六波羅」の項参照）。

　第二に、史実の起こった場所に限らず、伝承の地や伝承も積極的にとりあげるようにした。史跡も名所も歴史的な産物である。その場所で事件が起きたとしてもその事実が伝えられ、その場所が保存されてこなければ、その場が今日まで知られることはなかった。誰がどのようにその場の伝承を守り伝えてきたのか。時には史実の起こった場所ではないにも関わらず伝承が創作され史跡となっている場所もある。

　史実と伝承は峻別し混同すべきではない。しかし伝承が作られたこと自体、一つの歴史的営為であり、何らかの意味があるはずである。その意味を問うことによってより豊かな歴史像を知ることができる。

　平忠度を討ち取ったことで知られる岡部忠澄の故郷、武蔵国岡部には忠澄やその夫人、忠澄の父親の墓とされる中世の五輪塔群があり、平忠度の腕塚や墓もある。但しそれらはどうも後世に付会されたもののようである。近世、岡部村には中山道が通じていたがこの村を通る旅人によって、あるいは旅人を迎える村人によってパノラマのように平家物語伝承の地が広がっていったのだろうか（「岡部原」の項参照）。伝承を探ることによって思わぬ歴史の広がりを知ることができよう。

　第三はその地の歴史的環境、その地で以前に起きた出来事、その地のその後の歴史を見つめるようにしたことである。歴史というのは事件が起きたその時だけのことではない。それぞれの場所にはその地に連綿と続く歴史がある。その地で起こった出来事の前史や後日談を知ること、その場所の歴史を重層的に見ることでテーマとする出来事も、その舞台もより深く知ることができるのである。

　長野県千曲川流域、横田河原での木曽義仲と城氏率いる平家軍の戦いの様子は平家物語に詳しいが、千曲川流域の戦いはそれだけではない。古くは平将門と平貞盛も戦っているし、上杉謙信と武田信玄の川中島の戦いもあった。また室町時代には大塔合戦と呼ばれる戦いも起こっている。大塔合戦の際には善光寺の聖たちが戦死者たちの供養にあたり、その語りから軍記物語『大塔物語』が生まれている。『平家物語』の横田河原の合戦譚も同様に善光寺聖によって語られたのではないか。

木曽義仲が「火牛の計」を用いたとされる倶利伽羅峠には明治天皇も大正天皇も訪れることがなかった。それは義仲が後白河法皇と対立し法住寺合戦に及んだ「逆賊」だったからなのか。時には大きく、時には細かく時間軸の尺度を変えて歴史を見ることで新しい発見や意外な歴史との出会いがある（「千曲川」「倶利伽羅峠」の項参照）。

　本書はこうした点にこだわりながら、日本史のさまざまな舞台を訪ねた。但し単に日本史の舞台というと本当にきりがなくなってしまう。そこで一つの目安を立てた。いわゆる源平合戦の時代を基点に、その時代に歴史の舞台となった場所、『平家物語』に叙述された場所を中心に取り上げることとした。この時代こそ古代から中世への変革期であり、東日本と西日本が交錯し、日本列島の広い範囲が舞台になった時代だからである。

　取り上げた場所はさまざまだが、執筆者には時空を飛び越え、史実に、伝承に、大胆に切り込んでもらって冒険をしてもらった。編者自らがいうのは手前味噌でおこがましいが、いずれも魅力的な原稿ばかりである。本書を通して歴史の舞台を訪ねる楽しさ、歴史の深さや広がりを実感してもらえれば幸いである。

　なお末筆ながら、本書の趣旨に賛同し執筆にご協力いただいた方々、また編集・出版にご尽力頂いた東京堂出版編集部の松林孝至氏、林謙介氏に編者一同心よりお礼申し上げます。

編者
戸川　　点
樋口　州男
小野　一之

◎検証・日本史の舞台　目次

はじめに

東国の舞台

津軽・蝦夷が千島―「蝦夷が千島」の伝説―	（橋場）	2
衣川―安倍氏・奥州藤原氏の拠点―	（志立）	8
阿津賀志山―奥州合戦の古戦場―	（志立）	13
会津―南奥州の交差路―	（小野）	17
利根川―源頼政・静御前の供養の地―	（橋場）	21
岡部原―すりかえられた伝承―	（小野）	28
安房白浜―記憶されるルート―	（谷口）	32
隅田川―家康の江戸入部前―	（谷口）	36
平山・平村―平惟盛の墓―	（橋場）	43
鎌倉・鶴岡八幡宮―武家政権の精神的紐帯―	（錦）	49
鎌倉・勝長寿院―源氏の寺―	（樋口）	54
腰越―鎌倉の境界の地―	（錦）	58
三浦半島―城といくさ物語―	（錦）	63
伊豆韮山―中世のはじまりと終わりの場所―	（戸川）	70
富士川―源平の盛衰を見極めた流れ―	（谷口）	75
千曲河畔―合戦と鎮魂―	（樋口）	80

畿内・近国の舞台

墨俣―往還の地で生まれた物語―	（錦）	86
倶利伽羅峠―戦場となった国境の峠―	（久保）	92
愛発の中山―北国の境界―	（久保）	98
能登半島―平家落人伝説の地―	（松井）	103
京都六波羅―葬送の地から武家の地へ―	（戸川）	107
嵯峨野―都市としての嵯峨野―	（戸川）	113
京都大原―念仏と炭焼きの里―	（戸川）	118
宇治川―幽玄と妖艶の流れ―	（小野）	123
長岡―平家物語の記憶―	（小野）	128

京都鞍馬―軍神の祀られる場所―	（戸川）	133
淀川―京と西国を結ぶ川―	（長村）	139
淀川河口―源義経と渡辺党―	（長村）	144
神戸―要港と戦場―	（谷口）	149
大津―京都外縁の歌枕―	（小野）	155
比叡山―滅亡する「聖地」―	（久保）	160
奈良―南都炎上と復興―	（小野）	167
吉野山―落魄者の聖地―	（源）	172
高野山―聖の物語―	（源）	179
熊野三山―熊野詣と水軍―	（源）	185
那智の海―浄土への船出―	（源）	190

西国の舞台

倉敷―二つの古戦場―	（櫻井）	196
吉備―古代王国の地―	（櫻井）	201
尾道―瀬戸内水運の拠点―	（櫻井）	206
屋島・白峰	（松井）	211
伊予の海	（松井）	215
厳島	（松井）	219
周防大島―宮本常一が語る平家物語―	（小野）	223
長門壇ノ浦と阿弥陀寺―幼帝鎮魂―	（樋口）	228
柳ヶ浦―平家滅亡をめぐる二つの「歴史」―	（久保）	233
宇佐―歴史を変えた神前	（久保）	238
太宰府―抗争と望郷の舞台―	（久保）	244
鬼界ヶ島―俊寛が流されたのはどこか―	（戸川）	251

◎文献案内―平家物語の舞台を訪ねる　256
◎執筆者一覧　258

東国の舞台

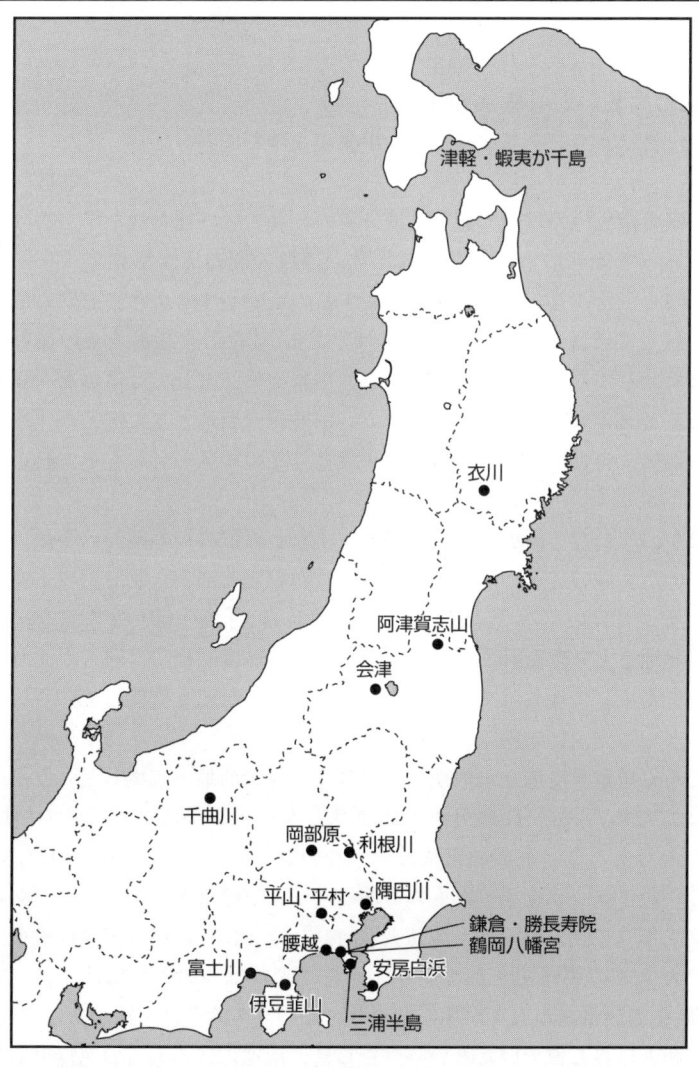

津軽・蝦夷が千島

―「蝦夷が千島」の伝説―

平宗盛の命乞いと「蝦夷が千島」

　　たとひゑぞ(蝦夷)が千島なりとも、甲斐なき命だにあらば

(巻11　腰越)

　平宗盛の命乞いの言葉である。壇ノ浦の合戦で生け捕られた平宗盛は、義経に連れられて頼朝のいる鎌倉へ向かう。逢坂の関の清水を見て「今日が見納め」と嘆く宗盛に対し、義経は、助命するので安心するようにと慰める。その義経に対して宗盛が発した言葉がこれである。「たとえ蝦夷たちの住む千島に流されたとしても、命さえあれば──」平家の総帥としては情けなく残念な言葉であると『平家物語』は記している。宗盛が流刑地として例えた「蝦夷が千島」の地は、中世には、はるか遠い辺境としてのイメージをもって語られていた。

　宗盛が口にした「蝦夷が千島」の地、すなわち蝦夷島の範囲は時代によって変化があるものの、この頃としてはおおむね東北北部から北海道・千島列島を指すと考えて良いだろう。蝦夷島は、中世には、「外が浜(そとがはま)」とならび、国家の東の境界地とも考えられていた。また、鎌倉幕府成立後には罪人が流された記事が『吾妻鏡』に残されており、実際に流刑地としても機能していたことがわかる。

　おそらく鎌倉幕府成立以前からこのような「流刑地・辺境」というイメージがあったため、「たとひ蝦夷が千島なりとも」という言葉が宗盛の口にものぼったのであろう。宗盛の言葉は、当時の鎌倉や京の人々が蝦夷島に対して持っていたイメージを述べたものであったが、実際はどうだったのであろうか。

　延文元年(1356)成立の『諏訪大明神絵詞(すわだいみょうじんえことば)』には、当時実際に蝦夷島に住んでいた人々の姿が記されている。それによれば、蝦夷島には、日ノ本(ひのもと)・唐子(からこ)・渡党(わたりとう)の3系統の人々が住んでおり、このうち渡党は言葉がある程度通じ、風貌も和人に良く似ていたという。さらに、現地に残る最古の記録である松前藩の史書『新羅之記録(しんらのきろく)』には、渡党の人々が、頼朝の奥州平定により滅ぼされ

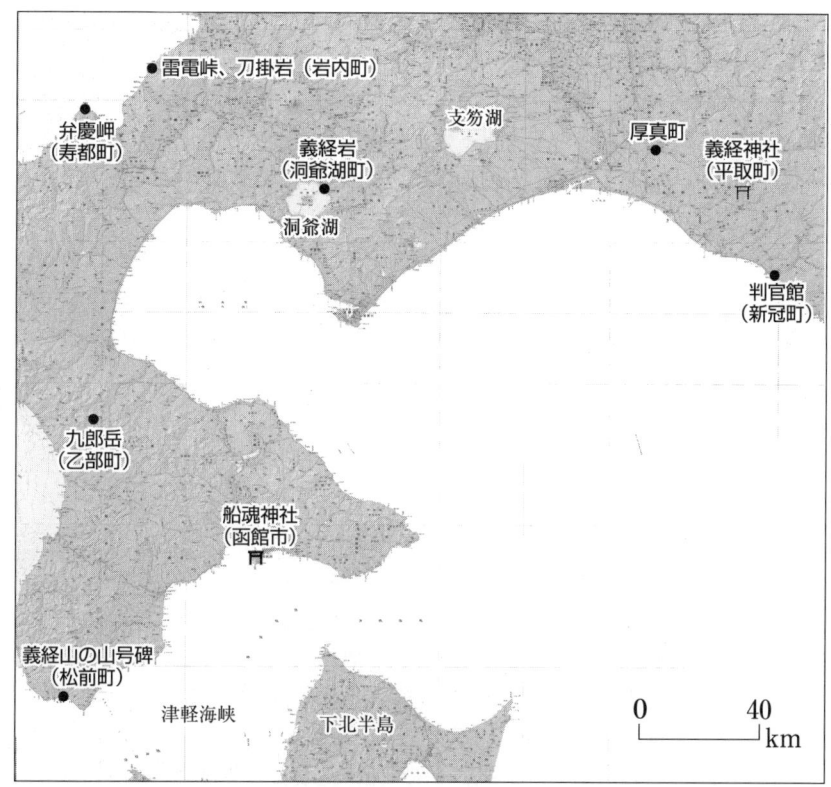

義経にまつわる主な伝承地。近世松前藩による蝦夷地・経営の拠点が松前で、後に幕領化されると箱館（函）に中心が移った。厚真・平取・新冠はシャクシャイン蜂起の舞台。　【1/20万　渡島大島・函館・尻屋崎・久遠・室蘭・苫小牧・岩内・札幌Ⅰ】

　た奥州藤原氏の家臣や、流刑に処せられた罪人の子孫、享徳3年（1454）に南部氏に敗れて蝦夷島に渡った安東諸氏の子孫などであると記されている。つまり、少なくとも蝦夷島の住人の一系統である渡党は、そうした「流刑地」としての背景を持つ人々だったといえる。

　しかし、流刑地・辺境という側面のみが、当時の蝦夷島の姿を示しているとはいえない。事実、現地の発掘調査やその他の文献などからは、単なる辺境とはいえない蝦夷島の姿が浮かび上がっているのである。『諏訪大明神絵詞』には、渡党が津軽・外が浜と交易をおこなっていたことなども記されており、積極的に外の世界と交易をおこなう姿がうかがえる。このことは発掘調査の成果でも確認できる。7、8世紀から12、13世紀にかけての擦文文化期の遺跡から

は、本州からの鉄器類や孔あき銭など金属製品が多く出土しており、これらは本州との交易によってもたらされたものと考えられている。

こうした蝦夷の人々の対外的な活動は、本州との交易のみにとどまらない。擦文文化期の発掘成果からはオホーツク文化の流入も確認されているし、大陸の記録である『元史』には、1264年頃から1308年頃にかけて元軍と「骨嵬」（蝦夷地に住んでいたアイヌ）が衝突したことが記されている。この抗争は、毛皮やタカの羽を求めて骨嵬がアムール川下流への侵入を繰り返したために起こったもので、1308年に骨嵬が元に朝貢を約束するまでしばらくの間続いている。これらの史料からは、本州はもちろん樺太や大陸にも積極的に進出していた蝦夷の人々の様子が分かってくるのである。「辺境」「流刑地」というのはあくまで鎌倉や京から見た視点であり、実際には、より活発に多方面との交易をおこなっていたのが、中世から近世にかけての蝦夷島の人々であった。

宗盛のその後と、東北・北海道の義経伝説

さて、話を『平家物語』に戻そう。「命永らえることができれば、蝦夷が千島へ流刑になっても良い」、と乞うた平宗盛であるが、その願いはかなわず、頼朝との対面からの帰途、頼朝の命をうけた義経により、命を奪われることになってしまう。一方、義経も、兄・頼朝の疑心を招き、奥州に逃れたものの、藤原泰衡に攻められ衣川の館で自刃することになる。

『平家物語』では、「蝦夷が千島」は流刑地・辺境として遠望されるのみであり、蝦夷が千島が舞台となることはなかった。しかし、不思議なことに現在の東北・北海道には、義経や弁慶が活躍したという伝承地が多く見受けられる。

現在、東北・北海道の地には、義経神社（平取町）、判官館（新冠町）、義経岩（洞爺湖町）、船魂神社（函館市）、義経山の山号碑（松前町）、九郎岳（乙部町）、弁慶岬（寿都町）、雷電峠・刀掛岩（岩内町）など、義経や弁慶に関する伝説を持つ地が数多く存在する。そのため、奥州で義経は死なず北に逃れたという「義経北行伝説」のほか、モンゴルに渡りジンギスカンになったという説まで登場した。現在、北海道だけで細かく数えれば100以上の義経・弁慶伝承が見られるという。

こうした「蝦夷地で活躍する義経」イメージの背景のひとつに考えられるのが、室町時代から江戸時代にかけて完成した『御伽草子』である。『御伽草子』のなかに「御曹司島渡」という話があり、ここに元服前の若き牛若丸（義経）が蝦夷島に渡る話が登場するのである。「御曹司島渡」では、都へ上る前の牛

若丸が、藤原秀衡の示唆を受け、仏法を手に入れるために蝦夷が島に渡る。義経は喜見城に住むカネヒラ大王の娘・朝日天女の手引きで、「大日の法」（兵法書）の巻物を盗み出して書き写す。義経が後に源氏の御世を実現することができたのは、この大日の法のおかげである、として締めくくる。義経の若き日という設定であるので、義経が生き延びた

義経神社

という「北行伝説」とは異なるが、「御曹司島渡」に登場する巻物を盗み出す話や、現地女性との恋愛話などは、現在残る義経伝説の中にも見出すことができる。「御曹司島渡」は、少なくとも義経北行伝説のひとつの背景となった可能性はある。

　しかし、義経が生き延びて北に渡ったという話が、鎌倉時代から戦国時代にかけての東北・北海道に存在していたかについてはよく分からない。義経北行伝説がはっきりと確認されるのは、江戸時代に入ってからのことなのである。

　江戸時代のなかでも、もっとも早く確認できるのが寛文10年（1670）成立の『続本朝通鑑』という史書である。この中の「俗伝」に、義経は衣川で死なず、蝦夷島に逃れてその子孫が存命しているという言い伝えが記されている。その後、元禄元年（1688）に水戸藩の快風丸が蝦夷地探検に行ったことを契機として新井白石『蝦夷志』に義経の話が記され、次第に世間に広がっていく。さらに宝永3年（1706）には近松門左衛門が浄瑠璃『源義経将棊経』に取り入れるなど、演劇や文芸を通じても義経北行伝説は広がっていくのである。

　義経伝説が初めて『続本朝通鑑』に収録された寛文10年（1670）、北海道には新たな伝説の地が誕生している。それが、北海道沙流郡平取町にある「義経神社」である。現在の義経神社に行くと、森閑とした境内に義経が植えたという栗の木がそびえ立ち、参道には馬主たちの祈りが込められた「愛馬息災・必勝祈願」の幟がはためく姿を目にすることができる。これらの幟は、馬に乗って数々の戦に赴き、勝ちをおさめてきた義経にあやかったものという。

　この神社が創立されたきっかけは、寛文10年、蝦夷地探検に訪れていた近藤重蔵がこの地を通過したことである。人々が刀剣や甲冑を秘蔵し祀っていることを知った近藤は、それらを義経のものだとし、江戸に戻って神田の仏工に義

経像を作らせ、翌年、平取の地に祀った。これが義経神社のはじまりである。その後、義経神社は現地の人々によって守られ続けたという。

義経伝説の実像

　義経神社が創立され、かつ、『続本朝通鑑』に義経伝説の一端が記された寛文10年は、少し特別な時期だったように思われる。寛文年間は、江戸幕府とアイヌの間で緊張関係が高まった時期であった。寛文9年（1669）には、蝦夷地にとって非常に大きな争乱「シャクシャインの蜂起（ほうき）」がおこっている。寛文9年6月、日高地方及びその東部の首長であるシャクシャインが、松前藩の不当な交易に対して蝦夷地全域のアイヌ民族に呼びかけ、蜂起した。これに呼応したアイヌ民族は、砂金掘りや鷹侍、商船などを急襲するなどしたが、松前藩は津軽・秋田・南部藩などと連合して応戦し、最終的には和睦と称してシャクシャインを新冠に呼び寄せ、殺害したという。シャクシャインに呼応して蜂起したアイヌ民族も、厚真町（あつま）や平取町で殺害されたり捕らえられた。松前藩はアイヌ側から賠償品を受け取り、松前藩以外とは交易しないという起請文（きしょうもん）を書かせている。

　この争乱は、アイヌ民族による大規模な蜂起というだけではなく、中世の頃から続くアイヌ民族の交易権が松前藩に奪われたという点で、大きな事件であった。このシャクシャインの蜂起が鎮圧された直後、『続本朝通鑑』には義経の子孫が蝦夷地に居る旨が記され、平取に義経神社が創設されることになるのである。

　こうしたことから、義経伝説は、鎮圧後の蝦夷地支配のために幕府側が積極的に活用したものである、という説が出されている。17世紀後半ごろから盛り上がり始めた義経伝説は、単なるブームや人々の義経思慕によるものではなく、当時、幕府が蝦夷地を掌握する過程で、政治的に生み出されたものである可能性があるのである。

　このように見ていくと、今も東北・北海道に残る義経伝説は、幕府や松前藩による支配の象徴のようにも見えてくる。しかし、一方で、それだけで説明しきれるだろうかという疑問も出てくる。従来あったはずのアイヌ民族の伝説は義経伝説に完全に取って代わられ、駆逐（くちく）されてしまったのか、といえば、必ずしもそうとはいえないように思われるのである。

　義経伝説と言われるものの内容を実際に見てみると、「御曹司島渡」の影響も認められるものの、オキクルミなど、アイヌ民族の伝説の登場人物を単に義

経と置き換えたものも多く見受けられる。つまり、これらの多くは、単純な『平家物語』の投影ではなく、義経の名を冠しながらもアイヌ独自の世界観を根底に置いたまま組み立てられているものなのである。近藤によって創建された義経神社を実際に守ってきたのが幕府ではなくそこに住む人々であったように、たとえ政治的意図から設置されたものにせよ、住人たちの意識や信仰が反映されたからこそ、現在まで続いているのであろう。その意味では、義経北行伝説が守ってきた世界というのは、江戸幕府でも『平家物語』でも源義経への思慕でもなく、古くからの住人たちが連綿と伝え続けてきた神話や世界観だといえるのかもしれない。 （橋場　万里子）

《主要参考文献》

榎森進『アイヌ民族の歴史』草風館、2007年

菊池勇夫『幕藩体制と蝦夷地』雄山閣、1984年

財団法人アイヌ文化振興・研究推進機構編『よみがえる北の中・近世―掘り出されたアイヌ文化―』社団法人北海道ウタリ協会、2001年

北の生活文庫企画編集会議編『北の生活文庫7　北海道の口承文芸』北海道新聞社、1998年

大石直正「外が浜・夷島考」（『関晃先生還暦記念日本古代史研究』吉川弘文館、1980年所収、大石直正他編『展望日本歴史9　中世社会の成立』東京堂出版、2001年再録）

衣川

─安倍氏・奥州藤原氏の拠点─

衣川館─義経最後の地─

　高館(たかだて)は、中尊寺の東方にあって北上川を見下ろす高台である。ここは義経最後の地と伝承され、頂上付近には近世にこの一帯を領有した伊達綱村(だてつなむら)(第四代仙台藩主)が天和3年(1683)に建立した義経堂が建っている。ただし、義経館の場所については諸説あって現在なお確実には特定されていない。『吾妻鏡』文治5年(1189)閏4月30日条には、「今日、於陸奥国において、泰衡(やすひら)、源予州を襲ふ。是れ且つは勅定に任せ、且つは二品の仰せに依りて也。与州、民部(みんぶ)少輔基成朝臣の衣河の館に在り。泰衡、兵数百騎を従へ、其の所に馳せ至り合戦す。与州の家人等、相ひ防ぐと雖も、悉く以て敗績す。予州、持仏堂に入り、先づ妻〈廿二歳。〉子〈女子四歳。〉を害し、次で自殺すと云云。」(原文は漢文)と記されている。また『義経記』巻7「判官平泉へ御着の事」には、「御所をば秀衡が館より西に当りて衣川と申す所に造り奉り」ともある。いずれにせよ衣川に面した場所だったと思われ、義経堂の場所とは合致しない。

　藤原氏の都平泉は北上川と衣川の合流点西岸に開かれた都市であった。衣川の南岸に聳える関山南麓にまず中尊寺が建立され、その東南東の北上川西岸に柳之御所が、また関山から金鶏山を隔てた南側に毛越寺や観自在王院が建てられ、さらに柳之御所の西方に無量光院が建立されていった。一方、衣川北岸からも12世紀頃の遺構群が見つかっており、館群が北岸にまで広がっていたことをうかがわせている。

　その館群の一画に、今日「接待館(せったいだて)遺跡」と呼ばれる邸宅群が広がっていた。ここから大量の京都風かわらけが出土しているところから、後白河院の近臣でありながらも、平治の乱に異母兄信頼の罪に縁座して奥州に流され、秀衡に迎えられた藤原基成の館跡であった可能性が指摘されてきた。『吾妻鏡』によれば義経はその一画に寄寓していたことになる。藤原基成は、鳥羽院近臣であった大蔵卿藤原忠隆の子で、保安元年(1120)頃に藤原季孝の娘を母として生まれた。康治2年(1143)4月に陸奥守に任官、6月に鎮守府将軍を兼任し奥州

平泉は、北上川と衣川の合流点西岸に開かれた都市であった。　【1/5万　一関・水沢】

平泉へ下向、陸奥守を重任して仁平3年（1153）閏12月まで在任している。在任中に藤原基衡と親交を結でいるが、これは基成を通じて鳥羽院との関係を強化しようとした基衡の政治的思惑によるとされる。基成は基衡の嗣子秀衡に娘を嫁がせており、配流によって再び平泉に戻ってからは、秀衡の舅として政治顧問的な立場を得て衣河館に居住していた。なお、基成の祖母である長忠女が義経の母常盤が再嫁した一条長成の母の姉妹にあたり、そもそも義経が平泉に身を寄せたのも基成によって呼ばれたからではないかと、角田文衞「陸奥守藤原基成」（『日本古代学論集』古代学協会、1979年。後に『王朝史の軌跡』学燈社、1983年に再録）は指摘する。とするならば義経が基成の衣川館に寄寓したと見るのは自然であろう。現在の発掘調査結果からでは、接待館＝基成居館（衣川館）と断定することはできないが、基成居館が衣川北岸にあった可能性は高く、その地理的関係も『義経記』巻8の「衣川合戦の事」という章段名と合致する。

歌枕としての「衣河」

　九世紀初頭、坂上田村麻呂が胆沢城を築いて鎮守府を多賀城から移し、胆沢・磐井郡が設置されると、その領域の南端に衣川関が設置された。以降、この北辺の地名は次第に和歌に詠み込まれるようになる。ただし、「袂より落つる涙は陸奥の衣河とぞいふべかりける」（『拾遺集』よみ人知らず）のように、遠く離れた陸奥に思いを馳せながら、「衣川」という名前からの連想を膨らませた類の歌が多い。実際に現地を訪れての詠歌としては、源重之の「むかし見し関守もみな老ひにけりとしのゆくをばえやはとどむる」という歌あたりが、比較的古いものだと見られている。重之は陸奥守藤原実方に従って陸奥国に下向し、1000年頃その地で没したといわれる歌人で、前述の歌は、家集『重之集』に「むかし衣川の関の長のありしよりは老ひたりしかば」という詞書とともに収められている。

　この地を訪れた歌人としてとくに名高いのが西行である。保延6年（1140）、北面の地位を捨てて23歳で出家した西行は、能因や実方を慕い陸奥の歌枕にあこがれて康治2年（1143）頃陸奥旅行に出ている。その年の10月12日に平泉に到着した西行は、「とりわきて心も凍みて冴えぞわたる衣河見に来たる今日かも」（『山家集』）という秀歌に添えて、次のような詞書を記している。

　　十月十二日、平泉に罷り着きたりけるに、雪降り、嵐激しく、ことのほかに荒れたりけり。いつしか衣河みまほしくて罷りむかひて見けり。河の岸に着きて、衣河の城しまはしたる、事柄様変りてものを見る心地しけり。
　　汀凍りて取り分き冴えければ

　平泉に到着後、すぐに歌枕として知られた衣川を見に行ったというのであるから、おそらく川の南岸に立って対岸を眺めた光景だったのだろう。彼の眼前には、北岸に広がる壮麗な館群が映っていたに違いない。注目すべきは「衣河の城しまはしたる事柄、様変りて…」という一節だ。この時代に、衣川の北岸に「城」と呼びうるような施設があったかどうかは今なお意見の分かれるところであるが、西行の目に映っていたのは、現実の光景に重なった前九年の役における衣川合戦の幻影ではなかったか。

衣川の柵──「六箇郡の司」安倍氏の拠点──

　衣川北岸は、かつて「六箇郡の司」（『陸奥話記』）と呼ばれた安倍頼時一族が衣川柵や琵琶柵などを構えて本営としていた場所でもあった。衣川柵跡と伝えられる「並木屋敷遺跡」や、10世紀後半から11世紀前半にかけての安倍氏時

代の「長者ヶ原廃寺跡」が発掘によって確認されている。

9世紀初頭に設置された胆沢城の機能は、10世紀にはいると形骸化し、奥六郡は在庁勢力であった安倍氏の支配下に置かれ、国府多賀城の力が及ばぬ地となっていく。衣川は奥六郡とそれ以南とを分かつ境界であった。こうして中央の目が届かなくなった奥六郡が、再び注目を集めたのが前九年の役である。

永承6年（1051）、朝廷への貢租を怠るようになっていた安倍頼良（後に頼時と改名）に対する、陸奥守藤原登任による軍事的制裁の失敗によって、戦乱は勃発する。翌年、軍事貴族として知られた河内源氏の源頼義が陸奥守として派遣されたこと、後冷泉天皇生母（藤原道長息女中宮彰子）の病気快癒祈願の大赦で赦免された頼良が、恭順の意を表して頼時と改名したことなどによって事態は収束したかに見えた。しかし、任期果てて帰京しようとした際に事態は急変、頼義対安倍頼時との本格的抗争が始まる。同族の裏切りなどによって頼時は戦死したものの、子息貞任・宗任らの抵抗は激しく、頼義軍は黄海の戦いで壊滅の危機に瀕する。その後、出羽仙北の俘囚の長清原光頼に援助を乞い、弟武則の参戦を得てようやく劣勢を脱した頼義軍は、小松の柵（現在の一関市付近）の攻略を皮切りに攻勢に転じ、ついには厨河の柵の戦いで安倍氏を攻め滅ぼすに至る。その過程での主要な合戦場のひとつとなったのが、この衣川の柵であった。

奥六郡を本拠とする安倍氏にとって、南の境界にあたる衣川は最重要の防衛線であった。この衣川の柵に籠った貞任等への攻撃が開始されたのは、康平5年（1062）9月6日のことだった。この時の戦闘を『陸奥話記』は次のように記している（原文は漢文、読み下しは『新編日本古典文学全集』によった）。

　　件の関は、素より隘路嶮岨にして、崤函の固きに過ぎたり。一人嶮に距げば、万夫を進むことを得ず。弥く樹を斬りて渓を塞ぎ、岸を崩して路を断つ。加ふるに霖雨の晴るること無く、河水の洪溢するを以てす。然れども三人の押領使之を攻む。武貞は関の道を攻め、頼貞は上津衣川の道を攻め、武則は関の下道を攻む。未の時より戌の時に迄まで、攻撃するの間、官軍の死する者九人、疵を被る者八十余人なり。

攻めあぐねている中で、武則は機略を巡らせ、密かに部下30余人を渡河させ、宗任の腹心であった藤原業近が守る柵に火を放たせた。隣接する柵の焼亡をみて動揺した貞任等は、ついに衣川の柵を放棄して北へと逃走したのであった。

なお、この衣川の戦いを後世いっそう有名にしたのが、頼義の嫡男八幡太郎義家と安倍貞任の間でかわされた連歌の逸話である。衣川の柵から落ち延びよ

うとする貞任を追った義家が、「衣のたてはほころびにけり」と詠みかけたところ、立ち止まって振り返った貞任が、とっさに「年をへし絲のみだれのくるしさに」と返したので、義家はまさに射ようとしていた矢を弓からはずして引き返したという。『古今著聞集』（建長6年〔1254〕成立）に記され、後には延慶本『平家物語』や『神明鏡』『源威集』にまで載せられ、後代において衣川のイメージを決定的にした。　　　　　　　　　　　　　　（志立　正知）

《主要参考文献》

斉藤利夫『平泉―よみがえる中世都市―』岩波新書、1997年

入間田宣夫編『平泉・衣川と京・福原』高志書院、2007年。

阿津賀志山
―奥州合戦の古戦場―

阿津賀志山の戦い

　阿津賀志山は、現在の福島市の北方、伊達郡国見町にある標高289mほどの小高い山である。福島盆地から北に向かって抜ける出口にあたるこの一帯は、古くから交通の要衝で、現在でも東北本線・東北新幹線・東北自動車道などが通っている。平泉を本拠とした奥州藤原氏政権にとって、南方の最重要防衛線でもあった。

　頼朝による奥州合戦において、最初の、かつ最大の戦闘となった阿津賀志山の戦いが行なわれたのはこの周辺で、付近にはこの時の防塁が今でも残っている。幅5丈（15m）で三重に張り巡らされた土塁と、これに挟まれた二本の堀からなるこの防塁は、阿津賀志山中腹から阿武隈川にかけての約3kmにも及ぶ大規模なもので、なんとしてもこの一線で鎌倉軍を食い止めようとした藤原泰衡の決意をうかがうことができる。頼朝を迎える泰衡の陣容を『吾妻鏡』から拾ってみよう（原文は漢文）。

> 　泰衡、日来二品発向し給ふの事を聞き、阿津賀志山に於て城壁を築き、要害を固む。国見の宿と彼の山との中間に、俄に口五丈の堀を構へ、逢隈河の流れを堰入れて柵とし、異母兄西木戸太郎国衡を以て大将軍と為し、金剛別当秀綱、其子下須房太郎秀方己下二萬騎の軍兵を差し副ふ。凡そ山内三十里の間、健士充満す。之に加へて、苅田郡に於て又城郭を構へ、名取・広瀬両河に大縄を引きて柵とす。泰衡は国分原・鞭ノ楯に陣す。亦栗原・三ノ迫・黒岩口・一野辺には、若九郎大夫・余平六己下の郎従を以て大将軍と為し、数千の勇士を差し置く。又田河太郎行文・秋田三郎致文を遣はして出羽国を警固すと云々。　　　　（文治5年8月7日条）

　一方、頼朝は奥州を攻めるにあたって頼朝は軍勢を三軍に分け、比企能員・宇佐美実政が率いる一軍を越後国から日本海沿いを出羽国方面へ、千葉常胤・八田知家が率いる軍勢を岩城岩崎経由で多賀城へむけて派遣、自らが率いる大手軍は、畠山重忠を先陣として下野国を経て東山道を北上している。阿津賀志

阿津賀志山は、福島盆地から北に抜ける出口にあたる。　　　　　　【1/5万　桑折】

山を攻撃したのは、この頼朝に率いられた大手軍であった。

　戦闘は、文治5年（1189）8月7日に、頼朝率いる軍勢が国見宿に到着したところから開始された。まず7日夜陰に、畠山重忠率いる人夫が防塁を埋め始める。翌8日、鎌倉軍は前夜に埋め終えておいた突入口から攻撃を開始、数千騎を率いて阿津賀志山の前に陣を構えていた金剛別当季綱は、卯の剋からはじまった畠山次郎重忠・小山七郎朝光・加藤次景簾・工藤小次郎行光・同三郎祐光等の猛攻を支えきれず、巳の剋は陣を放棄して大木戸の国衡に報告している。

　9日には三浦義村・葛西清重・工藤幸光ほか7騎が抜け駆けをはかって、大木戸に対して攻撃を敢行、10日には頼朝率いる本営も阿津賀志山を越えて大木戸への攻撃を開始している。しかし、国衡軍の抵抗が激しく攻めあぐねていたところ、安藤次を案内に密かに土湯・鳥取越を迂回した小山朝光・紀権守正重・芳賀次郎らが、国衡の背後に出てときの声を揚げ、国衡軍はこれに動揺してついに大木戸を捨てて撤退を開始した。金剛別当は小山朝光に、逃走をはかった国衡は畠山重忠・和田義盛らに発見され討ち取られた。大木戸の敗戦を知った泰衡もまた、国分原・鞭、楯の陣を捨てて敗走している。

　なお、この阿津賀志山の合戦では、信夫の庄司佐藤基治が叔父河辺高綱・伊

賀高重らと伴に付近の石那坂に陣を構えていたが、常陸入道念西の子息為宗・為重らに攻められて敗北し、「庄司已下宗の者十八人の首、為宗兄弟これを獲て、阿津賀志山上の経が岡に梟するなり云々」と『吾妻鏡』に記されている。ただし、文治5年10月2日条には、「囚人佐藤庄司・名取郡司・熊野別当、厚免を蒙り、各々本所に帰ると云云」とも記されており、石名坂では実際には生捕りにされていたらしい。

佐藤一族と信夫郡

　この佐藤庄司基治は、「信夫の庄司」「湯の庄司」と呼ばれる人物で、『平家物語』や『義経記』で有名な義経の忠臣佐藤継信・忠信兄弟の父にあたる。兄弟の母は、『尊卑分脈』によれば藤原清綱（亘理権十郎）の娘で、清綱が基衡の弟（一節には清衡の弟、基衡の叔父）にあたるので、奥州藤原氏本家とも密接な姻戚関係にあった。頼朝に対する防衛ラインが白河関ではなく阿津賀志山に設置されたことからも判るように、藤原氏はこの信夫郡・伊達郡周辺を以て、実質的な支配の南限と考えていたようだ。それ故に、両郡を治めて南限の守護者をつとめていた佐藤氏との関係を、藤原本家としても重視していたのであろう。

　佐藤氏系図には見えないものの、この基治の父に当ると高橋富雄氏によって推定されているのが、『古事談』や『十訓抄』でその名が知られる信夫の郡司で「大庄司」と呼ばれた季治である。

　平泉政権が二代基衡の時代にはいり、陸奥国は「基衡、一国を押領し国司の威無きがごとし」（『古事談』）という状態にあった康治元年（1142）、藤原師綱（もろつな）が陸奥守として赴任してくる。現状を愁えた師綱は宣旨を得て信夫郡の公田検注（すえはる）を実施しようとしたが、基衡が季治（季春）に命じてこれを妨害し、合戦に及ぶ事件というが発生する。激怒した師綱は陣容を立て直して再度戦う姿勢をしめし、宣旨に背く者として基衡を糾弾する。思いがけない事態に基衡が苦慮していたところ、季治が一切の罪をかぶって師綱の元に出頭し、斬首に処せられた。基衡は師綱に砂金一万両献上し、季治の助命を請願するが、師綱はこれを拒否したという。当時の陸奥国の状況、藤原氏の富裕と師綱の清廉な態度を示した説話と言われている。また、師綱の公田検注が信夫郡において行なわれようとしたことは、このあたりが平泉と朝廷との領域支配をめぐる最前線であった実態を反映していると考えられよう。『十訓抄』によれば、季治は「代々伝はれる後見」かつ基衡の「乳母子」であったという。藤原氏側もこの

地域の重要性を十分に認識し、一門ときわめて密接な関係にある信頼できる人物を配していたことがうかがえる。

佐藤継信・忠信と摂待説話

　このような一族出身で、義経に忠誠を尽したことで知られるのが継信・忠信の兄弟である。兄継信は屋島合戦において義経の楯となって能登守教経の強弓に倒れ（『平家物語』）、弟忠信は頼朝に追われた義経の吉野山中の逃避行において、主君の身替りとなって敵を引付け、後に都で討死を遂げている（延慶本『平家物語』、『義経記』。ただし『吾妻鏡』文治2年9月22日条には、忠信は宇治のあたりで義経と別れて帰洛したと記される）。両名が義経に従った経緯については、『平治物語』の古態とされる学習院本では、母の命によってという伝承を伝えるが、実際には秀衡の命によるものであったらしい。『吾妻鏡』治承4年10月21日条には、兄頼朝の挙兵を知った義経が、引き留める秀衡を振り切って密かに出立したので、秀衡がこれを惜しんで「追つて継信・忠信兄弟之勇士を付け奉」ったと記され、また文治2年9月22日条の忠信誅殺記事には「是鎮守府将軍秀衡近親の者也」と記されている。

　屋代本他の一部の『平家物語』や『義経記』には、両名ともにその最期にあたって故郷の老母や妻子への思いが描かれ、こうした伝承謡曲『摂待』・幸若『八島』などへと展開していった。これらの作品では、頼朝に追われて奥州に落ち延びた山伏姿の義経一行が、信夫の里の兄弟の老母の草庵に一宿し、2人の最後を語って聞かせるという趣向となっている。

　なお、福島市西部の飯坂町にある真言宗の瑠璃光山医王寺は佐藤氏の菩提寺と伝えられ、境内には佐藤基治とその子佐藤継信・忠信の墓とされる板碑が残されている。また、その他にも鎌倉期の板碑が数基あり、佐藤氏関係者のものと思われる。本堂内には、武者姿の若い女性像が2体、兄弟の死を知って気落ちした姑を励まそうと装束いた2人の妻の姿と伝えられている。また、弁慶が寄進したという笈なども寺宝として伝えられている。　　　　　（志立　正知）

《主要参考文献》

高橋富雄『奥州藤原氏四代』吉川弘文館、1958年

『福島県の文化財―国指定文化財要録―』福島県教育委員会、1989年

会津
─南奥州の交差路─

横田河原合戦

　治承4年(1180)、信州の山あいの里にいた木曽義仲は、以仁王の令旨を受けて挙兵する。平氏方との最初の大きな戦いは、寿永元年(1182)9月、長野盆地を北に流れる千曲川左岸の横田河原（長野市篠ノ井付近）で起きた。このあたりのことは、『平家物語』「巻6　横田河原合戦」に描かれている。

　越後守に任じられた越後国住人の城四郎助茂（この時に長茂と改名した）は、義仲追討のため、越後・出羽と相津（会津）4郡の兵4万騎を率いて信濃に向かい、横田河原に出陣する。依田城（長野県上田市）にてこれを聞いた義仲は、3000余騎で馳せ向かう。義仲方は平家の印である赤旗を使って敵を欺く作戦を使い、これが成功して長茂方の戦死者は多数にのぼった。長茂が頼みとしていた越後の山太郎、相津の乗丹房ら名に聞こえた兵たちはみな討たれ、命からがら越後に退いたという。

　義仲の奇襲作戦に惨敗したとはいえ、源氏勢を北陸から迎え撃つために越後・出羽・会津の広範囲から大軍を動員することができた城長茂とは、どのような人物だったのであろうか。もう少し『平家物語』を遡って見ることにする。

　源頼朝が伊豆で挙兵したことに加え、義仲の動向にも不安を募らせた平家の人々に対し、清盛は、「問題にするまでもない、例え信濃の兵が義仲に付いたとしても越後には、余五将軍（平維茂）の末裔である城助長・助茂の兄弟が多数の兵を抱えている。命令を下せばたやすく討つことができる」と豪語していた。治承5年(1181)2月、城助長は越後守に任じられたが、これは義仲追討のためであったと聞く（「巻6 飛脚到来」）。しかし、翌閏2月に清盛は熱病で急死。続いて6月、3万余騎の軍勢を引連れ義仲追討のため出陣しようとしていた城助長は、前夜、突然に大風と大雨と雷鳴に見舞われたかと思うと、「盧遮那仏を焼き滅ぼした平家に味方するものがいる、召し取れ」と天上からの声を聞く。翌朝、出発直後に助長は落馬して絶命してしまう。報告を聞いた都の平家の人々は大騒ぎとなる。翌月、養和と改元（「巻6 嗄声」）。助長の後任と

中央が会津盆地で、阿賀野川は北西方向に蛇行しながら、越後に抜けていく。
【1/20万 福島・新潟】

して助茂（長茂）が越後守になるのが翌寿永元年（1182）5月、横田河原合戦が起きるのは9月である。

越後城氏と会津

さて、城助長の怪死などの脚色と見られる部分は別として、城氏が越後を基盤とした有力な武士団であったことは、『平家物語』や他の史料からも認めてよさそうである。一族は越後城氏と呼ばれる桓武平氏の末流で、余五将軍・維茂の子・繁成が前九年の役で秋田城介に任じられたのが、城氏を名乗ることになった由来である。12世紀、繁成の孫・永基の代には、越後国の阿賀野川流域を中心に出羽国や会津地方にまで勢力を広げたとされる。

ここで注目したいのは、越後の国境を越えて陸奥国会津郡の兵を動員したと『平家物語』が記すように、越後城氏と会津との密接な関係である。南奥州の山間に蓄えられていた兵力は、越後城氏を通じた北陸ルートで信州に臨み、源平合戦の重要な1コマを演じているのである。

『平家物語』が「相津四郡」とするのは、会津郡・耶麻郡・大沼郡・河沼郡のこ

とで、猪苗代湖西側の会津盆地を中心に南西の山間部に広がる地域である。現在の福島県会津若松市・喜多方市・南会津町・只見町などにあたる。盆地で合流した阿賀川（大川）・只見川は阿賀野川となって越後に通じている。この地域は律令制では陸奥国会津郡となっていたが、養老2年（718）に石背・安積・信夫郡とともに一時、石背国が分立したり、承暦4年（1080）に会津・耶麻両郡による一国独立が提案されたりしたように、独自の地理的・社会的なエリアを作っていたと考えられる。9世紀以降、会津郡から耶麻郡が、次いで大沼郡・河沼郡が分立した。11世紀には摂関家領の蜷川荘・長江荘が成立したが、この蜷川荘の開発と経営に関わったのが阿賀野川を遡る形で勢力を伸ばした越後城氏とされる。こうして、12世紀に至るまでの会津地方は、多賀城の国衙の権力から距離を置き、平泉の藤原氏の支配も直接には及ばなかったのである。

　また、城長茂が頼みにしていたと『平家物語』が書く「相津の乗丹房」とは、耶麻郡磐梯町に寺跡（国指定史跡）がある恵日寺（慧日寺）の僧である。恵日寺は、河沼郡湯川村の勝常寺（本尊薬師如来三尊像が国宝指定）とともに、会津に下向した後も最澄や空海と論争を展開したことで知られる徳一の開創と伝えられる有力な天台寺院である。『延慶本平家物語』によれば、乗丹房は城長茂の郎党で、平姓を持っていた。当時の恵日寺は、中央の延暦寺や興福寺の衆徒と同様に武装集団を備えていたらしい。阿賀野川下流の越後国小川荘が城長茂によって恵日寺に寄進されたという記録もあるように、越後城氏とこの天台寺院は軍事的にも連携関係にあったのであろう。

陣が峰城跡

　ところで、『玉葉』の記述によると、横田河原合戦で敗れて越後に戻った城長茂は、在庁官人の抵抗に遭い、「藍津之城」に引き籠ろうとするが、そこでも藤原秀衡の妨害があり、ついに佐渡に逃走したことになっている。近年の発掘調査で明らかになった会津坂下町の「陣が峰城跡」が、その「藍津之城」である可能性が高いという。

　この城跡は12世紀初頭の築造で、二重の堀に囲まれ、中国製白磁の四耳壺や水注、高麗青磁の碗などの高級品が出土している。背後の丘の頂には「雷神山経塚」、南方には苑池を伴う寺院と見られる「薬王寺遺跡」など、同時期の遺跡もある。蜷川荘の支配と越後・会津・奥州をつなぐネットワークの拠点として、越後城氏と恵日寺勢力に関わる在地豪族の居館として、独自の景観を備えていたのであろう。

しかし、結局は越後城氏が敗退したことにより、会津地方には陸奥守を帯びた平泉の勢力が名実ともに及んで来ることになった。治承4年（1180）に始まった源平合戦は、南奥州の山間の勢力地図をも書き換えて行ったのである。

南奥州の交差路

『古事記』は、会津の地名由来として次のような説話を載せている。崇神天皇の世、まつろわない人等を和らげるために、大毘古命を高志道（北陸道）に、その子・建沼河別命を東方十二道（東海道）に遣わした。二人は「相津に往き遇ひき。故、其地を相津と謂ふなり」。いわゆる四道将軍のうちの二人がここで出会ったことにより会津の地名になったという。その後の歴史のなかで、南奥州と北陸を結ぶ交通の要衝としての会津の地域性を暗示するような話である。

当地には、4世紀半ばに築かれた全長114mの大前方後円墳・会津大塚山古墳をはじめ、数多くの前期古墳がある。その古墳を造営した勢力は、三角縁神獣鏡などの副葬品があることにより大和王権とのパイプが明らかで、また、周辺の弥生末から古墳時代初頭の集落遺跡から出土する土器により、北陸地方との密接な繋がりが明瞭である。

こうした会津から北陸を経て畿内に繋がる大回りのルートは、木曽義仲が横田河原で越後城氏を破り、さらに倶利伽羅峠（富山県小矢部市）でも平氏軍を破って京都に突入した一連の経過によって、歴史的に再現されたといえよう。会津の地は、近世の『新編会津風土記』によると、「陣が峰城跡」が「城四郎長茂が築きし二十八館の一つ」で、付近の谷地村（会津坂下町）が宇治川先陣争いの佐々木高綱が乗った名馬「いけずき」の産地とされるなど、『平家物語』の舞台の一つとして伝承されていた。

（小野　一之）

《主要参考文献》
『会津若松市史2　会津、古代そして中世』会津若松市、2005年
辻秀人『東北古墳研究の原点・会津大塚山古墳』新泉社、2006年
柳原敏昭・飯村均編『御館の時代―十二世紀の越後・会津・奥羽』高志書院、2007年
柳原敏昭・飯村均編『中世会津の風景』高志書院、2007年

利根川

―源頼政・静御前の供養の地―

利根川のほとりの伝説

　関東の中央を悠々と流れる大河・利根川。「坂東太郎」と称されたこの利根川も、実は『平家物語』と無縁ではない。

　　坂東武者の習として、かたきを目にかけ、河をへだつるいくさに、淵瀬きらふ様やある。此河のふかさはやさ、利根河にいくほどのおとりまさりはよもあらじ。つゞけや殿原　　　　　　　　　　（巻4　橋合戦）

　宇治川の戦いの際、増水した川を見て橋の上での戦いを避けようとする上総守忠清に対し、下野国の住人・足利又太郎忠綱はこのように述べる。利根川と宇治川に、いかほどのちがいがあるのだろうか――と。そして真っ先に討ち入ってゆく。忠綱の言葉どおり、坂東武者たちにとって利根川は、増水した宇治川にもひけをとらない、まさしく関東一の大河であった。

　この利根川のほとりには、『平家物語』に関する伝説が複数残されている。ひとつが埼玉県栗橋町付近に残る源義経の愛妾・静御前が終焉を迎えた地としての伝説、もうひとつが茨城県古河市に残る源頼政の首が埋められたという伝説である。

栗橋町の静女之墳

　現在、栗橋駅のすぐそばには、「静女之墳（しずじょ）」の碑（享和3年建立）、歌人坐泉による「舞ふ蝶の　果てや夢見る　塚の蔭」の歌碑（文化3年建立）、「静女塚碑」（明治20年建立）、「義経招魂碑」（昭和4年建立）、「静女所生御曹司（おんぞうし）供養塔」（昭和6年建立）、「静桜の木」などが一箇所に整備されている。敷地内には観光客を意識してか「静御前　静桜」と書かれた看板が立てられ、道行く人の注目を集めている。もともとこの地は、高柳寺（こうりゅうじ）（高了寺（こうりょう）、現・古河市中田の光了寺）があった場所で、高柳寺は静御前を葬ったという伝承を持つ寺であった。静女墳と呼ばれた塚も存在したが、旧栗橋駅設置により駅構内となったため、道を寄せる際に崩されたという。塚からは、玉石に囲まれた壺が水の

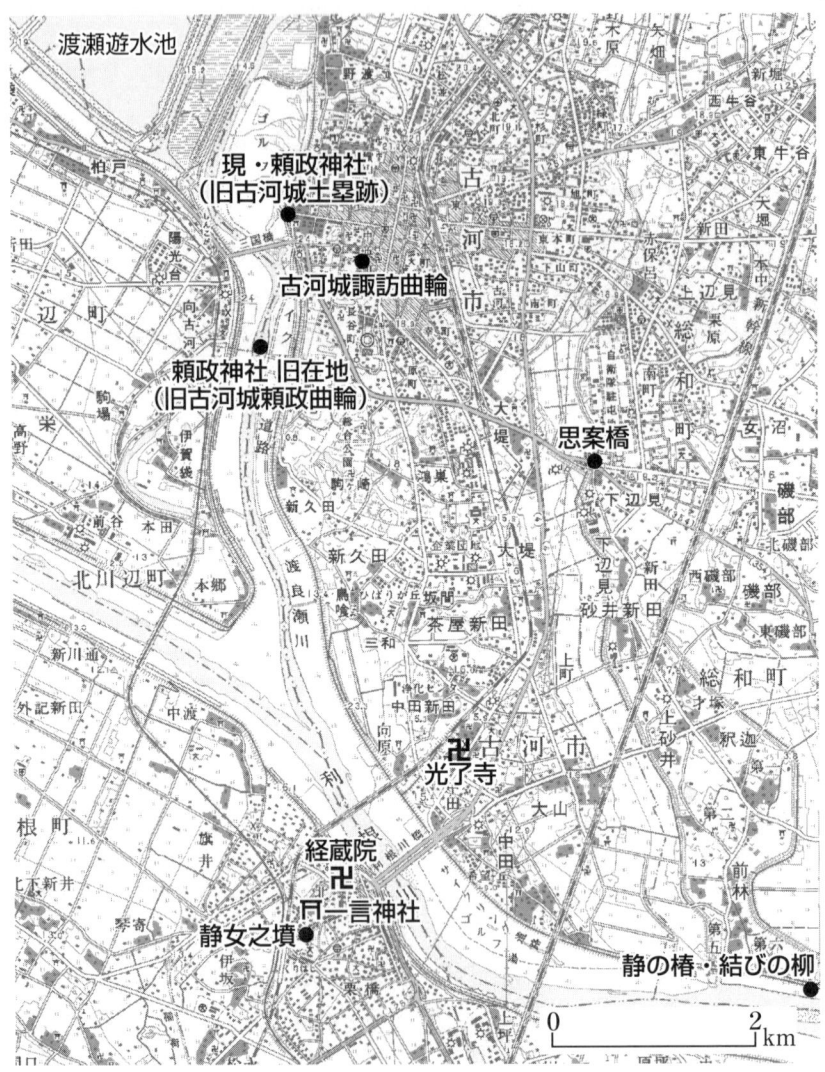

源頼政・静御前の伝承地。利根川が間を流れる栗橋と古河は日光街道の宿場町で、古くから交通の要衝であった。今も付近は埼玉・茨城・群馬・栃木の県境が入り組む。

【1/5万　古河・鴻巣】

入ったまま出てきたという。

　この地に伝わる伝説は、静御前終焉の伝説である。伝説は、静御前の宿泊場所や養生の地と伝えられる光了寺や経蔵院（栗橋町）などに残され、それらをもとに江戸時代の地誌『新編武蔵風土記稿』や『許我志（こがし）』などに記載されている。伝説はおおむね次のとおりである。

　頼朝の勘気を受けた義経が奥州に下向した後、静御前は義経を慕って鎌倉街道を北上した。ところが、栗橋を過ぎた途中の古河・下辺見（しもへみ）にて（前林説もあり）、義経が奥州で討たれたという悲報を耳にしてしまう。静御前は出家し、義経の弔いをするべく伊坂の地に戻るが、そこで病を得て亡くなってしまった。静御前の亡骸は宝治戸（栗橋町）に葬られ、杉を植えて印にしたという。

　なお、経蔵院の寺伝によれば、経蔵院の前身とされる最勝王院は、病を得た静御前の養生場所であり、ここの阿闍梨（あじゃり）が落飾受戒の導師もつとめたという。最勝王院には静御前持参の法華経普問品（ふもんぼん）1巻と七宝の念珠1連が残され、彼女の死後には嵯峨野よりその持仏がもたらされ、後に経蔵院の本尊になったという。また、静御前の宿泊所であったとも、静御前の遺骸を葬った寺とも伝えられる光了寺には、懐剣や、かつて彼女が後鳥羽院より授かった蛙蟆竜（あまりょう）の舞衣を賜ったという伝承が残る。この舞衣は実際には明時代の末期のものと考えられているが、光了寺に現存しており、文政9年（1826）には、「静女蛙蟆竜舞衣略縁起（しずかあまりょうのぶいりゃくえんぎ）」という木版摺（ずり）の略縁起が出されている。

　近隣には静御前に関連した地名も多く、義経の悲報を知って思い悩んだ静御前が思案した「思案橋」（古河市下辺見）や、「静の椿・結びの柳」（同・前林）、侍女・琴柱が庵を構えたとも伝えられる「一言神社」などが残されている。

　静女墳と呼ばれた塚には、かねてより正元元年（1259）銘の板碑があり、当初はこれを静の碑と伝えていたようである。しかし板碑は当然のことながら静の碑ではなく、享和3年（1803）、墳墓に何も無いのを哀れんだ関東郡代中川飛騨守忠英が、「静女之墳」碑を建立した。

　忠英の「静女之墳」碑が完成してほどない文化3年（1806）3月には、江戸の歌人坐泉の歌碑が建立された。また、弘化3年（1846）6月頃には、利根川の洪水の影響で、静女墳の杉が枯れ始めたため、代わりに銀杏を植えたという。

　栗橋の地は江戸時代以降も、静御前ゆかりの地であることを意識してきた。明治22年（1889）には静女の名前をつけた「静村」が誕生している。また、大正4年（1915）には静女古蹟保存会が発足し、昭和4年（1929）9月からは祭りが始められたという。現在でも静御前の命日とされる9月15日に静御前墓前祭

を、10月中旬には若者達が静御前と義経に扮する静御前祭りをおこなっている。

古河の頼政神社

　一方、栗橋にほど近い古河の地にも、『平家物語』の登場人物である源頼政を祀った「頼政神社」がある。頼政神社については「頼政」の呼称から「ヨリマシ（巫女）」との関連を指摘する説や、下河辺氏の保持する伝承に注目した説、弓に着目した説などが出されているが、まずは伝説を見てみよう。

　源頼政は鵺退治でも有名な猛者であった。源三位と称され、平清盛に重用されたが、やがて以仁王とともに平家打倒のための挙兵を計画し、それが露見して宇治川の戦いで自害することになる。

　頼政の頸は実際には平家方に渡ったと思われるが、『平家物語』には、「埋木のはなさく事もなかりしに身のなるはてぞかなりかりける」と辞世を詠んで切腹した頼政の頸を渡辺唱が取り、「なくなく石にくくりあはせ、かたきの中をまぎれいでて、宇治河のふかきところに沈めてンげり」と描かれる。

　さらに、室町時代の関東の情勢を記した軍記物『永享記』によれば、頼政の頸は宇治川に沈められたのではなく、頼政の遺言で「下河辺三郎行吉」なる人物が山伏姿で頼政の頸を笈に入れて背負い、諸国を廻ったとされる。古河の地でその笈が動かなくなったので、古河城南東の立崎（竜崎）という地に葬り鎮守とした、というのである。また、頼政神社の縁起にも「猪早太（あるいは下河辺総三郎）」が、同様の経緯を経てこの地に頼政の頸を葬り祀ったと記されているという。

　頼政神社がはっきりと神社として確立するのは、江戸時代に入ってからである。当初は古河城内で「頼政曲輪」として祀られていたものだった。これが神社となったのには諸説あり、延宝5年（1677）に、古河城主・土井利益が城内鎮護のために祀ったという説、元禄9年（1696）に、先祖・頼政の霊廟が城内にあることを知った松平（大河内）信輝が神社を創建したという説などがある。いずれにしても、17世紀後半頃には城内の神社として整備されたようである。当時の頼政神社は城内にあったため、一般の人々は5月5日の祭礼の際に参拝できるのみであった。あくまで頼政神社は、古河城の一部、城内の神社として存在していたものと考えられる。

　大正元年（1912）、渡良瀬川の河川改修にともなって、頼政神社は現在地（古河市錦町）に移転する。その際に神社跡地の発掘調査が行われた。社殿の下からは何も出なかったが、近くからは古墳時代の人骨や副葬品が出土したと

いう。また、やや南方から板碑とともに骨片の入った高麗青磁(こうらいせいじ)の壺や香炉が出土したが、頼政との関連は分かっていない。

頼政神社と下河辺氏

頼政神社を考える上ではずせないのは、やはり、下河辺氏の存在であろう。『永享記』や頼政神社の縁起では、頼経の頸を葬った人物が下河辺氏であると記されている。下河辺氏は、茨城県古河市から埼玉県三郷(みさと)市にわたる一帯を下河辺荘として成立させ、現地を支配した一族である。この下河辺荘を成立させる際に力になったのが、源頼政であったと推測され

頼政神社

ている。頼政は、摂津多田源氏の血統を持ち人脈も広かった。また、下総国の武士ともかかわりがあったと見られ、平治の乱の頃から頼政の郎党に下河辺氏が見える。下河辺氏にゆかりの深い古河の地に、頼政神社があるのは、やはり下河辺氏と頼政とのつながりが意識されていたからであろう。

頼政の伝説を持つ場所は、ほかにも茨城県龍ケ崎市の頼政神社、茨城県取手市の頼政塚、千葉県印西町の頼政神社ほか、東京都世田谷区、静岡県下田市、岐阜県関市、兵庫県西脇市、群馬県高崎市などがある。これらの中にも下河辺氏と関係する場所や伝承が多い。

また、頼政神社があった古河城内の立崎には、一時期、頼政神社の別当寺だった徳星寺も存在していた。徳星寺は「下河辺氏の猪早太の曾孫にあたる徳星丸が開いた」という縁起をもつ。『平家物語』では、猪早太は遠江国の人で、下河辺氏ではない。徳星寺の縁起で猪早太が下河辺氏の者とされるのは、やはり下河辺氏とのつながりを重要視していたからと思われる。

このように見ていくと、頼政神社には中世の下河辺氏と頼経との関係が反映されていることがわかるが、果たしてそれだけなのだろうか。伝説は近世になってから収録・顕彰されている。むしろ気になるのは近世における下河辺氏への視線なのである。

そこで思い出すのは、頼政神社・徳星寺があくまで古河城内のものとして存在していたことである。

そもそも古河城自体、下河辺行平の築造と伝えられている場所である。この城は、後北条氏の支配などを経て、天正18年（1590）に入部した小笠原秀政が修復などをおこない、その後代々の古河藩主の城となった。しかし、そもそもの元祖（と考えられていた人物）は下河辺氏なのである。

　古河藩主として古河城に入った家は土井家を中心として幕末までに11家を数える。自らの由緒などを確立させたい城主には、かつてのこの地域の支配者で古河城の設立者でもある下河辺氏の存在はやはり意識されるものだったのではないだろうか。先祖・頼政が城内で祀られていることを知った松平（大河内）信輝が神社を創設したという話も、信輝が古河城主にふさわしい自らのルーツをPRした行為に捉えられるのではないか。

　そして、実は先に挙げた静御前の伝説にも、下河辺氏が登場しているのである。静御前を看取った伝説を持つ経蔵院を中興した人物は、下河辺行平とされる。また、経蔵院の縁起では、静御前が北上する途中、下河辺行平が栗橋の新関を創設して、旅人のチェックをおこなっていたため、静一行が道の変更をしたという逸話も記されている。この付近は下河辺氏の支配地でもあったので、土地柄といえばそれまでである。しかし、下河辺氏の存在は、頼政・静の二つの伝説の中で大きく意識されているようにも見える。

おわりに

　「静女之墳」碑が登場し、「静女蛙蟆竜舞衣略縁起」が配布されたのが19世紀前半であるように、これらの伝説が顕彰され、記録化されていくのはおもに19世紀であった。

　古河においては、19世紀前半に小出重固『古河志』、原念斎『許我志』などの地誌が相次いで出されている。このような地誌編纂作業によって古河のルーツを探っていく過程で、下河辺氏やそれにまつわる伝説などがクローズアップされた可能性もあるだろう。

　利根川のほとりに残された2つの伝説には、古河という地域のルーツとして下河辺氏を強く意識する近世の観念の反映が見られると思われるのである。

（橋場　万里子）

《主要参考文献》

古河市史編さん委員会編『古河市史』（通史編　1998年、民俗編　1983年）

栗橋町教育委員会『栗橋町の歴史と文化財』1982年

栗橋町教育委員会『栗橋町史　第3巻　資料編1　原始・古代・中世』2008年
樋口州男「頼政の墓」(『中世の史実と伝承』東京堂出版、1991年)
桐生　清『もじずり叢書1　栗橋の地名』もじずり叢書刊行会、1994年
「古河の文化財　静御前の舞衣」(『広報古河』2005年12月1日号)

岡部原
―すりかえられた伝承―

「武蔵野」の果てなる地

　　武蔵野の岡部の原の秋萩も花さきがたになりにけるかな

　平安朝の歌人曽禰好忠にこんな歌が残されている。彼にしてみれば行ったことも見たこともない地で、萩が咲こうが咲くまいがどうでもよかったのかも知れないが、都では東国武蔵の「岡部原」という歌枕が知られていたようだ。その場所は、2006年の市町村合併により埼玉県深谷市の一部に組み込まれるまでは、岡部町として名前を伝えていた。ただ、ここを「武蔵野」と呼ぶのには今日的な感覚では少々無理があるのではなかろうか。広大な武蔵野台地も、北限である荒川を越え、利根川に続く沖積低地を望むいわゆる櫛挽台地に位置しているからである。武蔵国の北端に近く、川の向うは上野国（群馬県）である。

　近年、この一郭で古代武蔵国榛沢郡の郡家と正倉と見られる熊野遺跡・中宿遺跡が発掘調査されて注目を集めている。年代は7世紀後半に溯り、遅くとも10世紀後半には廃絶するとされる。台地上に倉庫群があり、眼下には運河的な遺構も発見されている。同遺跡周辺には5世紀以来の有力な古墳が集中しているので、長い間、付近は在地首長層（郡司層）の本拠地として、また、利根川水運に連なる流通の拠点として機能していたはずである。こうしたことが前提となって、都からも武蔵の「岡部原」が認識されていたのであろう。しかし、こうした遺跡も間もなく地上から完全に姿を消してしまったようだ。

岡部六弥太忠澄と薩摩守平忠度

　近世の岡部の地は『平家物語』で平忠度を討ち取った武将、岡部六弥太忠澄の故郷として知られることになった。江戸時代末期に編纂された『新編武蔵風土記稿』は、榛沢郡岡部村の項で、「かの源平の頃名に聞こえし六弥太忠澄こゝに住せしかば、岡部をもて呼びしと。隣村普済寺村岡部氏の墳墓あり、其人の居跡なり」と紹介している。

　岡部六弥太忠澄は、武蔵武士猪俣党の一人で、保元・平治の乱において源義

旧岡部町付近。埼玉県の北端部にあたり、東流する利根川が県境となる。国道17号線（中山道）・JR高崎線・上越新幹線がほぼ平行して走っている。　【1/5万　深谷・熊谷】

朝の郎等の一人として登場する。その後、頼朝挙兵に際しては直ちに参加、続いて、義仲追討の義経軍に従軍した。特に有名になったのは、『平家物語』「巻9忠度最期」の段に、平家追討の「一の谷合戦」で平忠度を討ち取った話が載せられたからである。

　薩摩守平忠度は、平清盛の末弟。平家一門の都落ちの際、藤原俊成に勅撰集に自分の歌が載せられることを懇願し、『千載和歌集』に「さざ波や志賀の都は荒れにしをむかしながらの山ざくらかな」の1首が入れられたという『平家物語』「巻7忠度都落」のエピソードもよく知られている。寿永3年（1184）2月の「一の谷合戦」で忠度は搦手（からめて）の大将軍だったが、武蔵出身の岡部忠澄と組み合いとなり、忠澄の首を斬る寸前まで行ったが、忠澄の童に右腕を斬り落とされる。片腕のまま、持ち前の怪力で忠澄を投げ飛ばすものの、もはやこれまでと十念を唱え、ついに討たれてしまう。忠度は最後まで自分を名乗らなかったが、箙（えびら）から和歌を書いた紙片が出てきたことから歌人の忠度と判明した。文武両道の優れた武将の死を、忠澄をはじめ敵味方が悼んだという。

平家物語の"パノラマ小劇場"

　現在、深谷市普済寺（ふさいじ）の字古城（こじょう）付近が岡部六弥太忠澄の館跡と伝えられている。忠澄と忠澄夫人、父行忠の墓とされる中世の五輪塔群も近くにあり、埼玉県指定史跡となっている。ただ、五輪塔の下からは13世紀後半から14世紀前半の骨蔵器片が出土しているので、忠澄の生きた源平合戦の時代とは若干時期がずれてしまう。曹洞宗の普済寺は、栄朝禅師を開山として忠澄が建立したという。さらに、近くの深谷市萱場の清心寺（せいしんじ）には、忠澄が造立したという平忠度の墓がある。忠澄が自ら手がけた忠度を供養したということなのか。清心寺の創建は天文18年（1549）と比較的新しいので、事実としては考えにくいだろう。墓ばかりか、忠度の歌に因んだ忠度桜や斬られた腕を埋めた腕塚というものまである。真偽はともかくとしてこのように『平家物語』の岡部忠澄に因んだ伝承地が集中しているのは興味深い。

　近世の岡部村には、中山道が通じていた。深谷宿と本庄宿の間に位置しているが、その沿道にこれらの「名所」が展開しているのである。江戸を出発した旅人は、深谷宿を後にしたころに、清心寺にある平忠度の墓に立ち寄るかも知れない。なぜこんなところに薩摩守の墓が、と思っているうちに、さらに歩いて行くと、今度は岡部六弥太の館跡とか、一族の墓とかが次々に現れる。ひととき旅人は『平家物語』の一場面に思いを馳せることができるというわけであ

る。いわば『平家物語』の「小劇場」がパノラマで展開しているのである。これが作為的であることは、言うまでもない。

「岡部原古戦場」その後

　こうした「名所」が出揃う前の時代、この地は岡部氏一族の本拠地として平穏に歴史を終えていたのではない。鎌倉幕府が滅亡し、南北朝の動乱へ。さらに両朝合一後も関東では内戦が続き、15世紀半ばには上杉氏と足利氏との間で「享徳の大乱」が勃発するに至る。上杉方の武蔵千葉氏が足利軍と激戦を繰り広げたのが、ここ「岡部原」である。康正2年（1456）9月に起きたこの戦場跡を、文明18年（1486）に訪れた『廻国雑記』の筆者・聖護院門跡道興は、次ぎのように記している。

> 岡部の原といへる所は、かの六弥太といひし武夫の旧跡なり。近代関東の合戦に数万の軍兵討死の在所にて、人馬の骨をもて塚につきて、今は古墳数多侍りし。暫く回向してくちにまかせける。なきをとぶ岡べの原の古塚に秋のしるしの松風ぞふく

　近隣は30年を経た当時も戦死した人馬の骨を埋めた塚が生々しく、道行く人の供養の対象となっていたのであるが、この古戦場はその後どうなったであろうか。「岡部原合戦」の数知れない人馬の骨は朽ち果て、累々と続いていた塚は崩れ去り、その替わりというわけでもなかろうが、江戸時代には、忠澄の墓や忠度の墓などの『平家物語』の「名所」ばかりが目立っていた。岡部一帯は、15世紀の散文的な古戦場の伝承地ではなく、それより250年前に起き、『平家物語』で謳われた名場面を追想する舞台の一つとして再構成されてしまったのである。

　武蔵野の果てなる地で演出された、地域社会の拠点としての古代史の景観も、中世末期の陰惨な戦場の光景も地上から姿を消し、『平家物語』の「名所」が街道沿いに作られ、今日に至っているのである。　　　　　　（小野　一之）

《主要参考文献》

鳥羽政之・青木克尚「榛沢郡家と幡羅郡家」『坂東の古代官衙と人々の交流』埼玉考古学会、2002年

埼玉県立歴史資料館『埼玉県中世石造遺物調査報告書』埼玉県教育委員会、1998年

小野一之「古戦場の発見、伝説の発生」『関戸合戦』パルテノン多摩、2007年

安房白浜
―記憶されるルート―

頼朝の挙兵と安房敗走

　　成綱、景廉は厳命に任せ、彼館に入りて、兼隆の首を獲、郎従等同じく誅
　　戮を免かれず、火を室屋に放ち、悉く以て焼失す、既に暁天なり、帰参の
　　士卒等庭上に群居す、武衛縁に於て、兼隆主従の頸を覧ると云々

　『吾妻鏡』治承4年8月17日の条は、頼朝の山木兼隆館襲撃の顛末をこのように記している。永暦元年（1160）平治の乱の敗北により捉えられた14歳の頼朝は、助命され伊豆国蛭ヶ小島に配流となってから20年の歳月を経た34歳にして、平家打倒の狼煙を上げた。

　伊豆目代の山木を討ち果たした頼朝は、8月20日に配所だった蛭ヶ小島を発って相模へ向け出陣し、8月23日に相模国石橋山に陣を張った。しかし、頼みとする三浦義澄をはじめ三浦一族の参陣が遅れるなか、頼朝軍は大庭景親等平家の郎党三千余騎によって包囲されてしまう。石橋山近くに迫る三浦勢の援軍を恐れた平家方は、ここぞとばかり多勢で攻め掛かり、頼朝軍は四散した。

　頼朝は、退路を椙山に求め、厳しく追いすがる敵勢と交戦しながら山深く落ちのびて行った。この時、平家方の梶原景時が洞に身を潜めていた頼朝に対して、「慥に御在所を知ると雖も、友情の慮を存じ、此山には人跡無しと称して、景親の手を曳きて傍の峰に登る」という、良く知られたエピソードが『吾妻鏡』治承4年8月24日の条に記されている。

　景時の思惑によって難を逃れた頼朝は、8月28日に真鶴から土肥実平が地元の住人に用意させた舟で安房を目指した。『吾妻鏡』治承4年8月29日の条によると、舟には実平が供をし、土肥郷真鶴を出航してから翌日には安房国平北郡猟島に到着したという。

なぜ頼朝は安房を目指したのか

　頼朝が安房に到着する前々日の8月27日、土肥郷岩浦から舟で房総を目指した北条時政・義時、岡崎義実等と三浦義澄をはじめとする三浦勢とが三浦半島

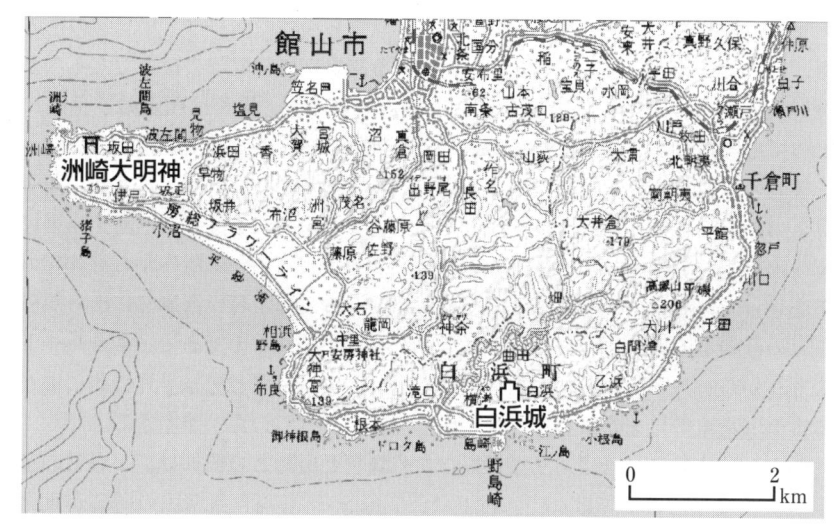

安房白浜周辺　　　　　　　　　　　　　　【1/20万　横須賀】

と房総の間に広がる海上で出会い安房へ向っている。

　三浦勢は、頼朝軍との合流を果たせず、石橋山の敗戦の情勢を受けて本拠の三浦へ帰る途中、8月24日に由比浦で畠山重忠勢と合戦に及び、畠山勢を撃退した。畠山重忠は、敗戦の屈辱を晴らすため、河越重頼、江戸重長等秩父平氏と諮って衣笠城に戻った三浦氏を攻め立てた。三浦義明は死を覚悟してひとり城に留まり、一族を逃した。海上で北条時政等と出合ったのは、義明の命により涙ながらに城を後にした三浦一族であったと『吾妻鏡』は伝えている。一足先に安房に到着した北条時政以下の者に出迎えを受けた頼朝は、源家ゆかりの諸方に参集を命じる書状と使いを出して再起をかけた行動を起こしていくのである。

　頼朝はなぜ安房を目指したのであろうか。安房到着後の治承4年9月11日、頼朝が安房国丸御厨を巡見した際に、「当所は、御曩祖豫州禅門（頼義）東夷を平らげ給ふの昔、寂初の朝恩なり、左典厩（義朝）、廷尉禅門（為義）の御譲を請けしめ給ふの時、又寂初の地なり」とされ、安房国丸御厨が為義・義朝の所領であったと『吾妻鏡』は記している。源家は、他に上総国畔蒜庄などの所領を有していたといわれており、房総には源家の代々の所領とともに、源家と縁を有する上総広常や千葉常胤、頼朝が幼少の頃より側近くで仕えていた安西景益など、頼朝が頼りとする諸豪族が房総に居たことも重要な要因であろう。

また、鎌倉と房総との関係も見落としてはならないであろう。平忠常の乱の際、追討使に任ぜられた平直方の所領である鎌倉が房総攻撃の拠点であったと野口実氏が指摘をしているように、忠常の乱以降も、鎌倉は頼義の子孫達にとっても同様に、房総を睨む拠点としても重要な存在だったのである。
　義朝の屋敷が沼浜（神奈川県逗子市）に所在していたことも、鎌倉と三浦半島との連絡を考える上で注目される。義朝の沼浜の屋敷も鎌倉と三浦半島東岸部へ連絡する要路の一つに位置しており、従来いわれている亀谷から杉本寺の下を通って六浦に至る道筋だけでなく、沼浜から三浦半島の海岸部に出るルートというのも義朝によって確保されていたと考えられるのである。このルートの存在からも、いかに義朝が鎌倉を拠点として三浦半島と房総半島の間に広がる内海（東京湾）を意識し、対岸の房総経営を行っていたかがわかる。
　しかし歴史的に見れば、三浦半島を含め鎌倉と房総との関係は、平忠常の乱頃から始まったことではない。古くは、宝亀２年（771）武蔵国の所属が東山道から東海道に編入されるまでは三浦半島から船を使って房総半島へ至るルートが古代東海道の本道であった。その頃の東海道は鎌倉郡を通過し、房総への渡海地点のある御浦郡へと連絡していた。古代東海道がルート替えになっても、かつての本道が廃止され姿を消したわけではない。その後も相模と房総とを連絡する要地として機能していたことは、先の平忠常の乱の際に鎌倉が房総の攻撃拠点となったとする野口実氏の指摘からも容易にうかがえる。
　鎌倉入部を目指す頼朝にとって、房総は抑えておかなくてはならない重要拠点であったのである。そして、頼朝の安房猟島への到着は、少なくとも石橋山合戦時には想定内の行動だったのではないだろうか。かねてから三浦氏や安西氏との繋がりの深い平北郡への着岸を狙った計画だったのであろう。

里見義実の白浜上陸

　頼朝の安房到着場所が『吾妻鏡』に猟島と明記されているにもかかわらず、地元の安房には異説が伝わっている。18世紀に著された『房総志料』には、頼朝の着岸地を「洲崎の側の平嶋」とし、洲崎は土肥や真鶴の対岸なので火や光が見えてしまうので嶋崎（白浜野島崎）というところで炊飯をしたとされる口伝を紹介している。
　また『義経記』も頼朝の着岸を洲崎としており、これら以外にも地元には洲崎や嶋崎など白浜周辺とするものや猟島とも関わらせながら洲崎や嶋崎をも含め頼朝の移動によってそれらを関連付けて説明するものなど様々な口伝がある。

しかし、なぜ『吾妻鏡』が頼朝の着岸地を猟島と明記しているのに、異説が伝えられているのであろうか。それには里見義実の安房上陸が関わって頼朝着岸地の異説が発生したものと考えられている。『里見九代記』や『里見代々記』『里見軍記』などの里見氏の事績を記した書誌には、永享12年（1440）、結城氏朝が鎌倉公方足利持氏の遺児安王丸・春王丸を奉じて挙兵に及んだ際に、里見家基・義実親子は結城方として城に入った。翌年には結城城も持ちこたえられなくなると、里見家基は嫡子義実に里見家再興を託し、二、三の家人を従え三浦半島に落ち延びさせた。義実は、三浦氏の援助を受け舟で三浦半島から安房を目指し、白浜に上陸して安房を平定したという譚である。

源氏の流れを汲む里見義実の着岸地は白浜であり、石橋山で敗れたて安房に逃れて再起を果たした頼朝の事績と重ねるためにも、頼朝の着岸地は白浜でなければならなかったのである。つまり、白浜を中心とする頼朝の着岸地の異説は、後に房総里見氏を興す義実の着岸地を意識して、後世に作り出され伝説化したものと考えられている。

近年の研究では、里見義実の安房上陸は、享徳3年（1454）から起こった享徳の大乱を契機として、古河公方足利成氏方の義実が房総の上杉勢力を駆逐するために成氏によって安房に派遣され、白浜に入部したと考えられている。

また軍記物などでは、里見義実の安房上陸を結城合戦と関連付けているが、どうやら房総里見氏の白浜上陸は、房総里見氏嫡流を滅ぼした里見義堯が頼朝になぞらえて英雄伝説化を目論んだ作為の産物らしい。それを受けて、頼朝の着岸地の異説が増幅されていったのである。源氏の流れを汲むとされる家柄にとって、また、安房をはじめとする房総を治める勢力にとって、頼朝の事績は格好の英雄伝説として常に意識されていたのである。この義実の安房入部は江戸時代になって曲亭馬琴の『南総里見八犬伝』として世に知られるようになっていく。

（谷口　榮）

《主要参考文献》

川名　登編『すべてがわかる　戦国大名里見氏の歴史』図書刊行会、2000年
奥富敬之『安房白濱─中世前期─』白浜町、1977年
奥富敬之『安房白濱─中世後期─』白浜町、1979年
野口　実「頼朝以前の鎌倉」『古代文化』45、1993年

隅田川

―家康の江戸入部前―

古からの隅田川の流れとすみだの渡し

　昼間は、水面に河畔に建ち並ぶコンクリートの構築物を映し、夜は色とりどりの明かりを映し出す隅田川。東京の都会を流れ、下町の風景として溶け込んでいる隅田川ほど、時代に翻ろうされた河川も珍しいのかもしれない。

　天正18年（1590）の徳川家康の江戸入部による近世都市建設が始まり、隅田川は幕府の置かれた江戸を支える経済的な存在だけでなく、行楽も含め、精神的にも江戸の人々の拠り所ともなっていた。隅田川物と呼ばれる隅田川を舞台とした歌舞伎や文楽の作品群はまさに江戸の人々と隅田川との関係を物語ってくれている。

　そして江戸幕府が倒れ、明治政府の世になっても隅田川は日本の首都東京の繁栄を水面に映すことになる。しかし、その水面に映ったのは繁栄の姿だけではなかった。隅田川は、近世都市江戸の災禍の様子や関東大震災、東京大空襲などの災害によって淀むこともあったのだ。

　隅田川の流れはけして家康入部以降だけに留まるものではない。家康入部以前の中世や古代においても隅田川は歴史を水面に映していたことを忘れないでほしい。古から隅田川は武蔵国北部を源に武蔵野台地を遠巻きにしながら流れて江戸の内海に注いでいるが、下流部は武蔵国と下総国の堺ともなっていた。南北に流れる武蔵・下総国の堺となった隅田川に交差するように古代の東海道が貫き奈良の都と東国とを結んでいた。

　　なにしおわば　いざこととわむ　都鳥　わがおもふひとは　ありやなしや
　　と

　『伊勢物語』「東下り」の段に記された在原業平のこの歌も、隅田川に設けられた東海道筋の渡河施設「すみだの渡し」が舞台であった。承和2年（835）6月29日付の太政官符は、東海道を行き来する官物や人の移動を助けるために渡河施設の拡充を命じたものであるが、隅田川の渡船についても2艘から4艘に増やすように命じており、『伊勢物語』では物悲しい風景描写がされている

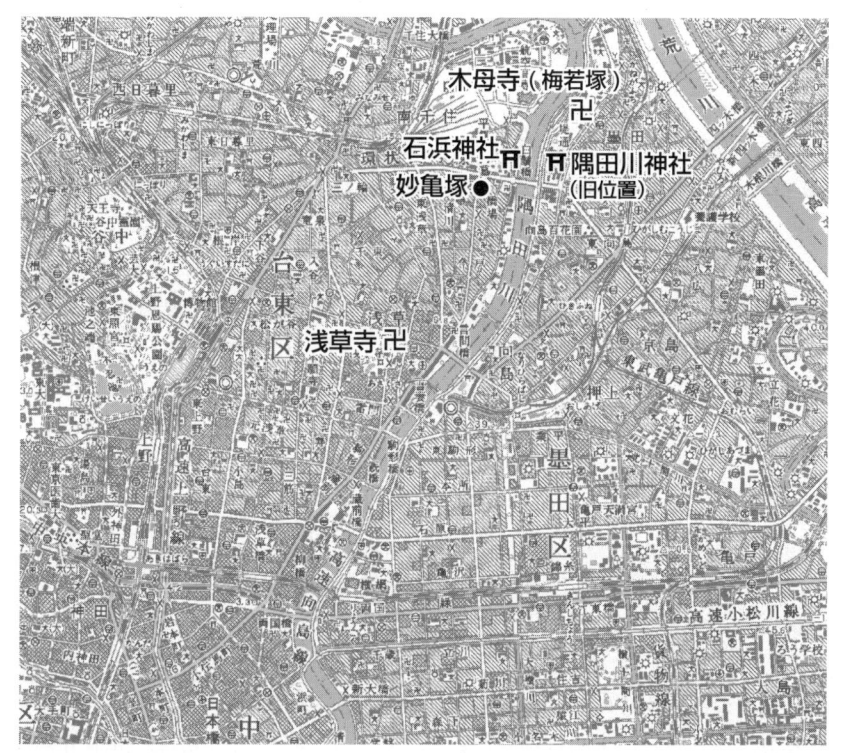

東京湾と墨田川周辺　　　　　　　　　　　　　　　　【1/5万　東京東北部】

「すみだの渡し」も、実際は物資や人が集る賑わいをみせていたことがわかる。11世紀初め、上総任国を終え、京に帰る孝標の女が在五中将（業平）を偲んだのもこのすみだの渡しであった（『更級日記』）。古代東海道の「すみだの渡」は、荒川区石浜神社と墨田区隅田川神社辺りに想定される。

隅田川を渡る大軍勢

　古代から武蔵・下総国の堺であり、東海道という幹線が交差する隅田川は、交通の要衝由に時として新しい時代を切り開く大きなうねりを川面に映すことになる。

　治承4年（1180）10月2日、源頼朝は、大軍勢を従えて隅田川を渡って武蔵入国を果たした。源頼朝は、治承4年8月17日に伊豆目代山木兼隆を討ち、打倒平家の狼煙を上げたが、石橋山の戦いで敗走し、再起をかけて舟で安房へ逃

れた。軍勢を整えながら上総国、下総国と進軍し、下総国府の所在する市川まで至ったが、隅田川西岸に勢力を張る江戸重長が頼朝軍に降らないために、武蔵入国ができない状況となっていた。頼朝は、江戸重長に頼朝方として参集するように促していたが、重長は石橋山の戦いの時、平家方として従軍しており、頼朝方の三浦義明を畠山重忠と一緒に攻め滅ぼしていたために、態度を決めかねていたのである。

なかなか馳せ参じない江戸重長に対して頼朝は、葛西清重に大井の要害に重長を呼び出して討つよう密命を下す。早くから頼朝方として行動していた秩父平氏の流れを汲む葛西清重は、隅田川東岸から太日川（現在の江戸川筋）までの臨海部を本拠とし、江戸氏と同族関係にあった。葛西清重は、同族を討つことはできないとして、頼朝の命に従わない態度を示すと、頼朝の勘気をこうむり、清重自体も進退が窮まるが、それでもなお頑なに重長討伐を固辞する清重の態度にかえって頼朝は感服したと、鎌倉時代後期に無住によって著された『沙石集』は記している。

また、室町時代の成立と考えられ、源義経の生涯を綴った『義経記』には、隅田川の洪水によって足止めをくっている頼朝軍の隅田川渡河の様子が書かれている。『義経記』によると、江戸重長は西国からの船を数千艘用意し、葛西清重と千葉常胤は海人の釣舟を数万艘集め、て、3日のうちに隅田川に浮橋を組んで、19万の軍勢を渡らせたと記されている。『吾妻鏡』には、隅田川を渡河した軍勢は「三万余騎」としており、『義経記』の数に誇張はあるにせよ、隅田川の歴史上、数万にのぼる軍勢が渡河したのは初めてのことであった。その大軍勢を見て、ただならぬ情勢であることを隅田川の沿岸に暮らす人々は察したことであろう。

無事、隅田川を渡河した頼朝の前に葛西清重とその父豊島清元が参上して大軍勢を出迎え、2日後には畠山重忠、河越重頼、そして江戸重長が頼朝の下に参集し、10月6日、頼朝と大軍勢は鎌倉入部を果たしたと『吾妻鏡』は伝えている。

後に鎌倉に幕府を創設し、武家政権を確立する源頼朝が鎌倉を本拠に据える治承4年8月17日から同年10月6日までの間において、また石橋山の戦いと富士川の合戦という平家と直接対決するまでにあって、10月2日の隅田川渡河はその後の頼朝の進退を決する重要なターニングポイントであったといえよう。隅田川を渡河して武蔵国へ入るということは、平家方であった武蔵国に基盤を置く秩父平氏の主流派を味方につけたからこそ成しえたものであり、そのこと

を『吾妻鏡』は教えて伝えてくれている。

足利軍を支えた隅田川

　鎌倉の主となった頼朝は、元暦元年（1185）に平家を滅亡させ、文治5年（1189）には奥州藤原氏を攻め滅ぼす。この奥州合戦の際も鎌倉の軍勢が隅田川を渡河したであろう。幾度いとなく軍勢が往来した隅田川、しかし鎌倉時代を通して隅田川が戦場となることはなかった。

　元弘3年（1332）鎌倉幕府は滅亡し、建武3年（1336）に足利尊氏が室町幕府を開いたが、観応元年（1350）足利直義と高師直が対立し、尊氏と直義兄弟が仲たがいして武力衝突（観応の擾乱）し、関東もその大きなうねりに呑まれていく。文和元年（1352）、足利尊氏は直義を毒殺して、観応の擾乱は収まったかに見えたが、その後も関東は戦乱の火種がついえることはなかった。

　暦応元年（1338）北朝の足利勢によって南朝方の新田義貞が滅ぼされたが、義貞の子義宗・義興が文和元年に挙兵し、鎌倉を占拠する事態となった。足利尊氏は閏2月17日鎌倉を退き、武蔵野を舞台として足利勢と新田勢は合戦を繰り広げることになる。

　閏2月20日、足利尊氏は金井原（東京都小金井市）と人見原（東京都府中市）で新田勢と合戦し、隅田川西岸すみだの渡しのある石浜へ再起をかけて逃れた。その時点では、足利軍は劣勢で、江戸時代に著された『江戸名所図会』には、「隅田川合戦の図」として、攻め寄せた新田勢を前にして石浜で切腹しようとする尊氏が描かれている。尊氏の下には、河越・豊島・江戸・石浜氏が参集し、反撃の態勢を固めていく。

　態勢を立て直した足利軍は、閏2月28日には高麗原（埼玉県日高市）、小手指原（埼玉県所沢市）などで新田軍を撃破、鎌倉を奪還し、武蔵野合戦は収束した。翌文和2年（1353）、足利尊氏は越後に敗走した新田勢の備えとして、足利基氏を入間川（埼玉県狭山市）に布陣させ、自らは京都へ帰還した。基氏は、貞治元年（1362）まで布陣し「入間川殿」とも呼ばれた。

　武蔵野合戦において足利軍の隅田川岸の石浜布陣は劣勢を押し返す転機となっており、またも隅田川は源家にとって重要なターニングポイントとなっている。この時の隅田川は、後のない足利軍が必死の覚悟で川岸に陣取り、川面を騒がせていたことであろう。新田軍を敗走させた後も隅田川の上流部の入間川河畔では8年余り軍勢が留まり軍事的な緊張を保っていたのである。

　隅田川が交通の要衝だからこそ、軍事的な重要性は中世を通して変わること

はなかった。武蔵千葉氏が拠った隅田川西岸の石浜城の存在も、軍事面での隅田川の重要性を物語るものであろう。

武蔵と下総を結ぶ

　古代の隅田川は、「すみだの渡」によって武蔵と下総両国を貫く東海道の交通が確保されていた。渡船の他には、先に記したように、治承4年10月2日の源頼朝の武蔵国入りに関して『義経記』などに舟橋を設けたことが見られるようになり、『平家物語』『源平闘諍録』でも同様な記載が確認される。

　また、康元元年（1256）に藤原光俊が鹿島詣の途中、隅田川の浮橋を渡った際に、伊勢物語での在原業平が隅田川を渡し舟で渡河したのをしのんで、今は浮橋があることを詠んだ歌が「夫木和集抄」にある。

　永禄7年（1564）以降と推定される「北条家朱印状」（遠山文書）にも、小田原の北条氏が遠山右衛門大夫に浅草・葛西に舟橋を掛ける事を命じており、小田原北条氏によって隅田川に舟橋が掛けられたことがわかる。舟を綱で連ねて掛ける舟橋（浮橋）は、一時的なもので、必要に応じて掛けて交通を確保したものであろう。

　家康入部以前の隅田川は、渡船と舟橋だけではなく、橋梁も架けられていた時期があった。鎌倉時代末期に久我雅忠の娘二条によって書かれた『とはずがたり』は、舟橋ではなく、隅田川に橋梁が架けられていたことを記している。正応3年（1290）、浅草寺の参詣に向かったところ京都の清水や祇園に架かる橋に匹敵するほどの大きな橋に出会う。そこに居た男二人にたずねたところ、隅田川に架かる「須田の橋」であることを教えられる。正応3年に隅田川に「須田の橋」という立派な橋が設けられていたことを示す史料として注目される。

　時代は新しくなるが、『梅花無尽蔵』には、「隅田在武蔵・下総両国之間、路傍小塚有柳、道灌公為攻下総之千葉」とあり、文明18年（1486）に太田道灌が千葉氏を攻める為に、隅田川に「長橋三条」を構えたと記している。隅田川西岸の橋場地名は、近世以前の渡河施設に由来するものであろう。

　「須田の橋」や道灌の「長橋三条」は、そのまま維持されることなく、隅田川から姿を消している。小田原北条氏が隅田川に架橋せずに舟橋を掛けたのも、軍事的な面を優先してのことであった。隅田川に恒久的に維持管理される橋梁が姿を現すのは、家康の江戸入部から4年後の文禄3年（1594）に千住大橋が架けられたのが最初である。

『隅田川叢誌』によると、源頼朝が建久の頃橋を架し、地元では頼朝橋と呼び、長禄年中に太田道灌が仮橋を架し、道灌橋と呼ばれたことを記し、今も川底に頼朝橋の橋杭が残り、橋杭を掘り出した時に出た鏃の絵を掲載されている。『吾妻鏡』には、建久年間に頼朝が隅田川に橋を架けたとする記事は見当たらず、資料的な根拠は見出せないが、近世から明治にかけて中世の隅田川の橋梁は源頼朝に仮託されて伝説化していった。一方、近世以降、古の「すみだの渡し」よりも下流部の浅草の対岸には、業平塚など業平伝説が根付き、関東大震災復興事業として昭和3年に架けられた橋にも「言問橋」として、その名を残している。

中世の隅田宿と浅草寺

軍勢が通過したり、布陣したりした隅田川や河畔は、中世において武者だけが主役となる舞台ではなかった。古代から東海道のすみだの渡しが設けられていたように、武蔵国と下総国とを結ぶ玄関口として交通の要衝であり、そこに集う人々の暮らしの舞台でもあった。両岸の渡し場を『義経記』は、「墨田の渡り両所」と記し、その西岸の石浜には西国船が数千隻停泊し、大福長者と賞される江戸氏の所領であると著している。また『吾妻鏡』治承4年10月2日条では、「隅田宿」の存在も確認することができる。さらに藤原光俊が康元元年（1256）に隅田川を訪れて詠んだ歌を載せる『夫木和歌抄』には、すみだの渡しに浮橋がかかり、渡しの上の手には「関屋の里」があり、多くの船が停泊して賑わう様子が記されている。『義経記』や『吾妻鏡』、そして『夫木和歌抄』からは、隅田川には単なる渡し施設だけではなく、港湾機能も備え、渡しの両岸には宿などの都市的な場が形成されていたことをうかがわせてくれる。

中世の隅田川を舞台とした謡曲「隅田川」は、人買いによってさらわれた梅若丸とその母の悲話であり、15世紀前半、世阿弥の子観世元雅が作ったといわれているが、このような都市的な場の存在なくしては成立しえない物語といえよう。梅若丸の墓とされる梅若塚が隅田川東岸の木母寺に所在し、梅若丸の母の墓と伝わる妙亀塚が隅田川西岸に今も所在している。双方の塚は都市的な場の周縁に位置し、葬送の場であったとする説もある。

隅田川の両岸には、繁華な都市的な場が形成されるとともに、西岸にはもうひとつ隅田川河畔の景観を特徴付ける重要な浅草があり、そのコア浅草寺が存在する。千年の古から法灯を燈している浅草寺の御本尊聖観音菩薩も、この隅田川から推古天皇36年（628）3月18日に檜前浜成、竹成兄弟によって投網に

よってすくい上げられ、土師中知が寺を設けて拝したと縁起は記している。坂東十三札所としても古より信仰を集め、『とはずがたり』や文明18年（1486）に道興准后が著した『廻国雑記』にも鎌倉から室町時代の浅草寺や隅田川河畔の様子をうかがうことができる。現在も多くの参詣者を集め下町の賑わいを見せる浅草寺も隅田川と深く関わっているのである。

　このような家康の江戸入部前の隅田川とその河畔の歴史を礎として、近世都市江戸が成立するのであり、更に東京へと連なっていくのである。

（谷口　榮）

《主要参考文献》

田中禎昭・高塚明恵ほか『隅田川文化の誕生―梅若伝説と幻の町・隅田宿―』すみだ郷土文化資料館、2009年

佐藤和彦・谷口榮編『吾妻鏡事典』東京堂出版、2007年

平山・平村
―平惟盛の墓―

維盛入水
　三位中将維盛（これもり）、法名浄円、生年廿七歳、寿永三年三月廿八日、那智の奥（おき）にて入水す　　　　　　　　　　　　　　　　　　（巻10　維盛入水）
　松の木に自らこのように書き付けると、妻子への思いに揺れつつも、聖との問答にて迷いを断ち切り、勝浦の対岸の「山なりの島」で入水した武将・平維盛。笛の名手で、妻子を愛してやまなかった平家の一青年は、富士川の合戦に敗退して出家し、熊野に参詣の後、海に出て入水を選ぶ。そのさまは、『平家物語』を受容した人々の心を強く揺さぶる。
　実は、この維盛についても「生き延びて別の場所で最期を迎えたのだ」という伝説が残る。こうした伝説は、奈良県十津川村、野迫川村、静岡県芝川町など畿内から東海にかけての地域に残るが、入水地から遠く離れた関東地方・東京都日野市にも、「惟盛の墓碑」と称された場所がある。しかもその伝説は、維盛入水からはるか650年も後の世に編まれた『江戸名所図会』に記されている（「維盛」は、以下、『江戸名所図会』の表記に準じて「惟盛」と表記する）。

『江戸名所図会』に描かれた平惟盛の墓
　『江戸名所図会』は、ご存知の方も多いと思うが、江戸時代後半の天保5年（1834）から天保7年（1836）にかけて完成した、江戸やその周辺の名所を収録した地誌である。斎藤幸雄・幸孝・幸成（月岑（げっしん））の父子3代にわたって編纂されたことでも有名で、実際に現地で調査し、さまざまな古書を用いた点などから、一定の信頼が寄せられている書物である。
　それでは、この『江戸名所図会』に惟盛がどのように登場するのだろうか。
　「平惟盛の墓」は、『江戸名所図会』の1項目として登場する。その記述によれば、現・東京都日野市にある高幡金剛寺（高幡（たかはた）不動）から1町ほど西南にある平村の農民・又右衛門の屋敷地のなかに板碑があったという。板碑には「文永八年辛未中冬日」と銘があり、地元の人々は「平惟盛の碑である」と言い伝

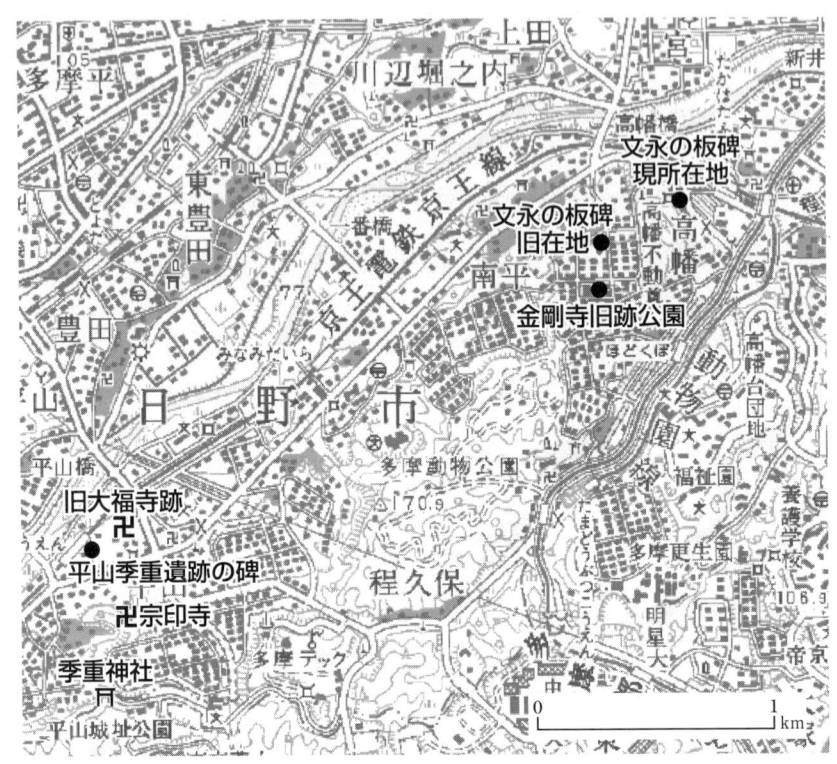

板碑の所在地と平山季重・平助綱関連地図。北には多摩川の支流のひとつ、浅川が流れ、南には多摩丘陵がそびえる。文永の板碑があった南平から程久保にかけての地は中世には「木伐沢村」と呼ばれ、材木を伐り出す地であったと考えられている。この木伐沢村に接して、平山氏本拠の「平山」の地がある。　　　　　　　　　　　　　【1/5万　八王子】

えていると記される。一方で、かつてこの地には、平氏の遠い末裔である平助綱（資綱）という武士が住んでいたので、この板碑も助綱が惟盛の菩提を弔うために造立したものか、あるいは助綱自身の墓ではないかという説も載せている。なお、南に2町ばかり山を登った中腹にも、剥落して解読不能な古碑があり、平山季重あるいは平氏の人の墳墓という伝承があることを記録している。

『江戸名所図会』は、絵師・長谷川雪旦の美しい挿絵でも有名だが、「平惟盛の墓」の箇所にも雪旦の挿絵がある。「文永八年辛未中冬日」銘の板碑と宝篋印塔が並ぶ中、調査者と思われる2人の人物がメモをとり、地元の樵とおぼしき人物が話をしている。実はこの挿絵に描かれた調査者2人は、『江戸名所図会』の作者の斎藤月岑と絵師の長谷川雪旦ではないかと言われており、作者

が顔を見せている図としても大変興味深いものなのである。

二つの板碑

話がわき道にそれたが、この『江戸名所図会』の挿絵には、実は矛盾がある。文永の板碑は、山麓に宝篋印塔とともに描かれているが、実際に山麓にあったのは、もうひとつの「剥落して解読不可能な板碑」のほうだったようなのである。

それが分かるのは、それぞれの板碑が現存しているからである。まず、「文永八年辛未中冬日」銘を持つ板碑は、以前は高幡不動の旧境内地と隣り合う平村

文永の板碑（高幡不動）

（南平）の「こんとう谷戸」と呼ばれた地の果樹園にあった。現在は高幡不動の敷地内に移されている。総高235cm（以前コンクリートで固定されていたときの地上高は171cm）、幅46cm、厚さ6〜7cmであり、日野市最大の板碑である。現在は紀年銘の上部（文永八年）のみ判読できる状態だが、江戸末期の拓本によれば確かに「文永八年辛未中冬日」と見える。移転前においても、この板碑は単独で建てられており、そばに宝篋印塔などの姿は無い。

一方、『江戸名所図会』で「剥落して解読不可能な」平山季重の墓とされた板碑は、昭和30年ごろに八王子市の市営墓地に移されている。地上145cm、幅46cm、厚さ6cmのやはり大型の板碑である。年号等は判読不能だが、持ち主の家に伝わる江戸末期の拓本には「・・・元年乙亥仲冬五天、孝子敬白」とあり、干支などから建治元年銘であることが推定できる。昭和56年（1981）刊行の『日野市史史料集　板碑編』に「この碑を今も「コレモリサマ」と称している」とあることから、平惟盛の墓と称されたのは文永の板碑ではなく、この建治の板碑であったと考えられる。そして建治の板碑は移転以前から宝篋印塔などとともにあり、『江戸名所図会』に描かれた挿絵の風景とも一致するのである。

平惟盛墓の背景

このように、文永の板碑ではなく、むしろ建治の板碑こそが「平惟盛墓」と

伝承されたものであったということは分かったが、「平惟盛」という伝承が登場した理由はよく分からない。

これらの板碑については、『江戸名所図会』だけではなく、『武蔵名勝図会』、『新編武蔵風土記稿』にも記載があるが、文永の板碑については「平資綱ト云ヘルモノ、碑ナリト、資綱ハ此所ニ住シ人ナリトハイヘト、俗称ハ伝ヘス」と資綱（助綱）の碑であると記すのみであり、建治の板碑については「文磨滅シテ読ヘカラス」と述べられるに留まっている。惟盛の名を記録した『江戸名所図会』ですら文永の板碑を取り上げた上で「平助綱が後世に造立した碑」あるいは「平助綱自身の墓」という説を併記していることを考えれば、当時から諸説紛々だったのだろう。

しかし、この板碑が『平家物語』の登場人物に結び付けられたのには、やはりそれなりの理由があると思われる。そこで注目されるのは、建治の碑の主として名前が出た「平山季重」、および文永の板碑の主として名前が出た「平助綱」という人物である。

平山季重

建治の板碑の主とされた平山季重は、『平家物語』とこの日野市を結び付ける上で重要な人物である。

平山氏は、西党日奉氏の出で、季重の父・直季が平山氏を称したことに始まる。直季の頃から源為義・義朝に仕え、季重も後白河天皇の滝口の武士となり、保元の乱の際には源義朝軍の一員として功名をあげ、後白河院の武者所となるなど、若い頃から源氏方の武勇の人物として活躍していた。

季重は頼朝の旗揚げに応じ、以来、源頼朝の家臣として『平家物語』や『吾妻鏡』に多く登場する。宇治川の合戦では最初に橋桁を渡った勇猛果敢な人物として、一の谷の合戦では、熊谷直実と先陣争いをした人物として描かれている。また、頼朝の息子の実朝が生まれる際には、鳴弦の役を仰せつかるなど、重用されている。

この季重の本拠地が、板碑のある平村に隣接する平山村（日野市平山）なのである。平山季重の居館跡は、旧大福寺（現・平山城址公園駅前）か、もしくは現・平山団地の上側・浅川北岸の高台にあったと推測されている。また、平山の宗印寺には、季重像や、季重の位牌や持仏、季重の戦勝祈願の礼とも伝えられる千体地蔵などが残されている。さらに、近くには季重が鶴岡八幡宮から勧請したとされる平山八幡宮があり、季重神社も存在するなど、季重にかか

わる伝承を持つ場所や資料が数多く見られる。

　季重の子孫は平山のみならず、いくつかの地域に勢力を持ったが、平山に居た一族は建暦３年（1213）の和田氏の乱の際に和田氏に味方したため衰退し、途中で結城氏が平山氏を名乗るようになった。西多摩へ転出した平山氏もいたが、天正18年（1590）に豊臣秀吉に滅ぼされている。

　このように多摩地域における平山氏の勢力は衰えたが、「平山季重の子孫である」という誇りは、各地の子孫に受け継がれたようである。文化２年（1805）には、下総香取郡鏑木村の平山正名がこの地を訪れ、墓石の乱れを嘆き手記に残している。また、嘉永４年（1851）前後には正名の息子・平山正義がこの地に「平山季重遺跡の碑」を建立するなど、他地域の子孫からの再顕彰がおこなわれており、当時、季重の故地は再び光が当てられ始めていた。『江戸名所図会』の作者たちは、『平家物語』ゆかりの平山季重の故地であることを十分念頭に置きつつ、探索をおこなっていたのであろう。

平助綱

　一方、文永の板碑の造立者としても名前の挙がっている「平助綱」という人物。彼については、『新編武蔵風土記稿』にもあるように、当時は詳しいことが分かっていなかったようである。しかし、その後、暦応２年（1339）から康永元年（1342）にかけて、檀那として高幡不動堂の再興をおこなった人物であることが判明した。さらに、近年、高幡高麗文書の発見により、助綱が高麗郡高麗氏を祖とし、得恒郷（現・日野市高幡・南平・三沢付近）に勢力を持つ高幡高麗氏であることも分かってきたのである。

　助綱の生年は不明だが、正和元年（1312）には「孫若」という名で祖父から土地を譲り受けており、正平７年（1352）には南北朝の内乱で足利尊氏方についている。その後、貞治４年（1365）には助綱の遺族による相続が見られることから、1300年前後から1360年代くらいまでに生きた人物だと考えられる。

　一方、文永の板碑の造立は文永８年（1271）で、助綱が生まれる前である。よって、助綱を板碑の直接の造立者として考えることはできない。もちろん、高麗氏が高幡に入ってきた年代を和田氏の乱があった建保元年（1213）や、霜月騒動のあった弘安８年（1285）前後とする推測もあるので、助綱ではなくてもその縁者が造立した可能性は残る。

季重・助綱と惟盛の伝承

　平惟盛伝承が平村に伝承された直接の理由は不明のままである。しかし、『江戸名所図会』の「惟盛の墓」の場面に描かれた二つの板碑は、それぞれが平山季重、平（高麗）助綱と関連付けられて存在していた。『平家物語』で活躍した平山季重、「平」姓を持つ平助綱らの存在と活躍が、この地を『平家物語』ゆかりの地として見なす要因となったことは想像にかたくない。

　そもそも、この日野市付近は、『平家物語』や鎌倉幕府にゆかりの深い地であった。武蔵国府から見て西側の多摩川の対岸に立地するこの地域は、国府の役人の系統である日奉氏一族が勢力を振るった。その日奉氏の出自を持つ平山季重がこの地に本拠を持ち、『平家物語』で活躍したのは前述のとおりである。

　また、この地は中世には、吉富郷、得恒郷、土淵郷という３つの郷と、船木田荘という荘園で構成されていた。このうち船木田荘木伐沢村にあたるのが、現在の高幡不動から南平（平村）付近と考えられており、ここで活躍した人物が平助綱をはじめとする高幡高麗氏たちであった。平山・南平（平村）・高幡は隣接しており、『江戸名所図会』に記された板碑の主が平山季重・平助綱とされたのも、両者の活躍した地域や時期が近く、ともに地域の記憶に刻まれていたことが影響していると思われる。

　また、東側の多摩川・浅川合流点付近に位置する日野市百草には、鎌倉幕府の祈願寺である真慈悲寺推定地（現・百草園内）も存在するなど、この地が『平家物語』ゆかりの地として注目される条件は整っていたといえる。そうしたことが、はるか東国で平惟盛の墓碑の伝承を生む素地になったのであろう。

（橋場　万里子）

《主要参考文献》
日野市史編さん委員会『日野市史　通史編二（上）中世編』1994年
日野市史編さん委員会『日野市史史料集　板碑編』1981年
峰岸純夫『中世東国の荘園公領と宗教』吉川弘文館、2006年
万福閣宗印禅寺『万福閣宗印禅寺縁起』1975年
高幡金剛寺『市指定有形文化財　文永の板碑』パンフレット
齋藤愼一「多摩の板碑と好古の旅人　―『江戸名所図会』平維盛古墳図の風景―」たましん地域文化財団『多摩のあゆみ』130号、2008年

鎌倉・鶴岡八幡宮
―武家政権の精神的紐帯―

頼朝、征夷大将軍任官―盛儀の場―

　平氏は西海の波に漂い、都は木曽義仲軍が行き交う、寿永2年（1183）9月末、後白河上皇は、鎌倉へ派遣した院使中原泰定の帰着報告を聞いていた。泰定は、頼朝征夷大将軍任官の院宣を鎌倉へ届けたのである。

　頼朝は「私邸で院宣を賜るとは畏れ多い」として、鶴岡八幡宮が院宣と拝授する儀式の場となった。都育ちの泰定の眼に映じた鶴岡八幡宮は、京の石清水八幡宮に似せてはいるものの眺望はすぐれ、眼下には漫々とした鎌倉の大海原が広がっていた。社殿から浜辺へ参道（若宮大路）が十余町まっすぐにのびているのも俯瞰できる。社域の内・外には鳥居が建てられ、楼門・宿院・廻廊等が建ち並んでいた。院宣を請け取る役目の御家人三浦義澄に泰定が名を問うと、義澄は「三浦介」とは名乗らず、本名の「三浦荒次郎義澄」と答えた。院宣は、無事、義澄から頼朝にもたらされ、その院宣の入った箱が泰定に戻ってきた時には、中に砂金100両が入っていた。その後、大宮の拝殿での酒肴の後、泰定に引出物として馬3疋が贈られ、工藤資経（祐経）がその馬を引いた。宿舎では、寝具として厚綿の衣2重に、小袖10重が長持に用意されてあり、その他に紺藍摺白布千端が積まれていた。

　翌日、泰定は頼朝の館に招かれた。頼朝は背は低いものの顔は大きく容貌もそう悪くはなかった。何よりも言語明晰であることが印象に残った。頼朝は「今や、平氏は頼朝の威勢を恐れて都を落ち、その後、義仲や叔父源行家が替わって入京している。奥州では藤原秀衡が陸奥守、佐竹四郎（隆義）が常陸守となって、私の命令に従わない。そこで、急ぎ、これらの者たちを追討する院宣を賜りたいのだ」と言った。泰定は「自分は使者なので、この場で即答できません。京に帰り、上皇に認めてもらいましょう」と慎重に答えたのであった。翌日、頼朝は、重ねて引出物として豪華な武具と馬300疋を泰定に与え、さらに、供の者にも衣類・武具・馬具を与えたばかりか、鎌倉より近江国鏡の宿に至るまで、宿ごとに米10石ずつも用意した。

[地図内注記:
鎌倉市
常盤
鶴岡八幡宮
勝長寿院
若宮大路
若宮八幡
前浜（由比ヶ浜）
由比ヶ浜
老人ホーム
材木座海岸
和賀江嶋
1/5万　横須賀]

中世都市鎌倉は鶴岡八幡宮を中心に都市が形成されていった

　泰定の鎌倉下向報告を聞いた上皇は、満足げにほほえみ、「今度の下向で得た引出物は、泰定がもらうがよい」と言った。頼朝の行き届いた接待は、都の殿上人らに瞬時に広まり、「頼朝はすばらしい武将だそうだ。今、都の守護をしている義仲はまったく困ったものだ」と噂したという。
　ここまでの話は、『平家物語』諸本で語られている「征夷将軍院宣」（巻8）の場面である。周知のように、頼朝が征夷大将軍に任命されたのは、建久3年（1192）7月12日のことで、物語の設定より11年も後のことである。では、『平家物語』のこの章段は、まったくの虚構であったのだろうか。
　まず、九条兼実の日記『玉葉』によれば、寿永2年10月1日の記録に、「鎌倉に派遣されていた院使が帰参し、巨多の引出物を与えられたという。頼朝からは平家没官領や平家方降人の処罰に関する3箇条の申状が託されたそうだ」と書かれている。この時期、中原経能や泰定がしばしが院使として鎌倉に下向

していることも『玉葉』から確認できる。同年閏10月14日には、東海・東山両道における頼朝の行政権を上皇が認める宣旨も出されており、そのための院使の往還だったのであろう。なお、この「寿永二年十月の宣旨」は、流人であった頼朝が武家の棟梁として上皇に公認されたことを示すものであり、実質的な頼朝による武家政権発足を示すものといわれている。

さらに、正式に頼朝が征夷大将軍に任じられた建久3年7月26日の『吾妻鏡』の記録を見ると、驚くほど『平家物語』に似ている。この時の勅使は中原景良・泰定であり、征夷大将軍の除書（任命書）は、「例に任せて鶴岡の廟庭」で三浦義澄にまず遣わされている。勅使が義澄に名乗りを求めるが、未だ正式に「三浦介」の任命がないからという理由で官職名ではなく「三浦次郎」と答えたのも物語と同じである。退出の際に引出物の馬を引いたのも工藤祐経であった。帰洛の際、将軍家より餞送された豪奢な引出物も共通する物が多い。

おそらく原『平家物語』の形成の段階で、寿永2年に鎌倉へ派遣された勅使からもたらされた情報が参考にされており、さらに、『吾妻鏡』が編纂時にその一部を依拠したのであろう。『平家物語』の作者にとっては、その構成上、頼朝の征夷大将軍任官は、平氏滅亡の前、すなわち寿永2年でなくてはならなかったのであり、そのため任官時期を前にずらしたと推定される。それほど、この「寿永二年の宣旨」は、征夷大将軍任官に相当する武家政権成立にとって重要な意味をもつものであり、そして、披露の舞台にもっともふさわしかった場所が鶴岡八幡宮なのであった。

源氏と鶴岡八幡宮—源氏の守護神—

さきの『吾妻鏡』でも勅使を迎える場として「例に任せて」選定されていたように、鶴岡八幡宮は都では内裏に相当する場所であった。

かつて、前九年の合戦で安倍貞任を征伐した源頼義は、その帰路、康平6年（1063）石清水八幡宮を鎌倉由比郷に勧請したという（現材木座に所在）。その後、永保元年（1081）義家が社殿を修復している。治承4年（1180）10月6日鎌倉入りをはたした頼朝は、まず、頼義・義家ゆかりの地である八幡宮を遙拝している。これは源氏の正統な継承者であることをアピールする行為でもあった。同月12日には、「祖宗を崇めんがために」現在地にあたる小林郷の北山を点じて宮廟を遷している。この段階からも、鶴岡八幡宮は「宮寺」と呼称されており神仏習合の寺院であった。八幡宮は、当初「松柱萱軒」を用いた仮社殿であったが、翌年、浅草の大工の召し宝殿等が建てられ、また、都の朱雀

大路に擬された若宮大路が参道として整備された。若宮辺の水田を池に改め（現在の源平池）、赤橋も設けられた。

この鶴岡八幡宮廻廊にて、静御前が頼朝・政子に舞を披露したのは、文治2年（1186）4月8日のことである。また、この年、8月15日、八幡宮に参詣していた頼朝が、鳥居辺でであった老僧は西行であったと『吾妻鏡』に記している。

平家追討を祈願する大般若経転読をはじめ、毎年8月の放生会等、鎌倉の重要な祭儀を担ってきた鶴岡八幡宮であったが、建久2年（1191）3月4日の鎌倉大火によって、神殿・廻廊・経所等ことごとく灰燼に帰してしまった。焼け跡を前に頼朝大きく嘆息し、わずかに残った礎石を拝み涕泣したという。焼け跡からの再建ははやかった。火事から4日後には頼朝自ら臨監して若宮仮宝殿造営の事始が行われ、4月末には鶴岡若宮上部に宝殿が上棟、7月には寝殿・対屋・御厩等の建造が完了している。八幡宮は、頼朝政権にとって欠くべからざる存在であったのである。そして、建久3年7月に、征夷大将軍の院使を迎えたのは、この再建なった社殿であった。

実朝暗殺―惨劇の舞台

この八幡宮を舞台に、建保7年（1219）1月27日、雪の降る夜、幕府を震撼させた大きな惨劇がおこる。この日、八幡宮にて右大臣拝賀があった三代将軍実朝は、儀式を終え退出の時、「石階の際」より剣を取った暗殺者によって殺害された。暗殺者は甥の公暁であった。実朝の首を手にした公暁は、雪下北谷にある後見人の備中阿闍梨宅に逃げ込んだ。食事をする間も首を離さなかったという。公暁は、結局、長尾定景に殺害されるのだが、公暁が八幡宮第四代別当であったことから、事件後、供僧たちの糾弾が続いた。備中阿闍梨の宅と所領が没収されたことは言うまでもない。

源氏の嫡流が断絶した後も、武者の守護神である八幡宮は、鎌倉の中央に位置し、さまざまな武者たちの興亡を見つめていく。鎌倉滅亡の際には、新田義貞軍と幕府軍は若宮大路を挟んで烈しい攻防戦を展開するが、白兵戦を征した義貞は、八幡宮拝殿で、首実検し、放生池で太刀長刀を洗い、神殿を破壊して神宝を披見したという（『太平記』巻14）。室町期には、鎌倉に鎌倉府がおかれ尊氏の子基氏の子孫が鎌倉公方として関東を支配する体制が続き、八幡宮もその保護をうける。代々の鎌倉公方は京の将軍家としばしば対立するが、とくに第4代足利持氏は、しばしば都の将軍への敵愾心をあらわにした。永享6年

(1434) 等身大の大勝金剛尊を造立した際、血書の願文を奉納するが、その願文には、「呪詛の怨敵」をはらうためと記されており、怨敵とは将軍義教を指すといわれている。また、持氏の子は八幡宮社殿で元服するが、鎌倉公方には将軍の偏諱「教」を慣例ではつけるべきところ「義久」とあえて名乗らせた。持氏はこの後、永享10年（1438）幕府軍と戦い敗北、翌年自殺することになる（永享の乱）。

　鎌倉公方の権能が消滅後には、小田原の北条氏が外護者となった。北条氏綱は大永6年（1526）安房の里見氏との戦いで八幡宮の社殿が焼失すると、天文2年（1533）早速、再建に着手している。さらに北条氏を滅ぼした豊臣秀吉も、天正19年（1592）指図（設計図）を作成させ、八幡宮の修築を徳川家康に命じた。江戸開府後、第2代将軍秀忠以後も、幕府による八幡宮造営事業が8回にもおよんでいる。こうして、源頼義が八幡神を勧請して以来800年余、政権の担い手は変わっても、鶴岡八幡宮は武家政権の精神的紐帯の役割を担い続けていたのである。だが、明治政府の神仏分離政策によって、明治3年（1871）、わずか数日間のうちに、境内にあった薬師堂・護摩堂・大堂・経蔵・鐘堂・仁王門等、仏教関係の堂舎が破壊され、多くの仏像・経典・仏具類が売却・焼棄られた。幕府政治の終焉とともに、武家政権の守護神であった鶴岡八幡宮も大きく変貌をせまられることになったのである。　　　　　　　　（錦　昭江）

《主要参考文献》

『鎌倉市史』総説編、社寺編、1959年

松尾剛次『中世都市鎌倉の風景』吉川弘文館、1993年

貫　達人『鶴岡八幡宮寺』有隣堂、1995年

鎌倉・勝長寿院

―源氏の寺―

義朝の首

　かつて、現在の鎌倉市雪ノ下大御堂ヶ谷の地に、その名も「大御堂」とも呼ばれたほどに壮大な寺院があった。源頼朝が、平治元年（1159）に起こった平治の乱で敗れ、翌年1月、逃走中に殺害された父義朝の菩提を弔うために建立した勝長寿院である。盛大な開堂供養が行われたのは文治元年（1185）10月。以後、天文9年（1540）ごろまでは存続したようだが、江戸時代の文政12年（1829）当時は、すでに礎石が残っているにすぎない状況であったという。現在は、「勝長寿院旧蹟」の碑が路上の隅に建っている。

　それでは、すでに廃寺となったこの勝長寿院をめぐっては、どのような歴史が語り伝えられているのであろうか。まず同寺建立のいきさつから、『平家物語』巻12紺搔之沙汰によって見てみよう。

　平氏一門が長門壇ノ浦で滅んでから5ヵ月をへた文治元年8月、高雄の文覚上人が頼朝の父義朝の首を、その弟子が義朝とともに殺害された郎等の鎌田政清の首をそれぞれ抱いて鎌倉へ下った。5年前の頼朝の挙兵に先立ち、文覚が謀叛をうながすために頼朝に渡した首は、実は偽物であった。今度の正しい首は、長年、義朝がかわいがって召し使った藍染め職人の男が、獄門にかけられたままの義朝の首をもらい受け、東山の寺院に納めておいたものである。亡父の首が鎌倉に到着する日、頼朝はみずから片瀬川付近まで出かけ、これを迎えた。頼朝は岩石のけわしく立っている地を切りひらき、新たな寺を建立して亡父のための供養をおこない、その寺を勝長寿院と名づけた。

　すなわち、勝長寿院は義朝の首を埋葬した寺だったのである。この点、鎌倉幕府の記録『吾妻鏡』にも同様な記述が見え、さらに同書には勝長寿院建立準備が前年から始まっていたこと、義朝の首到着の2ヵ月後における同寺完成式典の盛大な様子なども詳しく記されている（元暦元年11月26日条・文治元年8月30日条・同年10月24日条）。ただし『吾妻鏡』には、首を運んだのは弟子

のみで文覚本人は登場せず、また偽りの首の話や藍染め職人の男の話などは見えない——なお義朝の首に関しては、九条兼実や中山忠親らの公家の間でも前年から話題になっており（『玉葉』『山槐記』ともに元暦元年8月21日条）、『平家物語』や『吾妻鏡』の伝える鎌倉到着の年月日については検討の余地が残されている——。

承久の乱

　建暦元年（1211）12月、頼朝の子3代将軍実朝は祖父義朝の首を埋葬した、言いかえれば義朝の墓所＝頼朝による亡父祭祀の寺として出発した勝長寿院に参詣している。『吾妻鏡』がこれを年末の恒例行事と記しているように、頼朝の遺志は実朝によって継承されていったのである。しかし、その実朝も、承久元年（1219）正月、鶴岡八幡宮社頭で甥の公暁によって暗殺され、源氏の嫡流は絶えてしまうが、この時、母の北条政子（頼朝夫人）は、実朝の遺骸を勝長寿院の傍（境内）に葬り、さらに実朝追福のために同院に五仏堂を建立して、運慶作の五大尊像を安置している。勝長寿院は、政子にとって義父ばかりでなく、わが子祭祀の寺にもなったのである。

　しかも、まもなく政子は、この勝長寿院を居所としても用いたことから、承久3年（1221）5月、後鳥羽上皇が執権北条義時追討の院宣を発した、世にいう承久の乱勃発に際し、同院はきわめて重要な歴史的舞台になっていったと考えられるのである。話は同月19日、義時追討の院宣などをたずさえた上皇側の使者たち、反対に上皇挙兵の一大事を伝える京都守護伊賀光季らが送った幕府側の使者たちが、相次いで鎌倉へ到着したことから始まる。到着の順序・幕府の対応ぶりなど、この時の様子は史料によって微妙に異なっているため、ここでは承久の乱を描いた軍記物語『承久記』諸本の中でも、もっとも古い要素を残すとされる慈光寺本『承久記』から必要箇所を抜き出すと、次のようになる。

　　鎌倉に着いた伊賀光季の使者が二位殿（北条政子）の居所へ参上し、上皇挙兵を告げると、二位殿は、ただちにこのことを鎌倉中に触れまわさせたので、鎌倉は大騒ぎになった。急を聞いて二位殿の居所へ駆け付けたのは武田信光・小笠原長清・小山朝政・足利義氏らの有力御家人たち。二位殿は彼らを前にして幕府の危機を訴え、鎌倉殿の御恩の大きさをあらためて思い起こさせる演説をおこなった（実は、この時に参集した面々は、いずれも上皇が院宣を遣わして味方につけようとした人々。とすれば、政子の演説は、『吾妻鏡』が伝えるように群参した不特定多数の御家人に向けて

ではなく、鎌倉側の中でも、上皇側によって、その裏切りが期待されていた人々に対してのものであった可能性も高まってくる）。

これに感じ入った御家人たちは二位殿のもとでの結束を誓い、二位殿は軍議を開始するため、彼らを執権義時のいる侍所(さむらいどころ)へ向かわせた。

勝長寿院跡
せまい道路の脇にひっそりと石碑が建っている

後鳥羽上皇挙兵の報に接して動揺する鎌倉側の様子について語られる時、必ずといってよいほど紹介される二位殿こと北条政子の名演説の場面であるが、ここで見逃せないのは、演説が彼女の居所においておこなわれていることである。というのも、『吾妻鏡』のその日の記事に「二品の亭(二位殿)御堂御所と称す」と見え、当時、政子が御堂御所を居所にしていたことがわかるが、この御堂御所こそ、ほかならぬ勝長寿院だったからである。すなわち源氏将軍が３代で絶えたあとの鎌倉幕府最大の危機を救った尼(あま)将軍(しょうぐん)北条政子の名演説の舞台は、幕府創始者頼朝の父義朝の首を埋葬した寺だったことになるのである。なお、この演説の場所については、勝長寿院説（奥富敬之『鎌倉歴史散歩』）のほかに将軍御所説（石井進『鎌倉幕府』）、北条義時館説（大隅和雄・神田千里ほか著『日本史の名場面事典』）などがある。また『吾妻鏡』では、「二品の亭＝御堂御所」において、逮捕した上皇側の密使の所持する院宣などを開封したとするが、演説の場所としての確定はできない。

承久の乱から２年後、貞応２年（1223）、北条政子は勝長寿院の奥に新しい御堂（奥御堂）と御所（勝長寿院奥殿とか、これもまた御堂御所とも呼ばれている）を建立し、同寺との関係をより深めているが、嘉禄元年（1225）、その政子が死去すると遺骸は「御堂御所の地」で火葬され、翌年の１周忌も勝長寿院でおこなわれている。その後、勝長寿院は何度か火災にあっているが、そのつど北条氏によって再建されているのも、こうした政子との深い関係が、北条氏をして同寺を重視させたものであろう。なお、もし貞応２年に建てた御堂御所と承久の乱当時の「二品の亭(二位殿)御堂御所と称す」という『吾妻鏡』の記事の間に混同があるならば、先の演説の場＝勝長寿院説は再検討の必要がでてくる。

義経鎮魂

　勝長寿院は頼朝の父義朝の首を埋葬した寺であったが、興味深いことに、ここはまた、頼朝によって悲劇的な最期を遂げさせられた弟義経にまつわる三つの物語の舞台ともなった寺であった。その三つの物語とは、義経の一代記『義経記(ぎけいき)』巻6に載せられている次の三話である。

（1）義経の有力郎等の佐藤忠信は、京都潜伏中に討手(うって)に囲まれて自害。見事な最期の様子を聞いて感嘆した頼朝は、その首を由比ヶ浜(ゆいがはま)の八幡社の鳥居にかけたのち、勝長寿院のうしろに埋葬し、さらに同寺の別当に命じて百三十六部の経を写させて供養した。

（2）奈良において義経をかくまった勧修坊得業(かじゅうぼうとくごう)は、そのために捕えられて鎌倉に送られ、頼朝の尋問をうける。しかし、逆に頼朝を諌めて信頼を得ることになり、勝長寿院の別当に補せられた。

（3）鎌倉に送られる以前から懐妊していた義経の愛妾・静(しずか)の産んだ子が男児であったため、由比ヶ浜に棄てられるが、その亡骸(なきがら)は静の母磯禅師(いそのぜんじ)によって探しだされ、勝長寿院のうしろに埋められた。悲しみの中、静は鶴岡八幡宮で義経を慕う歌にあわせて舞を奉納した。

　これらは、勝長寿院の縁起として、勝長寿院で管理され、成長していったものと推定されているが（角川源義『語り物文芸の発生』）、いったいなぜ、こうした義経にまつわる話が勝長寿院を舞台としているのであろうか。それは第2話の主人公勧修坊得業が聖弘房(しょうこう)・聖弘得業ともいわれ、実際に勝長寿院の供僧職(そう)に任じられている人物で、しかも義経をかくまったばかりでなく、その縁者でもあったことが手がかりになる（『吾妻鏡』文治3年3月8日条、『玉葉』文治2年10月17日条）。というのも、元仁元年（1224）・嘉禄元年（1226）当時の勝長寿院別当の良信も、その祖父が義経の母常盤の再婚相手大蔵卿藤原長成(ときわ)で、義経の縁につらなるものであったこととあわせて、鎌倉幕府は、こうした義経ゆかりの僧の手により、頼朝によって滅ぼされた義経の怨念・亡魂を鎮めさせようと図ったと考えられるからである。勝長寿院の今一つの顔である。

（樋口　州男）

《主要参考文献》
奥富敬之『鎌倉歴史散歩』新人物往来社、2001年
秋山哲雄「源氏の聖地・勝長寿院」『別冊歴史読本―源氏・武門の覇者』32-22、2007年
角川源義『語り物文芸の発生』東京堂出版、1975年
樋口州男「御霊義経の可能性」『軍記と語り物』42、2006年

腰越

―鎌倉の境界の地―

都市鎌倉への関門

　腰越の地名は、海岸へ至るまでに小高い丘を越えることから名付けられたという（『新編相模国風土記稿』）。『平家物語』（巻11　腰越）によれば、平氏が壇ノ浦で滅亡後、平氏の総帥宗盛を連行して鎌倉をめざした源義経に対し、頼朝側は金洗沢に関をすえて宗盛父子のみ受け取り、義経をこの腰越の地で追い返したという。義経の方はさまざまに弁明するが、梶原景時の讒言によってか、頼朝の心は変わらなかった。そこで、義経は、自らの心情を吐露した頼朝宛の書状を泣く泣く書いて、大江広元に託したのであった。この書状は「腰越状」といわれ、現在、腰越に所在する萬福寺には、弁慶筆「腰越状」が現存し、境内には弁慶が墨を磨るのに用いられたという硯池や弁慶の腰越石なども伝承する。

　なお、この「腰越状」は、すべての『平家物語』諸本に登場するわけではない。古態を残すという延慶本『平家物語』では、義経は鎌倉入りをはたし、頼朝に面会もしている。元暦２年（1185）５月17日面会の時、義経は、義兄頼朝が戦勝を賞賛してくれると期待したが、頼朝はうち解けた気配もなく、言葉少なく「とくとくやすみ給へ」と声をかけたのみであった。翌朝、使者を通じて、しばらく金洗沢の辺に滞在するようにと伝えた。この時、「義経はおそろしき者なり、打ち解けるべきにあらず」と不信感を義経に抱いていた頼朝は、結局、金洗沢から再度、鎌倉へ入ることを許可しなかったという。本来は、この延慶本のように、一度は義経も鎌倉入りをはたし頼朝に面会するという物語であったものが、やがて、覚一本のような頼朝との対面かなわなかった義経が腰越状を出すという形態になったのであろう。鎌倉後期に編纂されたという『吾妻鏡』にも腰越状は登場する。同書によれば、元暦２年５月15日酒匂駅に到着した義経に対して、頼朝は北条時政を使者として酒匂に派遣し、宗盛のみを迎え、義経については「鎌倉に参ずべからず」と申し置く。その後、腰越駅において無駄に日をおくっていた義経は、大江広元に託して腰越状を頼朝へ

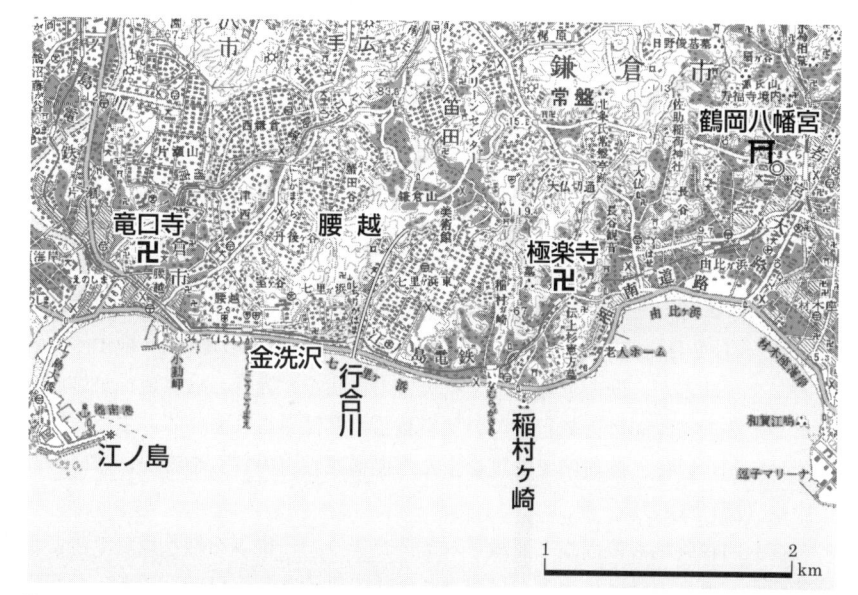

鎌倉の西の境界にあたる腰越から稲村ヶ崎一帯　　【1/5万　平塚・横須賀】

「愁鬱の念」を伝えたが期待するような返答はなく、6月9日、再度、宗盛を伴って帰洛している。義経の義兄頼朝に対する恨みは、「すでに古の恨みよりも深し」と結ぶ。『吾妻鏡』にも覚一本『平家物語』とほぼ同文の腰越状が載せられており、『吾妻鏡』編纂段階では、すでにこうした腰越状伝承が流布していたと推定される。

腰越は、都市鎌倉の玄関口であり、頼朝の意向に反するものは通行を許可されない幕府への関門でもあったのである。

境界の地

延慶本『平家物語』では、義経の滞在先は腰越ではなく金洗沢とされている。金洗沢は、七里ヶ浜を流れる行合川以西から腰越に至る海岸を指す。かつてこの地で金が産出されたためにこの地名がついたというが（『新編鎌倉志』）、本来は砂鉄の産地であったともいう。元仁元年（1224）12月26日におこなわれた四角四境祭では、鎌倉の四境を、「東は六浦、南は小壺、西は稲村、北は山内」と範囲が定めている。四角四境祭は陰陽道の祭祀で、鬼気（災い）を追い払うことを目的としており、京都の四隅と山城国国境で行われていたものを、

この年、関東で始めて行ったものである。この祭儀の前提からすれば、鎌倉市中の西境は「稲村」ということになる。同年、6月6日には、祈雨のため七瀬(ななせ)の祓いも行われているが、この時の7箇所は、由比が浜・金洗沢・固瀬河(かたせがわ)・六連(むつら)・猶河(いたちがわ)・杜戸(もりと)・江嶋(えのしま)である。金洗沢はその後の七瀬の祓いでも霊地として選定されており、穢れを祓う場としての機能ももっていたようである(『吾妻鏡』)。

浜は死者の穢れも浄化すると考えられていたようである。その意味で、多くの罪人がこの地で処刑された。承久の乱で上皇方についた源光行は、承久3年(1221)8月2日金洗沢まで連行され、北条義時より「その場で誅戮(ちゅうりく)すべし」との命をうけるが、助命を認めた一条実雅の書状を、光行の嫡男親行(ちかゆき)が処刑場である金洗沢まで届け、執行寸前の父を救ったと伝えられている。また、嘉禄2年(1226)には、陸奥国で陰謀を企んだ悪僧忍寂房の首も金洗沢に懸けられている(『吾妻鏡』)。

金洗沢同様腰越も処刑地と認識されていたようで、恨みを抱き鎌倉を後にした義経が、再度、鎌倉に戻るのは出奔4年後の文治5年(1189)であったが、藤原泰衡(やすひら)の使者によって首となっての帰還であった。奥州から黒漆の櫃に入れられ美酒に浸された義経の首が腰越浦に到着すると、宿敵であった梶原景時らが派遣されて、この地で実検されたという。鎌倉入りをはたすという義経の願いは、死しても叶えられなかったことになる。建久2年(1191)には、義経の女婿源有綱の家人が、北条時定を狙っていたところを梶原景時によって捕縛されるが、やはりこの家人も腰越辺で梟首(きょうしゅ)されている。さらに安貞元年(1227)には、北条泰時次男時実を殺害した家人高橋二郎が、腰越辺で斬刑になっている(『吾妻鏡』)。文永8年(1271)処刑寸前の日蓮が、奇瑞によって助かったという龍ノ口も、腰越にほど近い。建治元年(1275)蒙古からの使者杜世忠が殺害されたのも龍ノ口であった。

都市鎌倉の周縁部にあたる稲村ヶ崎から江ノ島に至る海岸一帯は、穢れから都市中心部を守る役割も担っていたのである。

境界をめぐる合戦

『海道記』の作者は、「腰越といふ平山のあはひを過ぎれば、稲村といふ所あり」と、海岸づたいに鎌倉に入るルートを記している。「鎌倉城」と称された(『玉葉』)要害堅固の鎌倉であるが、市中に入るための出入口としては「鎌倉七口」が知られる。西より鎌倉へ向かうルートとしては、極楽寺路・大仏坂

路・化粧坂路・巨福呂坂路が一般的であるが、建長4年（1252）に鎌倉に下向した宗尊親王は、固瀬より稲村ヶ崎を経て由比の浜に至っているように、古代の官道でもあった海岸線を辿るルートも健在であった。

　鎌倉の西の入口にあたる腰越から稲村ヶ崎では、しばしば幕府をめぐる攻防戦の場ともなった。『太平記』では、元弘3年（1333）5月22日、新田義貞が、龍神に祈り干潟を渡って鎌倉を総攻撃した話が著名であるが、残された軍忠状によれば、すでに同月18日には、幕府軍が仕掛けた逆茂木を越えて新田軍は稲村ヶ崎を越えており、一時は、前浜鳥居（浜の鳥居）付近まで攻め込んでいる。その後、新田方の大将の一人大館宗氏が戦死したため、新田軍は後退して稲村ヶ崎背後の霊山山付近に陣をとり、19日・20日と極楽寺や霊山寺辺で幕府軍と激戦が展開した。新田軍が霊山寺に籠もる幕府軍を攻撃していることがうかがえる軍忠状が残っており、近年の発掘の成果でも、霊山山頂付近では土塁等中世の遺構が確認されている。稲村ヶ崎背後の霊山付近が、幕府軍と新田軍の攻防戦最前線であり、22日この攻防を制した新田軍は、市中深く攻め入り、北条氏を滅亡に追い込んだのであった。

　室町時代、鎌倉には鎌倉府がおかれ、足利尊氏の子基氏の子孫が代々鎌倉公方となったが、しばしば鎌倉公方と室町幕府は反目した。永享11年（1439）永享の乱で敗北した足利持氏が自殺すると、鎌倉公方の座はしばらくの間、空位となる。宝徳元年（1449）持氏の遺児成氏が鎌倉公方として鎌倉に入るが、十年間の鎌倉公方不在の間、鎌倉府の実権を握ってきたのは、関東管領上杉家であった。幕府の信頼厚い上杉憲実が管領職を辞退し若年の子憲忠が就任すると、山内上杉家の家宰長尾景仲と扇谷上杉家の家宰太田資清が鎌倉府の実権を握った。あらたに就任した鎌倉公方足利成氏は、すぐに長尾氏・太田氏と対立した。宝徳2年4月20日、長尾・太田両軍500騎が鎌倉御所を襲うという情報を察知した足利成氏は、その日の夜半、江ノ島に逃れ、ここに陣をおいたのであった。もし、劣勢であれば、この地から安房までさらに逃れようという目論見であった。長尾・太田軍は腰越浦まで押し寄せ、合戦となった。江ノ島合戦といわれる戦闘は、結局、上杉憲実の弟道悦が仲裁し、いったん和議となる。しかし、対立の軸は、そう簡単には解消しなかった。鎌倉にもどった上杉憲忠を翌年成氏が謀殺したことにより、鎌倉は大動乱の時代に突入した（享徳の乱）。鎌倉公方足利成氏は、鎌倉から下総古河（茨城県古河市）へ本拠地を移すと（古河公方）、幕府は将軍義政の弟政知を替わりの鎌倉公方として関東へ下向させるが、政知は鎌倉入りもはたせず伊豆の堀越にとどまった。

もはや幕府の権威も失墜し、鎌倉公方ですらも鎌倉入りをはたせない世となったのである。
(錦　昭江)

《主要参考文献》

『鎌倉市史』総説編、1959年

『神奈川県史』通史編、1981年

武久堅「平家物語における頼朝と義経―「頼朝見参」と「腰越足留」と―」『活水日文』22、1991年

山本隆志『新田義貞』ミネルヴァ書房、2005年

田辺久子『関東公方足利氏四代』吉川弘文館、2002年

三浦半島

―城といくさ物語―

いくさ物語のはじまり―鎧摺城

　三浦一族が本拠をおく三浦半島は、小高い丘陵がつづき半島全体が要害の地となっている。半島ほぼ中央部に位置する衣笠城を中核に、一族は半島各地に支城を配置し防備をかためて、独立した権力を長期間維持していったのである。城といっても江戸時代のような壮麗な天守閣もつ広大な城郭ではない。砦に近い、軍事拠点と考える方が実態に近いだろう。まさしく三浦半島全体が大きな城塞の役割をはたしていたのであった。これらの城の興亡は、同時に、三浦一族盛衰の歴史でもあったといえる。

　治承4年（1180）、伊豆で頼朝が挙兵することを聞いた三浦一族総帥の義明は、即座に一族あげての加勢を決めた。義明は、頼朝に三浦一族の繁栄を託したのであった。

　だが、義澄ら三浦勢が三浦半島から伊豆にむかった時、すでに頼朝勢は石橋山合戦で敗北していた。『源平盛衰記』では、三浦一族の馳参が遅延した理由を丸子河（酒匂川）辺で洪水があったためという。頼朝戦死の誤報も聞くが、夜半、義澄はともかく三浦に引き返すこととし、海岸沿いに腰越・稲村・由比ヶ浜（湯居浜）を経て小坪坂（逗子市）までたどりついた。夜が明けたところで、小坪坂から背後を振り返った義澄軍は驚愕した。屈曲した湾のすぐ向こう稲村ヶ崎に敵方畠山勢がせまっていたのである。義澄は、甥の和田義盛を小坪坂に、自身は鎧摺城を本拠として陣営を調えた。三浦半島の入口にあたる鎧摺（三浦郡葉山町）は丘陵の尾根が海に突出した天然の要害でもあった。一方、赤旗を天に輝かす畠山勢は、由比ヶ浜中央部稲瀬川付近（鎌倉市）に陣をおいた。一時は両軍に和議が成立するかにみえたが、血気にはやる和田義盛の弟義茂が犬懸坂（鎌倉市）から畠山軍に攻めかかると、畠山軍もこれに応じ戦闘開始となる。鎧摺城でこの戦況を見ていた三浦義澄は援軍として小坪坂に向かうが、小坪までの道は狭隘なため、僅かに二・三騎ずつしか行軍できない。長蛇の三浦の軍列が海岸沿いに出現すると、今度は、畠山軍が仰天した。それが途

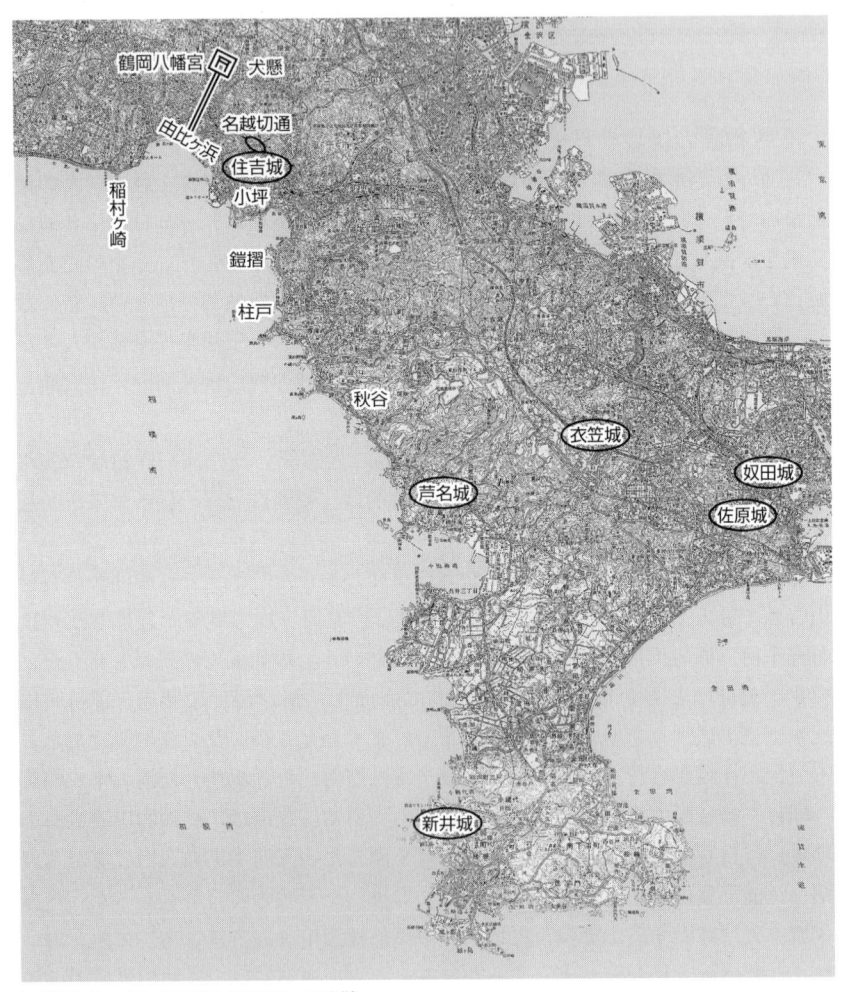

三浦半島 （1/50000 横須賀・三浦）
起伏の多い三浦半島は、半島全体が天然の要害であった。

方もない大軍に見えたのである。「上総・下総の軍勢も三浦軍に加勢したに違いない」と畠山軍は思いこみ、気もくじけ、由比ヶ浜まで戦わずして後退したのであった。次に、両軍が激突したのは由比ヶ浜である。御霊(ごりょう)神社前の合戦では、和田義茂が奮戦し、大男で力自慢の連太郎とその子、郎等を一気に三人討ち取り、この日一番の高名手柄をあげた。以上が、延慶(えんきょう)本『平家物語』(第2末)で語られる「小坪合戦」である。この章段の最後は、合戦報告をうけた義澄の父三浦義明が、和田義茂を「高名左右に及ばず」と賞賛して恩賞に太刀を授けるところで結ばれる。ここで三浦一族総帥義明が物語に登場するのである。

　合戦場となった御霊神社は鎌倉景正を祭神とする。なお、この祭神と崇められる鎌倉景正については、奥州でおきた後三年合戦の際、義家軍として奮戦していた景正(為次の従兄弟の子にあたる)が眼を矢で射抜かれると、三浦為次(為継)がその矢を抜いたエピソードでも知られる(『奥州後三年記』)。三浦氏のいくさ物語は、半島の入口鎧摺城を起点とし、三浦義澄の曾祖父にゆかりの深い神社の社前で合戦にいたる設定からはじまったのであった。

家の誉れ―衣笠城

　由比ヶ浜合戦では優勢であった三浦勢ではあるが、畠山勢をはじめとする平家方が大挙して反撃してくるのは時間の問題であった。平家方との決戦を前に、三浦義澄は、「海に面し防禦に容易い奴田(ぬた)城を拠点とするべきだ」と提案するが、父義明は、「日本国を敵にて打死にせむと思わむするに、同は名所の城にてこそ死たけれ」(延慶本『平家物語』(第2末　衣笠合戦))と主張し、無名の城奴田城よりも「名所」の衣笠城での決戦にあくまで固執した。

　古代東海道は、鎌倉・逗子・葉山から三浦半島を縦断して久里浜に至り、ここから海路房総半島に通じていた。衣笠城は、この古東海道沿いあたり半島中央部にある馬蹄形の丘の最奥部に位置している。馬蹄の先端は、現代よりも入江が深く入り込む久里浜湾をのぞみ、海陸交通の要衝に立地する城であった。「先祖の聞ゆる館にて打死せむ」と云う義明は、曾祖父為通が築城したと伝承されるこの城で、自らの生涯を閉じる覚悟であった。

　延慶本『平家物語』では、衣笠合戦は3つのエピソードで語られる。まず、城口で矢が21本刺さっても戦意を失わない敵方金子家忠を賞賛して、城内から義明が酒を振る舞う話。次に圧倒的な大軍を前に怯む三浦軍を鼓舞するため、義明自ら老骨に鞭打って出陣する話である。この時、義明は89歳(『吾妻鏡』

三浦一族系図

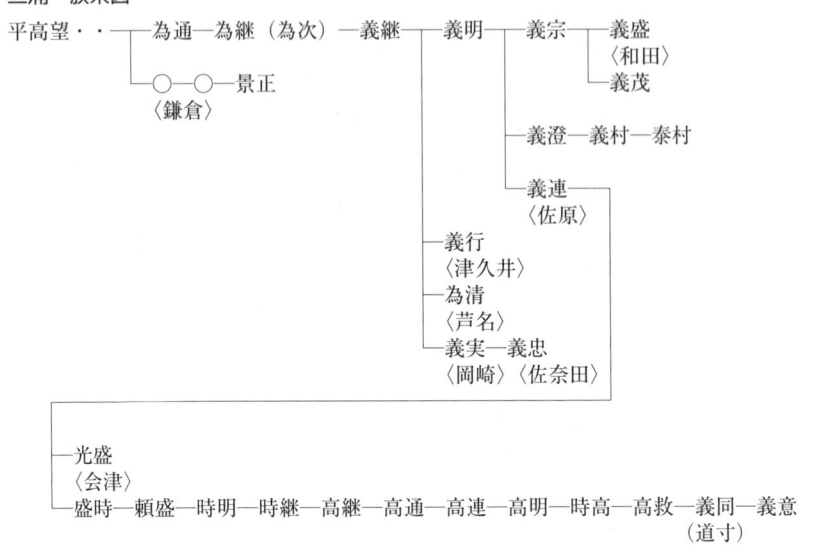

```
平高望‥─┬─為通─為継（為次）─義継─┬─義明─┬─義宗─┬─義盛
        │                              │      │      │〈和田〉
        └─○─○─景正                    │      │      └─義茂
              〈鎌倉〉                  │      │
                                        │      ├─義澄─義村─泰村
                                        │      │
                                        │      ├─義連
                                        │      │〈佐原〉
                                        │      │
                                        │      ├─義行
                                        │      │〈津久井〉
                                        │      ├─為清
                                        │      │〈芦名〉
                                        │      └─義実─義忠
                                        │        〈岡崎〉〈佐奈田〉
                                        │
                                        ├─光盛
                                        │〈会津〉
                                        └─盛時─頼盛─時明─時継─高継─高通─高連─高明─時高─高救─義同─義意
                                                                                              （道寸）
```

　の高齢であった。左右の介添が膝を支えて乗馬する姿を見た従兄弟の佐野平太が、「介殿（義明）は物につき給たるか」と驚愕すると、義明は「おまえ達こそ物がついているのではないか。合戦というのは、時には攻撃して敵を追い散らし、時には引き退くことこそ面白いのだ」と述べ、いきなり佐野平太を鞭で叩いたのであった。ここまではあくまで元気な義明像が語られるが、「日もくれぬ」頃から情勢は一変する。最期を覚悟した義明は、一族を呼び集め「自害をせず、安房・上総へ逃れ頼朝軍に合流すべし」と命じるが、自身は高齢で足手まといとなることを憚り、「我はすてて落ちよ。まったく恨みあるべからず」と告げたのであった。この後、物語では義明の偶像が破綻するエピソードが語られる。城に留まることを選択した義明であったが、何故か雑色の輿で城中を脱出するのである。しかも敵が迫ると雑色らは輿を棄てて逃亡し、義明は衣裳も剥がれ「犬死してむする事こそ口惜しけれ」と惨めな最期をとげたのであった。物語の語り手も「義明の主張するとおり城中にいたら、これほどの恥はかかなかったものを」と落胆する。

　しかし、義明の落ちた偶像は、この後、江戸湾船上で頼朝と三浦一族が邂逅した時、再度、名誉の死に変貌する。三浦の人々から、義明が命に替えて城を守った話を聞いた頼朝は「哀れ、世にありて是等に恩をせばやとぞ」と義明の

死に報いることを約束したのであった。ここに、義明と衣笠城落城の物語は、三浦一族の家の歴史とってひとつの勲章となったのである。

　頼朝は、開府後、三浦義明の恩を忘れることはなかった。義明由来の「大介(おおすけ)」を義澄に許し、さまざまな面で三浦一族を重用した。頼朝征夷大将軍就任の際にも、義澄は院使から叙書を拝受する大役を任命されるが、その理由として「亡父義明が命を将軍に献じたからだ」と記す（『吾妻鏡』）。こうして三浦氏は「義明の勲功」により幕府最大の有力御家人となった。義明には多数の兄弟、子息がおり、それぞれ分立して半島の各所に城や館を構える。もともと三浦半島は、源平の合戦の際、鵯越(ひよどり)の急峻な崖にのぞんで、三浦一族の佐原義連(よしつら)が「三浦では朝夕このような場所で駆けまわっている。この程度の崖は、三浦では馬場同然」と真っ先に突進したというエピソードが語られるが（『平家物語』（第9　坂落））、それほど平野に乏しく起伏に富んだ地形であった。こうした自然条件も加味し、衣笠城を中核とする三浦半島全体が三浦氏による一大要塞を呈するようになった。しかし、この鉄壁の防壁は、北条氏に大きな脅威を与えることともなったのである。そして、宝治元年（1247）宝治合戦において、遂に三浦一族は北条氏によって滅ぼされる。頼朝の墓所法華堂で自害を遂げた三浦泰村は、最期に「義明以来、四代家督を継ぎ、北条氏を補佐してきた」と語り、一族の繁栄は義明からはじまることが意識されているが、その「家」の嫡流も義明—義澄—義村—泰村4代で途絶えてしまう無念を語ったのであった。以後、三浦一族の物語は、この合戦に加担せず罪にも問われなかった佐原盛連（義澄の弟）の子盛時が継承することになった。

一族滅亡—新井城

　宝治合戦後、三浦一族の勢力範囲は半島南部に限定され、衣笠城は廃城となった。かわって、一族の本拠となったのは小網代(こあじろ)半島の先端に築かれた新井城（三浦市三崎町）である。三浦氏は、鎌倉幕府滅亡、南北朝内乱、室町幕府の治世となっても、代々、盛時の末裔が「三浦介」を継承していた。

　永享10年（1438）鎌倉公方足利持氏は室町幕府に叛旗をあげるが、この時、三浦時高は、関東管領上杉氏とともに幕府方に味方し、以後、上杉家の台頭に連動して勢力を拡大していく。乱後、時高は、扇谷上杉家(おうぎがやつ)の上杉持朝二男高救(たか)（道含）(ひら)を養嗣子として迎え、上杉家との結束をさらに深めようと図った。その後、鎌倉公方対関東管領上杉家とが対立し、30年におよぶ内乱が続いた結果（享徳の乱）、鎌倉公方の存在は有名無実となり、かわって扇谷上杉家が実

権を掌握すると、三浦氏も、相模国中郡も攻略し岡崎城（平塚市）を築き、さらにその勢力を三浦半島から拡大していったのであった。
　内乱は果てしなく続いた。長享元年（1487）以降は、扇谷家と山内家両上杉家の内部抗争がはじまり（長享の乱）、この内乱も20年におよぶ。この間、扇谷上杉方の最有力軍でもあった三浦氏の威勢は、相模国中央部にまでおよぶようになっていった。この段階で小田原城を攻略し相模国西部を支配下においた北条早雲（伊勢宗瑞）と三浦氏との利害が衝突するようになったのである。
　永正9年（1512）岡崎城が早雲によって攻略されると、高救の子義同（道寸）は住吉（逗子市）に退いた。一方、北条氏は、三浦一族攻略の最前線として玉縄城を前線基地として築城し、長期戦略に備えた。翌年、住吉城も落城し、秋谷の大崩も突破した北条軍は長坂・黒石・佐原と進軍し、三浦一族最期の砦新井城に迫ったのである。
　『北条五代記』によれば、新井城は南西北は海に面し、「白波立て岸を洗い、山高く厳けんそ（嶮岨）にして獣もかけり難し」という天然の要害に位置していた。「至剛智謀兼備せし大将」と称された三浦道寸は、この城で三年間籠城する。兵粮を尽きはてた永正13年（1516）7月11日、道寸は最期の決戦を覚悟した。落城を前に、道寸は宴を催し、辞世の歌を残し、切腹して果てたという。物語の真偽はともかくとして、東常縁の門弟として古今伝授をうけたと伝えられる文武両道の武将にふさわしい最期であった。対して子の義意の最期は壮絶であった。夜叉・羅刹の如く単身敵陣に突進した義意は、500余人の敵を討ち取った後、自ら首を掻き落としたが、「三年この首死せず」といわれた。「大介義明の後胤」を称する道寸・義意父子の死によって、城と三浦一族の歴史は幕を閉じる。しかし、道寸・義意父子の武勇を讃え、後世、この新井城合戦戦場の前を通る武将は、下馬し拝礼したという。そして、新井城での「道寸いくさの次第」は、三浦義明の衣笠城合戦譚とともに、「三浦の老人物語」として長く伝えられることになるのである。　　　　　　　　（錦　昭江）

＜参考文献＞

『日本城郭大系　第6巻』（新人物往来社　1980年）

『三浦一族研究』1～11各号（1997～2007年）

石井　進『鎌倉武士の実像―合戦と暮しのおきて―』（平凡社　1987年）

黒田基樹「戦国期の三浦氏」（『神奈川地域史研究』17号　1999年）

砂川　博『平家物語の形成と琵琶法師』（おうふう　2001年）

髙橋秀樹「三浦氏系図にみる家の創造神話」(峰岸純夫ら編『中世武家系図の史料論』上巻　高志書院　2007年)

『三浦氏の研究』(名著出版　2008年)

伊豆韮山
―中世のはじまりと終わりの場所―

中世の始まった場所

　伊豆国の一の宮である三島大社から下田まで伊豆半島を縦断して下田街道が走っている。この下田街道に並行するように流れているのが狩野川。狩野川は伊豆半島の中央にある天城連峰から流れ出て三島方面へ向けて北流し、沼津市街を経て駿河湾に至る河川である。近年までしばしば氾濫し、洪水災害で付近の住民を苦しめてきた。源頼朝が流された蛭が小島も狩野川の氾濫でできた中州の一つだったといわれている。
　一方で狩野川は天城山系と三島との間に田方平野も作っている。山がちの伊豆半島の中で北端の三島には国府が置かれ、白鳳期にさかのぼる寺院が置かれるなど豊かな平野部が作られたのである。そしてこの田方平野の中にあるのが平治の乱で敗れた源頼朝が流された蛭が小島であり、戦国の雄北条早雲が華々しく歴史上に躍り出てくる場所、韮山なのである。
　この地で挙兵した頼朝が鎌倉幕府を作って中世が始まり、小田原北条氏が滅亡することで中世が終わるのだとすればここ韮山はまさに中世という時代の始まりと終わりに関わる地といえるのである。

流罪の地　伊豆

　さて、伊豆に流罪とされた人は頼朝だけではない。伊豆は古くより流罪の地とされていた。流罪の地、伊豆の最も古い事例は天武4年（676）のことである。『日本書紀』によれば三位麻績王が罪を犯し因幡に流された際、麻績王の一子が伊豆嶋に流されたとある。ここに伊豆嶋とあるように古い時代の伊豆流罪の場合はどうも伊豆諸島へ流されていたようである。古代の呪術師として有名な役小角が讒言によって流されたのも伊豆島であった。
　時代が下ると島以外への流罪が増えるが、即位まもない桓武天皇に対して謀反を企てた氷上川継、応天門の変で流罪となる伴大納言こと伴善男、強弓で知られる源為朝など伊豆には実に多くの「有名人」が流罪とされている。

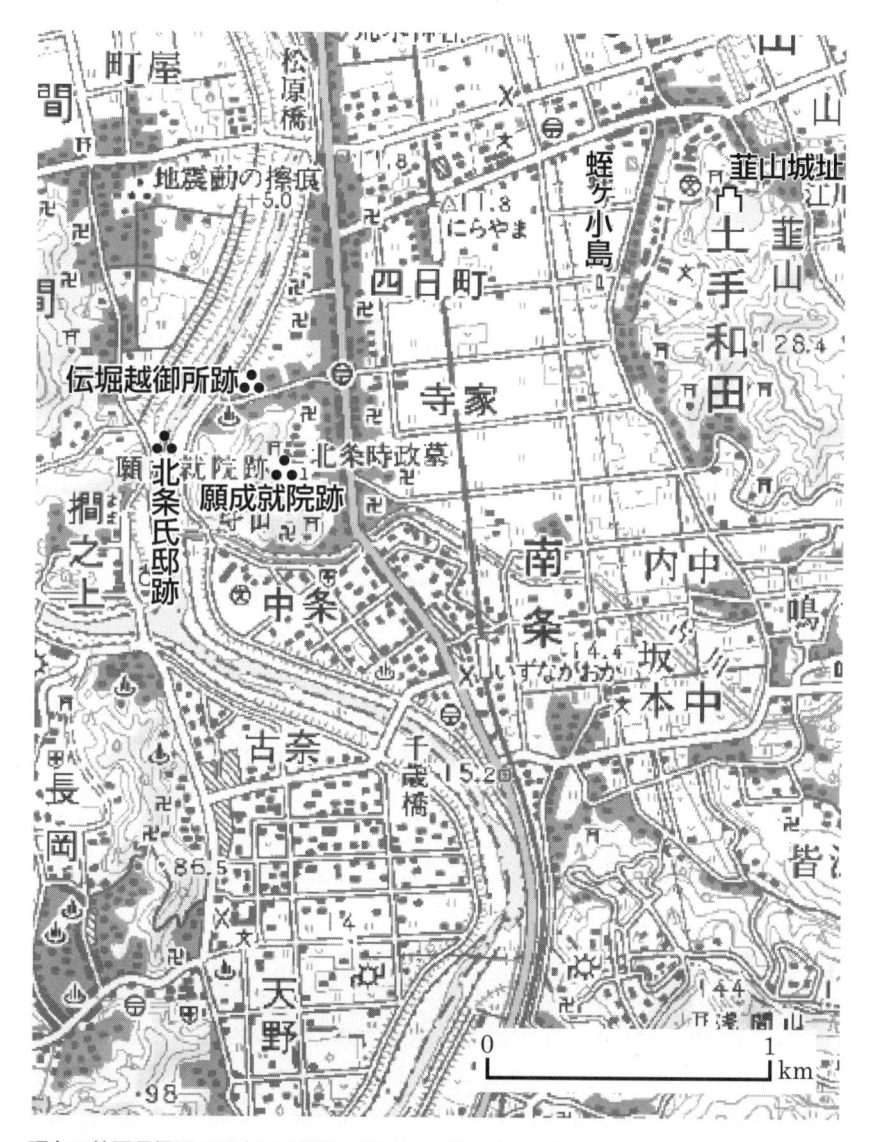

現在の静岡県伊豆の国市には頼朝の流された蛭ヶ小島や北条氏邸跡などが集中している。
【1/5万　沼津】

伊豆に辿り着く前に死去してしまったが、三筆の一人で承和の変の首謀者とされた　橘　逸勢の配流先も伊豆であった。このように伊豆は流罪の地であったのだが、頼朝が伊豆に流されたのには別の事情もあるようだ。

頼朝流罪の背景

　頼朝が伊豆に流された背景については興味深い指摘がある。その背景に平家一門の中の清盛と頼盛の対抗関係があったという見解である。平治の乱で敗れた頼朝は不破関の手前で父義朝らとはぐれ、彷徨しているところを捕らえられている。このときに頼朝を捕らえたのは平頼盛の郎党平宗清であった。そしてその関係で頼盛の実母池禅尼（平清盛にとっては継母）が清盛に懇願して頼朝は助命されている。

　しかし、敵方嫡子の救済などという危険な懇願をなぜ池禅尼は行なったのか。のちの平家都落ちの際に頼盛が同道しなかったことからもわかるように頼盛ら池家は平家一門の中でもやや特殊な立場にあり、清盛との関係にも微妙な対立があったらしい。そのため池禅尼は手中のカードとして頼朝の身柄温存を図ったのではないか。

　さらに補強する材料もある。伊豆で頼朝の監視を命じられたのは伊東・北条の2氏であったが、このうち北条時政の後妻牧の方は池禅尼の姪にあたるのである。つまり頼朝は清盛と池家の政治的取引のための切り札とすべく、池家によって捕らえられ、池家の目の行き届く伊豆に流され、その身柄を確保されたというのである。実に興味深い指摘である。

　そして北条氏は池家から預けられた頼朝に命運をかけ、やがて鎌倉幕府執権として勢力を拡大していくのである。

北条氏と韮山

　では、北条氏とはどのような豪族だったのだろうか。現在の研究では、北条氏は伊豆国在庁官人の家で北条時政も国衙に出仕していたことはほぼ確実とされている。しかし、武士団の規模としては伊豆国内でも中小規模だったようである。しかも時政は北条氏の中でも傍流だったとされる。北条時政が娘政子と頼朝の結婚を認め、頼朝の挙兵に応じたのにはこうした自己の立場の弱さを一気に挽回しようとしたのではないかとも言われている。

　ところで北条氏が拠点としたのが韮山にある守山周辺である。名仏師運慶の手になる不動明王像を持つことで知られる願成就院は、時政の創建で守山の

東麓にあたる。守山の北麓に北条氏邸跡（円成寺遺跡）があり、現在国史跡に指定されている。

　ここからは関東では類を見ない12世紀代の京都系手づくねの土器や12世紀第三四半期に遡る渥美焼などの陶器、白磁四耳壺など12世紀代の舶載陶磁器が大量に出土しており、この地が物資や情報の集まる交通の拠点であったこと、一種の都市的な場でもあったことなどが判明しつつある。思えば守山は下田街道と狩野川という水陸交通の要衝に位置している。北条氏がこうした交通・物流の拠点を押さえていることから北条氏の評価を見直す声も出てきている。

　なお、円成寺遺跡では14世紀中葉から16世紀初頭まで瀬戸・美濃窯の陶器が廃棄されており、北条氏が鎌倉末にいたるまで韮山に邸宅を構えていたことが想定されている。

堀越公方と北条早雲

　円成寺遺跡では年代的に北条氏滅亡後の遺物なども出土しているようであるが、では北条氏滅亡後の守山周辺はどうなっているのだろうか。

　実は室町時代後半、堀越公方の居館が置かれたのがまさにこの地なのである。室町幕府が東国支配のために鎌倉に鎌倉府を置いたことは知られていよう。鎌倉府では尊氏の子基氏以来その子孫が鎌倉公方として、関東管領の上杉氏の補佐を受けて関東を支配していた。上杉氏は韮山の奈古谷郷地頭職を持ち、伊豆守護職を相伝していた。

　永享11年（1439）、鎌倉公方足利持氏は6代将軍義教と対立し滅ぼされた。世に言う永享の乱である。この乱後しばらく鎌倉公方は不在のままであったが、やがて持氏の子成氏が就任した。しかし成氏は関東管領上杉氏と対立し、その結果鎌倉にはいられなくなり、下総国古河に落ち、世に言う古河公方となる。

　これに対して室町幕府は古河公方を討つため将軍義政の弟政知を下向させ、鎌倉公方にさせようとするが、政知も鎌倉に入れず、上杉氏の勢力圏とも近いここ韮山堀越にとどまったのである。これを堀越公方という。

　その後、政知が没すると堀越公方の座をめぐって内紛が起こる。政知の嫡子茶々丸が継母と異母弟を殺し、公方の座を狙ったのである。しかし、国中は服せず、伊豆は混乱したという。その際に堀越御所を襲い、茶々丸を滅ぼし伊豆を手に入れたのが伊勢新九郎こと戦国大名北条早雲であった。

　北条早雲の出自については諸説がありはっきりしないのだが、室町幕府政所

執事を務める伊勢氏の一族だったようである。姉の嫁ぎ先であった今川氏で家督相続をめぐって内紛が起こると調停のため関東に下向、内紛を終結させた後、茶々丸を倒し伊豆へ進出した。さらに韮山城に本拠を置き、小田原、三浦半島などを手に入れ、永正16年（1519）韮山城で没している。伊勢氏が北条氏を名乗るのは二代目氏綱(うじつな)の時からであるが、関東の覇者となるために鎌倉幕府執権として関東武士団を治めていた北条氏の名を名乗ったのだろう。そしてそれは北条氏の拠点韮山を押さえて関東に進出したという意味でもふさわしい改姓であったといえよう。

　さて、戦国時代は豊臣秀吉が小田原を攻め後北条氏を滅ぼした時点で終わるといわれる。いささか強引だが、後北条氏初代の早雲が華々しくデビューし、没したこの地は中世の終わりが始まった場所ともいえるのではなかろうか。

（戸川　点）

《主要参考文献》

杉橋隆夫「牧の方の出身と政治的位置」上横手雅敬監修『古代・中世の政治と文化』思文閣出版、1994年

『月間歴史手帖』23-9（「小特集　伊豆韮山の中世を読む」）、1995年、

『静岡県史』通史編1、1994年。

富士川

―源平の盛衰を見極めた流れ―

駿河国への発向

　治承4年10月6日、鎌倉入部を果たした頼朝は、山内に所在する古い屋敷を移して居所の建設を手掛け、頼義が由比郷に勧請した八幡宮を小林郷北山に遷宮するなど、本拠とすべき鎌倉の建設に着手したのも束の間。10月13日には、平維盛を総大将とする数万騎に及ぶ平家の大軍が駿河国手越駅まで進軍してきた。

　頼朝は、駿河国での平家軍との衝突を既に予見していたらしく、鎌倉入部前の9月20日に、土屋宗遠を甲斐に遣わせて、安房・上総・下総、さらに上野・下野・武蔵の武士を従えて駿河で平家軍を討つ予定であると伝え、「早く北条殿を以て先達と為し、黄瀬河辺に来り向はる可き」と、武田信義以下甲斐源氏に対平家の共同作戦を伝えていた。

　10月14日、富士北麓を経由して駿河に発向した武田信義、一条忠頼、安田義定等の甲斐源氏は、駿河目代橘遠茂の軍勢と遭遇し、これを撃破。10月16日、頼朝も大軍を率いて鎌倉を出立し、10月18日には足柄を越え黄瀬川まで進軍したところで、甲斐源氏と北条時政の軍勢も合流した。頼朝は決戦の日を10月24日と定め、10月20日には富士川東岸の賀島まで軍を進め、富士川西岸の平家軍と対峙する布陣をひいた。この夜半に有名な水鳥の羽音に驚いた平家の敗走が起こるのである。

富士川合戦前夜

　富士川の合戦の様子を克明に伝えるものとして『平家物語』がある。
　　その夜の夜半ばかり、富士の沼にいくらもむれたりける水鳥どもが、なににかおどろきたりけん、たゞどにぱと立ちける羽音の、大風いかづちなどの様にきこえければ、平家の兵共、「すはや源氏の大ぜいのよするは。齋藤別当が申つる様に、定めて搦手からもまはるらん。とりこめられてはかなうまじ。こゝをばひいて、尾張河洲俣をふせげや」とて、とる物もと

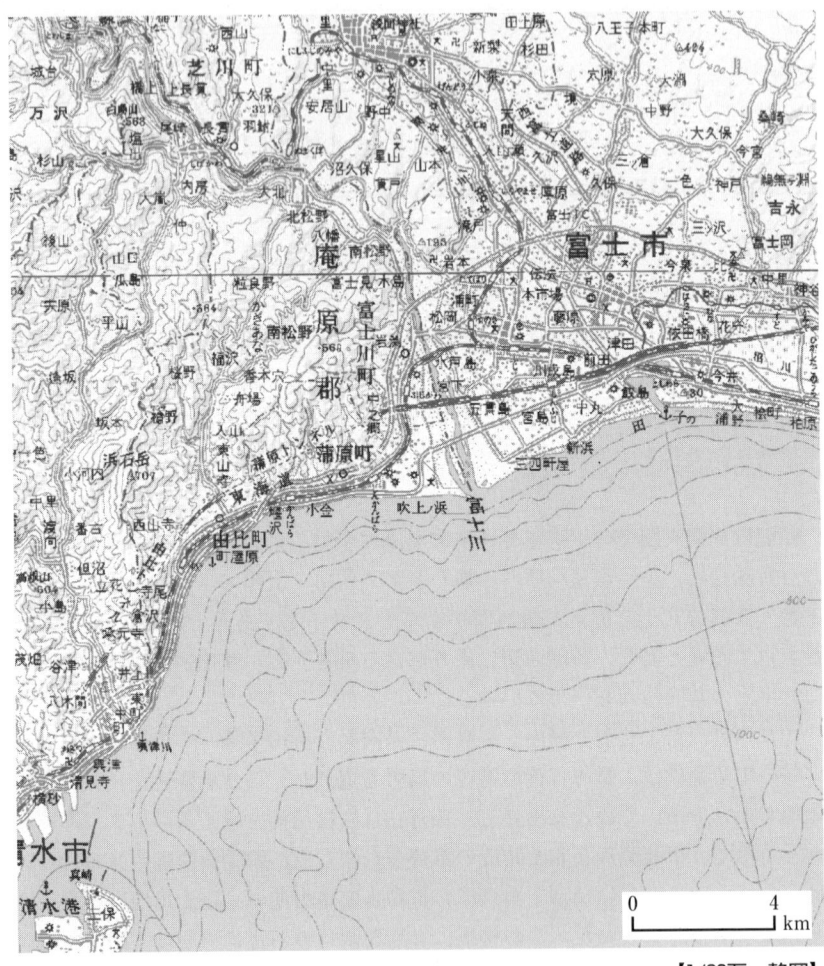

駿河湾と富士川河口　　　　　　　　　　　　　　　　　　【1/20万　静岡】

りあへず、我さきにとぞ落ゆきける。　　　　　　　　（巻5　富士川）

　水鳥の羽音に驚いた平家の敗走の様子をこのように『平家物語』は伝えているが、その前後の記事を読むと、事はそう簡単な出来事ではなかったらしい。それなりに合戦前に哨戦とも結うべき事態が起こっていたのである。

　東海道筋を東に下った平惟盛率いる平家軍は、富士川の西岸に到着すると、実盛ほど大弓を射る武者は関東の八国にもいなであろうと、東国の事情を良く知る斎藤別当実盛に尋ねたところ。

　　さ候へば、君は実盛を大矢とおぼしまし候歟。わづかに十三束こそ仕候へ。
　　実盛程ゐ候物は、八ヶ国にいくらも候。大矢と申ぢようの物、十五束にお
　　とてひくは候はず。弓のつよさもしたゝかなる物五六人してはり候。か
　　るせい兵どもがゐ候へ者、鎧の二三両をもかさされて、たやすうゐとをし候
　　也。　　　　　　　　　　　　　　　　　　　　　　（巻5　富士川）

と述べ、そのような大弓を射る武者が5百騎もおり、馬を巧みに乗りこなし、親子の情をも断ち切り、勇猛果敢な関東武士の姿を披瀝する。実盛の語りを聞いた平家方の兵士は、刀を交える敵勢に戦う前から恐れをなしてしまう。実盛は平家方ではなく、源氏方が潜ませた間者ではないかと思ってしまうようなやり取りが平家の陣で行われていた。

　さらに合戦前夜の10月23日、平家敗走を助長する事態が生じる。

　　あすは源平富士河にて矢合とさだめたりけるに、夜に入て平家の方より源
　　氏の陣を見わたせば、伊豆・駿河人民・百姓等がいくさにおそれて、或は
　　野にはいり、山にかくれ、或いは船にとりのて海河にうかび、いとなみの
　　火のみえけるを、平家の兵どのも、「あなおびたゞしの源氏の陣のとお火
　　のおほさよ。げにもまことに野にも山も海も河も、みなかたきでありけり。
　　いかゞせん」とぞあはてける。　　　　　　　　　　（巻5　富士川）

　平家方は、戦禍を避けて山海河野へ避難した人々の焚いた火を見て、源氏勢の火処と勘違いして、思いのほか多勢なありさまに、慌ててしまうのである。先の実盛の言といい、この勘違いといい、すでにこの時点で平家方の負けは決していたといっても過言ではなかろう。そのような状況に、水鳥の羽音が戦意を喪失し浮足立った兵を戦線離脱へと追いやったと『平家物語』は語っているのである。

源氏と平氏を隔てた富士川

　『吾妻鏡』も『平家物語』と同様に、富士川合戦における平氏敗走を水鳥の

羽音を源氏勢の夜討ちと思い込んだとしている。

　しらはたと思ひ羽白に平家逃げ

　人知らず羽武者源氏へかせいする

　近世の人々もこの川柳のように、水鳥の羽音によって平氏が敗走したことを詠んでいる。果たして、前項でみてきた『平家物語』に記されているような富士川合戦であったのであろうか。『平家物語』に頼る限り、平氏は富士川を挟んで東岸に展開する源氏勢の状況を把握していなかったとみられる。

　富士川両岸の地形を見ると、海に近い河口部は平坦であるが、少し上手を見れば、東岸はなだらかな斜面地であるのに対して、西岸は急傾斜の高台となっている。富士川の流れが容易に渡河を許さず、源氏方の詳細な状況を把握できなかったとしても、西岸に陣を構えた平家方の方が、東岸を見下ろす格好となっていたと思われ、目視で敵方の状況を確認できたはずである。平家勢に比べ、源氏の軍勢の方が数で圧倒していたとすれば、平家方は実盛の語りを聞かずとも、肉眼でその劣勢を感じ取っていたことであろう。富士川を挟んで、傾斜面に展開する避難した人々の火は、さらに源氏方の数の優位を平家方に知らししめることになったのかもしれない。

　『玉葉』によれば、平家方の駿河国目代橘遠茂は軍勢を率いて甲斐に攻め込んできたので、武田信義勢は待ち伏せして橘勢を全滅させている。武田勢は、４万余騎の大軍で平氏方と一戦交えるために富士川を目指して進軍し、19日に平氏との合戦を予定していたという。一方、平氏勢は４千騎のうち数百騎が源氏方に寝返ったので、１、２千騎までで兵力を減じてしまい、４万余騎の大軍の武田勢との戦に勝ち目がないとして撤退したとしている。『玉葉』によると、頼朝主導による武田勢との共同作戦ではなく、また平氏敗走の様子も異なっている。奥富敬之氏は、『吾妻鏡』『玉葉』『山槐記』などの記述から富士川合戦はなかったとしているが、どうやら合戦といえる軍勢の衝突がないまま、平氏の敗走という事態を迎えたのが、いわゆる富士川合戦とよばれるものの実態だったようである。

　水鳥の飛び立つ羽音云々は、実際にあったかもしれないが、それはなだらかな富士川河口部の富士沼などの水辺という舞台があってはじめて成立する譚であり、源氏と平氏の軍勢を隔てた富士川の存在が平家敗走という後々まで語り継がれる合戦のない合戦という出来事を演出したのではないだろうか。

上代から流れる富士のしずく

　源平が富士川を挟んで対峙する170年余り前、菅原孝標一行が上総任国を終えて京に向う途中、この富士川を渡河している。孝標の娘が京への帰路の様子を書き記した『更級日記』によると、富士川の畔で不思議な伝説を耳にしている。川上から流れてきた黄色の反故紙をすくい上げてみると、黄色地に濃い朱色できちんとした文字で駿河国の国司任用に関する人事のことが書かれていた。その反故紙を見た人々は、今年、富士山に多くの神々が集まって国司の人事について話し合われているのであろう、珍しいことだと噂になったというものであった。

　孝標の女は、『更級日記』に「富士川といふは、富士の山より落ちたる水なり」と記してあるように、富士川は神が集まる山・富士山を源にする流れであると古人は考えていたようである。

　富士川の流れは、上代から東海道筋では相模国鮎川（相模川）と並んで流れの速い急流であったことが、類聚三代格から知ることができる。承和2年（835）の太政官符「応造浮橋布施屋并置渡船事」に以下のような記事がある。

　　浮橋二処
　　駿河国富士河　相模国鮎河
　　右二河流水甚速、渡船多艱、往還人馬損没不少、仍造件橋

　要約すると、駿河国富士河と相模国鮎河は、流れが早いために渡船の運航が困難であり、行き来する人や馬などが遭難してしまうので、綱で舟を連結した浮橋（舟橋）を設けなさいというものである。

　このように、上代において東海道の難所のひとつであった富士川に、源氏と平氏がここを決戦の場として対峙したのである。しかしその結末は、全面的な軍事衝突以前に平家方の敗走となり、以後、源氏の平家追討の追い風となって、壇ノ浦の海戦を迎えるのである。西国での平家追討に活躍する義経と頼朝が対面するのは、この富士川合戦の翌日、黄瀬川でのことであった。（谷口　榮）

《主要参考文献》

江戸川柳研究会『江戸川柳　東海道の旅』至文堂、2003年

戸塚惠三『東海道と文学』静岡新聞社、2001年

千曲河畔

―合戦と鎮魂―

川中島の戦い

　甲斐・武蔵・信濃3国にまたがる甲武信ヶ岳に源を発し、佐久盆地（佐久平）・上田盆地（西側を塩田平という）・長野盆地（善光寺平）をうるおしながら北流、新潟県に入ると信濃川と呼ばれて日本海に注ぐ川、すなわち千曲川といえば、島崎藤村の「小諸なる古城のほとり～」をもちだすまでもなく、多くの人々にとって詩情を誘う川としてのイメージが強い。しかし内乱の時代といわれる中世、この流域もまた、いくたびかの激しい合戦が繰りひろげられた場であり、同時に、戦いの中で討ち死にを遂げていった人々の魂を鎮める場でもあったことを忘れてはなるまい。

　千曲川流域における合戦のうち、早いものとしては、平安中期に起こった平将門の乱の際、常陸国から東山道を京へ向った平貞盛と、彼を追撃してきた将門による、信濃国分寺付近（上田市）での激突があげられよう。軍記物語の先駆けとされる『将門記』には、承平8年（938）2月の末、両者が千曲川一帯で戦い、双方の「上兵（上級のつわもの）」に戦死者・負傷者がでたものの勝負はつかず、貞盛は山中に逃れたと見える。しかし、なんといっても有名なのは、戦国時代、甲斐の武田信玄と越後の上杉謙信との間で5度にわたって戦われた川中島の戦いであろう。

　川中島とは北アルプス（上高地）を源流とする梓川が名を改めた犀川が千曲川と合流する付近一帯をいう。ところで川中島での5度の合戦のうち、とくに永禄4年（1561）9月における4度目の対決は、信玄の軍師山本勘助が自身の立てた戦法を上杉軍に読まれて討ち死にしたこと、ただ一騎で武田軍の本陣に斬り込んだ謙信とこれを迎え撃った信玄との一騎打ちなど、数々のエピソードを後世に残したことで知られているが、ここで注目したいのはほかでもない。それは、決戦前夜、それまで妻女山（長野市松代町）に布陣していた上杉軍が、山を下りて雨宮の渡し（千曲市雨宮）で千曲川を越え――「鞭声粛々夜河をわたる」の詩は、江戸後期、頼山陽が、この上杉軍渡河の様子を吟じたもの

千曲河畔　81

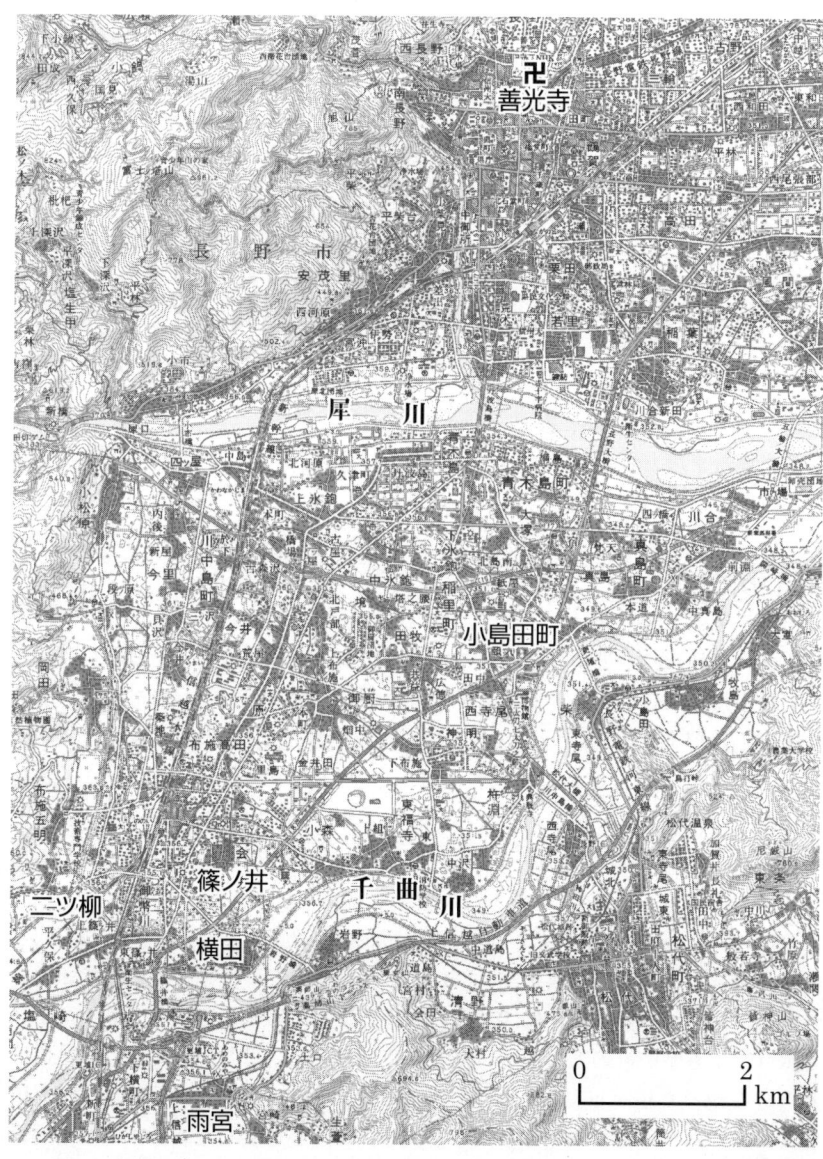

北の犀川と南の千曲川との間が、かつての古戦場。千曲川にそって本文中にあげた地名が散在する。
【1/5万　長野】

——、川中島の南方（長野市篠ノ井横田）から武田軍が本陣を置く八幡原（長野市小島田町）へ向かったという、そのルートである。というのも、この時、上杉軍が千曲川を渡った付近一帯こそ、さらに380年前の治承5年（1181）6月、すなわち治承・寿永の内乱＝源平の争乱当時、信濃の木曾谷で兵を挙げた木曾義仲（源よしなか）が、越後の豪族城氏の率いる平氏方軍勢を撃破し、以後、その勢威を大いに高めることになった横田河原（よこたがわら）の合戦の舞台でもあったからである。

謙信率いる上杉軍が千曲川を渡ったと伝えられる雨宮の渡し付近

横田河原の合戦

　治承4年（1180）9月、伊豆国における源頼朝の挙兵に続いて打倒平氏の旗を掲げた義仲は、木曾から北上して現在の松本・長野市付近を転戦し、いったん上野国に進出したのち、信濃に戻り、翌年6月当時は、現上田市南方の依田（よだ）城を拠点に勢力を築いていた。そこへもたらされたのが、城長茂（じょうながもち）（助茂・助職などとも）を大将軍とする義仲追討の軍が信濃に進攻し、横田河原に陣をとったという知らせであった。これを聞いて依田城を出た義仲は、白鳥河原（しらとりがわら）と呼ばれる千曲川の河原（東御市本海野）で信濃・上野の各地から馳せ参じてきた軍勢と合流し、その数2〜3千余騎となって、決戦の地・横田河原へと向かった（『平家物語』覚一本（かくいちぼん）巻6　横田河原合戦・延慶本（えんぎょうぼん）巻6-26　城四郎与木曾合戦事など――『平家物語』には、学校教育などで多く使用されている覚一本や、比較的古い要素を残すといわれる延慶本など多数のテキストがある）。合戦は、1万余騎もの大軍をもって信濃に押し寄せ、はじめは抵抗らしい抵抗もうけなかった追討軍に対し、「きそ党」＝木曾党、「さこ党」＝佐久党、「甲斐武田の党」＝甲斐源氏の3手に分かれて、これを急襲した義仲軍の圧倒的勝利のうちに終わった。みずからも負傷した平氏方の総大将は、甲冑（かっちゅう）を脱ぎ、弓矢を捨て、わずか300人ばかりとなった手勢を率いて本国へ逃げ帰ったという。

　上記の木曾党云々や合戦の結末については、当時右大臣であった九条兼実（かねざね）の

日記『玉葉』治承5年7月1日条に拠っているが、いうまでもなく『平家物語』もまた、義仲軍が赤旗を掲げて平氏軍に近づき、敵を油断させたところで、いっせいに白旗をあげたというエピソードを載せるなどして合戦の様子を伝えてくれている。なかでも興味深いのは、覚一本には見えないが、延慶本などが現地の地理に詳しく、さらに個々の武士たちの合戦ぶり（自害も含めて）を具体的かつ詳細に紹介しながら戦闘場面を描写していることである。いったいなぜ、そこに現地の地理や合戦参加者たちの言動に関する詳細な情報が盛り込まれていったのであろうか。

善光寺の念仏聖

　そこで注目されるのが、横田河原の北方に位置し、7世紀の創建と伝えられ、今日も多くの参詣者でにぎわう名刹善光寺（長野市元善町）の役割である。というのも、合戦当時、この善光寺の念仏聖たちが横田河原におもむいて戦死者を弔い、善光寺に戻ってから合戦の様子を人々に語って聞かせたこと、また、その語りが戦死者の亡霊供養、鎮魂のための語りとして合戦譚にまで成長し、延慶本などに取り込まれていったことなどが推定されているからである。なお、この点、合戦の前年に焼失した善光寺の再興のため、当時、善光寺聖たちが積極的に勧進活動を展開していたことを重視し、その折、戦死者たちの遺髪や遺骨とともに、すでに在地で生まれていた戦死者にまつわる語りも善光寺聖たちによって善光寺へ運ばれたという見方もなされている。いずれにしても善光寺聖たちが、横田河原の合戦に際し、戦死者の鎮魂・供養、さらには、戦死者の物語＝伝承などといった面に深く関与していた可能性は高い。

大塔合戦

　それでは、このような魅力的な推定を成り立たせているものは何か。実は、この推定に重要なヒントを提供した今ひとつの合戦が、横田河原の合戦と川中島の合戦との間に、これもまた千曲河畔の同じ地域で繰り広げられていたのである。応永7年（1400）、父祖以来の信濃守護に復帰した小笠原長秀と、その支配に反発した村上氏ら北・東信の国人（地方在住の領主）とが戦った大塔合戦がそれである。

　この合戦に題材をとり、合戦後まもない頃に成立したとされる軍記物語『大塔物語』によると、応永7年、念願の信濃入りを果たした新守護小笠原長秀ではあったが、その政治はあまりに国人たちの意向をないがしろにした強引な

ものであったという。このため村上満信、佐久三家（禰津・望月・海野）、大文字一揆（犀川流域の国人連合）の人々は国人一揆を結んで蜂起し、それぞれ「篠ノ井の岡」「上島」「山王堂」「二柳」「芳田崎の石川」などの地に陣を取ったが、これらの各所、および国人勢の動きに対抗して守護方が陣を取った「横田の郷」こそ、かつて横田河原の合戦がおこなわれた千曲河畔だったのである。さらに、なによりも注目されるのは、この合戦は守護方の完敗、長秀の帰京・守護職解任ということで結末を迎えるが、それに先立って、守護方の武将坂西長国らが飢えと寒さに耐えながら、20日間以上も立て籠もっていた「大塔の古要害」（長野市篠ノ井二ツ柳大当）の陥落後の話である。

　これも『大塔物語』の伝えるところであるが、守護方武将の討ち死にや自害により、「大塔の古要害」での戦いが終わると、ただちに善光寺の妻戸時衆や十念寺（長野市西後町）の聖たちが大塔へおもむき、散乱する遺体をと取り納めて荼毘に付し、また塚を築いて懇ろに供養した上、戦死者たちの形見の品々を遺族のもとへ送り届けているのである。すなわち『大塔物語』は、こうした善光寺妻戸時衆や十念寺聖たちが見聞した語りをもとにして生まれたものであるが、とすれば、源平争乱期の横田河原の合戦にまつわる話もまた、同じく善光寺聖（まだ時衆教団は成立しておらず、ここは善光寺の念仏聖）の手によって管理され、延慶本『平家物語』などの素材となっていったものと考えられるのである。千曲河畔は、歴史に残る合戦の場であり、同時に鎮魂の場でもあったのである。

（樋口　州男）

《主要参考文献》

長野県『長野県史』通史編第2巻中世1、通史編第3巻中世2　長野県史刊行会、1986・87年

金井清光「平家物語の義仲説話と善光寺聖」『文学』45-11、1977年

柴辻俊六『信玄の戦略―組織・合戦・領国経営』中央公論新社、2006年

砂川博『平家物語新考』東京美術、1982年

畿内・近国の舞台

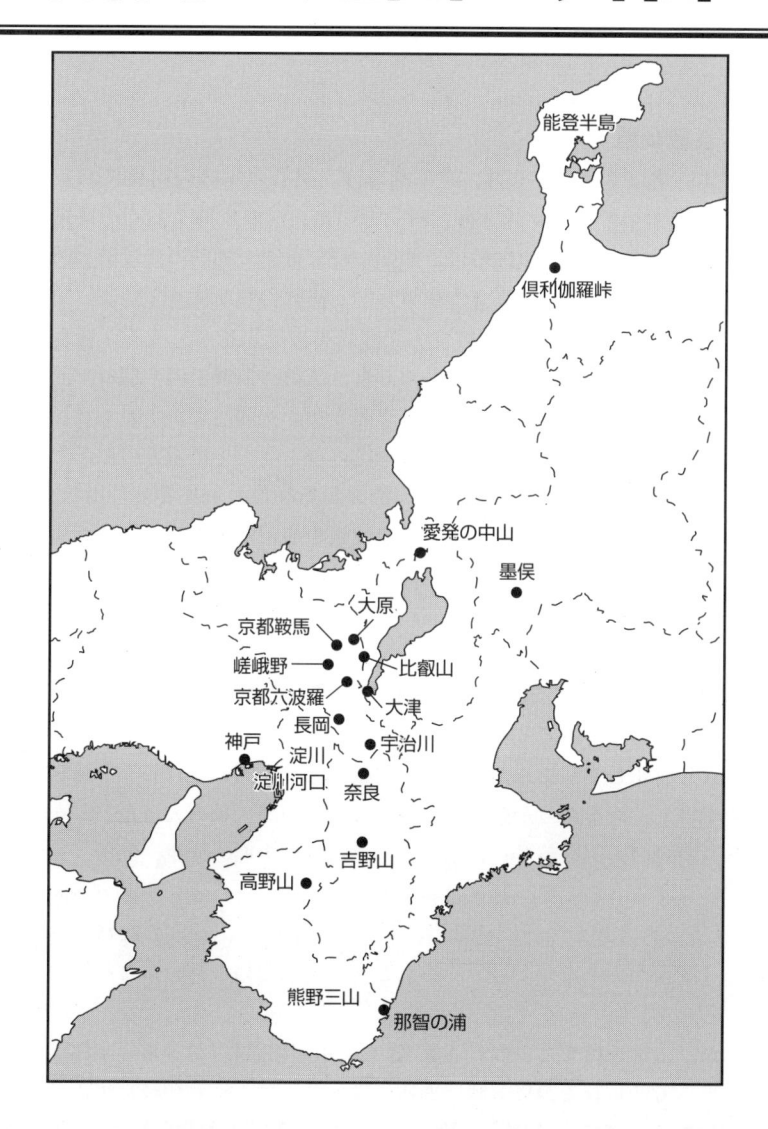

能登半島
倶利伽羅峠
愛発の中山
墨俣
大原
京都鞍馬
嵯峨野
比叡山
京都六波羅
大津
長岡
神戸　淀川　宇治川
淀川河口
奈良
吉野山
高野山
熊野三山
那智の浦

墨俣

─往還の地で生まれた物語─

河辺の合戦物語

　平清盛が没してほぼ1ヶ月、源平両軍は、美濃と尾張の国境にあたる墨俣（大垣市）において、川をはさみ対峙していた。河西に陣をおく平家軍は平重衡ら2万余騎が、対する東国勢は、頼朝の叔父行家、頼朝の異母弟義円（卿公、円全ともいう）ら源氏軍2千余騎らが、決戦の時を待っていた。治承5年（1189）3月11日昼頃、乞食法師一人が源氏の陣屋にやってくる。経を読み物乞いする法師を源氏の兵士らは捕らえるも、法師は捕縛の縄を切って河に飛び込み逃げてしまった。多数の兵が法師を追うが、法師は敵から射られると水底へ沈み、攻撃が止むと浮き上り、浮きつ沈みつしながら平家方の船にたどりついた。すると、しばらくして、さきの法師が鎧直垂の騎馬姿で登場し、「逃げて名乗るも、をかしけれども、かく申すは越中前司盛俊が末子全蓮である」と名乗ったのであった。

　この名乗りを聞いた義円は、全蓮によって自陣の警固の実態が平家方に筒抜けになったものとあせり、さらには叔父行家に先を越されまいという思惑もあり、明日の矢合を待たず、単独で敵陣を攻撃したのであった。平家の陣中に攻め入った義円は、敵方3騎を討ち取り2騎を負傷させるが、残る5騎に取り籠められて討死してしまった。一方、行家軍も、義円に遅れじと手勢二百余騎のみを率いて、河をざっと渡り夜明け前に平家の陣へ攻め入った。しかし、平家方2万余騎の大軍を前に、行家軍も、墨俣東の小熊、柳津、熱田、三河国矢作まで後退する。ここで、行家は雑色3人に旅装束をさせて平家方へ向わせ、「今、東国から大軍が矢作に到着した」と噂を流すと、行家の計略どおり、平家方は「関東から大軍がやってくる」とあわてふためき都にもどっていったのであった。

　以上が、古態を残すといわれる延慶本『平家物語』（第3本　十郎蔵人與平家合戦事）で語られる墨俣合戦である。墨俣合戦は、清盛死後、平氏方が勝利する数少ない合戦であるが、一般に流布している『平家物語』（覚一本、巻6

墨俣　87

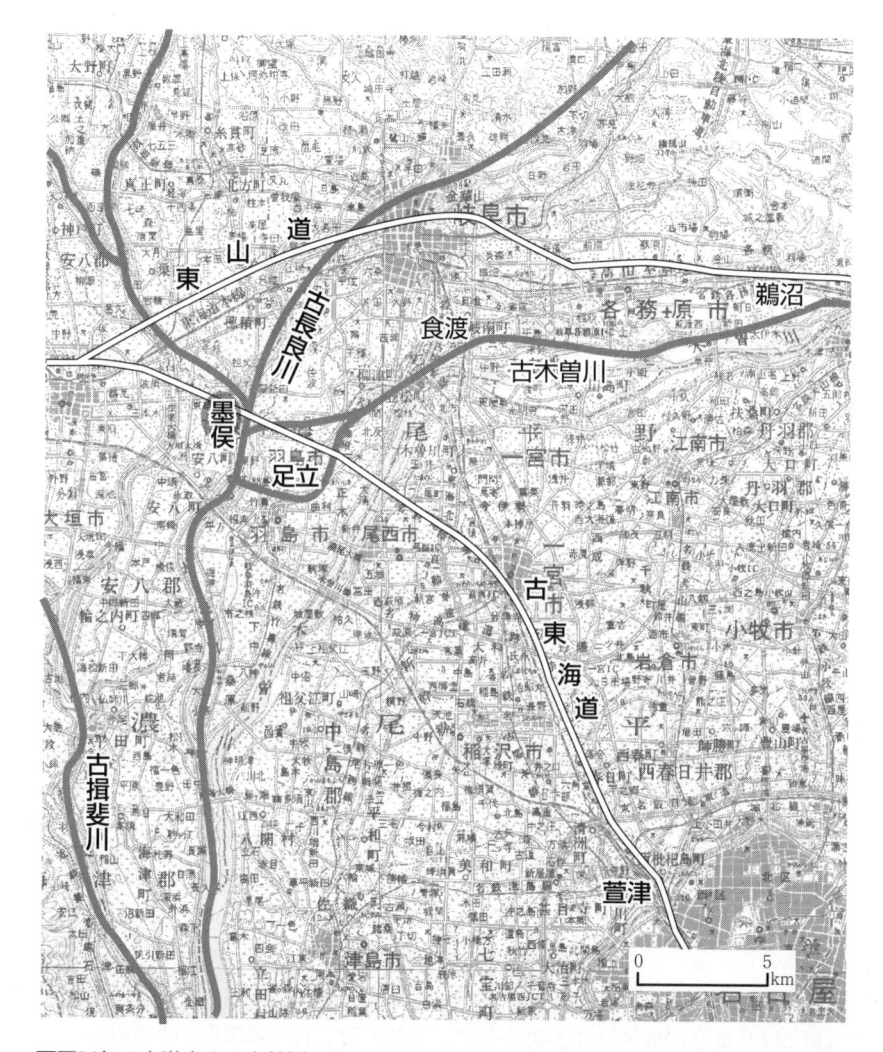

天正14年の大洪水まで木曽川と長良川は墨俣まで合流していた。墨俣付近は大小の河川が集まり広大な大湿潤地帯が形成していた。また、東海道と東山道もこの付近で合流しまさしく水陸交通の要衝であった。

【1/20万　岐阜・名古屋】

須俣合戦）では、平氏軍が３万余騎という大軍をもって源氏方６千余騎を包囲した戦況を述べた後、義円が「深入りして討たれにけり」と簡単にその死を告げるにとどまる。そして、平家軍が、せっかくの勝機を逃し都へ撤兵したことを指摘し、平家の運命も末になったと、勝ち戦(いくさ)を平家滅亡の前兆に仕立てあげているにすぎない。しかし、『平家物語』諸本では、さまざまなエピソードで、この墨俣合戦を彩っているのである。『源平盛衰記』（巻27）では、行家軍が敗走する場面に続き、行家の子息悪禅師が登場し、筏(いかだ)に乗って平氏軍と奮戦する様も描かれる。戦闘場面からは息詰まるような筏の上での合戦模様が目に浮かぶようである。

墨俣合戦では、水中の乞食法師を攻撃する場面や、筏上の合戦など、河辺の戦闘の特色を盛り込んだ合戦場面がとくに興味深い。これらの合戦譚は、はたしてどのように生まれ、また、伝播していったのであろうか。

宿(しゅく)に集う人々と物語

『平家物語』に限らず、この墨俣は物語の宝庫である。鎌倉時代初期に成立したとされる説話集『宇治拾遺物語』では、壬申の乱で吉野から美濃まで逃れた大海人皇子(おおあま)も登場する。物語では、墨俣渡(わたし)で追手も迫り窮地に陥った大海人皇子が、この地の女性の機知によって救われるというもので、じつはこの女性こそは「不破の明神」であったというものである。なお、現墨俣町上宿に所在していた不破神社境内では、昭和２年（1927）に室町時代の建造物の礎石が発掘調査されており、中世に遡る社殿があったことが確認されている。

墨俣の神社といえば、中世を通して生成された物語であるとされる説教節(せっきょうぶし)『をぐり』の冒頭も、「そもそもこの物語の由来を、詳しく尋ぬるに、国を申さば美濃の国、安八(あんぱち)の郡(こおり)墨俣、たるいおなことの神体は正八幡なり。荒人神(あらひとがみ)の御本地(ごほんぢ)を、詳しく説きたて広め申すに、これも一年(ひととせ)は人間にてやわたらせたまふ」ではじまり、最後は「小栗殿をば、美濃の国安八の郡墨俣、たるひおなとの神体は正八幡、荒人神とおいはひある。同じく照手の姫をも、十八町下に、契り結ぶの神とおいはひある。契り結ぶの神の御本地も語り納むる。所も繁盛、御代(みよ)もめでたう、国も豊かにめでたかりけり」（新潮日本古典集成『説教集』）と結ばれ、物語に正八幡と結神社が深く関わっていることを示唆する。本地の場として語られる墨俣正八幡は現墨俣町大字墨俣字西町にある八幡神社を、照手姫の本地である「契り結ぶの神」は、現安八町西結にある結神社と比定されている（なお、両社とも社殿の位置は中世より移転している）。結神社につい

ては、『十六夜日記』の作者阿仏尼も、鎌倉へ向かう途上、街道筋にあるこの神社に目をとめ、「まほれただ　契結ぶ神ならば　解けぬ恨に、われ迷はさで（守って下さい。約束を結ぶ神であるならば、解決しない悩みに渡しを迷わさずに）」という歌を詠んでおり、すでに鎌倉期には、旅人にとって著名な神社であったことも推測される。

　交通の要衝におかれた宿の光景は、鎌倉時代に描かれた「尾張国富田庄絵図」（円覚寺蔵）に描かれた萱津宿でうかがえるが、往還の人々の旅の安全を祈願する神社や、宿泊施設も担っていたともされる諸宗派の寺院が多く建ち並んでいたことが確認されよう。この萱津宿を仁治3年（1242）8月16日に通過した『東関紀行』の作者も、萱津の市の光景に遭遇し「そこらの人あつまりて、里もひびく計にののしりあへり」と、その喧噪ぶりを伝えている。さらに、宿の賑わいについていえば、墨俣宿を通過する際、渡しで輿や馬を待つ阿仏尼が、「往来の人集りて、舟を休めずさしかへる程、いと所狭うかしがましく、恐ろしくまでののしりあひたり」（『うたたね』）と記し、見すぼらしいなりの男達が大喧嘩をしているのを目の当たりにして、旅の身の不安をつのらせている姿も興味深い。

　このように墨俣のような渡河ポイントにある宿には、さまざまな目的をかかえて旅する人々、さらには、そうした旅行者を相手とする商人や交通業者、商人、宗教家と、貴賤とりまぜて多くの人々の人間模様や情報が交錯したことであろう。さきの『平家物語』でも、物乞の法師が登場したり、旅行者に扮装した兵が情報で敵方を撹乱する作戦を語るが、それはこうした宿の雑踏を背景としていたのであろう。また、行き交う旅人によって、宿を舞台として事件情報や噂が、往還道沿いにまたたくまに伝播し、増幅されて、ひとつの物語として形成されていった可能性も高かったろう。

合戦物語の舞台今昔

　阿仏尼が、「みのをはり（美濃・尾張）のさかひ（境）にもなりぬ。すのまた（墨俣）とかや、ひろびろとおびただしき川あり」（『うたたね』）と記しているように、天正14年（1586）の大洪水までは、墨俣また木曽川と長良川は合流していた。当時、この川は墨俣川（尾張川）とも呼ばれ、周辺は大小河川の支流もあわせて「州の俣」の形状を呈する広域な大湿潤地帯を形成しており、東西を移動する軍勢にとって、この河を渡ることが、軍略上重要な課題となっていた。

「往古より東国西国通路立分の要害軍用の固め等、一の切所」(『新撰美濃志』)といわれた墨俣は、『平家物語』の墨俣合戦ばかりでなく、多くの合戦の舞台ともなった。承久の乱では、この地に到着した鎌倉方の大将軍北条時房・泰時が、川を越えるため軍勢を大井戸・鵜沼・大豆戸・食渡等に分けて配置し、上皇軍も12地点で幕府軍を防衛する作戦に出た。渡河ポイント墨俣には、幕府軍は北条泰時らが、上皇軍は藤原秀澄や山田重忠ら主力軍が詰めた。承久3年(1221)6月5日合戦が開始されると、瞬く間に幕府軍は各渡渉点を突破し、7日には野上(関ヶ原)・垂井宿まで到達し、そのまま京まで攻め入ったのであった。東西決戦では、この川を以て勝敗が定まるといわれた。墨俣の陣を破られれば、宇治・勢多等の固めは防ぎ得ずと言われたが、この承久の乱でも、そのとおりの結果になったのである。

南北朝内乱では、建武5年(延元3年 1338)西上する後醍醐天皇方北畠顕家軍を、足利方が青野ヶ原で阻止しようと合戦になるが、その前哨として、『太平記』では「志貴の渡(食渡)」・「州俣河」・「阿字賀(足近)」の各所で戦闘があったとする。両軍勢の主戦場は、青野ヶ原や黒血川付近であったと推定されるが、軍忠状でも墨俣付近を流れる足近川を指す「阿時河」「阿志賀川」付近で合戦があった(『白河証古文書』・『大国魂神社文書』)と記録されることから、墨俣周辺の渡河をめぐって両軍の戦闘があったことは間違いないようだ。

さらに、美濃攻略の最前線を墨俣と定めた織田信長は、この地に築城を命じるが、佐久間信盛も、柴田勝家も失敗する。代わって築城を請け負った木下藤吉郎(豊臣秀吉)は、蜂須賀小六らの協力を得て、あらかじめ材木等を水運を利用して調達した後、永禄9年(1566)9月12日より建造を一気に開始し、15日には信長の入城をはたしたという。藤吉郎の敏速な築城から、この城は、後世「一夜城」と呼称されるにいたった。

こうして古代より多くの往還の人々を阻み、また物語の舞台となった大湿地地帯も、幾たびかの流路の変遷を経て、揖斐川・長良川・木曽川の三川が分流し、各川ともに堤防も整備された。現在、墨俣付近には長良大橋が架けられ、瞬時に通過することができる。この大橋から上流に堤防上を行くと墨俣一夜城歴史資料館がある。また、逆に下流に歩むと、中世墨俣宿の地にあたる「上宿」「下宿」付近には、墨俣合戦で討死した義円ゆかりの供養塔と地蔵が並ぶ。橋上には多くの車両が往来するものの、すでに、この地が交通の要衝であった面影はない。わずかにこうした史跡が、かつて、この地が人や物の集散地であり、多くの物語を育んだ土地であったことを偲ばせるのである。 (錦 昭江)

《主要参考文献》

『墨俣町史』墨俣町、1956年

藤掛和美「説教『をぐり』と墨俣正八幡」『芸文東海』4、1984年

上原輝男「青墓・墨俣の原風景とトランスホーメーション」『國學院雑誌』92-1、1991年

山上登志美「『平家物語』墨俣川合戦譚について」『甲南国文』47、2000年

榎原雅治『中世の東海道をゆく』中公新書、2008年

倶梨伽羅峠

―戦場となった国境の峠―

古代からの道 ～『平家物語』から

「倶利伽羅」の語は「倶利伽羅龍王」を指し、「倶梨伽羅」とも表記される。倶利伽羅龍王とは「不動明王の智剣が変じた化身」であり、「岩の上で火焔に包まれた黒龍が剣に巻きついて、それを呑もうとしているさま」で図像化されている（日本国語大辞典）。「岩」と「火」と「龍」と「剣」のイメージだが、『平家物語』の一異本である『源平盛衰記』の「倶利伽羅峠の戦い」の場面に符合する点が多い。「倶利伽羅」の地について、『盛衰記』は次のように説明している。

　　倶梨伽羅山と云は、加賀と越中との境（さかいなり）也。嶺に一宇（いちう）の伽藍あり。昔、越大徳（こしのだいとく）諸国を修行し給しに、倶梨伽羅明王を行給（おこないたまい）たりしかば、其よりして此山を倶梨伽羅岳共申とか。越中（えっちゅうのくに）国砺並郡の内なれば、砺並とも申めり。谷深して山高く、嶮難（けんなん）にして道細し、馬も人も行違ふ事輙（たやす）からず。

「越大徳」とは、加賀の白山を開いた泰澄（682～767）で、奈良時代からの称になるが、むしろ後から説明される「砺並」（砺波）の呼称が古来からの通称であったようだ。『万葉集』には、大伴池主（おおとものいけぬし）が大伴家持（おおとものやかもち）に贈った長歌「刀奈美夜麻（となみやま）　手向（たむけ）の神に　幣奉（ぬきまつ）り」（天平19年（749）巻17,4008）があり、家持自身も「焼大刀（やきたち）を刀奈美（となみ）の関に明日よりは守部遣（もりべや）り添へ君をとどめむ」と東大寺僧平栄に贈っている（天平勝宝元年巻18,4085）。「砺波山は一山の惣名（そうみょう）にて、倶利伽羅は一峰の名」（『越中志徴（えっちゅうしちょう）』）とあり、越中と加賀を分ける山域を砺波山と称したようで、そこを越える古関が「砺波の関」として詠まれていたことが知られる。現在は、倶利伽羅峠周辺が砺波の関と考えられている。「関」は人々の別離の場であり、別れを惜しむ場として古くから多くの歌に詠まれてきた。一方、国と国との境という場には、史上何度も繰り返されてきた、「戦場」としての側面もある。倶利伽羅峠をめぐっては源平合戦の「戦場」としての記憶が多くの人々に刻まれている。

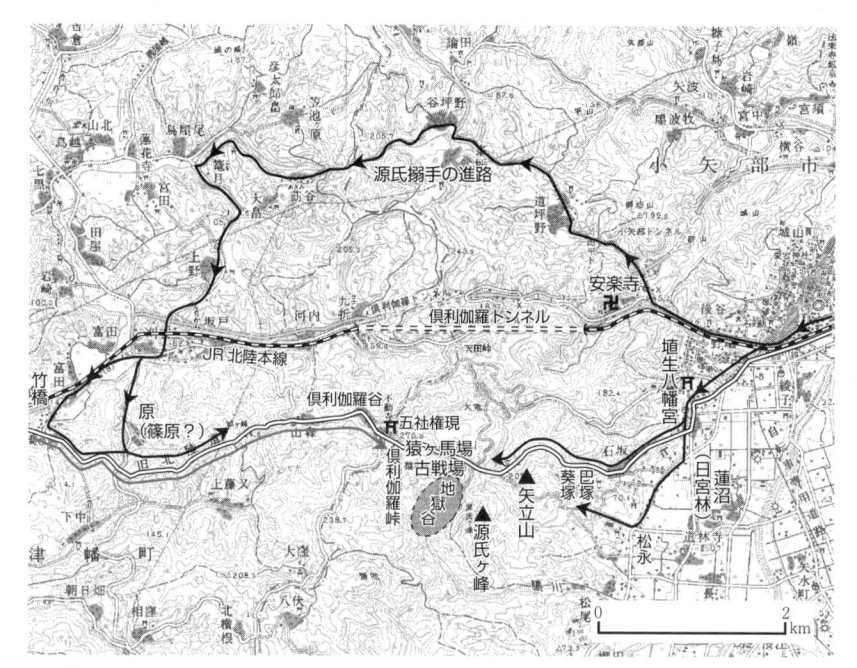

倶利伽羅峠周辺　　　　　　　　　　　　　　　【1/5万　石堂・城端】

倶利伽羅合戦

　覚一本によれば、越前の火打が城の合戦で平泉寺長吏斎明威儀師の平家内通により、平家軍は越前を突破、加賀に進軍し5月8日に篠原（石川県加賀市）に勢揃えした。大手の維盛・道盛・盛俊軍およそ7万、搦手の知度・清房軍およそ3万、大手軍は砺波山へ、搦手軍は北側の志保山へ進軍した。これを聞いた越後国府の木曾義仲は、およそ5万の軍を率いて、砺波山へ向かう。義仲勢は、行家軍が1万騎で志保の山、樋口次郎兼光軍が7千騎で北黒坂、仁科・高橋・山田軍が7千騎で南黒坂、今井四郎兼平軍が、6千騎でひのみや林、義仲軍は1万騎で砺波山の北の外れ羽丹生、1万騎はぐみの木林に隠し、七手に布陣した。平家勢は、黒坂に源氏勢を確認していたにもかかわらず、山の地勢から搦手から攻められる危険なしと判断、味方の加勢を期して、砺波山の山中「猿の馬場」で待機していた。義仲は羽丹生の陣中で埴生八幡社を発見し、覚明が筆を執り、「願書」を奉納し戦勝祈願をおこなっている。やがて合戦となるが、日暮れ時を待つ源氏の策略により、日中は数十騎単位の小競り合いに

終始し、日暮れとなるや平家勢を包囲し隠れていた義仲勢が一斉に鬨(とき)の声を上げ、平家勢を混乱に陥れ、退路を断たれた平家軍は倶利伽羅谷に落ちて壊滅状態となったのである。その地獄絵図にも似た様子を『平家物語』は次のように語っている。

倶利伽羅峠（矢立から）

　　大勢のかたむきたッたるは、左右(さう)なうとッてかへす事かたければ、倶梨伽羅が谷へ我先にぞ落行ける。先におとしたる者の見えねば、「此(こ)谷の底にも道の有(ある)にこそ」とて、親落せば子も落し、兄がおとせば弟もつづく。主(しゅう)おとせば家子郎等(いへのころうどう)もつづきけり。馬には人、ひとには馬、落かさなり落かさなり、さばかり深き谷一を平家の勢七万余騎でうめたりける。巌泉(がんせん)血を流し、死骸岳を成り。されば其谷の辺には、矢の穴・刀の疵残ッて、今に在とぞ承る。
　　　　　　　　　　　　　　　　　　　　　　（巻8「倶利伽羅落」）

　気付かれた向きも多いと思うが、有名な田単(でんたん)の故事（『史記』列伝22）に依った「火牛(かぎゅう)の計(けい)」を、倶利伽羅合戦に記しているのは『源平盛衰記』（巻29「砺並山合戦」）で、覚一本をはじめ他諸本には見えない（長門本(ながとぼん)巻13の燧(ひうち)合戦にはあり）。『源平盛衰記』は「火牛の計」の演出のためか、すっかり夜になってからの設定となっており、日中の合戦に疲弊しきって横たわっている平家の軍兵らを描き、奇襲に驚く平家軍の狼狽ぶりがさらに演出されている。

　義仲軍の知略が奏効し大勝した合戦といえるが、延慶本など読み本系諸本が伝える内容は義仲を手放しに讃えるものではなく、平家が落ちた倶利伽羅谷から火焔が上がる奇瑞を描いている。義仲は「此軍は義仲が力の及ぶ所にてはあらざりけり。白山権現の御計(おんはからい)にして、平家の勢は滅(ほろび)にけるこそ。剣の宮は何れの方にあたりてわたらせ給ふやらむ。御悦申さむ」と、奇瑞をあらわした白山の金剣宮(きんけんぐう)に感謝を述べ、馬と土地を寄進している。覚一本でも神領寄進の件(くだり)はあるが奇瑞譚はない。義仲にとっては加賀白山の神仏を味方につけた勝利であり、平家にとっては神慮から見放された敗北であったともいえる。たんに源氏の一武将の合戦譚に収まらせず、諸本によって差はあるものの「地域の

神仏の加護」という「武力」とは別の力学が加わっているところに『平家物語』の物語性があることも読みとっておきたい。

源平合戦の史跡として　〜戦後から現代に至る倶利伽羅周辺

　現在、富山県小矢部市から石川県河北郡津幡町に至る旧北国街道は「歴史国道」に指定され、「倶利伽羅峠」と称されている。国土交通省のHPには「源平のロマンを感じさせるいにしえの道」とある。認定された1995年は奇しくも戦後50年の節目の年にあたる。上に紹介した木曾義仲の大勝が、寿永2年（1183）であったから、およそ8世紀の「時」を隔てた出来事、ということになる。確かに長い歳月の経過を感じつつ、同じ土地に立って、生死をかけた源平合戦の記憶を呼び起こすことは「ロマン」に満ちた行為かも知れない。ここでは大勢の平家軍を打ち破った木曾義仲軍の戦闘行為に対してロマンを感じるように謳われている印象を受ける。源平合戦然り、戦国合戦然り、だが、多くの命が失われた古戦場址に「ロマン」を感じる精神性とは、保元の乱から明治維新までの「武家の七百年」の中に、いまだ多くの日本人が生き続けているのか、戦闘のリアリティが失われた月日がもたらしたものか判然としないが、複雑な思いがする。

　倶利伽羅峠周辺をめぐる行政的な動きは、国の「歴史街道」認定以前にもあった。昭和41年5月から施行された「富山県定公園規則」に基づいて、昭和42年10月に倶利伽羅県定公園が指定されたのである（758ヘクタール、ほか3カ所）。この年、現在の国道8号線が開通し、旧北国街道を通る倶利伽羅峠周辺は「保全」と「利用の増進」のために人々が訪れる公園となった。

天皇が通らなかった道　〜近代黎明期の倶利伽羅

　しかしながら、明治以降の経緯をみると倶利伽羅峠周辺の状況はやや複雑である。まず挙げられるのが「失われた国境」の時期である。明治4年（1871）7月の「廃藩置県」直後、旧富山藩は富山県として置県されたが、同年中に砺波郡と新川郡を併せ新川県と称し、翌年9月には射水郡を編入した。しかしながら、明治9年（1876）4月に新川県は石川県に併合され、この状況は再び富山県が置県される明治16年（1883）5月まで続いている。行政区分上の観点だが、明治9年から16年までの7年間、砺波山越えの倶利伽羅峠は越中と加賀の境としての位置を失っていたのである。この間の出来事として注目されるのが、明治11年9月から10月の明治天皇の北陸巡幸である。この時、倶利伽羅峠を越

える道は事前に回避され、北側にあたる天田峠（あまだ）に新たな道が準備されていた。現石川県側は同年3月に、現富山県側は5月にそれぞれ着工され、8月15日には開通した。幅3.6m、距離4.76kmの急造の道路であった。現在の県道286号刈安安楽寺線であり、昭和42年（1967）まで国道8号線として利用されていた道である。明治11年（1878）10月2日6時40分道林寺（小矢部市中央町）を出立、8時10分に五間橋（小矢部市安楽寺）を通過、板輿に乗り替えた明治天皇は天田峠を越え、九折村（石川県河北郡津幡町）で馬車に乗り替えている（『小矢部市史下』）。天田峠越えの新道を開通させたのは、倶利伽羅越えが急勾配であったから、という向きの説明がなされている。昭和9年の「天田峠改修碑」によれば、明治11年の道路は狭く、つづら折りの急坂だったため、改修に及んだ経緯を説明しており、それなりに難所であったことを伝えている。とすれば、倶利伽羅の急勾配云々の説明は腑に落ちず、むしろ「明治天皇一行は倶利伽羅峠が負ってきた歴史を避けたのではないか」という疑問が浮上する。この疑問は、およそ30年後にあたる明治42年（1909）9月からの大正天皇（当時は皇太子）の北陸行啓にも当てはまる。麓の埴生八幡社から倶利伽羅峠に至る、麓の石坂から茶屋などがあった天池の途中の平坦地（中ダルミ）に「皇太子殿下御野立所」の碑があるという。しかしながら、実際皇太子は当地を訪れず、侍従武官が遣わされ、源平合戦の様子について現地の第九師団参謀本庄幹太郎中佐から聞いただけだったという（『小矢部市史 下』）。皇太子一行が倶利伽羅古戦場を訪問しなかった理由については、これ以上立ち入らないが、注目したいのは、行啓以前に「皇太子殿下御野立所」の碑が用意されていたことである。かつて明治天皇が巡幸した土地はそれぞれ「聖蹟」として人々に記憶され、昭和になると続々と国家的に顕彰（文部省による公的な史跡指定）されていく、という状況があった。将来、聖蹟（せいせき）として「お墨付き」を得た「歴史的な道」になってもらいたいという地元の希望が、早々に碑を用意させ、実際に訪れていない場所に碑を立ててしまったのであろう。（同じ古戦場だが、関ヶ原古戦場の石田三成陣跡の笹尾山には、北陸行啓の翌年、明治43年4月の行啓碑が立ち、昭和6年に文部省によって史蹟指定されている。）明治天皇北陸巡幸の際、「聖蹟」としての新しい道は得たが、「歴史」を負った聖蹟＝史跡を得る機会を逃した、ということで後者にかかる希望の顕れではなかったろうか。

　明治天皇の巡幸については、地元の人々にとっては日本全土を席巻した源平合戦の一舞台であり、全国に誇る史跡であったに違いない。ただし、近代の皇室の認識がそれを認め、同意していたか定かではない。まず、倶利伽羅合戦で

の勝者、木曾義仲に対する消極的な評価がこの地を避けた一因であったと想像される。寿永2年7月28日、平家を掃討し後白河院に歓迎され入京した義仲であったが、後白河院周辺と対立し、3カ月後の11月19日には院近習者が立て籠もる法住寺を攻めている。義仲を「皇室に弓を引いた逆賊」とする見方は「法住寺合戦」から導かれるわけだが、こうした認識に立てば、逆賊が奇策を以て大勝した地を明治天皇が巡幸し、聖蹟として遺すべきではないという考えがあったことも想像に難くない。また、『平家物語』（覚一本）の記述によれば、平家軍七万人が倶利伽羅谷に落とされ命を落としている。実際は『一代要記』などの史料が伝えるように平家軍「五千騎」のうちの一部だったろうが、それでも多くの死者を出したことには変わりはない。「死者が谷を埋めた」という凄惨な戦場跡を忌避したという可能性も考えられよう。さらに加えれば、明治天皇が巡幸した明治11年の行政区分の問題がある。古来、越中と加賀の「境」（関）として位置した倶利伽羅峠は、当時石川県内の郡境に過ぎなかったのである。つまり、国と国を結ぶ「境界の伝統」を捨てていた時期に当たり、それが天田峠越えの新道を拓く契機になっていたと考えられる。つまり、近代日本の黎明期、政治的な歴史認識に基づき、境界をめぐる「戦いの地」の歴史を負ってきた倶利伽羅の地が排除された、という動きが想定されるわけである。

　以上のように近代黎明期から今日に至るまでの倶利伽羅古戦場址振興の動きの間に屈折した一時期があったことが知られる。『平家物語』の舞台は多くの人々が関心を寄せ、観光地として魅力があるのは確かで、地域の宝とも言える場所でもあるが、いつの時代もそうであったとは限らない。　　　（久保　勇）

愛発の中山

―北国の境界―

　現在の福井県敦賀市疋田の愛発地区に「愛発」の名が残っている。この疋田の地は、滋賀県高島市（旧マキノ町）から敦賀市を結ぶ「西近江路」（国道161号線）と、滋賀県西浅井町と敦賀市を結ぶ「塩津街道」（国道8号線）とが合流する地である。この周辺は、古より現在まで都と北国を結ぶ重要な交通路であったと同時に、＜境界の地＞として歴史の舞台に登場しており、源平合戦の時代もその例外ではなかった。

要害の地としての変遷

　「愛発」の地は、都へ至る北陸道の古関「愛発関」として知られ、東海道の鈴鹿関（伊勢国）、東山道の不破関（美濃国）とともに「三関」と称されていた。その歴史は、天智天皇6年（667）に始まるが、愛発関を舞台とした歴史的事件としてよく知られるのが、「恵美押勝の乱」（天平宝字8年（764）9月）で、クーデターを起こした押勝は、近江の湖西から当時越前守であった息子の辛加知を頼って北国を目指したが、すでに辛加知は討たれ、愛発関を攻防ラインとして朝廷軍と戦ったが敗退し、滋賀県高島町勝野の乙女ケ池の周辺で斬首されている。後述するように、「叛逆者」の北国逃走経路として、『義経記』（巻7「愛発山の事」）は一章段を設けて叙述しており、源義経一行もこの地を越えている。また、『太平記』（流布本、巻27）では、上杉・畠山が越前に流罪となる途上に登場する。

　恵美押勝の乱の際に発動されたのが緊急時に関を閉じる「固関」であった。愛発関跡は定かではないが、西近江路（国道161号線）の山中峠（写真）あたりかと想定され、峠の地形を利用した要害の地であったと考えられる。平安初期まで三関とされていたが、後に近江の勢多関に替わっている。

　平安時代末、源平合戦の時代には、ふたたび要害の地として物語の舞台となる。一般に読まれる覚一本には見えない記事だが、読み本系と称される諸本において「愛発」の地は、その表記を「荒血」「荒乳」として登場する。延慶本

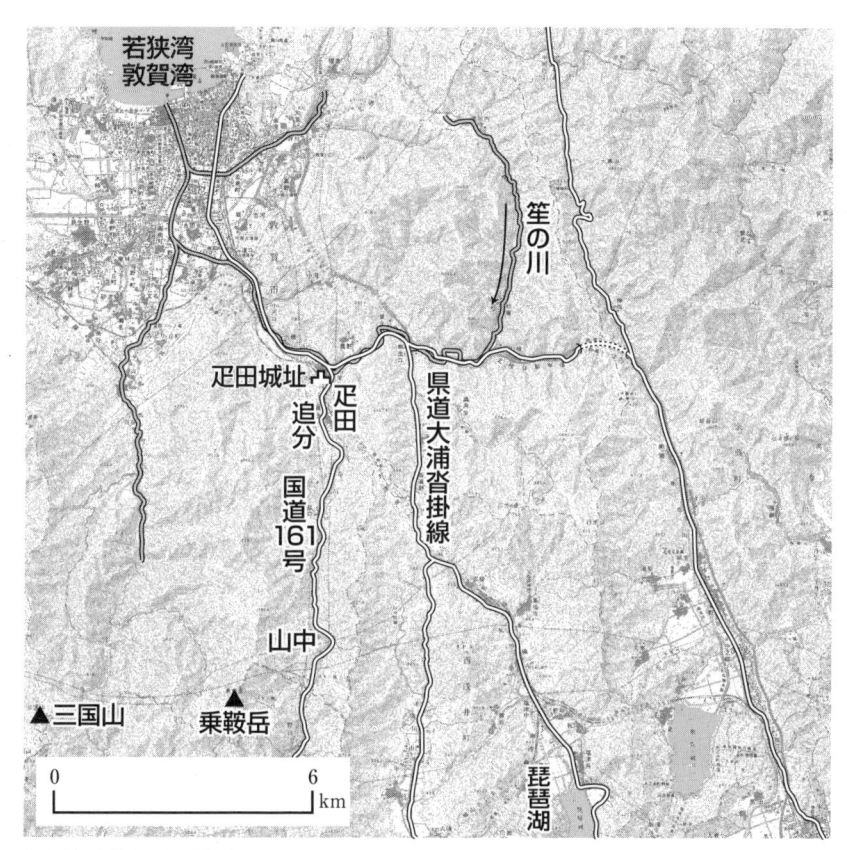

山中峠（愛発関）周辺図

『平家物語』巻7には、木曽義仲軍の北陸道から京都へ向かう進行の途上に築かれた「火燧城（ひうちがじょう）」（福井県越前町）の描写を次のように伝えている。

　　火燧、元より究竟の城也。南は荒血の中山、近江の湖の北のはし、塩津海津の浜につゞき、北はかいづ、柚尾山、木辺、戸倉と一也。東はかへる山の麓、こしの白根につづきたり。西は能美越の海、山弘く打ち廻りて、越地遥にみへわたる。磐石をそばたて山高く登り挙がりて、四方に峯をつらねたりければ、北陸道第一の城廓也。

　　　　　　　　　　　　　　　　　（巻8　為木曽追討軍兵向北国事）

南に位置する「荒血の中山」が「愛発山」ということになろうが、一般に独立峰を指すわけではなく、西近江路に沿う一帯の山々がそう呼ばれている。時は、

寿永2年（1183）4月であったが、この前年までに都を襲った「養和の飢饉」のダメージは北陸の生産物流を義仲が封鎖したためであったとも考えられている。都からの北陸に通じる交通路を封じる、北国側から見た南の防衛ラインが「荒血の中山」であったと考えられる。この「火燧城」が突破されたのは、義仲軍に合流していた平泉寺の斉明威儀師が、平家方への内通していたことによるものであった。

現在の山中峠

白山社への道　〜衆徒・神人が通った道〜

「荒血の中山」を越える道は、現代も山岳信仰の地として知られる白山社（はくさんしゃ）（現石川県白山市）へ通じる道でもあった。『平家物語』巻1には、安元2年（1176）夏に勃発した「白山事件」について、その経過が詳述されている。物語はこの前に位置する、後白河近臣による平家打倒謀議─鹿谷事件─に続けているが、これは謀議に参加した院近臣西光法師を接点としたものだった。「白山事件」は、西光の子加賀国司師高（もろたか）、その弟目代師経による鵜川寺（うかわでら）への狼藉がきっかけとなり、白山衆徒は当時本山であった比叡山延暦寺（山門）に訴え、山門はそれを承けて、後白河院に強訴行動（御輿振（みこしぶり））へ出た。この白山衆徒が神輿を捧げ、山門に訴えた際の経過について、延慶本『平家物語』巻2には、安元3年（1177）2月21日のこととして、以下のようにある。

> 彼神輿を奪ひ取り奉り、金崎観音堂に入れ奉て、大衆宮仕専当等、是を守護し奉る。白山の衆徒、竊（ひそか）に神輿を盗み取り奉り、敦賀の中山道へは係らで、東路にかかり、入の山を越え柳瀬を通り、近江国甲田の浜に着く。
> 　　　　　　　　　　　　　　　（巻2　白山神輿山門ニ登給事）

これ以前、留守所と白山衆徒との状のやり取りが示され、国衙の神輿進行阻止行動が明らかであるが、先にも示したように中山道は関所となっており、白山衆徒が「敦賀の中山道」を避け、近江に抜けたという経路は当然の選択であった。裏を返せば、近江経由で比叡山と往還をおこなっていた白山衆徒にとって「敦賀の中山」周辺の地理状況はよく知られたものだったろう。とはいえ、延慶本の白山衆徒の進行については必ずしも実態に即した記述であるとは

言えない部分もある。

　さらに延慶本『平家物語』巻3では、治承2年（1178）に起こった山門の「学生」と「堂衆」との内部抗争の発端となった、学生側の義竟四郎討死を叙した後、以下のように批判している。

　　義竟四郎、神人一庄を押留して知行すとも、強ちに何計の所得か有らむずるに、敦賀の中山にて恥を見るのみにあらず、取り替えなき命を失ひ、山門の滅亡、朝家の御大事に及びぬる事こそ浅猿けれ。
　　　　　　　　　（巻3「山門ノ学生ト堂衆ト合戦事付山門滅亡事」）

　義竟四郎没後、学生側の大将軍は燧合戦で平家方に密通した先述の「斉明威儀師」になっている。近江―敦賀―加賀一帯の地域では、比叡山延暦寺の衆徒や日吉神社の神人がその勢力を根付かせており、「敦賀の中山」＝「荒血の中山」はその境界の地として、衆徒・神人に関わる事件の舞台となってきたことが知られるのである。

「境界」の地として

　先に触れた通り、「荒血の中山」の地理伝承については、『義経記』（巻7「愛発山の事」）に詳しい。物語は「人跡絶えて古木立枯れ、巌石峨々として、道路すなほならぬ山」と描写し、むき出した岩角を踏む足からは血がしたたる程であったと伝え、「愛発山」の名の由来について、北の方・義経・弁慶三者のやり取りの中で、半ば笑話として描かれている。義経は北の方に対して、昔は「あらしいの山」と称していたが、巌石が多く、旅人の足から血を滴らせる程であったから「あら血の山」と称すようになったと説明する。それを聞いた弁慶は主君の説にやや遠慮しながら、加賀白山の龍宮の宮が、志賀で辛崎明神に見初められ懐妊し、本国加賀で出産しようとして下向する途上、ちょうどこの山で産気づき、「産のあら血を零させ」たことから「あら血の山」と称すようになったと説明している。このほかにも、真字本『曽我物語』（巻2）には民部卿元方が、荒血山に子供（後の丹波守保昌、正しくは孫）を捨てた話、御伽草子『浄瑠璃十二段草紙』（8段）には志賀寺の上人が御息所と通じ、懐妊した御息所が「愛発山」で堕胎、「面は六つ、御手は十二」ある鬼子を産んだ話を載せている。

　これらの説話から、神話・説話世界でしばしば持ち込まれる「境界」概念が散見されることが明らかであろう。出産にかかる「穢」（血）を地名由来と伝えることは象徴的だが、人が捨てられる地としての伝承も例外ではない。

こうした伝承が育まれたのは中世以降と考えられるが、冒頭に述べたように、古来この地は「境界」として認識されていた。黒田日出男は「「中山」が古代以来の民衆の交通・交易活動の発展によって生み出された境界地名である」ことを検証し、「荒乳の中山」もその用例の一つとして挙げている。

　文学作品にその名を残す土地としては、都からの視点による「境界」認識がつきまとい、そこには「負」の価値意識が働いている。「境界」の地とは、このような形でしか後世に伝えられない傾向を持つ。しかしながら、北陸の産物を都へもたらし、北国と畿内の人の行き来を見守ってきたこの峠周辺に流れていた時間は、そのほとんどが人々に「豊かさ」をもたらす時間であったに違いない。当たり前の「豊かさ」が文字や記録に残らないことは多い。歴史や伝承の外にある、そのような光景も想像しつつ訪れたい場所である。（久保　勇）

《主要参考文献》
浅香年木『治承・寿永の内乱論序説』法政大学出版局、1981年
鈴木彰『平家物語の展開と中世社会』汲古書院、2006年
黒田日出男『境界の中世　象徴の中世』東京大学出版会、1986年

能登半島

─平家落人伝説の地─

平時忠の配流

　能登半島は、日本海に大きく突き出た半島である。この半島には、遙か昔より黒潮の分流である対馬暖流にのって様々なモノが流れ着いた。そして半島のいたるところに、海の彼方の異国から海岸に寄りついた神や仏の伝承がある。
　中世、この地方での伝説の代表は、平時忠（たいらのときただ）と源義経である。元暦2年（文治元、1185）5月20日、平氏一門配流の太政官符（だいじょうかんぷ）が下された。時忠が配流先の能登に向かったのは、同年9月である。『平家物語』には、

　　同九月二十三日、平家の余党の都にあるを、国々へつかはさるべきよし、鎌倉殿より　公家へ申されたりければ、平大納言時忠卿能登国、子息讃岐中将時実上総国、蔵頭信基　安芸国、……とぞ　聞こえし。或西海の波の上、或東関の雲のはて、先途いづくを期せ　ず、後会其期を知らず、別の涙をおさへて、面々におもむかれけん心のうち、おしはか　られて哀なり。
　　　　（中略）
　　昨日は西海の波の上にたゞよひて、怨憎会苦の恨を扁舟の内につみ、けふは北国の　雪のしたに埋れて、愛別離苦のかなしみを故郷の雲にかされたえり。

　　　　　　　　　　　　　　　　　　　（巻12　平大納言被流）

と記されるのみで、具体的な配流先の地名は記されていない。『源平盛衰記』（げんぺいせいすいき）には、時忠は近江国（おうみ）から越前国（えちぜん）を経て加賀国（かが）に至り、同国の須川社（すこうのやしろ）（現、菅生石部神社（すごういそべ）。石川県加賀市）を拝し、「篠原（しのはら）・安宅（あたか）打過ぎて日数ふれば、能登国鈴御崎（すずのみさき）に着き給ふ」とあるだけである。こうした軍記物語に、能登半島の北端珠洲郡（すずぐん）が時忠の配所の地と語られた。
　時忠は、配所にあって赦免の使を一日千秋の想いで待っていたことであろう。しかしその期待も空しく3カ年が過ぎ、『吾妻鏡』には、文治5年（1189）2月24日、淋しく亡くなったとある。享年60歳であった。

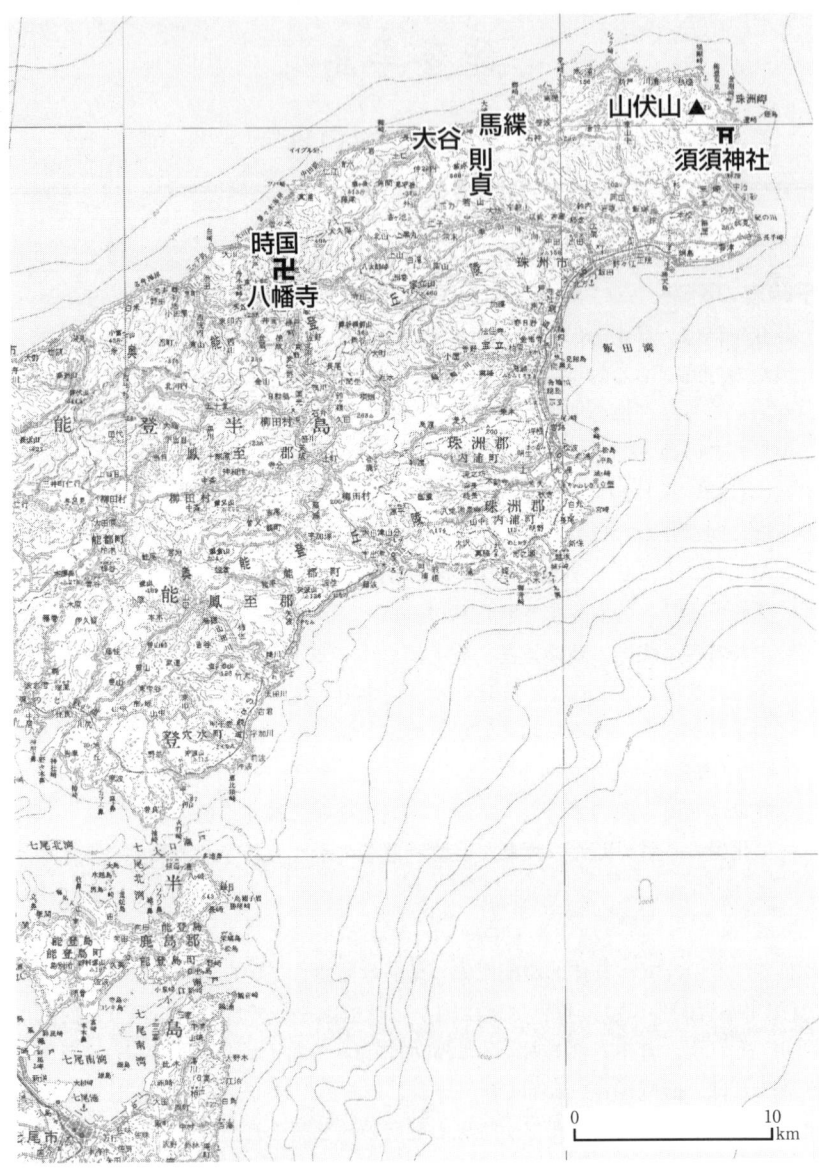

平家落人伝説と源義経主従の伝説の多い能登　　【1/20万　輪島・七尾・富山】

時忠の末裔

　平時忠の末裔として有名な家に、上時国家・下時国家の両時国家（輪島市町野町）がある。いま一つ時忠の末裔として知られているのは、則貞家（珠洲市大谷町則貞）である。この則貞家には、『則貞家由緒並家譜』（『家譜』と略称する）がある。時国家は、同家の由緒書によれば、時忠の長男時国に由来するという。

　則貞家の『家譜』は、安部帯刀という人物が執筆した原文が正長元年（1428）6月の火事で焼け損じたため、永禄元年（1558）、原文残巻をそのまま書写させたという。この『家譜』で、時忠に関する記述で重視されるのは、①時忠の最初の配地は、珠洲郡馬緤である。②その後、馬緤の海岸から南に25丁余り距った山間の大谷に邸宅を構えた。③時忠は、馬緤の重政という人の娘を娶って息子を産ませ、時康と名付けた。時康は家名を時貞と定め、時貞兵庫助時康と称した。④則貞家の家系は、時忠－時康－時盛－時成－時広－時種（時経）－時永－時政－時量－時秀－時兼である。⑤時忠は、元久元年（1204）4月24日になくなった。以上の5点である。

　この『家譜』では、時忠の配流地は大谷であったことがわかる。大谷は、九条家の荘園若山荘にふくまれており、大谷住の平兼基が願主となって、元久3年（1206）から書写を始めた大般若経六百巻が輪島市町野町東の八幡寺に伝存する。

　この大般若の写経は、元久3年から建暦2年（1212）に至る七年間の歳月を費やして書写され、「能州上野町庄八幡宮常住」物として奉納されたものである。八幡宮は幕末頃から式内社の石瀬比古神社と称しているが、もと八幡社で、は八幡寺は別当寺院であった。写経の始まりである元久3年は、『吾妻鏡』では平時忠没後17年、『家譜』では三年忌の供養と云うことになる。

　とすれば写経の願主平兼基とは、どのような人物であろうか。近衛家につながる平氏ゆかりの者といえるのではないか。また筆者に従事した僧のうち、良賢・珍慶は、珠洲市の延喜式内社高座山須須神社の別当高勝寺の僧であるが、常住僧であるか定かではない。

源義経一行

　源義経主従の伝承は、能登の海岸部に多い。義経が鎌倉幕府の厳しい追及を逃れて奥州平泉に潜行したのは、文治3年（1187）の秋と推定される。畿内近国に逃れていた義経が、どのような経路で奥州平泉に着いたのか。『義

経記』や謡曲「安宅」などは、義経主従一行の逃走経路を北陸道としている。伝承は能登の海岸部に多く、義経主従一行が能登を訪れたのは、義経の妻が時忠の娘で、義父時忠を訪ねる目的があったからだという。

　珠洲市大谷の時忠を訪ねた義経一行は、奥州藤原氏の元へ向かうため海路をとった。ところが難風に行く手を阻まれてしまい、海上守護神の三崎権現（須須神社）に祈った。家臣の一人常陸坊海尊は、珠洲岬で義経一行と別れ仙人になったという。珠洲岬の背後の山を「山伏山」というが、それは海尊の山伏姿での修行姿に由来するという。

　能登半島は、義経伝承に彩られている。たとえば、須須神社には義経が寄進したと伝えられる「蟬折の笛」が伝来し、輪島市町野町大川にある海にとび出た白崎の先端には、義経が船を隠したという洞窟が2か所、義経の屋敷跡とされる平地もある。

　　　　　　　　　　　　　　　　　　　　　　　　　（松井　吉昭）

《主要参考文献》

和島俊二『奥能登の研究』平凡社、1997年

東四柳史明『半島国の中世史』北國新聞社、1992年

能登のくに刊行会編『能登のくに』北國新聞社、2003年

角田文衞『平家後抄　上・下』朝日新聞社、1981年

京都六波羅
―葬送の地から武家の地へ―

武家地六波羅

　平家が六波羅に居館を営んでいたことはよく知られていよう。長門本『平家物語』には次のような記載がある。

　　六波羅とてのののしりし所は、故刑部卿(ぎょうぶきょう)忠盛(ただもり)の世にいでし吉所也、南は六はらが末、賀茂河一町を隔てて、もとは方一町なりしを此相国(このしょうこく)の時造作あり、これも家数百七十余宇に及べり、是のみならず、北の鞍馬路よりはじめて、東の大道をへだてて、辰巳(たつみ)の角小松殿まで廿余町に及ぶ迄、造作したりし一族親類の殿原の室、郎等眷属(ろうとうけんぞく)の住所細かにこれをかぞふれば、五千二百余宇の家々ーどに煙と上りし事、おびただしなどいふばかりなし、
　　　　　　　　　　　　　　　　（巻14　平家都落給事）

　この記事によれば平家は清盛の父忠盛の「世にいでし」ところでもともとは方一町ほどの邸宅を清盛が大きくし、一帯に一門で集住していたことがうかがえる。『平家物語』には平家の権勢を示す言葉として平家風のことを当時、六波羅風といったというような記載もあり、平家と六波羅が深く結びついていたことがわかる。

　平家滅亡後も六波羅には鎌倉幕府が六波羅探題を置くなど、六波羅の地は武家との関わりを持ち続けて発展していった。それはなぜなのだろうか。六波羅はどうして武家の地となったのだろうか。そもそも六波羅とはどのような場所だったのだろうか。

平正盛と六波羅堂

　平家と六波羅の関係を考える際に、上に引用した『平家物語』の「忠盛の世にいでし吉所」という表現はなかなか悩ましい。これを忠盛誕生の地と解釈することもできるだろうし、また、忠盛が昇殿(しょうでん)を許されるなどの出世を遂げた吉所と解釈することもできよう。このどちらの意になるかによって平家がいつ六波羅に館を構えたかが微妙に変わってくるだろう。「世にいでし」が忠盛出

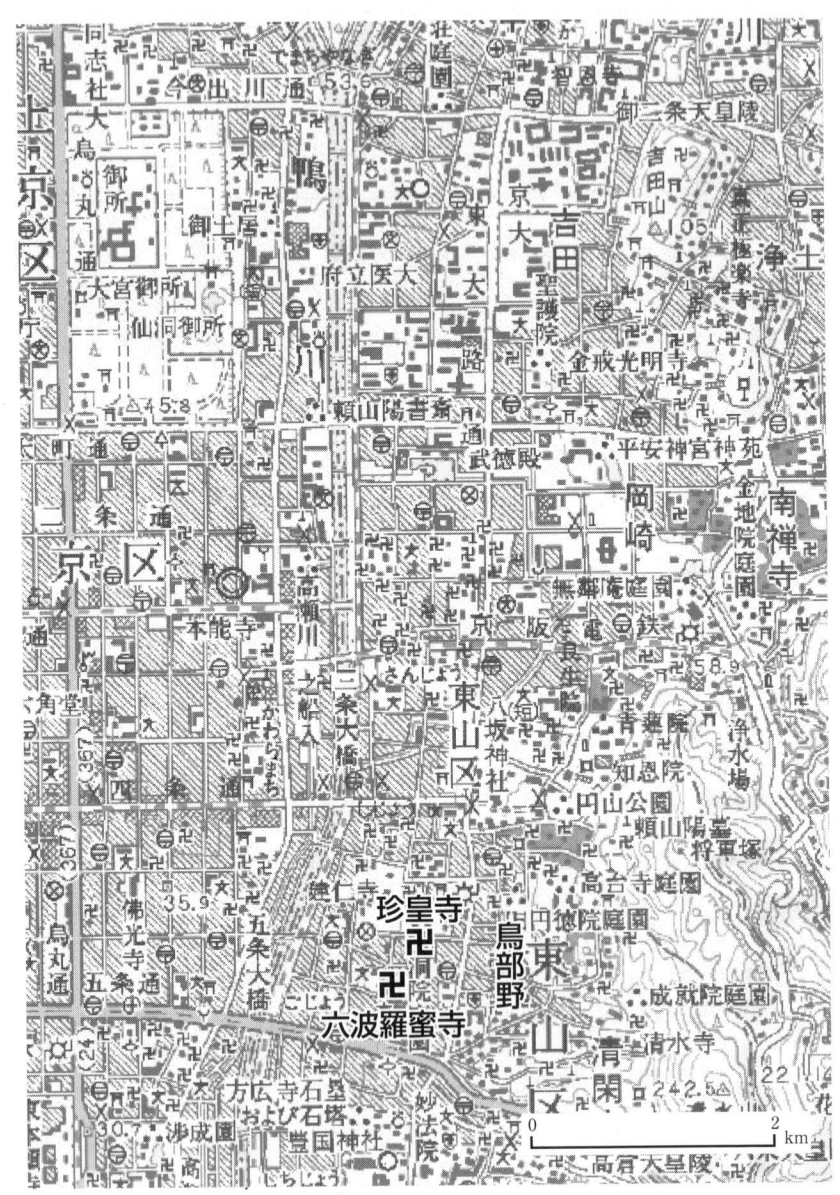

六波羅密寺周辺には平氏が集住していた。　　【1/5万　京都東北部・京都東南部】

生を指すとすれば忠盛の父正盛の代にすでに平家は六波羅に館を構えていたことになる。いっぽうで、「世にいでし」を忠盛の出世と解釈すればおそらく平家が六波羅に館を構えるのは忠盛以降となるだろう。この問題について明確な答えを出すことはできないのだが、平家と六波羅の関わり自体は平清盛の祖父平正盛の代までさかのぼる。

　それを示すのが天仁３年（1110）、大江匡房(おおえのまさふさ)が正盛建立の私堂のために書いた供養願文である（『江都督納言願文集』）。それには「紫城(しじょう)の東面、清水(きよみず)の西頭に一つの名区(めいく)あり、もとこれ雲泉蕭条の地なり、いま三宝に献ぜしめ、改めて仁祠となす」とある。この紫城の東面、清水の西頭に建てられた仁祠こそ後に常光院・常光寺、正盛堂または六波羅堂とも呼ばれたもので、平家と六波羅のつながりを示すものであった。

　これ以外にも正盛が仮名(けみょう)、内蔵安富名義(くらのやすとみ)で近隣の珍皇寺(ちんこうじ)から畠を借り受けた史料もあり（天永３年（1112）「丹後守平正盛請文(うけぶみ)」『平安遺文』1782）、またその地の四至（東西南北の境）を示す表記から、ほかにも安富領と呼ばれる正盛の領地があったことが知られる。これらの地は「畠」という地目表示などから耕作地とも考えられるが、六波羅堂への白河上皇方違行幸を控え、六波羅堂の堂舎・敷地拡張整備のためだったとの説もある。

　安富領とよばれた正盛の領地やこの借地がどのような土地だったのか、これ以上のことは知り得ない。これらが耕作地や屋敷地であれば平家の六波羅邸は正盛の時に基礎が築かれたことになる。しかし、正盛の私宅の位置を追求した高橋昌明「平正盛と六波羅堂」（『清盛以前』）によれば六波羅に正盛の私宅を想定する根拠は見あたらないという。当時、鴨川河原から六波羅も含めた東山山麓は葬送の地であったことなども想起すれば、これらの地を含めて六波羅堂敷地と考えた方がよいのかもしれない。

六波羅の性格

　意外に思うかもしれないが、鴨川は当時、死者などの捨てられる場所であった。もちろん天皇が即位後に行う重要な儀式である大嘗会(だいじょうえ)のための禊(みそぎ)を行い、平安貴族等が禊祓(けいふつ)を行う場所でもあったのだが、その一方でここには多くの死骸が捨てられていたのである。

　『続日本後紀(しょくにほんこうき)』承和(じょうわ)９年（842）10月14日条には鴨川や葛野川(かどのがわ)の死体を集めて燃やしたところ髑髏が5500余りもあったとあるし、『今昔物語集』巻16129にはある男が検非違使(けびいし)に捕まり、大内裏にあった死体を鴨川の河原に捨てに行か

されるという話もある。京域外で追討された賊の首は鴨川の河原で追討使から検非違使に引き渡されたし、戦乱の敗者の処刑が行われたのも鴨川の河原であった。その一方で禊祓が行われる場所でもあり、穢れと清浄の両義的な空間であると考えられていたようである。

そしてこの鴨川を挟んで平安京の対岸にあたるのが葬送の地鳥辺野であり、その鳥辺野の入り口にあたるのが六波羅なのである。六波羅がこのような性格のある土地であったからこそ正盛もここに私堂を建立したのであろう。

六波羅のこのような性格を考えるときに見落とせないのが珍皇寺と六波羅蜜寺の存在である。珍皇寺は承和3年（836）に山代淡海等によって建立されたと考えられる寺院である。早くから追善供養の場、霊場としての信仰を集めていたらしく、その敷地内には受領や下級官人そのほかの人々によって墓所堂が次々に建立されていた。その様は当時の史料に「寺領四至の内、その敷地を申請し、私の堂舎を建立す、まことにもって勝計すべからざるものなり」（康和3年（1101）8月27日僧源心解『平安遺文1770』）といわれるほどであった。『伊呂波字類抄』などは珍皇寺の開基を小野篁としているが、それは小野篁が冥府との往復をしたという伝説や閻魔庁の第二冥官となったなどの伝説の持ち主だからであろう。葬地鳥辺野の入り口にあたり、多くの墓所堂を持つ珍皇寺が冥府とこの世の境界にあたると解釈されたのであろう。

なお、珍皇寺のこのような性格はずっと時代が下るが幽霊飴の伝説をも生み出したものと思われる。これは現在でも珍皇寺門前で売られている飴の伝説である。

江戸時代、珍皇寺門前の飴屋に夜な夜な飴を買いに来る女がいた。これを不審に思った店の者が後をつけていくと墓地で女の姿が消えた。その墓地からは赤ん坊の泣き声がする。そこで墓を掘り起こしてみると赤ん坊が飴をしゃぶっていた。その墓は妊娠したまま死亡した女性の墓で、死後赤ん坊を生み、霊となった母親が赤ん坊を育てていたという話である。落語にもなった有名な話で、各地にも同様の話が伝わるものであるが、珍皇寺周辺が冥界と現世の境界と考えられたためにこの地の話として語られてきたのだろう。

さらに六波羅蜜寺の存在も見落とせない。六波羅蜜寺は平安中期に浄土教を広めた市聖空也が建立したもので、当初は西光寺と呼ばれた。建立当初より朝野の信仰を集め、一条天皇皇后定子の葬送が営まれたほか、藤原頼通や藤原実資といった有力貴族、大江匡房のような文人貴族など多くの人々が参詣している。昭和40年から始まった本堂解体修理の際、基壇から平安末～鎌倉初期に

作られたと思われる粘土の五輪塔7,400基が発掘された。これも六波羅蜜寺に対する庶民の信仰が如何に深いものだったかを示すものといわれている。

このように六波羅は葬送の地であり、珍皇寺や六波羅蜜寺などのある「一名区」であったために正盛は六波羅堂を建立したのであろう。だが、その後忠盛・清盛はここに集住し政治的拠点ともしたのである。それはなぜだろうか。

平氏と六波羅

この点については古くから六波羅が平家の基盤である伊勢・伊賀地方へ行くのに便利な場所だったからといわれている。京から伊勢・伊賀に行くには東山を超えて山科に出る必要があるが、そのためのルートの一つが六波羅の南限である六条末から小松谷を通って山科にぬける渋谷越であり、六波羅はその入り口にあたるのである。このように平家は六波羅を押さえ、伊勢・伊賀、あるいは東国へのルートを押えたのである。

こうした要素とともにもう一つ注目しておきたいのは鴨川をはさんで六波羅の対岸、平安京内六条地区がこの時期都市として再開発されている点である。正盛が六波羅堂を建てるより早く白河天皇はここに里内裏六条院を設けているし、鳥羽天皇の里内裏となった小六条院、摂関家藤原師実邸、右大臣源顕房邸なども作られ、白河天皇期以降この地は都市として活況を呈しているのである。

王権との関わりでいえば、六波羅の北方には白河天皇が在位中に建立に着手した法勝寺をはじめ、六勝寺と総称される天皇の御願寺が立ち並ぶ白河もある。このような院政初期に再開発された政治的、宗教的都市空間に近接して平家は拠点を置こうとしたのかもしれない。

また、何度も述べてきたが鴨川河原から六波羅、鳥辺野一帯が処刑場や葬送の場であったことも関わるかもしれない。検非違使が穢れと清めの管理にあたったことはよく知られていよう。平氏が検非違使掌握を目指すのは仁安3年（1168）の平時忠検非違使別当就任以降となろうが、それ以前より武士としてこうした地域やキヨメにあたる人々の掌握を目指したのかもしれない。

なお、平家には六波羅以外に西八條にも邸宅があったが、両者とも都落ちの際には自ら火を放って焼き払っている。このように武士が自邸に火を放って落ちていく行為を自焼没落といった。

その後六波羅の地は平家没官領として鎌倉幕府に与えられ、頼朝の宿所や北条氏の居館が築かれた。頼朝の宿所の方はほどなく焼失してしまうが、北条氏の館は残り、これがベースにのちの六波羅探題に発展していくのである。

(戸川　点)

《主要参考文献》

高橋昌明『清盛以前』平凡社、1984年

高橋慎一郎「六波羅と洛中」五味文彦編『都市の中世』吉川弘文館、1992年

高橋慎一郎「『武家地』六波羅の成立」『日本史研究』352、1991年

木内正広「鎌倉幕府と都市京都」『日本史研究』175、1977年

美川圭「京・白河・鳥羽」元木泰雄編『日本の時代史7　院政の展開と内乱』吉川弘文館、2002年

嵯峨野

―都市としての嵯峨野―

『平家物語』の嵯峨野

　平安京郊外、西北の地を嵯峨野、または単に嵯峨という。観光スポットも多く、秋には紅葉の名所として多くの人々が訪れる場所である。およそ北は愛宕山麓、東西は太秦から小倉山まで、南は大堰川までの地域を指す。

　ここ嵯峨野を舞台に『平家物語』は多くの女性たちの悲劇を語っている。

　一番有名なものは祇王の話であろう。祇王は平清盛の寵愛を受ける白拍子で、清盛の寵愛のおかげで妹の祇女、母とともに何不自由なく暮らしていた。三年ほどしたころ、加賀出身の白拍子仏御前が清盛のもとへ自ら売り込みに現れた。招きもしないのに現れた仏御前を清盛は追い返したが、祇王が「遊者の推参は常の習ひ」とかばい、二人の間をとりもった。ところがその後清盛の寵愛は仏御前に移り、逆に祇王らが清盛の元を去ることになってしまった。

　自分のために祇王等が寵愛を失ったことを知った仏御前は次第にふさぎ込むようになった。するとあろうことか清盛は仏御前を慰めさせるために祇王を呼び出した。この屈辱を耐えた祇王は自殺も考えるが思いとどまり母、妹とともに嵯峨野で出家した。

　その後、この仕打ちに世のはかなさを知った仏御前も出家を遂げ、祇王のもとを訪れ謝罪し以後4人で嵯峨野で過ごしたという。

　この話だけではない。平家物語には他に小督や横笛などの悲劇が伝えられている。

　小督は高倉天皇の寵愛を受けた女性である。かつては藤原隆房と恋仲であったが、高倉天皇のもとに召されることになってしまった。隆房はあきらめきれずにいたが、小督はかたくなに拒み、高倉天皇に仕える。ところが隆房の正妻も高倉天皇の中宮もともに清盛の娘だったため小督は清盛の怒りを買ってしまう。それを知って小督は自ら嵯峨野に身を隠したが、高倉天皇に探し出されついに天皇の娘を生むにいたる。しかし怒った清盛によって無理矢理尼にさせられ、23歳で嵯峨野に隠棲したという。

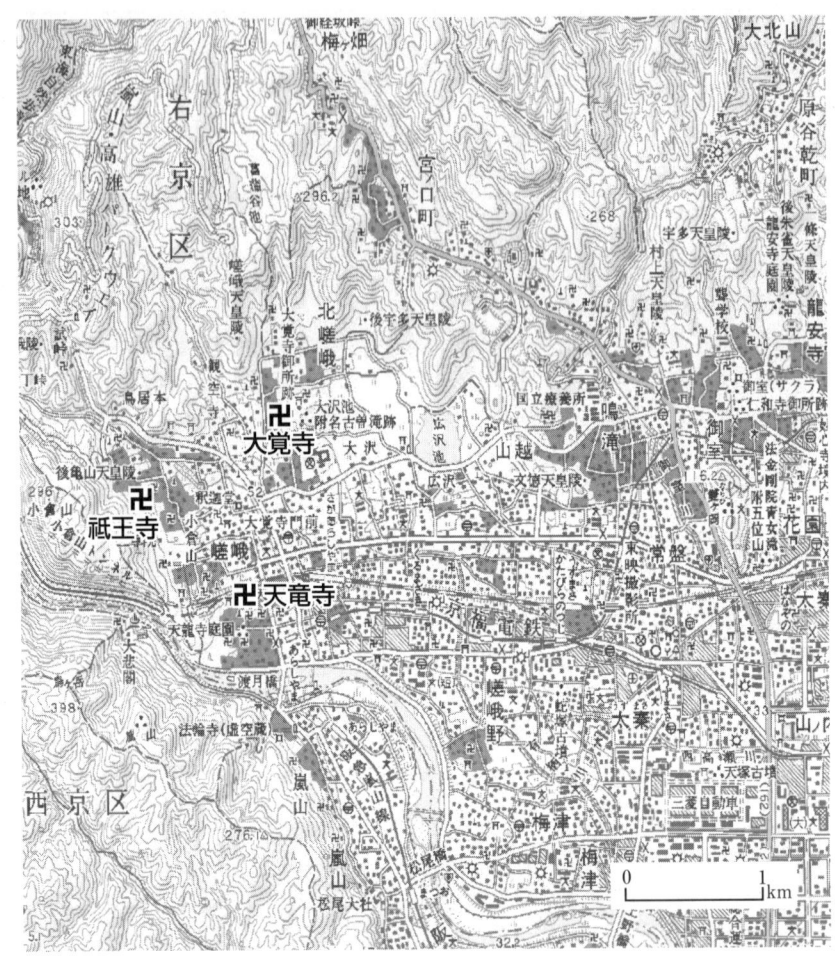

嵯峨野は京都の衛星都市であった　　　　　　　　　　【1/5万　京都西北部】

　横笛は建礼門院の雑仕であったが、斎藤時頼と愛し合うようになった。とこ
ろが時頼の父に反対され、思いあまった時頼は出家してしまう。この時頼が滝
口入道である。横笛は滝口入道が修行する嵯峨の往生院を訪ねるが、入道の
決意は固く追い返されてしまう。横笛も出家するが物思いが積もりやがて無く
なってしまった。
　これらの話のように平家物語で嵯峨野は傷心の人々が出家を遂げ、隠棲する
場所として描かれている。そしてこうした話の印象もあってか、嵯峨野にはど

こか憂いを秘めた印象がある。嵯峨野の奥には平安時代の墓地として知られた化野(あだしの)があり、化野に至る奥嵯峨などはこうした憂いや悲しみといったイメージに重なる部分もあろう。

　但し冒頭でも述べたように嵯峨野と言っても一定の広がりを持つ地域であり、こうした憂いの印象だけでは語れない部分もあるのである。そこで嵯峨野の別の表情も探してみよう。

平安時代の嵯峨野

　嵯峨野近辺には6世紀末から7世紀頃とされる蛇塚古墳をはじめ大覚寺古墳群などの古墳が残っており、古くから開発が進んでいたことがわかる。それらの開発は太秦を根拠としていた秦氏によって進められたものといわれている。

　平安前期には嵯峨上皇が離宮(りきゅう)を営んだほか、源融(みなもとのとおる)の山荘も作られており、貴族等の遊猟の地として知られていた。『枕草子』には「野は、嵯峨野、さらなり」とあり、隠棲の地と言うよりは散策、遊宴のため多くの人々が訪れる地であったようである。

　一方で嵯峨上皇の離宮も源融の山荘も早くに寺院化した。現在の大覚寺や清涼寺はそれらにあたるのだが、そのほか嵯峨皇后橘嘉智子(たちばなのかちこ)の檀林寺(だんりんじ)など次々と寺院が建立された。また奥嵯峨には葬送の地である化野があり、伊勢神宮に奉仕する皇女伊勢斎王(さいおう)(斎宮(さいぐう))が潔斎(けっさい)するための野宮(ののみや)も置かれるなど宗教的な雰囲気の漂う場所でもあった。

　野宮とは伊勢斎王が1年潔斎する場所であった。伊勢斎王とは天皇の代替わりに際して未婚の皇女が選ばれ伊勢神宮に仕える制度であった。斎王になる皇女はまず宮城内に設けられる初斎院(しょさいいん)で潔斎をする。その後嵯峨野の野宮で1年間の潔斎をして、その後伊勢に向かって伊勢神宮に仕えたのである。斎王は伊勢に入ったあとは天皇が譲位するか死去するか、自らが病気になるかなどの事情が無い限り奉仕を続けなければならないという厳しいもので、それだけ潔斎も厳重にしなければならなかった。

　こうした寺院や野宮があるというと静謐(せいひつ)、閑寂(かんじゃく)といったイメージを受けるが、野宮に奉仕する人間は意外に多く、官人33人をはじめ女官50人、使役する人々も50人以上がいた。

　嵯峨野の宗教的雰囲気によって多くの人々が嵯峨野に隠棲したのであろうが、意外にも多くの人の出入りがある場所でもあったのである。

　嵯峨野は貴族らの遊覧の地、隠棲の地であると同時に一種の都市的な場でも

あった。近年山田邦和氏は中世の京都を考える際に洛中の周辺に広がる「衛星都市」をも視野に入れるべきことを提唱され、その「衛星都市」の一つとして嵯峨野をあげられている。中世の嵯峨野にはそのような都市的な要素が見られるのであるが、それは平安期にも指摘できる。

都市としての嵯峨野

　大堰川交通に注目された大村拓生氏の研究によれば嵯峨野は平安京へ供給する材木の荷揚げ地でもあったという。以下大村氏の研究に依拠しながらいくつかの事例を見ておこう。

　藤原実資(さねすけ)の日記『小右記(しょうゆうき)』には嵯峨に住所を持つ車副助光なる人物が殺害されたとの記事がある（万寿4（1027）年2月11日条）。ここから車副という物資輸送に関わる人物の住所が嵯峨にあったことがわかる。また「藤井延時解」と呼ばれる文書（『平安遺文』2841）が残っているがこの藤井延時とは「嵯峨木守」、つまり嵯峨で木材の集散・保管に従事する者であった。また興味深いのは『保元物語』の伝える次の話である。

　保元の乱に敗れ傷ついた藤原頼長は嵯峨に逃れ、小家に匿われた後、梅津からさらに小舟を借り、柴を入れて「木コリ船」と号して下ったとある。

　頼長が船を借りた梅津に関しては10世紀段階で「修理職梅津木屋預」秦阿古吉なる人物がいたことも知られており、頼長の話や上述の話をあわせて大堰川交通の川湊で材木の集積地であったといえよう。つまり嵯峨野は交通に関わる人々、頼長に関わる人々が居住する一種の都市的空間でもあったのである。

　後白河法皇が今様(いまよう)を集め編集した『梁塵秘抄(りょうじんひしょう)』には次のような今様がある。

> 嵯峨野の饗宴は、鵜舟筏師流れ紅葉、山蔭響かす箏の琴、浄土の遊びに異ならず

　筏船による物資輸送、琴などが奏でられる饗宴の地、嵯峨野の都市的様相をよく表現しているものと思われる。

院政王権都市から宗教都市へ

　さて、このような嵯峨野の都市的景観は鎌倉時代になるとさらに発展する。藤原定家はここに小倉山荘を造営し、ここで小倉百人一首を撰んだと伝えられている。さらに注目されるのは建長7（1255）に後嵯峨院が造立した離宮、亀山殿である。これと前後して多くの貴族等が嵯峨野に家地や宿所を持ち、訪れるようになる。さきの藤原定家の山荘は子の為家、孫の為相(ためすけ)へと受け継がれた

らしく、歌人として知られる飛鳥井雅有は『源氏物語』や『古今集』を学ぶためにこの山荘に為家・阿仏尼夫婦を訪ねている。また『沙石集』はこの地に、仏事に家をまわる説教師、酒屋を営む徳人の尼、その他の住人がいたことを伝え、にぎわっていた様子がうかがえるが、このような嵯峨野の様相は鎌倉末期に作成された「嵯峨亀山殿近辺屋敷指図」（天龍寺所蔵）なる絵図にも描かれている。ひときわ大きな亀山殿のほか、寺院、貴族等の宿所、武家の宿所などが建ち並び、さらに清凉寺正面から大堰川に至る道が朱雀大路と呼ばれたことも知られる。

そのほか、大覚寺も後嵯峨上皇や亀山法皇の御所となるなど嵯峨野は院政権力と密接に関わる都市となっていくのである。

このような性格を持つ嵯峨野のことを先述の山田邦和氏は「院政王権都市」と呼んでいるが、一方南北朝・室町期に至るとその様相はさらに変わる。亀山殿の跡地には天竜寺が営まれ、その斜め向かいの臨川寺とともにこの両寺を中心に寺院の集中する宗教都市に変貌している。

天竜寺は後醍醐天皇をはじめ南北朝の内乱で戦死したものの菩提を弔うために北朝側、足利尊氏が夢窓疎石に造営させたものだが、その天竜寺が嵯峨野に作られたのは嵯峨野がまさしく北朝、大覚寺統の拠点都市だったからであろう。いずれにしても室町期嵯峨野は宗教都市として発展していくのである。

ところがその後応仁の乱により天竜寺も焼け落ち、一帯は荒野と呼ばれるような状態になってしまう。天竜寺などはかろうじて再建されたが、嵯峨野一帯としてはかつてほどの壮観を取り戻すことは難しかったようである。

その後、嵯峨野出身の豪商角倉家により保津川が開削されると嵯峨野はふたたび水陸交通の拠点として繁栄を取り戻し、また寺院門前として生き続けていくのである。

（戸川　点）

《主要参考文献》

大村拓生『中世京都首都論』吉川弘文館、2006年

山田邦和「中世都市嵯峨の変遷」金田章裕編『平安京－京都　都市図と都市構造』京都大学学術出版会、2007年

京都大原
―念仏と炭焼きの里―

大原のイメージ
　京都大原といえば「京都大原三千院」の歌い出しで始まるデューク・エイセスの名曲「女ひとり」が有名であろう。恋に疲れた女の哀愁は壇の浦の戦いの後にここ大原に隠棲した建礼門院の話ともどこか通底するように思われる。こんな感慨を胸に大原を訪れる人も多いのではないだろうか。
　さて、ここではこの大原の地が歴史的にどのような場であったかを探ってみたい。
　大原は小原とも記し、本来は「おはら」と読んだようである。京都の北、比叡山の北西の山麓、高野川沿いに存在する集落が大原である。高野川沿いに集落の中を若狭街道が走っている。この街道は京都と北国を結ぶ道であり、山里ではあるが、交通の要衝でもあった。
　藤原師輔（もろすけ）の日記『九暦（きゅうれき）』の天徳元年（957）11月16日条には大原牧から鷹と馬が貢進された事が記されており、このころ大原に牧があったことが知られる。また、そのほぼ百年後になるが、藤原宗忠（むねただ）の日記『中右記（ちゅうゆうき）』嘉保2年（1095）6月25日条には大原刀禰（とね）が院の下部（しもべ）であることを理由に行事所の賦課（ふか）する炭を納めないとあり、このころすでに大原で炭焼きが行われていた事も知られる。この大原の炭を行商して歩いたのが大原女であるが、大原女については後述しよう。このように大原は近郊農村的な雰囲気も持っていたのである。

隠棲と念仏
　一方、大原は貞観14年（872）に文徳天皇第一皇子であった惟喬親王（これたかしんのう）が出家、隠棲したように古くから宗教的な雰囲気を持つ場所でもあった。一説には比叡山延暦寺の円仁が天台声明（てんだいしょうみょう）の根本道場として勝林院や来迎院を設けたともいうが、どこまで確かなことかはっきりとはしない。いずれにせよ比叡山延暦寺の北西に位置するため、早くから延暦寺の影響をうけていたのは間違いない。
　天台座主（てんだいざす）良源（りょうげん）が天禄元年（970）に比叡山の風儀粛正のために設けた二十六箇

限りなく広がる知識の世界

定評ある**東京堂の辞典　750点突破！**

歴史図書案内

名入れ無料サービスのご案内
　創立記念・卒業祝いなどの贈り物用に名入れをサービスします。詳しくはもよりの書店、または小社営業部にお問い合わせ下さい。
◆小社の出版物が書店にない場合は、もよりの書店にお申込み下されば、取り寄せてもらえます。
◆通信販売をご希望の方は、小社営業部にお問い合わせ下さい。送料・送金方法などをご案内します。
◆**価格改定をすることがありますので、あらかじめご了承下さい。価格はすべて税込です。（2009年6月現在）**

東京堂出版　101-0051 東京都千代田区神田神保町1-17
　　　　　　　電話03-3233-3741　　FAX03-3233-3746
　　　　　　　http://www.tokyodoshuppan.com

史料でたどる日本史事典　佐藤和彦・長岡篤・樋口州男編
978-4-490-10237-6

日本文化のあけぼの・律令国家の形成など日本史の重要事項を時代順に体系立てて配列し、古文書や写真などの史料をまじえて解説。高校日本史では史料の読み方が必須でその手引きに便利。　四六判 380頁 **2854円**

日本史年表 増補4版　東京学芸大学日本史研究室編
978-4-490-10237-6

原始時代から2005年12月31日まで近年の歴史研究の成果をあますところなく盛り込み、特に民衆史・地域史・近現代史を充実させた。ワイド判は1994年までの収録。　Ｂ６判 576頁 **2730円**　（ワイド判）Ａ５判 **3150円**

史籍解題辞典 近世編 新装版　竹内理三・滝沢武雄編
978-4-490-10520-9

安土桃山～江戸時代の史籍・史料2100点を収め47氏が解説をほどこした。巻末に叢書・全集・文庫目録を付す。歴史を研究するには史料の検索・収集が不可欠だが、本書はその手引きとして至便。　Ａ５判 386頁 **7140円**

日本近世史研究事典　村上直・白川部達夫・大石学・岩田浩太郎編
978-4-490-10256-7

近世史の研究は年々活発となり厖大な論文が発表される。そこで本書は国家論・身分論・村落論など８章に分け90の重要な研究テーマを採録し、現在の論点を整理し今後の研究課題を解説した。　Ａ５判 278頁 **3990円**

日本文化史ハンドブック　阿部猛・西垣晴次編
978-4-490-10596-4

日本文化史の再構成が課題とされる現在、学問・文学・美術・宗教・道徳や社会生活などの分野から264項目を採録し、定義的説明、研究史の概要、今後の課題、参考文献などを100氏が分担執筆。　Ａ５判 420頁 **3990円**

改訂版 考古学を知る事典　熊野正也・堀越正行著
978-4-490-10627-5

先土器→縄文→弥生→古墳時代に分け遺跡や遺構・遺物などをもとにその時代の文化や特徴を解説。図版も多く入門者には最適。先の旧石器ねつ造事件に伴い先土器時代を大幅に書き改めた。　四六判 392頁 **2940円**

歴史考古学を知る事典　熊野正也・川上元・谷口榮・古泉弘編
978-4-490-10692-3

都市の成立・発展・構造、都や村の人々の暮らし、祭祀・信仰・葬送、生産と技術、館や城など、古代・中世・近世共通のテーマや、各時代特有の事象について、発掘の成果を駆使して解説。　四六判 380頁 **2940円**

東アジア考古学辞典　西谷正編
978-4-490-10712-8

朝鮮半島を中心に中国・モンゴル・ロシアと日本、それに東南アジア10か国から遺跡・遺物・用語・事項2350項目を収録。時代的には旧石器から近世にわたり、挿図600点、執筆者250余名に及ぶ。　四六倍判 610頁 **21000円**

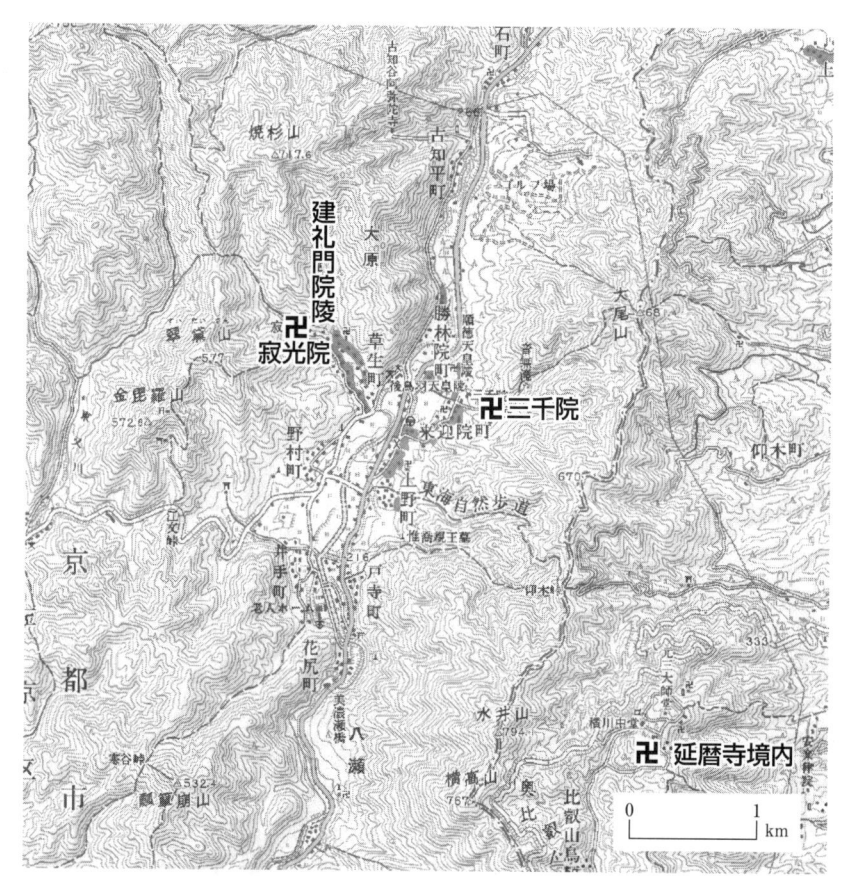

念仏の地大原は京の近郊農村でもあった　　　　　　　　　　【1/5万　京都東北部】

条の起請（『平安遺文』303）には山門に籠もって修行しなければならない者が「近代或いは大原へ越え、或いは小野へ向かい、東西南北す」るため、これを禁止する条文がある。平安中期には比叡山から大原に庵や房などを建て住み着く者もいたのであろう。

　長和2年（1013）、左大臣源雅信の子寂源は大原に入り勝林院を開いた。寂源はここで天台宗の基本となる修行である四種三昧を40年続け、念仏を唱えたという。さらに比叡山にいた良忍は嘉保2年（1095）にその勝林院に入り、その後天仁2年（1109）来迎院を建て融通念仏を唱道した。融通念仏とは良忍が大原で修行中に阿弥陀如来によって授けられたという教えで、一人の念仏は

全ての人の念仏に通じ、全ての人の念仏は一人の念仏に通じる。全ての念仏の功徳が融合し、功徳を成就するという教えである。念仏者一人だけでなく、皆で往生するための念仏である。

　良忍はこのほか節をつけて経を唱える声明の一流も起こしている。魚山声明として今に伝わるものであるが、声明を行うために多くの人の参加を求めた。これもともに声明し、そして念仏して往生を遂げようという思想の現れであったと言われている。こうして院政期には大原は声明・念仏の地として栄えることとなった。

　なお、保元元年（1156）堀河天皇の第二皇子最雲法親王が天台座主となった。法親王は梨本流とも梶井門跡ともいわれる比叡山内の一派を受けつぐ人物であったが、天台座主となったこの時、勝林院と来迎院が法親王の管轄となった。そのために大原には法親王の政所が置かれることになったのである。当時梶井門跡である法親王の住む寺院は近江坂本にあり、この政所は全くの別院的存在であった。その後、梶井門跡の住む寺院は京中や洛北船岡山などに移転し、応仁の乱の際に焼亡してしまう。そこで梶井門跡が大原の政所に移ってくることとなった。これが梶井門跡大原三千院となるのである。ちなみに三千院と号するのは明治4年（1871）になってからである。

　さて、念仏行者の修行場となった大原では文治2年（1186）宗教史上大きな出来事があった。いわゆる大原問答である。

　これは後に天台座主にまでなる天台僧顕真が大原に在住していた時、浄土宗の開祖、専修念仏を説く法然を招き、教えについて論議したことをいう。勝林院で行われたこの問答には顕真はもとより法相宗の解脱上人貞慶、華厳宗東大寺の俊乗房重源ほか諸宗の僧侶が参加した。各自様々に質問したが、法然は阿弥陀の名号を口に唱える口称念仏こそ末法にふさわしい易行道であることを説き聴衆を納得させたという。これによって法然は浄土宗の教義にいっそうの確信を持ったのである。大原の地は法然にとっても日本の仏教史においても重要な意味を持つ地であった。

大原御幸

　さて、後白河法皇が隠棲している建礼門院を訪れたいわゆる大原御幸は実はこの大原問答と同じ年のできごとであった。

　いうまでもなく建礼門院は平清盛の女で、高倉天皇の中宮となり安徳天皇の生母となった女性である。平家都落ちの際に安徳とともに西海に赴き、壇の浦

では入水するものの捕らえられ命ながらえた。これは入水の際に生母二位尼より「昔より女は殺さぬならひなれば、いかにもしてながらへて、主上の後世をもとぶらひまいらせ、我等が後世をもたすけ給へ」といわれ、動揺してしまったためであった（『平家物語』六道之沙汰）。京に戻った彼女が出家を遂げ大原寂光院に入るのも安徳天皇や平家一門の後世を弔うためであった。

彼女は寂光院の傍らに庵を営み祈りの日々を送ったが、その彼女のもとを後白河法皇が訪れたのである。この時彼女は自らの苦悩の生涯を六道輪廻にたとえて語ったという。この時のことを語る『平家物語』灌頂巻「六道之沙汰」は『平家物語』の中でも懺悔と鎮魂の章として位置づけられている。

しかし『平家物語』のこうした構成とは異なり、現実にはこの大原御幸についてもっと生臭い話も伝えられている。九条兼実の日記『玉葉』治承5年（1181）正月13日条によるとかつて高倉上皇が危篤の際、後白河法皇と平清盛との間で高倉上皇の没後、建礼門院を後白河の後宮に入れるとの話があったのである。この件は建礼門院が固く拒否したため中止となり、代わりに清盛が厳島内侍に産ませた女子を送り込んだという。このような関係があったとすればこの時の二人の胸中はどのようなものだったのか。現実の大原御幸は相当複雑なものであったろう。

ところで一般的には語り本系の『平家物語』の記述によって建礼門院は建久2年（1191）寂光院で没したとされる。しかし角田文衞『平家後抄』によれば建礼門院は建久初年頃（1190）大原から洛東岡崎の善勝寺に移り、最晩年は鷲尾の金仙院に止住、貞応2年（1223）69歳でその地で没したという。建礼門院の実像も『平家物語』が描くものとはいささか異なるのかもしれない。現在、寂光院の背後には大原西陵といわれる建礼門院陵がある。これは明治9年（1876）に認定されたものだがどうも確実なものとはいえないようである。

炭焼きと大原女

さて、大原の宗教的雰囲気ばかりを追ってしまったが、大原には洛中の近郊農村的な性格もあった。さきに『中右記』の記事から11世紀後半に大原で炭が作られていたことを確認したが、11世紀半ばに成立した『新猿楽記』にも大原の炭に関わる記述が見られる。『新猿楽記』は猿楽見物の家族を紹介するという形式で当時の職業、物産などを紹介する往来物であるが、悪女の典型とされる「十三娘」のもとに通う老翁に関する記事である。

大原に居住する老翁、壱岐大掾、姓は山口、名は炭武、常に天の寒から

ん事を願て、鎮(とこしな)へに気の暖なるを悪む。十指は黒くして両鬢(びん)は白し。出でては官使の奢なることに苦しみ、入らば弊衣の破(やぶ)れを憂ふ。身は常に灰煙に交り、命は僅に炭薪(たんしん)に係れり。

大原に居住する老翁の名は山口炭武。これは山で炭を焼くことからきた名であろう。彼は炭が売れるように天候が寒いことを願い、京に出てきては官使が奢るのを苦にし、大原に戻っては破れた衣を悲しむ。常に煙りまみれになって炭を焼き、炭薪で生計を立てている。

およそこのような意味であろう。これは中国の『白氏文集』巻4「売炭翁」を踏まえて書かれたもので、そのまま当時の炭焼きの実態をあらわすものではないが、壱岐大掾を名乗り、官使の奢りを嘆く様は上述の『中右記』に見る行事所賦課に抵抗する大原刀禰の姿とつながりはしないだろうか。いずれにしてもこうして焼かれた炭は後に大原女とよばれる行商の女性によって京中で売られたのである。

応保2年(1162)から長寛2年(1164)の間の成立といわれる漢詩集『本朝無題詩』には大原女をうたった「炭を売る婦を見る」という詩が載せられている。

炭を売る婦人に今聞き取るに、家郷遙に大原山に在り、衣(ひとえ)は単、路は険しく、嵐を伴って出ず、日暮れて天寒く月に向かって還(かえ)る

炭焼きといい、大原女といいその生活はきびしいものであった。

さて、大原女の服装は近世以降およそ、頭に手ぬぐいをかぶり、藍染めの着物の腰に前垂れ、手に甲掛、足に脚絆(きゃはん)という姿になったようである。興味深いのはその服装がかつて建礼門院に近侍し、その生活を支えた阿波内侍が山に柴を刈りにいく姿をまねたと伝えられていることである。もとより伝承の域をでないものであるが、大原の人々の中に建礼門院が長く生き続けていたことを示す話であろう。

(戸川　点)

《主要参考文献》

角田文衞『平家後抄』上下、講談社、2000年

細川涼一『平家物語の女たち』講談社、1998年

水谷教章ほか『古寺巡礼　京都十七　三千院』淡交社、1977年

佐伯真一『物語の舞台を歩く　平家物語』山川出版社、2005年

宇治川

―幽玄と妖艶の流れ―

宇治川先陣争い

　比良のたかね、志賀の山、昔ながらの雪もきえ、谷々の氷うちとけて、水はをりふしまさりたり。白浪(はくろう)おびたたしうみなぎりおち、灘枕(せまくら)おほきに滝なって、さかまく水もはやかりけり。夜はすでにほのぼのとあけゆけど、河霧ふかく立ちこめて、馬の毛も鎧の毛もさだかならず

　寿永3（1184）年正月20日。その日の宇治川は、折からの雪解け水で嵩を増し、白波を漲らせながら猛烈な勢いで流れていた。ここを舞台に2人の武将が「先陣争い」を繰り広げたことは『平家物語』巻9に見えてつとに有名である。
　前年の冬、京都に侵攻した源義仲を討つため、源頼朝は弟範頼・義経を派遣した。伊賀を経て宇治川までやってきた義経軍は、対岸の義仲軍と対峙し、いよいよ合戦かと思われた。しかし、さすがの義経も川の豪快な流れに驚き、淀方面へコースを変えようか、流れが収まるのを待とうかと迷う始末。畠山重忠が、宇治川のことは鎌倉で聞いていたではないか、水は琵琶湖から流れてくるので待っても水は引くまいと言いつつ、実際に川を検分している間、武者2騎がいきなり川を渡ろうと走り出てきた。鎌倉出発に際して頼朝の名馬「生ずき(いけ)」を所望したが叶わず「する墨」をもらうことになった梶原景季(かげとき)と、「生ずき」を与えられた佐々木高綱である。高綱はその馬に跨って宇治川を真っ先に渡ることを頼朝に誓っていたのである。景季は一歩先行したが、高綱に腹帯が緩んでいると言われている間に、抜け駆けされてしまう。高綱は水底に張られた大綱を太刀で切りながら、無事に川を渡りきり、最初に敵陣に突入することができた。
　『平家物語』では、これに続いて、川を渡ろうとして馬を流されてしまった大串重親が畠山重忠に助けられた話が語られている。怪力の重忠によって対岸に投げられた重親は先陣の名乗りを立て、敵味方の爆笑を買ったのである。
　さて、冒頭で引用した宇治川を表現した『平家物語』の一節をいま一度見てみよう。キーワードは「流れの速さ」と「立ちこめる霧」である。宇治川のこ

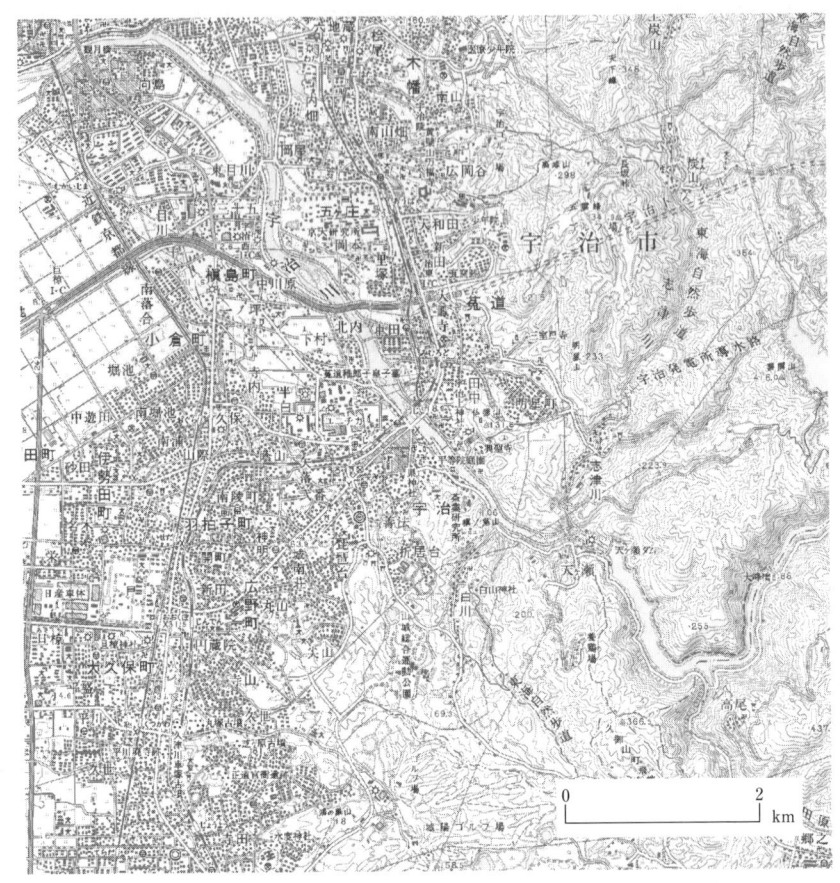

北は京都、南は奈良、その両者を結ぶ道の宇治川渡河点に発達したのが宇治である。
【1/5万　京都東南部】

のイメージは、源平合戦の時代をはるかに遡っていく。

万葉の時代に遡る

　　　もののふの八十うぢ川の網代木に　いさよふ浪のゆくへ知らずも

　これは、『万葉集』巻3に掲載される柿本人麻呂の名歌である。網代は魚を捕獲するために設置された仕掛けである。この障害物に一瞬ためらいつつ、また途切れることなく激流する宇治川の水量の多さと速度を、内に仏教的な無常観も秘めつつ、雄大に歌い上げている。宇治川の流れの速さに思いを託したの

は、『万葉集』ではこの一首だけではない。作者不明の民謡調のものを多く集めた巻11のなかに、「寄物陳思」（景物に託して心情を歌う）に分類された一群があり、そこに宇治川を詠んだものが4首並んでいる。そのうちの3首がこの川の流れの速さに託して思いを述べたものなのである。

宇治川

「宇治川の瀬々のしき波しくしくに妹は心に乗りにけるかも」の歌では、この川の折り重なるような波に、愛しい人への際限のない気持ちを託し、「ちはや人宇治の渡の瀬を早み逢はずこそあれ後もわが妻」では、妻に逢えない例えとして、渡し場の流れの速いことを持ち出している。「宇治川の水泡（みなわ）逆巻き行く水の事反（かえ）らずそ思ひ始めてし」に至っては、恋の後戻りできない心情を、宇治川の激流になぞらえてしまっているほどである。宇治川と言えば「流れの速さ」が特色であったことは、この歌の直後の鴨川の歌と比較すると、より明らかとなる。「鴨川の後（のち）瀬静けく後も逢はむ妹にはわれは今ならずとも」。ここでは、鴨川の流れは、静かに後で逢うことの例えになってしまっているのである。鴨川も宇治川もやがて合流して大阪湾に注ぐ。しかし流れの速い宇治川と、遅い鴨川は対として畿内地方の人々には認識されていたようだ。

『万葉集』で詠まれた宇治川の情景を、日本最古の石碑とされる「宇治橋断碑」はより直接的に歌いあげている。大和と山城を結ぶ交通の要衝にあたったが、急流だったため架橋は悲願であったのだろう。碑は最初の架橋を大化2（646）年に成し遂げたという僧道登の功績を称えたものである。次に引くその冒頭の一文は、『平家物語』の一場面にまで通じる宇治川の流れに対する古今の共通認識だったのであろう。

　　悋悋（べんべん）たり横流、其の疾（はや）きこと箭（や）の如し、修々たる征人、騎（うま）を停めて市を成す。重深に赴かんと欲すれば人馬命を亡くす‥‥

歌枕の世界

ところで、『平家物語』が触れているもうひとつのキーワードである「立ち

こめる霧」にも淵源がある。宇治川の霧と言えば、『千載和歌集』に載り小倉百人一首にも採られた藤原定頼の次の歌が有名である。

　　　朝ぼらけ宇治の川霧たえだえにあらはれわたる瀬々の網代木（巻6-420）

　柿本人麻呂の歌の網代木を踏まえつつ、秋の早朝の光景を詠んでいる。これに対して春霞の宇治川のイメージを決定的にした歌が、『新古今和歌集』にある寂蓮法師の歌である。

　　　暮れてゆく春の湊はしらねども霞に落つる宇治の柴舟（巻2-169）

　これも紀貫之の「年ごとにもみじ葉流す立田川湊や春のとまりなるらん」の本歌取りで、貫之の「紅葉・竜田川・秋の泊」に対して「柴舟・宇治川・春の湊」を提示した。霧も霞も本来同じ自然現象だが、平安時代以降、春のそれを霞、秋のそれを霧と表現上は区別してきた。『平家物語』の「夜はすでにほのぼのとあけゆけど、河霧ふかく立ちこめて」という表現のなかには、定頼と寂蓮の2つの歌を想起させながら、正月20日の立春間もない季節の早朝の様子を示そうとした意図が窺えるのではなかろうか。

幽玄妖艶の景観

　宇治川は、琵琶湖から溢れ出る瀬田川を源流として、近江・山城国境あたりに峡谷を形成しながら、流れの速度を急速にあげていく。宇治橋が架かる宇治の中心部のあたりを過ぎたところには、かつて巨大な遊水地である巨椋池が控えていた。一端ここに溜められた水は、京都方面からの桂川や奈良方面からの木津川と合流し、淀川となって堂々と大阪湾に注いでいるのである。

　巨椋池に入る手前の宇治川は、むかし数多くの分流に分かれていた。宇治川の枕詞の「八十」はそうした景観から来ているという。上流には山塊が迫り、下流を見渡せば葦原が広がり島や洲が点在する風光明媚な土地柄が宇治であった。平安時代になると、京都の郊外にあたり、平安貴族の別業の地として注目された。源融の宇治院は数代を経て藤原道長の所有するところとなり、これを引き継いだ子の頼通は、永承7年（1052）、あの平等院を創建したのである。

　一方、宇治は京都と南都（奈良）と結ぶ幹線道路の要衝にもあたった。早い時期に宇治橋が必要とされたのもそのためである。京に異変があれば、宇治で合戦が起きた。『平家物語』には「先陣争い」のあった義経軍と義仲軍の衝突ばかりではなく、治承4年（1180）5月の平家追討の源頼政による「橋合戦」（巻4）のことも描かれている。それ以降、承久の乱や南北朝の内乱期にもしばしば宇治は合戦の場となった。時代を遡れば、壬申の乱の折、大友皇子の近

江側が宇治の橋守に命じて大海人皇子軍の食糧運搬を阻止させたことがあった。もっと古くは、伝説的な話になるが、応神天皇皇子の菟道稚郎子(うじのわきいらつこ)が長兄の大山守を迎え撃ったのがこの地だという。

　近年の発掘調査は、宇治の地が、平等院・浄妙寺・白川金色院をはじめとした藤原氏関連の寺院や邸宅が点在し、その間を街区に仕切られる11〜12世紀をピークにした、「権門」都市であったことを明らかにしつつある。その一方で、『万葉集』以来の網代木や川霧や柴舟がキーワードとされる歌枕の世界に、『源氏物語』「宇治十帖」の舞台としてのイメージや、実際に平等院鳳凰堂を中心にこの世の浄土を具現していたことなどが加わり、中世以降の宇治は独特な幽玄と妖艶の雰囲気で語られるようになったのである。『平家物語』が宇治を舞台とする「橋合戦」や「先陣争い」のような生臭い場面を扱うに際しても、けっして優雅さを失わないのはそのためでもある。　　　　　（小野　一之）

《主要参考文献》

小島正亮『宇治橋―その歴史と美と』宇治市歴史資料館、1995年

『仏教芸術』№279「特集　宇治の考古学・藤原氏別業の世界」毎日新聞社2005年

杉本宏『日本の遺跡６宇治遺跡群』同成社、2006年

長岡

—平家物語の記憶—

京都「西山」

　京都市街地の南西に連なる山々の麓の一帯を「西山」と言う。嵯峨野や嵐山のある「洛西」とも異なるエリアで、都から隔たれた郊外の感が強い。古代の国郡では山城国乙訓郡に相当し、その中心に長岡郷があった。堂々とした杜と参道を持つ向日神社が今も鎮座する。鴨川を合流させ大阪湾に向かう桂川に沿って、古代・中世には山陽道が、近世以降は西国街道が通っていたように、交通の要地であったが、山はけっこう深い。そうした山あいに、平安遷都後に奈良の春日神社の祭神を祀った大原野神社、西行が庵を結んだ古跡として知られる勝持寺、在原業平が晩年隠棲したと伝える十輪寺、西国観音霊場二十番札所の善峯寺、藤原種継暗殺事件に連座した早良親王が幽閉された乙訓寺（唐から帰った空海が一時滞在した寺でもある）などの古刹が点在する。そうしたなかでもう一つ忘れることができないのが光明寺（粟生光明寺）である。浄土宗西山派総本山で、『平家物語』に登場する武蔵武士・熊谷直実が創建したと伝える。今は参道の美しい紅葉のトンネルでも知られる。

長岡京廃都

　まず、『平家物語』を紐解く前に、「西山」の歴史では最大のエポックである長岡京について触れておかなければならないだろう。山を背にした光明寺は東に大門があり、門前からは緩やかな下り坂の「光明寺道」が真直ぐに延びる。約2kmのところで、最寄り駅の阪急電鉄京都線「西向日」駅に着く。実は駅近くの閑静な住宅街が、かつての長岡宮跡である。さして広くはない公園の一郭に、「長岡宮址大極殿跡地」の大きな石柱が建っている。

　「新王朝」を標榜した桓武天皇だったが、都では政争に敗れた皇族の怨霊が跋扈し、東北地方では蝦夷に対する侵略戦争が激化していた。そうした8世紀末の社会状況を象徴するのが長岡京である。父・光仁天皇の皇后と皇太子を死に追いやって即位した桓武は、3年後の延暦3年（784）、平城京を捨て長岡京

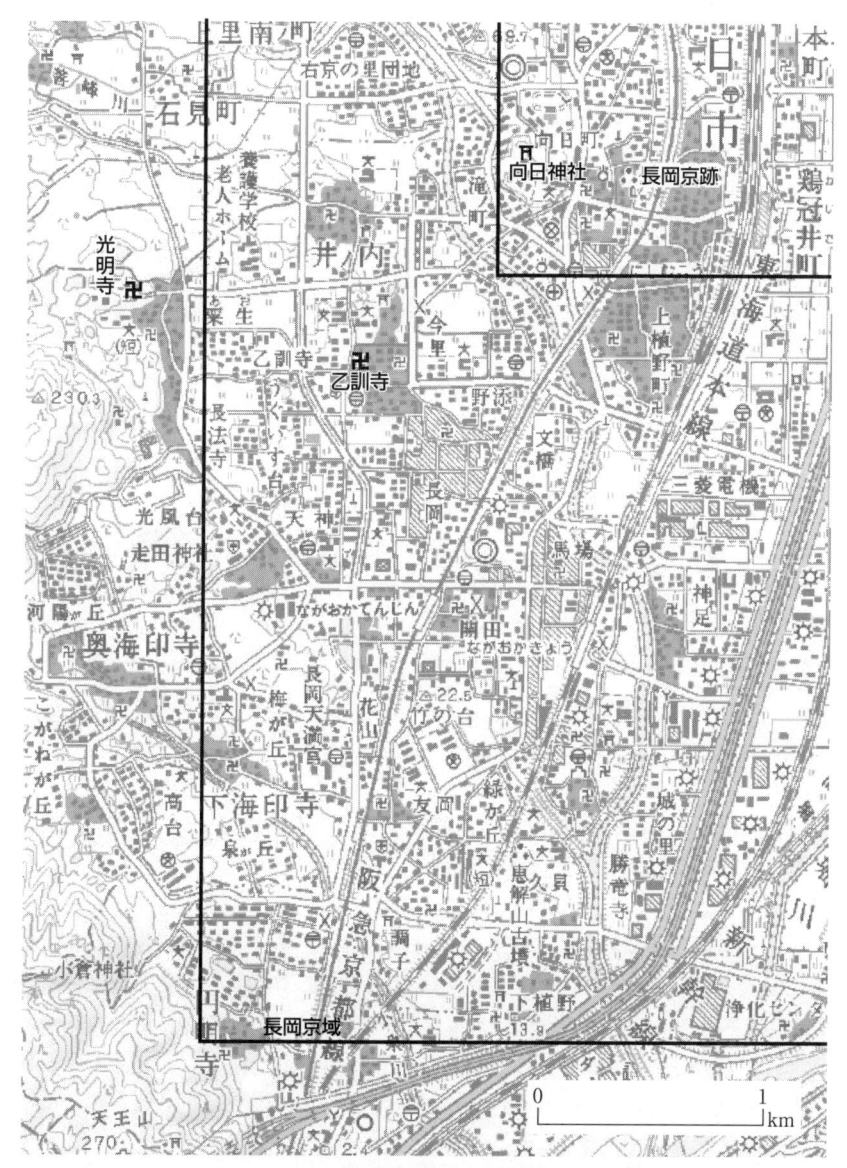

東西約4.3km、南北約5.3kmに及ぶ長岡京城は、京都府向日市・長岡京市にまたがる。
西山山地から東の桂川に向かって土地は低くなっている。　【1/5万　京都西南部】

遷都を断行した。旧来の豪族や寺社の勢力から離れ、水陸の交通の便がいいこの場所が選ばれたのである。5月に現地視察、11月には遷都、翌年元旦には大極殿で朝賀の式を行うという慌ただしさである。ところが、その同じ桓武が今度は長岡京を捨て、同13年（794）、平安京遷都を図る。造営責任者の藤原種継の暗殺や早良親王の憤死、桓武近親の相次ぐ死などの政情不安や、洪水などの自然災害が原因とされる。長岡京が機能していた期間は、わずか10年ばかりである。こうして短命に終わった長岡京であるが、近年の調査研究では、すでに平安京のプランを先取りする先進的な都城であり、およそ6割は完成していたと見られている。

　都としての役割を終えた後の長岡京の跡地は、諸司や王臣家に下賜され田畑や別業になったり、山城国府が一時期「長岡京南」に置かれたりして、京都の近郊としての役割を果たしたこともあったようである。しかし、その後の王朝文学に現れる当地は、もの寂しい田舎のイメージで語られている。『伊勢物語』では、「長岡といふ所」に造った主人公の家を、稲刈りする土地の女性に、「荒れにけりあはれ幾世の宿なれや住みけむ人の訪れもせぬ」と歌で揶揄されている（第58段）。『今昔物語集』では、三条天皇の石清水行幸に供奉した者が、不覚にも「長岳の寺戸と云う所」に来て、「迷はし神」に憑かれ一晩中付近をさまよってしまった話を載せている（巻27第42）。激変の時代を体験した怪しい宮都の残影を感じさせる説話である。

『平家物語』の桓武天皇と熊谷直実

　さて、『平家物語』には、長岡を新都と廃都にした桓武天皇と、近辺に寺を建てた熊谷直実が、ともに印象深く語られている。治承4年（1180）6月の平氏による福原遷都に対して、遷都に先例はあるが、桓武天皇の平安京遷都以来、帝王32代・星霜380余年に渡ってなかったことをまず示す。桓武は造都に際して東山に将軍塚を築いて守護神とした。「平家の嚢祖」（先祖）である桓武が造り、「尤も平家のあがむべき都」なのに、清盛が人臣の身をもって都を遷すなどとんでもない、と述べられている（「巻5都遷」）。来るべき平氏の滅亡を予期する文脈となっている。

　熊谷直実の『平家物語』初登場は、木曽義仲を攻撃する源範頼の軍勢を記した場面である。稲毛三郎・榛谷四郎・猪俣小平六ら武蔵出身の武士のなかに熊谷次郎（直実）がいる。その直実は、実は桓武平氏の末流である。平維時の六代の孫・直貞が武蔵国大里郡熊谷郷（埼玉県熊谷市）の領主・熊谷氏の跡を

継ぎ、その三男として直実は生まれた。父・直貞が早逝したため姻戚の久下直光に養育されるが、久下氏とは領地争いが終生続くことになる。この裁判に敗れたことが後年の出家の真の理由とも言う。保元の乱で、後白河天皇方として初陣を飾ったが、平治の乱では源義朝方に参戦し敗れた。石橋山合戦では、平家方として戦ったが、間もなく頼朝側に寝返ったという。

　この直実の『平家物語』中の最大の見せ場は、「巻9敦盛最期」である。寿永3年（1184）2月の「一の谷合戦」には、息子の小次郎と参戦し、装備や傷を気遣っていた。義経による鵯越の攻撃の直後、直実は逃亡する平氏の軍を浜で追っていた時である。「大将軍」に見えた武者を捕えて首を掻き切ろうとするが、「年十六七ばかりなるが、うす化粧して、かね黒也。我子の小次郎がよはひ程にて、容顔まことに美麗也」という様子に、刀を持った手も強張る。相手は名乗らず、味方も迫ってくるので、泣く泣く首を斬ってしまった。後から聞くと、この若武者は、平清盛の弟・経盛の子の敦盛であった。「それよりして熊谷が発心の思ひはすゝみけれ」。直実はこの時の心の痛手が出家する契機になったというのである。

法然と熊谷直実

　『平家物語』の話を追うように、『法然上人行状絵図』（京都・知恩院蔵、14世紀初頭成立）が熊谷直実のその後の様子を詳しく取りあげる（巻27）。直実は、平家追討の合戦で忠を尽くし名をあげた武蔵国の御家人だったが、宿善の心が起きたのか、将軍頼朝への恨みがあったのか、出家して蓮生と称した。法然を訪ねた彼は、武士としての罪業の深さに、手足を切り命も捨てなければ後生は助からないと覚悟していたのに、「罪の軽重をいはず、ただ念仏だにも申せば往生するなり、別に様なし」と言われ、感激のあまりさめざめと泣く。それから彼は、二心なき専修念仏の行者として久しく法然に仕えることになったというのである。『行状絵図』では、法然に随行した九条兼実邸の廂の下で法談を聴聞したり、阿弥陀浄土のある西の方角には背を向けてはならないとし、関東に下向する時は馬に後ろ向きに乗ったりした逸話を載せる。師の法然も信心堅固な念仏行者の例として常に覚えていて、彼のことを「坂東の阿弥陀仏」と呼んだ。

　光明寺の縁起の記すところによると、蓮生（直実）は法然の勧めにより、今の寺がある地に阿弥陀を祀る草庵を建てて住んだという。蓮生は後に武蔵国に下向して没したが、遺骨は念仏三昧院と名付けられたこの寺に戻され、開山初

祖が法然、二代祖師が蓮生とされた。安貞元年（1227）、京都東山大谷の法然の墓所が延暦寺衆徒によって襲撃される事件があったが、門徒たちは遺骸を念仏三昧院に移して荼毘に付したといい、遺跡は今も寺に残る。その後は門弟の一人、証空が寺を管理し、浄土宗西山派総本山光明寺として今日までの発展が図られたのである。

　蓮生は、法然誕生の地に誕生寺（岡山県久米南町）を建てたり、法然止宿の因縁の地・勝尾寺（大阪府箕面市）の再興に努めたりすることがあったようで、亡き師・法然の遺跡の聖地化と信仰の普及に一役買っていたことになる。また、出身地の熊谷寺(ゆうこく)（埼玉県熊谷市）のほか、蓮生寺（静岡県藤枝市）、高野山熊谷寺（和歌山県高野町）、蓮生寺（兵庫県日高町）など、ゆかりの寺も多い。

　熊谷直実（蓮生）は、この「西山」の一画、長岡の地に隠棲した時、かつてその門前で長岡京造営の大プロジェクトが行われていたこと、それを指揮したのが一族の遠い祖先、桓武天皇だったことなどは気付かなかったかも知れない。ましてや、10年しか続かなかった長岡京の時代、また、自らが戦い、その模様が『平家物語』に集約された源平合戦の時代が、それぞれ日本史のなかの重要なターニング・ポイントになったことなど、知る由もなかったに違いない。

（小野　一之）

《主要参考文献》

『熊谷直実』熊谷市文化連合、1966年。

『長岡京市史　本文編1』長岡京市、1996年。

国立歴史民俗博物館編『長岡京遷都―桓武と激動の時代』歴史民俗博物館振興会、2007年

京都鞍馬
―軍神の祀られる場所―

義経伝説

　京都市左京区、京都の北方に鞍馬山はある。鞍馬川沿いには鞍馬の集落が開け、上賀茂から丹波に至る鞍馬街道も通る。この鞍馬山といえば源義経が少年時代を過ごした場所として有名であろう。平治の乱で父義朝が敗死し、義経の二人の兄今若・乙若は出家させられた。幼い義経、すなわち牛若のみ母常磐の手元に残され、母が再婚した一条長成のもとで養育された。その後七歳の時、または11歳の時、稚児として鞍馬寺に預けられ、遮那王と名乗る。やがて自分の父が源義朝だと知り、平家への復讐の思いを固め、昼は学問、夜は武芸に励む。その際鞍馬寺の奥、山伏修験道の霊地でもある僧正が谷では天狗に兵法を習ったともいう。そして鞍馬寺を出奔、奥州へ向かい、奥州藤原氏の庇護を受け、富士川の戦いの際、兄頼朝のいる黄瀬川の陣にはせ参じ、以後平家追討のために華々しく活躍をする。

　この、誰もが知っている義経の生涯の中で、義経が武略の天才として成長する場が鞍馬寺なのである。

『平家物語』の中の鞍馬

　ところで、意外かもしれないが、『平家物語』にはこのような場としての鞍馬は描かれてはいないのである。義経のこうした話は『義経記』や『古活字本平治物語』にこそ描かれているが、『平家物語』には描かれていない。では『平家物語』に描かれる鞍馬はどのような場なのであろうか。

　それは隠棲・避難の場所として描かれているのである。たとえば鹿ヶ谷事件が発覚し、俊寛が流罪にされた後、俊寛の家族らは「北方はおさなき人を隠しかねまいらッさせ給ひて、鞍馬の奥にしのばせ給て候」とある（巻3　僧都死去）。

　また、平家は都落ちに際して後白河法皇もともに連れて落ちのびようとしたが、後白河法皇はこれをいやがり密かに鞍馬へ逃れるのである。巻7　主上都

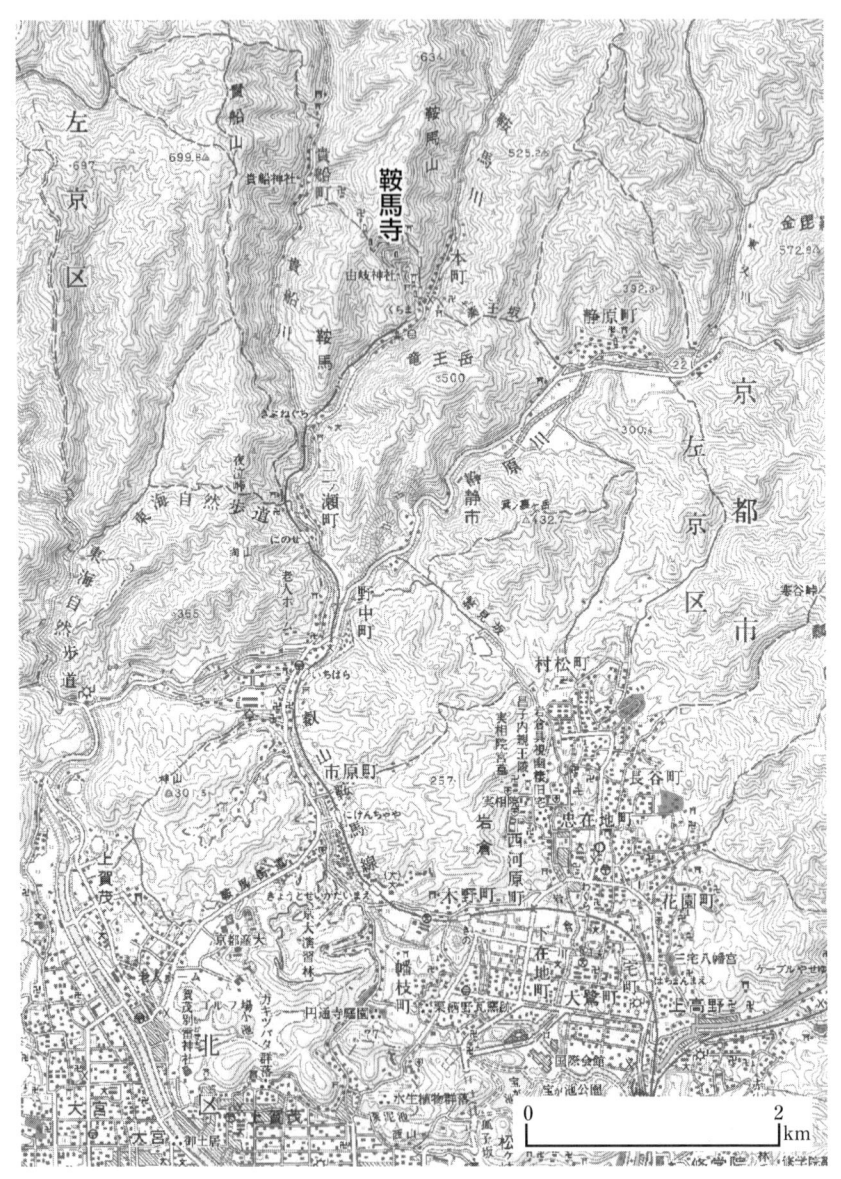

鞍馬は京の真北にあたり、北方の守護神である毘沙門天を祀る。

【1/5万　京都東北部】

落には「其夜、法皇をば内々平家のとり奉て、都の外へ落行べしといふ事を聞しめされてやありけん。按察大納言資方卿の子息、右馬頭資時計御供にて、ひそかに御所を出させ給ひ、鞍馬へ御幸なる」とある。

当時の鞍馬は平安京の北奥、人里離れた土地であるため、このような隠棲の場所として利用されていたのである。『枕草子』には「近うて遠きもの」として「鞍馬のつづらをりといふ道」をあげている。これは鞍馬寺大門から本堂にいたる坂道が急峻で何度も迂回せざるを得ず、なかなか近づけないことをいったものである。したがって鞍馬地域全体を評したものではないが、平安京の人々には京からやや遠く、訪れにくい場所という感覚があったのではなかろうか。

鞍馬寺の創建

さて、このように隠棲の場所であった鞍馬が『義経記』や『御伽草子』など物語の世界では天狗が住み、義経に天才的な武略を授ける場となっていく。おそらくそこには鞍馬寺に祀られた軍神・毘沙門天信仰の影響が多分に影響しているのである。

では、その毘沙門天信仰・あるいは鞍馬寺のイメージというものがどのようなものだったのか。次にその問題を見てみよう。

鞍馬寺の創建については２つの所伝がある。永正10年（1513）の奥書を持つ『鞍馬蓋寺縁起』（『続群書類従』27上所収）は鞍馬寺の開創について次のような話を伝える。

唐招提寺に鑑真の弟子鑑禎という僧侶がいた。宝亀元年（770）正月４日の夜、山城国の北方に霊山があるとの夢を見る。そこで目覚めてから山城に向かい、霊地を探し求めるが、探しあぐねてしまう。するとある山の上の空中に霊馬が現れる。そこが鞍馬山であった。鑑禎は鞍馬山にしばらく留まっていると婦女の形をした鬼魅が現れ、鑑禎は殺されそうになる。しかしその瞬間、朽ち木が倒れ鬼魅を押し殺してしまう。一説には毘沙門天が踏みつぶしたともいわれるが、翌朝、毘沙門天の像が姿を現す。鑑禎はこれを祀るが、それが鞍馬寺になったというのだ。

一方、『扶桑略記』延暦15年（796）条や『今昔物語集』巻11―35「藤原伊勢人、始建鞍馬寺語」などでは藤原伊勢人が建立したとしている。一般的にいって室町期成立の『鞍馬蓋寺縁起』よりも平安期成立の『扶桑略記』や『今昔物語集』の方が史料的価値は高いと考えられる。さらにそれだけではなく

『鞍馬蓋寺縁起』の伝える鑑禎の後段の話、鬼魅が朽ち木につぶされるという話は『扶桑略記』にも伊勢人建立後、修行に来たある禅僧の話として紹介されており、『鞍馬蓋寺縁起』は『扶桑略記』をもとに創作された可能性が高いと思われる。このように考えれば鞍馬寺創建は延暦15年（796）藤原伊勢人による、といってよいだろう。

しかし『扶桑略記』にせよ『鞍馬蓋寺縁起』にせよ、毘沙門天が軍神として鬼魅を倒す話を紹介している点は注目する必要があろう。毘沙門天はいうまでもなく四天王の一つで北方を守護する軍神である。鞍馬寺はこのような軍神毘沙門天を祀り、都の北方に位置することもあって次第に「帝都擁護の精舎」（『吾妻鏡』嘉禎4年（1238）閏2月16日条）と評されるようになっていくのである。

『鞍馬寺縁起』の語るもの

さて、『鞍馬蓋寺縁起』にはもう一つ、荒唐無稽だが見逃せない話がある。それは鎮守府将軍であり、平安前期を代表する武人である藤原利仁に関するものである。藤原利仁とは『今昔物語集』をもとにした芥川龍之介の小説「芋粥」に登場する人物である。摂関家の饗宴でたまたま知り合った五位を藤原利仁が敦賀の館に連れていき芋粥をたらふく食わせるという、あの話である。この利仁については経歴その他不確かな点が多いものの、一応実在したと考えられている人物である。

その利仁に関わって『鞍馬蓋寺縁起』は次のような話を伝える。

下野国高座山のほとりに千人もの群盗が集まり、都に運ばれる官物などを奪っていた。そのため利仁に追討させることになった。利仁は勝ち難いと思い、鞍馬寺に参籠し、その後進発した。高座山に着いたのは夏の6月15日であったが、利仁は思うところがあって急いでカンジキを作らせた。夜になって利仁は腹心の武士に雪は降っているかと聞く。利仁の策略を知らない武士は晴天だと答えてしまい、不興をかって利仁に殺されてしまう。しばらくして利仁が別の武士に問うと彼は恐れて雪が降っていると答える。するとその結果、夜中になって雪が降り積もった。そのため賊徒は飢えと寒さで動けず、カンジキをはいた利仁軍に倒されてしまった。

その後利仁は毘沙門天像をを作り鞍馬寺で開眼供養を行い、帯した剣を奉納した。ところが毘沙門天の夢告があり、奉納した剣ではなく、賊徒千人の首を斬った剣を奉納するよう求められ、夢さめて後その剣を奉納したという。

何ともすさまじい話である。鞍馬寺はこのように軍神の祀られる寺としてイメージされていくのである。そしてこのような軍神のイメージが天狗とも結びつき、義経の少年時代の話にも影響していくのである。
　さて、鞍馬寺では６月20日に竹伐りという年中行事を行っている。これは長さ４メートルもある竹４本を大蛇に見立て、山刀で断ち切りというものである。僧侶が近江方と丹波方に別れ、竹を切るスピードを競い、どちらが早く切り終えるかでその年の豊不作を占っている。実はこの竹伐りも軍神毘沙門天の力に由来するものなのである。
　『鞍馬蓋寺縁起』にはこの竹伐りの淵源となる次のような話が収録されている。
　寛平年間（889－898）に東寺十禅師峰延(ぶえん)が鞍馬寺の寺務を行うようになった。峰延が山に住み修行を行っていると大蛇が現れ、峰延を飲み込もうとした。窮地の峰延がひたすら大威徳天(だいとくてん)と毘沙門天を念じていると果たして大蛇が倒れた。その後朝廷に報告すると五十人の人夫がやってきて大蛇を切り破り捨てたという。竹伐りはこのエピソードに由来して行われているのである。つまり竹伐りはまさしく軍神毘沙門天を祀る鞍馬寺ならではの行事なのである。
　さて、ここまで鞍馬寺がどのような性格の寺院であったかを見てきた。
　鞍馬寺というとどうしても義経が少年時代を過ごした寺院というイメージが強い。ところが義経の少年時代について記した同時代史料は残念ながら存在しないのである。比較的信頼性の高い史料としては『吾妻鏡』治承４年（1180）10月21日条があるのみである。それは富士川の戦いの際、黄瀬川の宿で頼朝と義経が対面した際の記事である。

　　この主は去る平治二年正月に、襁褓(きょうほう)の内において父の喪に逢ふの後、継父
　　一条大蔵卿長成の扶持により、出家のために鞍馬山に登る

　この記事から義経が鞍馬山に預けられたことは一応確実と考えてよいだろう。ところがこれ以上のことは『古活字本平治物語』や『義経記』に頼らざるを得ないのである。しかしそこには鞍馬寺のイメージと源平合戦に置いて華々しく活躍した義経のイメージからくる脚色が相当あるものと思われる。歴史研究者はそうした脚色をひとつひとつはがしながら義経の実像に迫っていかなければならない。事実そのような優れた研究も現れてきている。
　もっともその一方で、中世人になったつもりでそうしたイメージの増幅をフィクションとして楽しむのもよいのかもしれない。
　　　　　　　　　　　　　　　　　　　　　　　　　　　（戸川　点）

《主要参考文献》

五味文彦『源義経』岩波書店、2004年

保立道久『義経の登場』日本放送出版協会、2004年

野口実『伝説の将軍藤原秀郷』吉川弘文館、2001年

淀川

―京と西国を結ぶ川―

京と西国を結ぶ川

　淀川は、京都府を流れる宇治川（かつては巨椋池を経ていたが、巨椋池は昭和16年〈1941〉に干拓された）・桂川・木津川の3川が合流し、さらに大阪府内でいくつかの川が流入して大阪湾に向かう、近畿最大の流域面積を誇る川である。「淀川」の名称は、淀（与度とも。現京都市伏見区）の地名に由来するが、古代・中世には沿岸の地域固有の名称でも様々に呼ばれており、淀川と定まったのは江戸時代のこととされる。

　大陸や西国との交易物などは瀬戸内海から大輪田泊（現神戸市）、河尻（現尼崎市）を経て淀川を通り京へ向かった。また、貴族が摂津国の四天王寺・住吉社や紀伊国の高野山・熊野に参詣する際に、淀川を船で通ったという記録は枚挙にいとまがない。陸上交通が今日ほど発達していなかった前近代において、淀川は京と畿内・西国を結ぶ流通・交通上きわめて重要な水路だったのである。

　そのため、河尻や、淀川（旧淀川。現在の大川）河口に所在する古代の難波津や平安後期の渡辺津（現大阪市）以外にも、桂川・宇治川・木津川の合流地点に淀津、山城と摂津・河内の境界に山崎津（現京都府大山崎町・大阪府島本町）などの河港が多く発達した。その他、淀川の沿岸には、朝廷の儀式での利用や貴族間の贈答品として重要だった牛馬の飼育のために、湿地であることの必要な牧も多かった。風光明媚な地には天皇の離宮や貴族の別業が設けられた。淀川と淀川沿岸は、京に住む人々にとって欠くことの出来ない空間だったといえよう。

戦時の要地、淀

　淀川沿岸でも、淀から山崎にかけての地域は、戦乱時には特に重要な地と認識されていた。さかのぼれば『日本後紀』弘仁元年（810）9月戊申（11日）条に、平城上皇の乱の際、嵯峨天皇が宇治・山崎両橋と淀市津に頓兵を置いたとある。

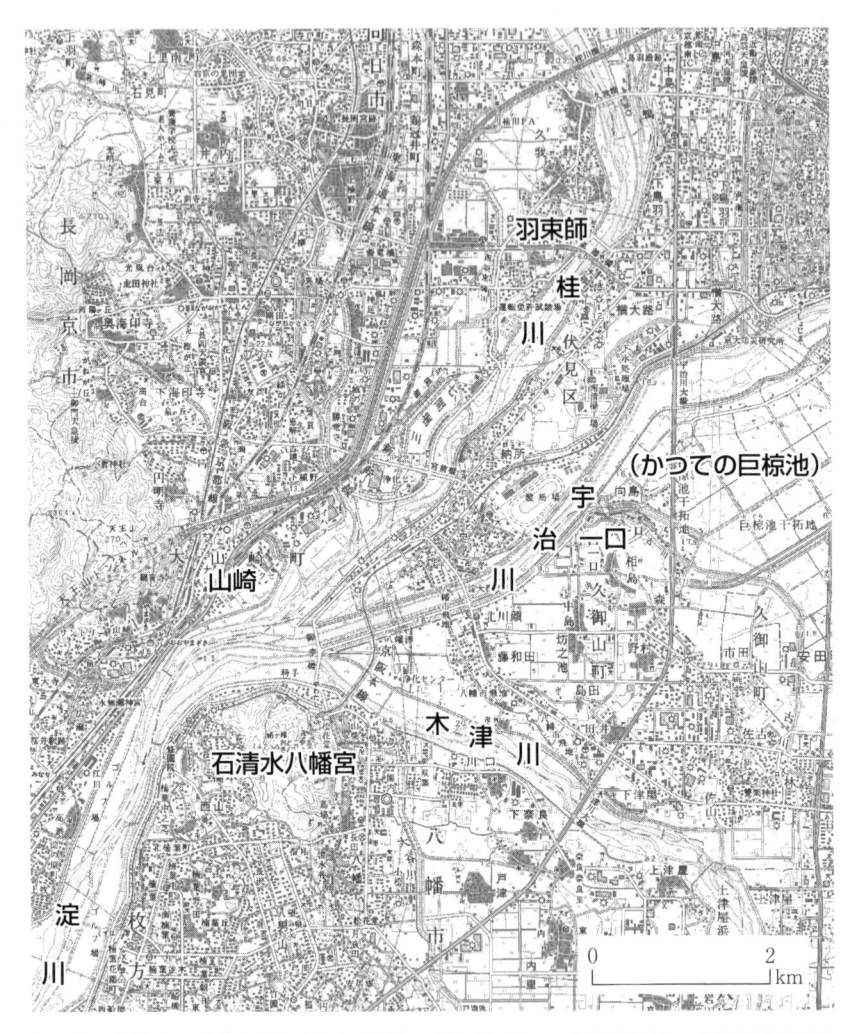

大阪府と京都府の県境付近の地図。桂川・宇治川（かつては巨椋池）・木津川が合流して淀川となる。
【1/5万　京都西南部】

淀は『平家物語』にもしばしば見える。「巻2　烽火之沙汰」には、治承元年（1177）5月、平重盛が、後白河を幽閉する父清盛に諫言した後、配下の者に忠誠を確認する際、淀・羽束師（現京都市伏見区）など京近郊から兵が集まったとある。「巻4　橋合戦」には、治承4年（1180）5月、以仁王を追って宇治橋で悪僧と対峙した平家軍の伊藤忠清が、宇治橋の敵は手ごわい、今は五月雨で増水しているので、淀・一口（芋洗とも。現京都府久御山町）に向かいましょうか、河内路へ回りましょうかと大将軍に進言したところ、足利忠綱が馬筏を組んで渡ったとある。「巻7　主上都落」には、木曾義仲らの上洛を目前にして、平行盛・平忠度が淀路を守護したとある。「巻9　宇治川先陣」には、義仲を討つべく上洛した義経が、人々の心を見ようと宇治川を前にして、淀・一口へ回るべきか、水の弱まるのを待つべきかと言い、畠山重忠が川に入って瀬踏みをしたとある。のち承久の乱（承久3年＝1221）の際も、後鳥羽院が淀や芋洗に軍勢を派遣したことが『吾妻鏡』や『承久記』に見えている。

　宇治と並んで淀や一口が、京やその近郊の攻防の要地として、軍勢の派遣先と考えられていたのである。これらに登場する人名や戦術には虚構の可能性があるものも含まれているが、鎌倉時代頃の地理認識は表れていると見てよいだろう。なお、桂川・宇治川・木津川の合流点は、16世紀後半から20世紀前半にかけて度々治水工事が行われ、現在では当時より西へと変遷を遂げている。

平家の都落ち

　淀から山崎にかけての地域は、戦乱時の陣地として重視されただけではない。
　寿永2年（1183）7月25日、木曾義仲らの上洛を目前にして、平家は都を捨てて西国へ逃げようとした。覚一本『平家物語』「巻7　一門都落」には、「落行平家は誰々ぞ」と平家一門の名を列記した後に、次の叙述が続く。

　　都合其勢七千余騎、是は東国北国度々のいくさに、此二三ケ年が間討もらされて、纔に残るところ也。山崎関戸の院に玉の御輿をかきすへて、男山をふし拝み、平大納言時忠卿「南無帰命頂礼八幡大菩薩、君をはじめまいらせて、我等都へ帰し入させ給へ」と、祈られけるこそかなしけれ。おのゝうしろをかへりみ給へば、かすめる空の心地して、煙のみこゝろぼそく立のぼる。
　　　平中納言教盛卿
　　　はかなしなぬしは雲井にわかるれば跡はけぶりとたちのぼるかな
　　　修理大夫経盛

ふるさとをやけ野の原にかへりみてすゑもけぶりのなみぢをぞ行
　　まことに古郷をば一片の煙塵と隔つゝ、前途万里の雲路におもむかれけん人々の心のうち、おしはかられて哀也。
　数度の合戦で多くの味方が討たれ、いま都を落ちる平家一行が、山崎関戸の院で一旦停止する。平時忠が対岸（男山）の石清水八幡宮に再帰を願い、平教盛と経盛が京の館の炎上する煙によせて、都落ちのはかなさや今後の苦労を思う歌を詠むのである。都落ちの哀れさが強く印象に残る叙述といえよう。
　鈴木彰氏によれば、この平家都落ちの事件像は、戦国時代の甲斐武田氏の滅亡を描く軍記『甲乱記』の、武田勝頼が新府中から撤退する場面にも影響を与えているという。まさしく『平家物語』は時を越えて受容されたのである。
　ただし、鈴木彰氏が考察しているように、覚一本のこの叙述は『平家物語』諸本の中でも作為的に練り上げられたものであった。覚一本では、本文は省略したが一門の名前が列挙されていることや、御輿を据えたとあることから、平家一行が揃って京から陸路を進んできたという状況が窺える。それに対して、例えば延慶本の同じ場面（第3末—28）では、「船ニ掉(さお)ス人モアリ。或ハ遠ヲワケ嶮(けわし)キヲ凌(しのぎ)ツゝ、馬ニ鞭打人モアリ」とあるように、一門揃った陸路の都落ちとは描いていない。また、「南無八幡大菩薩、今一度都へ帰シ入給ヘトゾ、泣々申ケル」とあるものの、誰がどこから石清水八幡宮を拝んだか明らかではない。さらに教盛・経盛の和歌は、この後の福原落ちの場面（第3末—32）にあり、忠度と行盛が詠んだことになっているのである。

京との惜別の地、山崎

　とは言え、前掲の覚一本の印象的な叙述が、なぜ山崎を舞台として構成されたのかを、考えてみる必要があるだろう。
　第一に、平家一行が山崎で一旦停止したのが事実だった可能性がある。経盛の歌（がここで詠まれたものとすれば、の話であるが）に「けぶりのなみぢ」とあり、山崎から船に乗って淀川を下って行く予定であることが読み取れる。確かに山崎は河港として栄えており、淀川を下る際に乗船する場所であった。
　また、平氏家人である平貞能の山崎からの帰京も気になる。『平家物語』では前掲叙述の後に、河尻に派遣されていた平貞能が、京に戻る際に（覚一本では鵜殿＝現大阪府高槻市で）平家一行に会ったとある。一方、同時代史料である吉田経房の日記『吉記』寿永2年（1183）7月24日条には平貞能が河尻に向ったとあり、同25日条には平貞能が「山崎の辺りより引き帰る」とある。事

実として貞能が山崎で平家一行に会い、そこから離脱して帰京した可能性がある。

　第二に、より重視すべき点として、山崎の辺りが遠国からの帰京を実感する地であり、逆に京からの別離を悲しむ地でもあったことが挙げられる。承平5年（935）、紀貫之が任国土佐からの帰路を日記風の紀行文で記した『土佐日記』に、鵜殿から舟で京に向かう途中、東方に「やはたのみや」（石清水八幡宮）を見て「よろこびて」「おがみたてまつる」とある。さらに「やまざきのはし（山崎の橋）みゆ。うれしきことかぎりなし」と続けている。石清水八幡宮や山崎の見える辺りが、帰京を実感できる場所だったことが窺える。

　また、寛弘2～3年（1005～6）頃の成立とされる『拾遺和歌集』巻6には、「源公貞が大隅へまかり下りけるに、関戸の院にて月のあかゝりけるに、別れ惜しみ侍て」として平兼盛の和歌「はるかなる旅の空にも後れねばうら山しきは秋のよのつき」を載せている。任国大隅に下向する源公貞との別れを惜しんで、平兼盛が和歌を詠んだ場所、関戸の院とは、古代に置かれていた山崎関の跡であるが、この山崎関戸の院は、前掲『平家物語』にも御輿をかきすえた地として見えるのである。

　これらを考え合わせると、覚一本『平家物語』の平家都落ちの印象的な叙述は、山崎が河港であり、石清水を拝む地であり、なにより京との惜別の地であることを前提として、構成されたものだったことがわかるのである。

　淀川が京と畿内・西国を結ぶ川であったために、淀川沿岸の淀から山崎の辺りは、戦乱時の重要地点になるとともに、平家が都落ちの際に通過し、京との惜別の地となったのである。　　　　　　　　　　　　　（長村　祥知）

《主要参考文献》
『日本歴史地名大系　26　京都府の地名』平凡社、1981年
鈴木彰『平家物語の展開と中世社会』汲古書院、2006年

淀川河口

―源義経と渡辺党―

渡辺党・住吉社・四天王寺

　文治元年（1185）2月、源義経が讃岐国屋島の平家を攻撃し、勝利した。そのとき、義経は淀川河口から出撃した可能性が高い。この淀川河口を考える上で、摂津国渡辺を本拠とした武士団、渡辺党の存在を無視することは出来ない。また、淀川河口には、四天王寺・住吉社という、ともに大化前代以来の由緒を誇る寺社が大きな影響力を有していた。

　渡辺党の研究は従来からも盛んであったが、近年は特に渡辺の地をめぐる研究が活発である。以下では、大村拓生氏などの研究成果を参照して、『平家物語』との関連に注目したい。

　なお、淀川は自然環境の変化や人為的な治水工事により、たびたび流路を変更している。ここで主な対象とするのは中世の淀川（現在の大川）の河口部であり、淀川の支流たる神崎川（旧三国川）の河口にも適宜触れることとする。

渡辺津の登場

　淀川河口で栄えた港津として、古代の難波津、中世の渡辺津が有名である。

　古代、平城京の副都として難波宮が用いられ、難波津が都と西国を結ぶ重要な港として栄えた（難波津の所在地については諸説ある）。しかし延暦3年（784）・同13年（794）の長岡京・平安京への遷都や延暦24年（805）の国衙の移転により、難波宮は廃絶した。また、延暦4年（785）に淀川と三国川を結合させたことにより、大輪田泊から河尻を経て淀川から京に至る水運が整備されることとなる。難波津は、その後も港としての機能を維持したが、河尻と京とを結ぶ河川交通体系から外れており、港としての重要性は低下することとなった。

　11世紀には、淀川が運ぶ土砂の堆積により河口の地形環境が変化する。その頃、水陸の交通の結節点として浮上するのが、渡辺津（史料上は大渡・窪津とも記される）である。渡辺津の所在地は、従来は近世に八軒家（屋）と呼ばれ

淀川河口　145

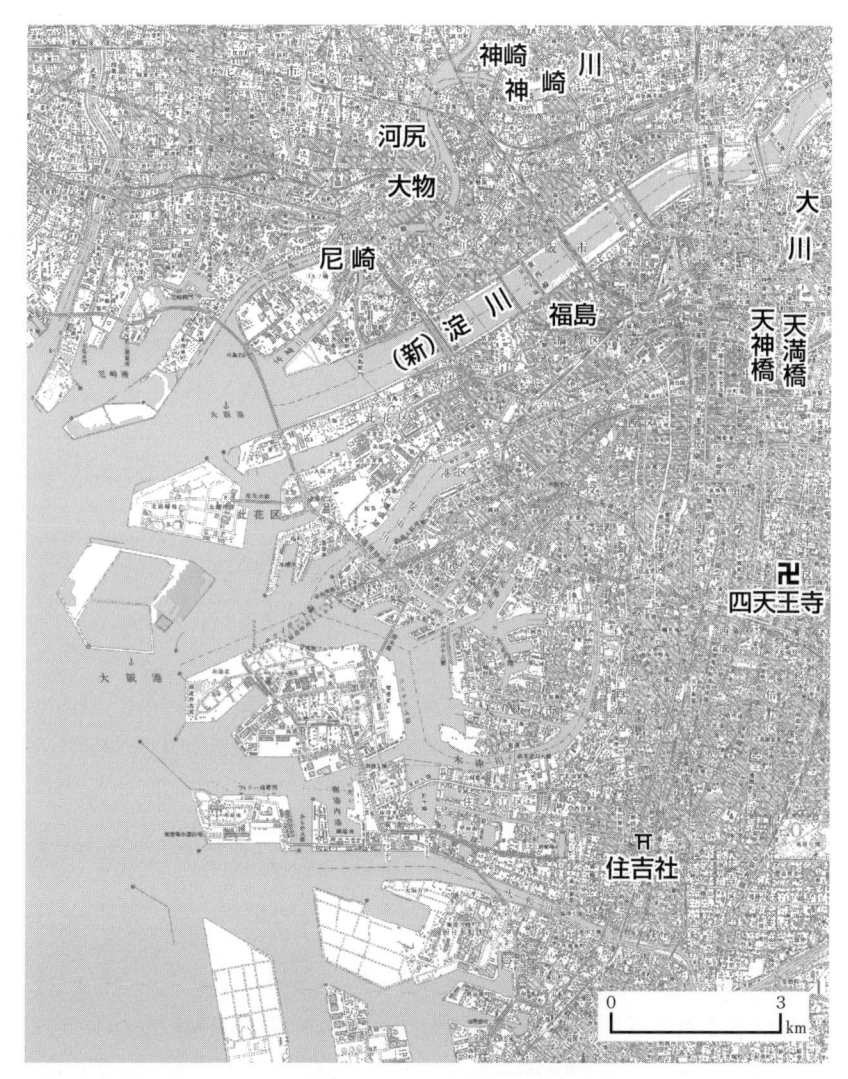

大阪市と兵庫県南東部の地図。明治43年に現在の淀川が開削されるまでは、現在の大川が淀川の本流であった。河口の地形も中世からは変化している。
【1/5万　大阪東北部・西南部・東南部】

た天満橋南詰め付近に比定されていた。しかし近年では、考古学の成果や文献史料の再検討により、天神橋付近（現在の大川が東横堀川（ひがしよこぼり）に分流する辺り）とする説が有力となっている。

　渡辺津が浮上する背景として、10～12世紀における貴族の住吉社・四天王寺（12世紀には紀伊の熊野も）への参詣の盛行が挙げられる。10～12世紀の住吉・四天王寺参詣の史料を検討すると、次のような変化がわかる。10～11世紀前半には淀などで乗船して淀川を下り、大阪湾に出て直接寺社に乗り付けており、渡辺は通過点にすぎない。それに対して、11世紀後半～12世紀には、鳥羽や淀から船で渡辺津に下り、そこから陸路をとっている。この変化は、土砂の堆積により河口部に島が連なり、航行環境が悪化した結果であり、必然的に渡辺津には乗り換えの人馬の用意が必要となる。その管理者として大江御厨惣官という職が用意され、渡辺党の渡辺氏（嵯峨源氏系）が配置されたと大村拓生氏は推測している。

渡辺党

　渡辺党は、辟邪という呪術的性格や海の武士団という性格など、畿内武士団の中でも様々な特徴を持つことで特に有名である。渡辺党には、遠藤氏（藤原氏系）と渡辺氏（嵯峨源氏系）の2つの家系があった。遠藤氏のうち、11世紀後半頃の為依（永順）が四天王寺の執行であることが、複数の史料に記されている。他の史料所見とあわせて、遠藤氏が先に渡辺に拠点を有しており、のちにそこへ渡辺氏が入り込んだと考えられている。

　『平家物語』巻5「文覚荒行」で頼朝に挙兵を勧めたとされる文覚も、遠藤氏の出身であり、出家する前は遠藤盛遠という名であった。『平家物語』の延慶本第2末―2や四部合戦状本巻5・『源平盛衰記』巻19には、盛遠が、夫ある女房に横恋慕し、夫の身代わりとなった女房を殺害したため、出家したという経緯が記されている。その説話によれば、盛遠が女房を見初めたのは「渡辺橋」を懸けた供養に女房が訪れたからであり、遠藤氏はその供養の主催者的立場にあったとされている。渡辺の管理に携わる渡辺党の立場を考える上で示唆的である。

　一方、渡辺氏は、渡辺番・渡辺競などと一字の名乗りを通例とした。この源姓渡辺氏は摂津源氏源頼政の配下にあり、保元の乱や平治の乱の際の奮戦が『保元物語』『平治物語』に記されている。『平家物語』でも、本拠地たる淀川河口は勿論のこと、治承4年（1180）5月の宇治川合戦や文治元年（1185）3

月の壇ノ浦合戦など、諸地域における渡辺氏の活躍が記されている。中でも義経との関係は、後述するように注目すべきものがある。

源義経の出撃

　吉田経房の日記『吉記』によれば、義経は、文治元年正月10日、讃岐国屋島の平家を追討するため、京を出発した。九条兼実の日記『玉葉』2月16日条には、京中に武士が居ないので（無用心だから）、義経の出撃を制止するために、後白河院の近臣高階泰経が京から渡辺に向かったと記されている。その間の約一ヶ月、義経は船を調達していたのであろう。義経は、この16日に船の纜を解いて平家攻撃に向かったと後日報告している（『玉葉』3月4日条）。

　『平家物語』巻11「逆櫓」相当の箇所には、諸本により異動があるが、義経が船を調達（船揃え）した地や出航した地が記されている。覚一本には、義経は渡辺で船揃え、渡辺・福島から出航したとし、兄の範頼は神崎で船揃え、山陽道に向けて出発したとする。これと部分的に違う異本として、長門本・『源平盛衰記』は義経が渡辺・神崎で船揃えとし、四部合戦状本は義経が河尻・安麻崎（尼崎）から出航とする。延慶本は覚一本等と大きく異なり、義経が大物浜で船揃え、大物浦から出航とする。

　当時、範頼は九州に居るので、神崎で船揃えしたとする設定には無理がある。義経については、先述の『玉葉』の記述から、船揃え・出航した可能性が高いのは渡辺である。『吾妻鏡』2月18日条も「渡部」から出航したとする。覚一本や『源平盛衰記』・長門本の記述を見ると、渡辺から海に出るには福島（富島）を経由するという地理関係であることがわかる。ただし、神崎川の河口に位置する河尻・尼崎・大物は、当該期の主要な水運を担う港湾であり、義経がここから出航した可能性も否定はできない。

　義経が出撃した日は大風で海が荒れていた。『平家物語』には、船首に逆向きの櫓（逆櫓）をつけようとする慎重な梶原景時と、最初から逃げる準備をすべきではないとする義経が口論し、両者が険悪な状態になったことが記される。当時、梶原景時は範頼と共に九州に居るので、ここでの対立は虚構であるが、当日の悪天候は他の史料からも窺える。

　屋島合戦では、海の神として崇敬を集める住吉社の神威も喧伝された。『玉葉』2月20日条に、住吉社から「去る十六日、宝殿より神鏑、西方を指して飛び去り了んぬ」という連絡があったと記されている。すなわち、住吉大明神が、西方の平家攻撃に向かう義経に合力するという意志を、鏑矢で表現したとする

のである。同様の話は『平家物語』巻11「志度合戦」にも記されている。

義経の没落と渡辺氏

　のちに義経は、平家討滅という大功を挙げながらも、後白河院との過度の結合を兄の源頼朝から警戒され、やがて頼朝から刺客を向けられるに至った。文治元年11月、京を脱出した義経が向かったのは大物浦であった。このとき、逃亡する義経一行に会いながら見逃したために、渡辺番が鎌倉に召籠められたとする説話が『古今著聞集』巻9に収められている。確かに渡辺番は義経と旧知の間柄だった。『平家物語』諸本の巻11「能登殿最期」相当箇所や『吾妻鏡』文治元年3月24日条によれば、渡辺源五馬允（番もしくは番の父昵）が、壇ノ浦合戦の際に義経軍に属して建礼門院を確保するという勲功を挙げているのである。

　義経は大物浦から出航しようとしたが、またも大風で海が荒れており、今回は船が難破した。『義経記』巻4では、大物で追手と合戦の後、一行と解散した義経が、静を連れて渡辺に行き、ついで住吉の神主長盛、ついで大和国宇陀郡の外戚のもとに身を寄せたことになっている。この話自体が事実かどうかは検討を要するが、義経と渡辺氏や住吉社など淀川河口の諸勢力との関係が深いものであったことの表れであろう。

（長村　祥知）

《主要参考文献》

加地宏江・中原俊章『中世の大阪』松籟社、1984年

河音能平『大阪の中世前期』清文堂出版、2002年

栄原永遠男・仁木宏編『難波宮から大坂へ』和泉書院、2006年

大村拓生「中世渡辺津の展開と大阪湾」（『大阪の歴史』70、2007年）

神戸

―要港と戦場―

吾身榮華と日宋貿易

　此一門にあらざらむ人は皆人非人なるべし

　　　　　　　　　　　　　　　　　　　（巻一　禿髪）

　この件は、平家一門の盛衰を描いた『平家物語』の巻一「禿髪」に記されている平清盛の小舅大納言時忠が言い放った言葉で、驕る平家のありさまを示すものとしてよく知られている場面である。その平家一門の隆盛振りについて『平家物語』は、平家は多くの知行国や荘園を得て、中国からもたらされた豪華絢爛な唐物を蓄えていることを記し、「恐くは帝闕も仙洞も是もはすぎじとぞみえし」（巻1「吾身榮華」）と、その有様は帝や上皇もおよばないとしている。このような平家の財力を支えたのは、日本国内の所領支配に留まらず、日宋貿易による利潤によるところが大きいことはすでに説かれているところである。

　日宋貿易とは、天徳4年～弘安2年（960～1279）にかけて宋と日本との間で行われた貿易のことで、平清盛が促進したことで知られているが、そもそも平家による日宋貿易は清盛の代からではなく、父忠盛の時からといわれている。

　忠盛は、鳥羽院近臣として地位を固めて殿上人になるなど当時の武家としては破格の昇任を果たした人物で、鳥羽上皇領の肥前国神崎荘を管理し、神崎荘に寄航した宋船から唐物を入手するなど、宋との交易にも力を注いでいた。

　また忠盛は、朝廷から西海の海賊追討を命じられ、降伏した海賊を家人にするなど、瀬戸内海から九州に至る西国に勢力を伸ばしていたのである。そして、清盛は保元3年（1158）から大宰大弐に任じられ、弟の頼盛も仁安元年（1166）から大宰大弐に相次いで任ぜられ、九州地方の支配とともに日宋貿易を管轄した。

　平清盛をはじめとする平家一門は京の東南の要地六波羅を本拠とし、摂津国福原にも別邸を構えていた。福原は、瀬戸内海航路の要港であり、日宋貿易の要となる大輪田泊があり、平家の管理下に置かれていたのである。その地に福

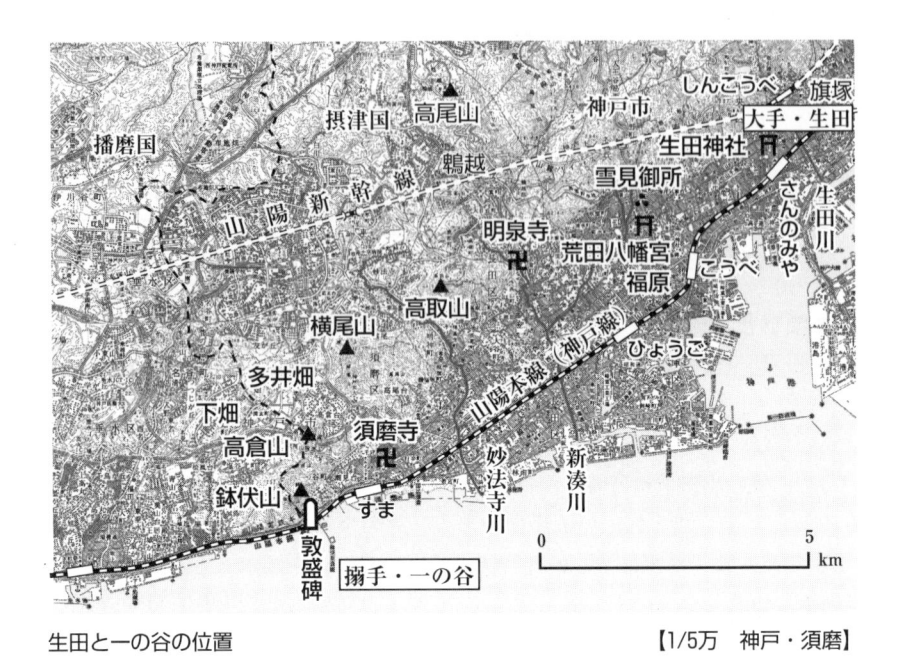

生田と一の谷の位置　　　　　　　　　　　　　　　　　　【1/5万　神戸・須磨】

原の都が築かれるのである。

敏売浦と大輪田泊

　西摂・播磨沿岸は古くから海上交通の要所とされ、大輪田泊は五泊と呼ばれる重要な港のひとつとされていた。平安時代の末に編まれた『行基年譜』によると、大輪田泊は行基の指導によって築造されたと記されている。

　大輪田泊の近くには万葉集にも歌われている敏売浦（敏馬浦）があり、古代においても大輪田泊周辺は瀬戸内や畿内を行き来する船にとって重要な地点であった。

　『延喜式』によると、敏売浦は難波館（大阪市）とともに新羅からの使節に対して、「生田社で醸す酒は敏売崎において給え。住道社で醸す酒は難波館において給え」とあり、神酒を振舞う給酒儀礼が行われていた場所であることがわかる。この給酒儀礼は、地域の伝統的な儀礼ではなく国家的なセレモニーであったことが重要である。敏売浦は古代国家の管理する場であり、そこで執り行われる給酒儀礼を経て外国の使節団は都へ入ることができたのである。

　この『延喜式』の史料からも、敏売浦が古代国家にとっても国内の船だけで

なく、外国の船が往来する重要な港であり、国際港神戸の素地がすでに古代において確立していたのである。また、後の時代に灘が酒どころとして名を馳せる歴史性をも再確認することができよう。このように古代から瀬戸内と畿内を結ぶ海上交通の要所に大輪田泊があったのである。

『平家物語』には、応保元年（1161）から築島を築きはじめたが、大風や大波のために崩され難工事となり、3年後の応保3年（1163）に阿波重能が奉行を務めたとき、人柱を立てる案が出たが、「それは罪業なりとて、石の面に一切経を書いて築かれたりけるゆへにこそ、経の嶋とは名づけたれ」（巻六「築嶋」）という話を紹介しているように、清盛は瀬戸内海を行き来する船の利便のために大輪田泊の修築を行っている。平家の安芸国厳島神社への篤い信仰も平家の安泰と海上交通の守護を願っての事であった。

嘉応2年（1170）には、大輪田に宋船が到着し、清盛は宋人と後白河上皇とを引き合わせている。この行為は朝廷や公家を刺激したようで、九条兼実は「我が朝、延喜以来未曾有の事なり。天魔の所為か」（『玉葉』）と非難している。

承安2年（1172）、宋の明州（寧波）から後白河上皇と清盛に国書と贈物が届いた。公家の中には、送状の文面が礼を失するとして物議となったが、翌年、後白河上皇は清盛に返書を出すよう命じている。宋側の目的は、日本近海・瀬戸内海における海賊の取締りなど、貿易船の安全確保にあったとされ、法皇や清盛もそのことを合意した上での返答であったという。このような日宋交渉などもあり、宋との貿易は一段と活発になっていった。

地中から姿を現した平家の都

平家の日宋貿易・西国支配の拠点となった福原について『平家物語』は、「春は花みの岡の御所、秋は月みの浜の御所、泉殿、松陰殿、馬場殿、二階の桟敷殿、雪見の御所、萱の御所」など、四季折々の風情を楽しむ施設が設けられていたと伝えている。

しかし、盛者必衰の理の如く、平家の栄華を映した福原を今に伝えるものは遺存しておらず、その礎は地中に眠り、諸書の中に記憶されているに過ぎない。内裏や兵庫津を含め、平氏の館がどのように配置されていたのかについては、先の『平家物語』や『方丈記』『山槐記』などから地形と合わせて類推するしか術がなかった。

ようやく近年になって平家の都福原やその周辺部の様子が徐々にではあるが、発掘調査によってその実態が考古学的にも明らかになろうとしている。現在の

兵庫区や中央区は、北に福原、南に兵庫津が広がる地域と考えられており、この地域に所在する楠・荒田町遺跡や祇園遺跡から発見された遺構・遺物などの考古資料が注目されている。

　2003年に行われた楠・荒田町遺跡内に位置する神戸大学医学部附属病院の立体駐車場工事に伴う埋蔵文化財調査によって平家一門の屋敷とそれを取り囲む二重の壕の存在が明らかとなり、各方面から注目を集めた。

　二本の溝は、東西方向に平行して構築されており、二本とも時期的には、12世紀後半から13世紀前半にかけて、つまり平家の福原時代に属している。興味深いのは、同時期に近接して機能していた2本溝は、南溝の幅が1.8m、北溝の幅は2.7mと北溝の幅の方が大きく、断面の形状は、南溝はU字状、北溝はV字状を呈し、まったく異なった形状・規模をしていることである。

　この二本の溝については、奥州平泉の柳之御所や阿津賀志山の防塁などとの共通性も含め二重壕など軍事的な機能の面から解釈する考えや、平氏の居館に伴う特有の構築法とする指摘もなされている。また、このような二本の溝で区画された内外の空間を造り出すのは権威の象徴との見方も提示されるなど、議論が尽きない。それだけ研究者間で注目される遺構として特筆される存在なのである。

　この他、楠・荒田町遺跡からは12世紀後半以降に属する二間×一間の掘立柱建物が発見されている。柱穴に礎盤石を据えた特殊な構造を有するもので、櫓と考えられている。この屋敷の主はだれなのであろうか。考古学的には名前の特定できる文字の書かれた遺物無しに断定することは出来ないが、平頼盛邸との案も出されているようである。

　祇園遺跡では、瓦が出土している。瓦の出土状況を見ると瓦が出るところと出ないところが明確に分かれ、出るところも瓦がまとまって出土し、それも軒瓦が非常に多いという片寄りを見せているという。通常の寺院跡の発掘では、出土瓦の主体は丸瓦や平瓦で、軒瓦は非常に少ない。この遺跡での瓦の在り方は、総瓦葺き建物ではなく、棟の部分のみ瓦を葺く和風の建物であることを示していると考えられている。

　また、出土瓦の製作地を分析すると、地元の播磨産と山城産が確認できる。当時、瓦の一大消費地である平安京では地元の山城産と他地域の瓦が供給されているが、逆に山城産は他地域へは供給されていないことが判明している。

　『方丈記』に「家はこぼたれて、淀河に浮かび」とあるように、平安京の建物を解体して、福原に淀川を使って建物部材を運んで使用したことがうかがえ

る。まさに祇園遺跡で出土した山城産の瓦は、平安京の建物部材とともに都の瓦も福原に運び込んで再利用していたことを裏付けており、『方丈記』の記述どおりに緊急的な遷都であったことを物語っているようである。

決戦の場・神戸

　福原を含め神戸地域は、合戦の場としてもその土地に歴史を刻んでいる。寿永2年（1183）、木曽義仲の軍勢が都を目指して進軍しているという方を受け、平家は迎撃するために10万の軍勢を北国に向かわせたが、倶利伽羅や篠原の合戦で義仲軍に惨敗してしまう。平家は、一旦は再度軍勢の派遣を考えるが、ほどなく都落ちを決意し、旧都福原に退いた。しかし福原はかつての栄華をすでに失い、荒れ果てていたという。平家は旧内裏に火を放ち、船で福原を後にして西国へと落ちていった。落ち延びた平家も徐々に勢力を挽回し、屋島に内裏を設けるまでに至ったと『平家物語』は伝えている。

　寿永4年（1184）、源頼朝の軍勢が都へ攻め上り、木曽義仲を討ち果たした頃、平家は更に勢力を盛り返し、旧都福原に入部して、福原の東手の生田の森を大手、西手の一の谷を搦手として固め、源氏の攻撃に備えた。

　『平家物語』は、後々まで語り継がれる義経の鵯越の様子を活写し、奇襲を受けた平家が総崩れする様を描写しているが、実際は一の谷と鵯越は5・6kmも離れた位置関係にあるという。福原周辺で起きたこの合戦における薩摩守忠度や敦盛、そして知章の最後の場面は、武勇だけでなく、親子の情や死別の悲哀など人の生と死を題材とした出来事が神戸の地で起こったことを『平家物語』は記している。そして、この戦は多くの犠牲者とともに重衡が捕縛されるなど平家滅亡を決定付けるものであった。

　平家が一の谷で敗走してから凡そ150年余り後、再び神戸周辺は軍勢がぶつかり合う合戦の場となる。

　時は南北朝、滅亡後鎌倉幕府軍として後醍醐天皇方を攻めるため上洛途上だった足利高氏（尊氏）は、元弘3年（1333・正慶2＝1333）、天皇方に寝返って六波羅探題を攻め落とし、幕府方が劣勢となり、鎌倉も新田義貞に落とされ、鎌倉幕府は滅亡する。後醍醐天皇による建武の新政が始まったが、足利尊氏は反旗を翻し、後醍醐天皇と敵対する。京都での戦いに敗れた尊氏は、九州へ敗走するが、次第に勢力を挽回し、東へと軍勢を進める。

　建武3年（延元元＝1336）、陸と海から迫る足利勢を迎え討つべく新田・楠木勢は神戸辺りに布陣した。新田勢は生田の森で上陸した足利方の細川勢を迎

え撃ったが、すぐに京へ退いてしまった。楠木勢は孤立し、足利勢に包囲されてしまう。楠木勢はここを最期と奮戦し、『太平記』はそのありさまを、「よき敵を見るをば馳せ並べて、組んで落ちては首をとり、合わぬ敵と思うをば一太刀打って懸け散らす」と記している。多勢に無勢、忠勇楠木正成は、ここ神戸の湊川で散ったのであった。

境界性と災禍の記憶

　神戸は、古代から中世だけでなく、近世以降も要港として存続した。神戸の港としての特徴は、すでに古代において備わっていた国際性といえる。幕末以降の神戸港は開国ともに外国とへ門を開いたのではなく、神戸に育まれてきた歴史性があったのである。さらに神戸の政治的な、そして経済的な特徴としてあげられるのは、畿内の玄関口という距離感である。畿内の西の境界として神戸という位置関係も古代以来のものなのである。

　また、要港という面とともに、そのような要衝の地だからこそ福原に平家の都が築かれ、決戦の場として軍勢が雌雄を決したのである。神戸は戦という災禍とともに、地震という自然の災害が刻まれている土地でもある。先の阪神淡路大震災よりの前の文禄・慶長の大地震の痕跡が、敏売浦の故地近くとされる西求女塚古墳や神戸市内の遺跡には認められている。また、生田神社の境内には第二次世界大戦時の空襲による被害の痕跡をとどめている。生田神社の裏手に残る生田の森は、この土地に刻まれた災禍による犠牲者を鎮魂しているかのように喧騒を遮断し、静寂を保っているのである。

（谷口　榮）

《主要参考文献》

歴史資料ネットワーク編『歴史のなかの神戸と平家』神戸新聞出版センター、1999年

歴史資料ネットワーク編『平家の福原京の時代』岩田書院、2005年

歴史資料ネットワーク編『地域社会からみた「源平合戦」』岩田書院、2007年

大津
―京都外縁の歌枕―

「戦後」歌集

　後白河院が藤原俊成に『千載和歌集』の撰進を命じたのは、寿永2（1183）年2月のことである。関東を制覇した源頼朝は鎌倉に拠を構え、平清盛はすでに没し、南都は平重衡の軍に焼かれていた。挙兵した木曽義仲の軍は、その3か月後に越中倶利伽羅峠で平氏軍に大勝し都に迫った。歌集の奏覧があったのは、5年後の文治年4（1188）4月。すでに『平家物語』の場面では灌頂巻に入り、建礼門院徳子は大原で悲嘆の日々を送っていた頃である。『千載集』は、源平合戦の渦中に編集され、終戦直後に完成したことになる。

　この歌集には、俊成や式子内親王らによる述懐の抒情美や後鳥羽院による『新古今集』を先取りするような洗練された美の世界が展開されている一方、わずかながらではあるが戦中・戦後の影が落とされていることも見逃すことができない。「おぼつかないかになる身の果ならんゆくへも知らぬ旅のかなしさ」（源師仲　巻8-518）、「この瀬にも沈むと聞けば涙川ながれしよりもなほまさりけり」（藤原惟方　巻17-1118）、この2首は、それぞれの作者が平治の乱に関わり、下野国、長門国へと配流された時の歌だと詞書に記されている。

　あの有名な鹿谷事件（『平家物語』「巻1鹿谷」）で、「瓶子（平氏）があまりに多いから酔ってしまった」と興じ、俊寛や藤原成経とともに鬼界島に流された平康頼の歌も『千載集』にある。康頼が帰京の思いを乗せた卒塔婆を配流地から海に流し、廻り廻ってこれが清盛のところまで届き、やがて赦免されたという話（「巻1卒塔婆流」「巻2少将都帰」）も知られる。詞書に「心のほかなる事にて知らぬ国にまかりけるを、事直りて京にのぼりてのち、日吉の社にまゐりてよみ侍りける」とあるように、この歌は帰京を果たした時の感慨を詠んだものである。

　　思ひきや志賀の浦浪立ち帰りまたあふみともならんものとは（巻17-1120）
「志賀」は歌枕で、大津旧市街地の北側、琵琶湖の西南岸、大津市錦織を中心とする地域にあたる。「志賀の浦浪」までの句は「立ち帰り」に繋げる序詞

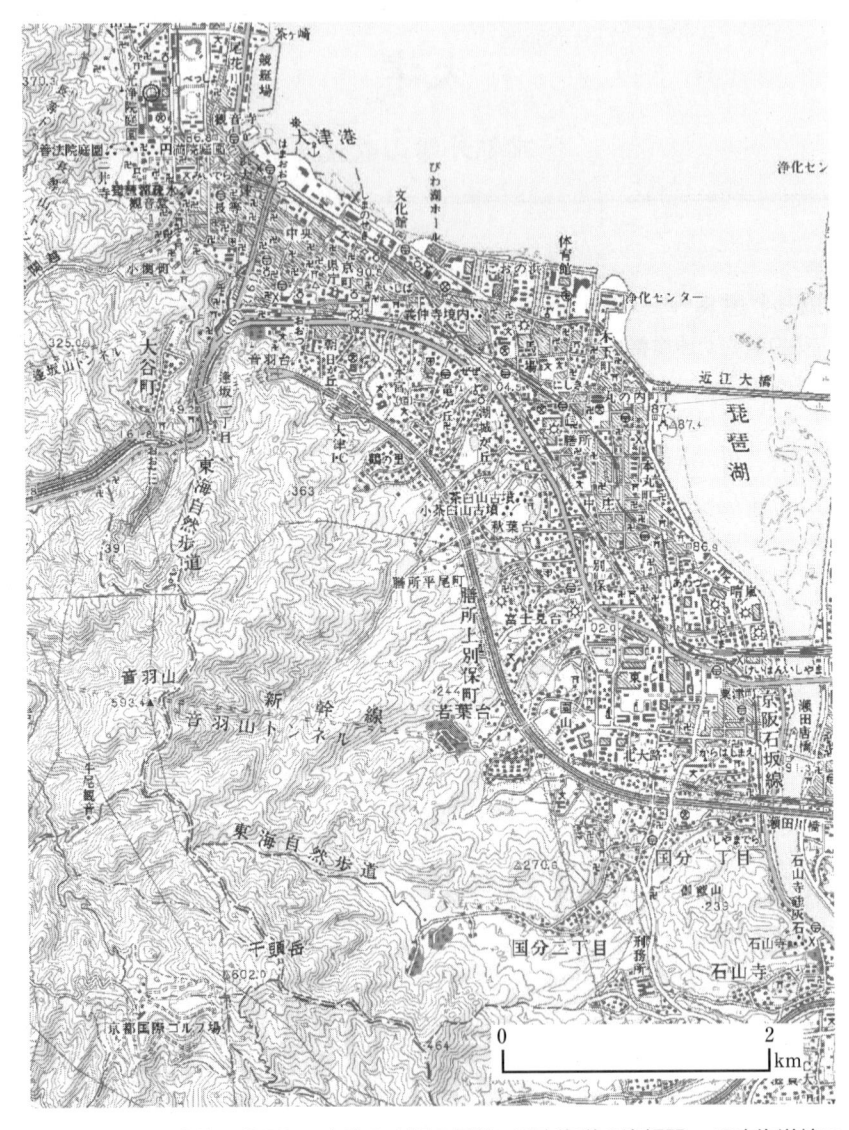

大津は琵琶湖の南端に位置し、水陸の交通の要衝。旧東海道の逢坂関、JR東海道線の逢坂山トンネル、東海道新幹線の音羽山トンネルを介して京都に通じる。

【1/5万　北小松・京都東北部】

であるが、康頼が日吉大社に参拝したとすれば、「志賀」は必ず通るルートなので、実景に即した歌かも知れない。「また逢ふ身」と「また近江」をかけて、たたみ掛けるようにして感激を示している。

大津宮懐旧

　平康頼が都に帰ってきた翌年、源頼朝が伊豆に挙兵。その３年後の寿永２年（1183）、木曽義仲に攻められた平家はついに都落ちを余儀なくされる。一門とともに都を後にした平忠度(ただのり)は、途中で引き返し、師の藤原俊成(しゅんぜい)に自らの歌を託した。その一首が俊成によって『千載集』に「詠み人知らず」として載せられた話も『平家物語』（「巻７忠度都落」）で紹介され、あまりにも有名である。このことも『千載集』が「戦後」歌集であることをよく示している。その歌も「志賀」が舞台になっている。

　　さざ波や志賀の都は荒れにしを昔ながらの山桜かな（巻１-66）

　「志賀の都」とは、言うまでもなく天智天皇の大津宮のことである。律令国家成立期の重要な政治の舞台となったが、壬申の乱で廃都となり、柿本人麻呂の「ささ波の志賀の唐崎幸くあれど大宮人の船待ちかねつ」「ささ波の志賀の大わだ淀むとも昔の人にまたも遭はめやも」などの古都を懐旧する歌が『万葉集』以来数多く詠まれた。実際に近年の発掘調査により、宮都の跡は大津市錦織の錦織遺跡で確定している。この忠度の歌も、こうした伝統を踏まえ、廃墟になった大津宮に、昔変わらぬ長等山(ながらやま)の桜を対比させている。とともに、平家都落ちに示される京都の荒廃と、それにも関らず不断に続くだろう風雅の世界を詠っているようにも思える。

平家物語のなかの大津

　さて、琵琶湖南端に位置する滋賀県大津市付近には、和歌の名所、歌枕が集中する。京から東海道を近江に抜ける国境が「逢坂(おうさか)の関」。旅の別離を象徴する場所であった。東国との境界の地として、交通の要衝であるとともに、応神天皇の説話世界や壬申の乱を始めとして軍事衝突が絶えなかった地点である「瀬田の唐橋(からはし)」。湖岸では、廃都を偲ぶ「志賀の浦」のほか、「逢坂の関」から下って「打ち出た」ところの「打出(うちで)の浜」、「逢わず」の意を発想させる「粟津(あわず)野」。湖上に映る月の名所の「石山」などがある。

　『平家物語』では、こうした大津付近の歌枕が舞台となっている話が２か所ある。一つは巻２の「座主流」「一行阿闍梨之沙汰」の段。安元３年（1177

5月、天台座主明雲は、加賀白山社と国衙との騒動や山門大衆による神輿乱入騒ぎの責を後白河院に問われ、伊豆国流罪が決定する。「けふを限りに都を出て関の東へおもむかれけん心のうち、おしはかられて哀也。大津の打出の浜にもなりしかば、文殊楼の軒端のしろじろとして見えけるを、二目とも見給はず、袖をかほにおしあて

大津港　遠景は長等山

て、涙にむせび給ひけり」。山を下り「打出の浜」に達したとき、比叡山延暦寺の高楼が目に入り高僧は号泣する。名残を惜しんで「粟津」まで見送りに来る僧もいた。すると、そこに明雲を奪還しようとする山門大衆が「志賀・辛崎の浜路」から、「山田・矢橋の湖上」から雲霞のごとく押し寄せてきたのである。矢橋（草津市）も中世の湊があったところで、近世には「近江八景」の「矢橋帰帆」として知られることになる。

　もう一つは、巻9の「木曽最期」の段である。一時は京都を制圧した木曽義仲が、源頼朝が派遣した範頼・義経軍により最期を遂げたのが、やはり琵琶湖岸の歌枕の地であった。寿永3年（1184）正月、義仲が盟友で乳母子の今井兼平と再会を果したのが、「瀬田」に向かう途中の「打出の浜」。二人は死を覚悟し、その場所に選んだのが「粟津」であった。「あれに見え候、粟津の松原と申。あの松の中で御自害候へ」。二人はしかし深田にはまり馬が身動きできなくなる。心配した義仲が兼平を振り返った瞬間、義仲は頭を射られ戦死。兼平も直後に壮絶な自害をする。

　『平家物語』覚一本のこの段締めくくりの印象的な文言は「さてこそ粟津のいくさはなかりけれ」である。この意味するところは、二人は会わなかったのではない、見事な再会を果した戦であった、ということではなかろうか。「うらめしき里の名なれや君に我あはづの原のあはで帰れば」（平兼盛　兼盛集）の歌が思い出される場面である。

京都の外縁部、末世の風景

　『平家物語』は、各地の歌枕のイメージを踏まえた物語構成を全編で行っていることも特徴の一つである。ここまでで取りあげた大津付近の歌枕を舞台と

した話や、それにまつわる和歌の数々も、実に象徴的な意味を持っているように思う。京都の東の外縁部に位置し、山城・近江の国境に近く、東国や北陸地方への陸上・水上交通の要でもあったこのあたりは、古来交通の要衝であり、軍事的な要地でもあった。『平家物語』が描いたのは、この歌枕の地を舞台にした王法（後白河院の権力）・仏法（比叡山・南都の寺社勢力）が入り乱れた往反めまぐるしい具体的な事件であり、総体的には平家支配の末世の風景の1コマであったと言えるのではないだろうか。　　　　　　（小野　一之）

《主要参考文献》

久保田淳校注『千載和歌集』岩波文庫、1986年

片桐洋一『歌枕歌ことば辞典　増訂版』笠間書院、1999年

比叡山

―滅亡する「聖地」―

『平家物語』の思想　〜「おごれる人」と「たけき者」の横行

　『平家物語』の冒頭「祇園精舎」は、多くの人々の心に残る、著名な一節である。

　　祇園精舎の鐘の声、諸行無常の響（ひびき）あり。娑羅双樹（しゃらそうじゅ）の花の色、盛者必衰（じょうしゃひっすい）のことはりをあらはす。おごれる人も久しからず。只春の夜の夢のごとし。たけき者も遂にはほろびぬ、偏（ひとえ）に風の前の塵（ちり）に同じ。

　　　　　　　　　　　　　　　　　　　　（巻1「祇園精舎」）

　このあと「まぢかくは、六波羅の入道前太政大臣（さきのだじょうだいじん）平朝臣清盛公（たいらのあっそん）と申し人のありさま、伝承（つたえうけたまわ）るこそ心も詞も及ばれね。」と続くので、この一節は平清盛を筆頭とする一門の「栄華」と「滅亡」に向けた表現と理解されているのではなかろうか。しかしながら、『平家物語』に登場する「おごれる人」や「たけき者」は、平家一門に限っているわけではない。比叡山は最澄によって日本天台宗が開かれた「聖地」なのだが、『平家物語』を読んでみると、「おごれる人」や「たけき者」の横行する日本史の舞台として、ある種の運命を負った「場」として考えることができる。

　たとえば、『平家物語』の時代以前の「たけき者」の有名な伝承がある。平将門と藤原純友が比叡山山頂で「逆賊」となる盟約を結び、のちに承平・天慶の乱を起こしたという話である。古くは『大鏡』に萌すが、『将門純友東西軍記』（原本は17世紀初）や『前太平記』（1692年には成立）などによって近世にひろがった伝承で、史実としては確認できない。

　　しかるに同年八月十九日、相馬将門、藤原純友両人、比叡山にのぼり、平安城をみをろし、互（たがい）に逆臣のことを相約（あっしゃく）す。本意をとぐるにをいては、将門は「王孫なれば帝王になるべし」、純友は「藤原氏なれば関白にならん」と約し、をはりて帰洛し、其後（そののち）両人ともに国に帰る。

　　　　　　　　　　　　　『将門純友東西軍記』（続群書類従第20上）

　上の場面から、1976年の大河ドラマ『風と雲と虹と』（海音寺潮五郎原作

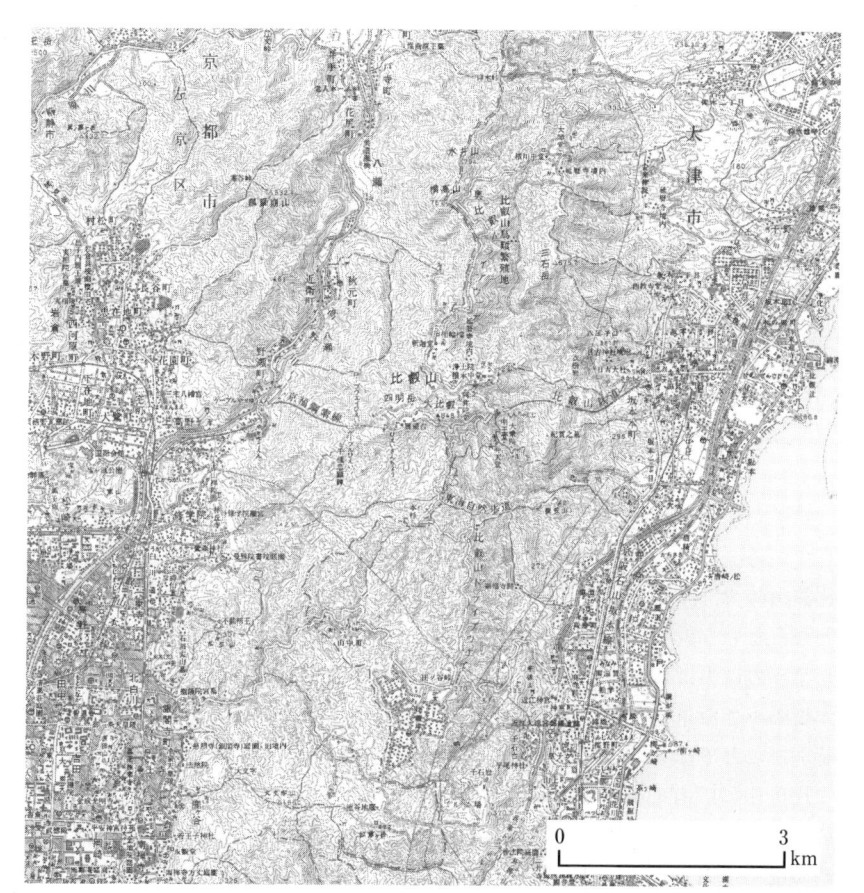

都と琵琶湖の間に位置する比叡山　　　　　　　　【1/5万　北小松・京都東北部部】

『平将門』『海と風と虹と』)の内容を思い出される人もいるだろう。また、今日も四明ヶ岳山頂付近に鎮座する「将門岩」は、比叡山の頂でこの話を語り継ぐ史跡となっている。この伝承の源流はどうも『平家物語』にあるらしい。

　また、比叡山で「たけき者」と言えば「僧兵」、僧兵と言えば「賀茂川の水、双六の賽、山法師、是ぞわが心にかなわぬもの」という白河上皇の言葉（いわゆる三不如意）もある。これも『平家物語』（巻1「願立」）を通じて世に広まった言葉である。

眼下に「都」を見る山　〜「驕慢」の心を抱く場

　比叡山は、琵琶湖の西側、京都盆地からは北東に連なる山並みを指す。地理的には滋賀県側の「大比叡」(848.1m)と京都府側の「四明ヶ岳」(838m)の二峰からなる双耳峰で、両県にまたがって位置している。延慶本『平家物語』は地理的な状況について、次のような説を伝えている。

　　およそ叡山の地形の体を見るに、師子の臥せるに似たりとぞ承はる。人の心、住所に似たる事、水の器に随ふが如しと云へり。居を高嶺に卜め、鎮にけはしき坂を上り下れば、衆徒の心武くして、憍慢を先と為。されば、昔将門、宣旨を蒙りて御使に叡山に登りけるが、大嶽と云ふ所にて京中を直下すに、僅かに手に拳る計に覚えければ、即ち謀叛の心付きにけり。白地の登山、猶然なり。何に況や、旦暮の経歴に於いてをや哉。

　　　　　　　　　　　　　　　　　　　　（巻1　後二条関白殿滅給事）

　獅子が臥した状態に似た山並みは、そのように仰ぎ見る双耳峰の山容を表現している。興味深いのは、「人の心の有りようは住む場所に似てしまう」と、比叡山の衆徒（僧侶たち）が獅子のごとき心持ちを抱き、「心武くして憍慢」となるという説明である。僧侶たちが「おごれる人」や「たけき者」になってしまうのは半ば仕方のないことのようである。高い場所に登り、眼下に見下ろす街の小さな景色に気が大きくなる、というのは私たちも普通に抱く感情で、特別なことではないのだが、そのレベルの話で収まっていない。

　比叡山に固有の問題は、為政者（天皇）が住む「都」を見下ろす「山」、という点である。国家転覆を企てる数々の事件の舞台となった地理的条件を、将門の乱を予兆するエピソードによって説明している。これが先に触れた、将門と純友とが比叡山山頂で逆賊の誓いを立てたという伝承のきっかけと考えられる部分である。ここでの将門は宣旨の使いであり、当初は「忠臣」というイメージだが、高度を上げ「大嶽」に至り京の都を掌の中に収めるほど小さく見下ろした途端、「謀叛」の心を抱くようになったという。ちょっとした登山でこのような心持ちになるのだから、日夜登山を繰り返す衆徒らの日常においてはなおさら、とこれから先に衆徒が起こす事件を予兆する伏線になっている。

　通史的にみれば、日本における宗祖・最澄によって比叡山内に一乗止観院が建立された延暦7年（789）から宿命づけられ、織田信長による焼き討ちによって一山が灰燼に帰した元亀2年（1571）9月12日まで繰り返された、比叡山の「滅亡」と「再生」の歴史の一解釈として通じる説だろう。延慶本『平家物語』は、比叡山という山に宿命付けられた「心」の問題に早い時期から警鐘

を鳴らしていた。

『平家物語』成立の舞台　〜「山門のことをことにゆゝしく書けり」

　『平家物語』（特に延慶本）が、比叡山の僧侶について踏み込んだ内容を持っていることに関連して、この作品自体が比叡山という「場」で成されたという説がある。もっとも早い時期の成立伝承としては、兼好法師の『徒然草』の以下の一節がある。

　　後鳥羽院御時、信濃前司行長、稽古の誉れ有りけるが、楽府の御論議の番に召されて、七徳舞を二つ忘れたりければ、五徳の冠者と異名を付きにけるを心憂きことにして、学問を捨てて遁世したりけるを、慈鎮和尚、一芸ある者をば下部までも召し置きて、不便にせさせ給ければ、此信濃入道を扶持し給けり。この行長入道、平家の物語を作りて、生仏といひける盲目に教へて、語らせけり。さて、山門のことをことにゆゝしく書けり。

　　　　　　　　　　　　　　　　　　　　　　　　（二百二十六段）

　天台座主を四度も務め、『平家物語』と同時代を生き、史書『愚管抄』を著した慈鎮和尚（＝慈円）が面倒をみた「信濃前司行長」が『平家物語』を作り、「生仏」という盲目の人に語らせ、山門（＝比叡山延暦寺）のことを特に詳細に記述している、という内容だが、「信濃前司行長」が史的に確認できないことなどもあり、この記事に対しては賛否が分かれる。とはいえ、のちに見るように巻一から巻二で抗争を繰り返す比叡山の衆徒の姿は、平家一門の「おごり」通じるもので、冒頭の「祇園精舎」に呼応して、特に詳しく書かれる狙いがうかがわれる。比叡山内部事情をこのように構想し、物語とする条件は整っていたと考えられる。上の伝承を全く荒唐無稽とするわけにはいかないだろう。「比叡山で『平家物語』が成された」とすれば、自らの勢力を批判するような物語が比叡山のどのような「場」から生まれたのか、という問題が生じてくる。

　「山上」対「都」という地理的条件が衆徒の心に「驕慢」を抱かせる、という延慶本の説明に注目すれば、反対側の「都へ向いていない比叡山」という「場」はどうだろうか。琵琶湖を眼下に見下ろす東側（滋賀県側）の山域であり、慈円が住した「無動寺」がある。慈円は安元２年（1176）４月から無動寺で千日参籠行に入っており、翌年以降の山門騒動の喧噪にはほとんど関与していなかったろうが、のちにこれを憂いたことは想像に難くない。

　無動寺谷は延暦寺根本中堂から離れた地にあり、坂本側のケーブルカー延

暦寺駅から続く下りの参道は相当な道のりで、訪れる人は少なく、静かな時が流れている。また、無動寺といえば千日回峯行の行者が九日間不断行に望む「堂入り」をおこなう明王堂が有名である。同じ比叡山山域にあっても、こうした「山」とともに修行する聖地と、「都」に向かい権力抗争に参加していく聖地、という二つの側面がある。「都へ向いていない比叡山」から『平家物語』が生まれたという確証はないが、比叡山は東西に異なった「顔」があることは大切だろう。

「滅亡」と「再生」を繰り返す「山」

『平家物語』では巻２の段階で「山門」は「滅亡」している。「比叡山の滅亡」と言えば、元亀２年（1571）の織田信長による焼き討ち事件が想起されるだろう。これ以前『太平記』に描かれる南北朝の動乱期には、後醍醐天皇側（南朝）につき多くの被害を出し、危機的な状況に陥った歴史もある。信長の焼き討ちによる被害は、琵琶湖畔山麓の坂本にあった日吉社から山上の延暦寺堂塔坊舎が焼失しし、山徒数千人が殺傷された、文字通りの「滅亡」であったと言える。『平家物語』では、何をもって「滅亡」と認識したのだろうか。

> 我朝にも、南都の七大寺荒はてて、八宗九宗も跡たえ、愛宕護・高雄も、昔は堂塔軒をならべたりしか共、一夜のうちに荒にしかば、天狗の棲となりはてぬ。さればにや、さしもやんごとなかりつる天台の仏法も、治承の今に及で、亡はてぬるにや。心ある人嘆かなしまずと云事なし。〈中略〉八日は薬師の日なれども、南無と唱るこゑもせず、卯月は垂跡の月なれ共、幣帛を捧る人もなし。あけの玉墻かみさびて、しめなはのみや残らん。
>
> （巻２　山門滅亡）

わが国の「仏法」が衰微していくなか、住僧たちは離山し、行は絶え、比叡山も例外なく荒廃した状況を語っている。治承２年（1178）１月、後白河院の三井寺伝法灌頂を阻止する蜂起があり、直接的は同年10月に山門内の「堂衆」と「学生」とが武力衝突したことにより、以上のような状況に至ったのであった（『玉葉』『山槐記』）。物語は、「鹿の谷事件」の顛末に続け、史実よりも半年繰り上げ、治承元年９月の出来事として描いている。後白河院の三井寺灌頂は、同寺に戒壇を設置するという、授戒をめぐる延暦寺の既得権を奪いかねない動きで、山門としては断固として阻止すべき動きであった。後白河院の仏道修行に対する熱意もさることながら、巻１の「白山事件」（御輿振事件）

以来、平家の息のかかった明雲座主をいただく山門、平家一門を疎んじ排除を企てていた後白河院、との緊張関係に追い打ちをかける事件であった。さらに、山門内には「学生」と日常はその学生に仕えていた「堂衆」とが争いを起こしたのである。「学生」側には平家が味方し、「堂衆」には諸国の盗賊などの「悪党」が与力したが、結局「堂衆」が勝利し、一山の仏行を担うべき「学生」が離山、比叡山内は「天狗の棲」となった。「天狗」とは、まさに「おごれる人」や「たけき者」の変わり果てた姿である。延慶本（巻3・2「法皇御灌頂事」）に「天狗」に関する詳細な独自記事があるので、興味があれば参照していただきたい。

確かに「堂衆合戦」によって山内は一時的に荒廃したが、「滅亡」はやや誇大な認識であろう。物語は「王法つきんとては仏法まづ亡ず」という言葉を用意し、山門を含めた「仏法」の滅亡を「王法」よりも先に描き出すことによって、「平家の末になりぬる先表」を位置付けようとしている。物語の世界に限った予定調和であったとしても、山門を「滅亡」に至らしめることが、タブーとして後の世の人々に認識され続けていったことは想像に難くない。こうしたタブーによって、承久の乱、南北朝の動乱、戦国時代の動乱……、数々の「王法」の危機となる歴史的状況の中、戦乱に関わりながらも決定的な「滅亡」を免れていったのであろう。

聖地の姿　～「滅亡」から再生された「山」

織田信長の比叡山焼き討ちによる「滅亡」は、幾度となく覇権を争う舞台となった聖地の歴史に一ピリオドを打ち、以後同じような歴史が繰り返されることはなかった。この「滅亡」は、神仏をも恐れぬ信長の蛮行としてイメージされ、大量の文化資産が失われた忌まわしい事件として記憶されているが、最後に注目しておきたいことは、聖地・比叡山の「いま」である。

現在の延暦寺の公式ガイドブック（1993）を見ると、『信長公記』によって誇大された被害状況を正す必要性や新井白石の『読史余論』で指摘されている叡山側の非について言及されている。こうした記述は以前のガイドブック（1954）にあった認識から一歩踏みだしている。この山が負ってきた「歴史」と真摯に向き合う比叡山の姿を垣間見ることができる。

比叡山は、人々を救うための聖地でありながら、草創当時から権力と寄り添い、争いに荷担することによって「滅亡」と「再生」を繰り返してきた日本史の舞台であった。『平家物語』（延慶本）は、こうした歴史が後に繰り返される

ことを見通すかのように、衆徒の「おごり」や「たけき」心の問題を「山」に住する心の問題に踏み込んで説明していた。「桓武天皇の御願」という国家的に保障された宗教的地位、都の鬼門にあって凶害を守るという宗教的役割、つまり「都」と「山」という関係は表向きの問題として語っているが、大切なことは比叡山で行を営む人々の「心」にあり、それによって一山が保たれる、という主張を読みとらなくてはならないだろう。

　現在の比叡山延暦寺は宗教の垣根を超え、「世界平和」を希求している。およそ600年前に『平家物語』が警鐘を鳴らした比叡山僧侶の「おごり」はうかがわれない。平成6年（1994）、延暦寺は「古都京都の文化財」の一部としてユネスコの世界遺産に登録されている。文化財としてはもとより、長く忌まわしい戦乱に関わりながらも、再び人々の救いを願う聖地として再生した「歴史」に、世界に誇る価値があるのではないかと思う。同時に、いまだ悲劇の歴史を繰り返す聖地が世界にあることも考えさせられる。　　　　（久保　勇）

《主要参考文献》
『比叡山（改訂版）』比叡山延暦寺、1982年
『比叡山　その歴史と文化を訪ねて』比叡山延暦寺、1993年
久保勇「延慶本『平家物語』の山門記事」（『語文論叢』19号、1991年）
武久堅『平家物語発生考』おうふう、1999年

奈良
―南都炎上と復興―

奈良の都と興福寺・東大寺

　巨大な大極殿建物の復元工事（2010年完成予定）が行われている平城宮跡に立って東に眼をやると、若草山の麓に東大寺の大仏殿や興福寺の五重塔の姿を見つけることができる。奈良時代の都の跡が、こうした広々とした遺跡公園として整備されるに至った背景には、近代まで都市開発が行われなかったことと、民間に始まる苦難の保存運動が実ったことなどがある。JRや近鉄の奈良駅がある市街地の中心が、宮跡より東大寺や興福寺に近い方にあることからわかるように、延暦3年（784）の長岡京遷都により都が離れてからは、この二つの大寺院の周辺から街が発展したのである。新たな奈良の街は、京都の王権や鎌倉の幕府権力にも比肩し、比叡山延暦寺とともに寺社勢力を構成する興福寺・東大寺の所在する「南都」として、歴史上の存在感を後世にまで継承することになる。

　両寺院が伝える数多い仏像のなかで、東大寺では不空羂索観音を中心とする三月堂の諸仏と南大門の仁王像、興福寺では国宝館の阿修羅像を始めとする八部衆・十大弟子像と北円堂の運慶一派の作品群など、8世紀と13世紀の秀作が好対照で存在していることが注目される。この奈良の大寺院には、彫刻も建築もともに天平文化と鎌倉文化を代表する文化財がある。その2つの文化の時代をダイナミックに画し、また奈良の街の新たな発展のステップになったのが、両寺院を平氏の軍が襲った衝撃的な事件であった。

南都炎上

　平氏政権末期の治承4年（1180）の1年はめまぐるしく経過した。高倉天皇に替わり3歳の安徳天皇が踐祚したのが2月。平清盛はようやく外戚の地位を得たのであるが、平氏の支配に対する多年の恨みは、後白河上皇の子・以仁王の令旨によって軍事行動に移された。以仁王らは、5月、延暦寺や園城寺（滋賀県大津市）、南都の興福寺などの反平氏の有力寺院の連合を期待して、園

平城宮の地は長岡・平安遷都後は田地と化し、南部としての中心は、台地上の東大寺・興福寺付近に移った。　　　　　　　　　　　　　　　　　【1/5万　奈良・桜井】

城寺に籠城。しかし、延暦寺の支援を得られず、南都を頼って脱出する途中、平氏の軍に追われた宇治川の合戦で源頼政は敗死、以仁王も光明山（京都府山城町）で討ち取られた。興福寺からの応援部隊はすぐ近くの木津まで迫っていたという。翌6月、こうした寺社勢力を避け、態勢を立て直す目的もあって平氏政権は福原（神戸市）遷都を断行した。ところが、8月には源頼朝が伊豆で挙兵。平氏軍は東国に発向したが、信濃でも木曽義仲が挙兵した。10月、富士川から平維盛の軍が逃げ帰り、11月には福原から再び京都に戻った。こうしたなか、清盛の子・重衡を大将軍とする南都攻撃が計画されたのである。

東大寺南大門

このあたりのことは、『平家物語』「巻5 奈良炎上」の段が生々しく描いている。清盛は南都（興福寺）の狼藉を抑えようと瀬尾兼康を大和国検非所として派遣。武具を帯びないことにしていたが、大衆（僧兵）は兼康の勢60余人の首を斬って猿沢池に掛けた。これに怒った清盛が、重衡以下4万余騎の軍勢を発向させたのである。大衆が待ち構える奈良坂・般若寺前で両軍は激しく衝突したが、夜になって平氏の軍はこれを突破。闇のなか、重衡は般若寺の門前で「火を出せ」と命じ、盾を割って松明にして、民家に火をかけたところ、激しい風に吹かれ火は広まってしまった。2月28日の夜のことである。

逃げ惑う老僧や学問僧、女性や子供は大仏殿の二階や興福寺の堂内に我先にと逃れ、敵が及ばぬようにと階段を外したところ、猛火が押し寄せ、地獄と化した。焼死者は3500余人という。こうして、興福寺と東大寺を中心とする南都は灰燼に帰した。報告を受けた清盛だけは喜んだものの、大方は「悪僧をこそ滅ぼすとも、伽藍を破滅すべしや」と嘆いたという。「されば天下の衰微せん事も疑なしとぞ見えたりける。あさましかりつる年の暮れ、治承も五年になりにけり」と巻5は閉じられる。

南都炎上まで

古代末から中世にかけて再三に渡り堂塔を焼かれた興福寺や東大寺は、戦乱に巻き込まれた単なる被害者ではない。「南都北嶺」と呼ばれる寺院勢力は、

全国に展開する膨大な荘園を経営し、王権を補完あるいは対抗しながら、暴力装置を自在に操る権力集団であった。後に僧兵と呼ばれることになる武装した寺僧集団＝大衆・衆徒は、荘園の紛争や寺院間の勢力争い、王権への圧力のため強権を発動し、寺院内でも次第に力を持つようになった。

　そもそも、源平の武士団はこうした寺社勢力の横暴に対抗するため王権に登用されたという経緯がある。例えば、永久元年（1113）、興福寺衆徒が春日神木と東大寺・薬師寺の八幡社神輿を担いで入京しようとした時、白河法皇の命を受けてこれを阻止したのが平正盛・忠盛父子である。正盛は平氏一門繁栄の基礎を作った人物とされ、清盛の祖父にあたる。だから、平氏と興福寺の敵対関係は根が深いと言える。『平家物語』で「平家の悪行のはじめ」と評される摂政・藤原基房への狼藉事件（「巻1殿下乗合」）を経て、その基房が治承3年（1179）の清盛クーデターにより大宰権帥に左遷されたことにより、藤原氏の氏寺・興福寺の反感も限度を超えたのであろう。日和見の態度を取り、しかも園城寺との対立を抱えていた延暦寺よりも、興福寺の方が、同じ南都の東大寺を凌ぐ勢いで反平氏政権の急先鋒となっていたのである。

南都復興

　南都壊滅に対する人々の衝撃の大きさは計り知れなかった。王権や藤原一門を象徴する有力寺院の消滅という枠を超えて、奈良時代以来築き上げられてきた伝統文化の破滅を意味すると受け取られたようである。それだけに各勢力の平氏からの離反は決定的なものになり、その滅亡も時間の問題になったと言える。また、歴史的に見れば、そこから始まる南都復興事業の経過のなかで、後に「古代」と呼ばれる時代は総括され、「中世」という新しい世の中の台頭が意識されることになったという。

　興福寺と東大寺の再建は平氏の滅亡を待たずに進められた。年が明けて養和元年（1181）閏2月に清盛が死去すると、没収されていた両寺の所領は返還される。3月には被害状況を調査する実検使が派遣され、再建のためのシナリオも示されたようである。興福寺では、中心伽藍の造営担当が藤原氏や諸国に配分され、東西の金堂は寺家の担当となった。両堂に属する東金堂衆・西金堂衆は興福寺大衆の主力部隊の戦闘集団のようで、案の定、文治3年（1187）に山田寺（奈良県桜井市）講堂の薬師三尊像を強奪するという事件を犯している。天下の大寺院が傾きかけた古刹の仏像を奪い取って本尊に据えることの倫理感をここで問題にしても仕方ないが、近年の山田寺跡の発掘調査では、この時期

の焼亡の痕跡が確かめられており、興福寺による山田寺焼き討ちの可能性も指摘されているようで、すさまじい。興福寺に残る白鳳仏として著名な「旧山田寺仏頭」こそ、この時の薬師像の一部である。諸堂復興事業の最後を飾る北円堂の諸仏は新興の奈良仏師・慶派が担当し、本尊の弥勒像や無著・世親像など運慶の代表作が並んだ。

東大寺では、造東大寺長官と造大仏長官が任命されたが、実際の造営事業は東大寺大勧進上人の重源に一切が委ねられた。運慶・快慶ら慶派仏師の大胆な登用、建築における宋様式の採用、宋の鋳物師・陳和卿の起用、周防の造営料国指定、新たに幕府を開いた源頼朝の協力など、壮大なプロジェクトを企画し、これを実現させた重源上人の評価は高い。

そうした過程での興福寺の暴力装置も勢いが衰えない。「土打役」と呼ばれる造営のための賦課が、大和国の荘園や公領に強圧的に課された。従わない場合は、田畑の没収と住宅の焼却が待っていた。大和国の治安維持のための検断権も興福寺が行使し、実質的な国司・守護の機能を通じて、興福寺が大和国の領国支配を行うようになった。

南都七郷・東大寺七郷・一乗院門跡郷・大乗院門跡郷・元興寺郷と称される新たな街も、こうした間に形成された。それぞれの寺社に所属する僧・公人・神人や商工業者・芸能民が居住し、興福寺の小五月会や東大寺の手掻会・祇園会の祭礼、北市・南市などを拠点とする経済活動が活発に行われる都市が成立し、これが現在の「奈良まち」の原型になるのである。

しかし、南都炎上から見事な復興を遂げた奈良の街の歴史を見るにつけ、その間にどれだけ多くの犠牲があったか、想像してみることも必要であろう。2009年、東京で始まった興福寺創建1300年記念の「国宝　阿修羅展」は仏像ブームに乗り、空前の賑わいを見せた。阿修羅像の、また十大弟子の須菩提・羅睺羅の底知れぬ深い哀しみも、この中世への劇薬のような転換期を経て本当のものになったのではないか、と真剣に考えてみたくなるほどである。

(小野　一之)

《主要参考文献》

『奈良市史　通史二』吉川弘文館、1994年

『興福寺国宝展—鎌倉復興期のみほとけ』朝日新聞社、2004年

『奈良女子大学21世紀COEプログラム報告集2　南都炎上とその再建をめぐって』奈良女子大学、2007年

吉野山
―落魄者の聖地―

支考の発句

　　歌書よりも軍書に悲し吉野山

　蕉門十哲の一人、各務支考(かがみしこう)による有名な一句である。支考の脳裡に浮かんだ「軍書」とはおそらく『太平記』であろう。後醍醐天皇が朝廷を開いて以来、後村上・長慶・後亀山に至る４代の間、吉野は南朝の本拠であり続けた。しかしながら、よく知られるように、後醍醐は決して望んで吉野に行幸したわけではなかった。建武新政に挫折した落魄(らくはく)の王、後醍醐は吉野で何を考え、何を思ったのであろうか。約300年の時を経て、その胸中を忖度(そんたく)した支考は、『太平記』に後醍醐の悲哀を読み取ったのであった。

　古来、吉野とは、落魄した王や貴種たちを招き入れる場であった。支考は、もう一人の人物を思い描いていたことであろう。『平家物語』や『義経記』に吉野入りが語られる源義経である。義経もまた、望んで吉野に入ったわけではなかった。平家一門を壇浦に滅ぼしながら、兄頼朝に疎まれ、後白河院から捕縛の院宣が出され、西国への渡海にも失敗して逃げ延びた先が吉野山であったのである。源氏棟梁義朝の末子として、武家における貴種であった義経の落魄が、吉野という場で物語られるのであった。

　しかしながら、『太平記』が描く後醍醐天皇の吉野での行実が、ある程度、史実に即したものであるのに対して、義経については、その吉野入り自体は『吾妻鏡』から事実であると認められるが、一方で『平家物語』に伝えられる情報は限定的であり、詳細な記事を持つ『義経記』には虚構性の強い叙述が展開されている。そういう意味では、後醍醐と義経という二人の落魄者を同列に扱うことはできない。なぜ吉野で、義経の悲哀は殊更に物語化されたのか。伝承世界における吉野のイメージについて、まず考えておきたい。

吉野の聖地観

　吉野山は、役行者(えんのぎょうじゃ)草創と伝える金峯山寺(きんぷせん)(蔵王堂(ざおうどう))を中心とした修験の聖

吉野山　173

蔵王堂卍　如意輪寺
　　　卍卍
　　吉　●後醍醐天皇陵
　　水
　　神
　　社　⛩水分神社

　　　　　⛩金峯神社

山上ヶ岳▲

0　　2 km

吉野山と山上ヶ岳　　　　　　【1/5万　吉野山・山上ヶ岳】

地である。金峯山という場合、吉野山の南、山上ヶ岳(大峰山)から小篠宿までをその範囲に含む。熊野と結んで、順峯・逆峯の山林抖擻が繰り返された大峯奥駈道の拠点である。また、吉野には、久米仙人に代表される仙郷としての聖地観もあり、『今昔物語集』には法華経の持経者が仙人となる逸話が伝えられている。世俗を厭う遁世者の聖地でもあったのである。

しかしながら、吉野山の宗教的性格には、当時の大寺院の多くがそうであったように、自らの権益を確保するためには武力をも辞さないという世俗的側面も備わっていた。『保元物語』(上巻)には、戦乱の行方を左右しかねない軍勢の動向として、「吉野十津河のさし矢三町、遠矢八丁のものども」が挙げられている。『平家物語』にも同様に、「吉野十津川の勢ども」の動向に言及される(巻4「橋合戦」)。吉野の軍勢には、『義経記』に描かれるような悪僧たちの参加があったらしい。

一方、吉野には雄略天皇以来、離宮が置かれ、代々の天皇の行幸があった。位置的には吉野山東麓の宮滝に比定され、『万葉集』には、離宮への行幸に伴う詠と思しき和歌が多く収められている。それらには「象の小河」に代表される清冽な水のイメージが印象的であり、修験道から喚起される峻厳な山の雰囲気とは対照的である。吉野は王が認める風雅の聖地でもあったのである。

吉野に対する和歌的関心は、この後、桜に集約されていく。吉野を詠み込んだ歌を『山家集』に60首も載せる西行の和歌を見ても、それは明らかである。『平家物語』でも、優秀な武士が見知らぬ道さえ踏破できるのは、優秀な歌人が都にいながら吉野や長谷の花を見事に詠みあげること一緒だ、といった具合に、当時の和歌的景物の代表格として引き合いに出されている(巻9「老馬」)。

修験者や遁世者が集住しつつ、時には悪僧による武力行使も辞さない宗教的聖地として、あるいは、天皇家や貴族たちと関わりの深い風雅の聖地として、吉野山は伝承世界の中に確かな意味を有していたのである。

そうした地に、落魄の王、後醍醐が復活を期して南朝を開き、志半ばで崩御してもなお、如意輪寺裏山の御陵において、都の方角である北向きに葬られたことは、吉野に胚胎していた義経伝承に一定の影響を与えたのではないだろうか。落魄の貴種、義経の復活は、宗教的聖地である吉野に期待されてしかるべきものであったし、悪僧という軍事組織の存在は、以仁王に園城寺大衆が助力したように、義経吉野入りの現実的な理由付けとしてありえるものであった。また、時代が下るにつれて美化される義経と愛妾静の容貌は、吉野のおける風雅の景観にいかにも相応しい。吉野において物語られる二人の別れと滅びへの

歩みは、風雅の中でこそ悲哀が際だつのである。吉野という場のイメージを基底としつつ、南朝哀話は、時代を遡って義経伝承の展開を促し、『義経記』や浄瑠璃・歌舞伎に見られるような物語として定着していったと思われる。

諸資料の伝える義経吉野入り

　『平家物語』には、文治元年（1185）11月、西国に海路で渡ろうとする義経一行が描かれる（巻12「判官都落」）。平家の怨霊の吹かせた西風によって、住吉浦に押し戻されてからの行方については、「吉野のおくにぞこもりける。吉野法師にせめられて、奈良へおつ。」と簡略に触れられるのみである。

　随所に古態を残すとされる『平家物語』の一諸本、延慶本には、吉野入りの経緯がもう少し詳しく載せられている（第6本12「九郎判官都ヲ落事」）。義経一行は、白拍子静を含む30余騎の軍勢で吉野山に籠もった。大雪で歩くことも困難な中、義経は自害の覚悟を伝え、都に帰るよう静に命じる。義経は郎等に金品を預けて伴わせるが、その郎等たちにも裏切られ、ただ一人、蔵王堂に辿り着いた静は、身の上を憐れんだ吉野法師によって京に送り返されたという。物語はこの後、義経追討の準備を進める吉野法師とそれに対峙する佐藤忠信の様子に筆を進めるが、そこで本文は途絶している。後述する『義経記』に語られる弁慶の顕著な役回りはまったく見られず、静との別れも義経自身の判断であるなど、義経の主体性、意志性が維持されている。

　『平家物語』諸本のうち、最も後期に形成された本文の一つである源平盛衰記では、渡海に失敗した後、300余騎の軍勢は大物浦や住吉浜で離散し、義経も行方不明で、吉野入りには触れられない（巻46「義経行家出都」）。しかしその後、義経の幼少時から死までを駆け足で物語る中に、義経吉野入りの異伝が伝えられている（巻46「義経始終有様」）。吉野（金峯）に滞在した義経が、金王法橋の坊で、連れてきた二人の白拍子を舞わせて、世を憚ることなく二三日遊び戯れたというのである。その後、義経は白拍子を京へ送り返し、正妻、河越太郎の娘を連れて吉野を離れ、平泉に向かった。次節で紹介する勝手神社での静の舞や、吉水神社での逗留説へと展開する伝承の「種」が盛衰記に確認されるようである。

　一方、鎌倉幕府の正史とも言うべき『吾妻鏡』では、渡海を中止した義経一行は天王寺辺に一宿した後、行方不明となり、義経等捕縛の院宣が出されたと伝えている。文治元年11月17日条には、義経吉野入りの情報を得た吉野の執行が悪僧たちに捜索させたものの、所在不明と記されている。しかしながら、

当日亥の刻（午後10時前後）に至って、静が藤尾坂から蔵王堂へ向かう道中で捕らえられた。静の証言は、吉野山に5日間逗留していたが、衆徒蜂起の報を聞き、義経は山伏の姿で逃げ落ちた。義経から金品を与えられ、「雑色男」が供に付いたが、裏切られて雪の中に放置されたというものであった。藤尾坂とは、発心門の扁額が掲げられる銅の鳥居の脇にある坂のことで、金峯山寺の総門である黒門をくぐってしばらく登った位置にある。その後、『吾妻鏡』に吉野における義経の動向が記されることはない。同22日条には、義経が吉野から多武峰に向かったとし、さらに同29日条には、多武峰の援助で十津川に潜行したと伝わるばかりである。
　以上、『平家物語』諸本と『吾妻鏡』からは、盛衰記の伝承が異彩を放つものの、静との別離とその捕縛、あるいは義経が早々に吉野を離れたことが知られる程度である。物語的なふくらみがまだ小さいのだが、それが『義経記』になると一変する。
　『義経記』巻4では、住吉・大物でのいくさが描かれるが、その巻末は「文治元年十二月十四日の曙に、麓に馬を乗りすてて、春を花の名山と名を得たる吉野の山にぞ籠られける。」と結ばれる（「住吉大物二ヶ所合戦の事」）。吉野の風雅と義経の悲哀とを重ね合わせる意図が明らかである。
　巻5に入ると、義経一行の吉野山での動向が詳述される。例えば、「一二の迫（はざま）、三四の峠、杉の壇」（「判官吉野山に入給ふ事」）といった地名が見えるが、これらはいずれも特定が困難である。
　静との別離（「静吉野山に棄てらるゝ事」）については、常に弁慶の主導で事が進められ、『義経記』後半部に一貫する義経との主従関係の有り様が投影されている。物語には、蔵王堂に辿り着いた静が法楽の舞を披露し、治部法眼なる人物に素性を見抜かれてしまうこと、捕縛されて義経の行方を尋問されたこと、執行の坊に一泊してから京の北白川に送られたことなどが語られる。
　居場所を中院谷（勝手神社と水分神社との間に地名が残る）とつきとめて兵を進める若大衆たちに対して、義経一行は、弁慶の偵察と進言によって、吉野の東、宇陀に向けて落ちることにした（「義経吉野山を落ち給ふ事」）。そんな中、佐藤忠信ら7名が吉野に留まり、義経逃走の時間稼ぎのために、吉野執行の代官「川つら法眼」や横川禅師覚範なる悪僧たちと華々しいいくさを繰り広げた（忠信吉野山の合戦の事）。後の浄瑠璃・歌舞伎にも取り入れられた名場面である。
　この間に、義経一行は吉野山の麓、「北の岡、しげみが谷」まで逃げ延びた

というが、これらの地名も特定されない。その後、一行は各自離れて行動することとし、義経は南都の勧修坊のもとへ向かったという（「吉野法師判官を追いかけ奉る事」）。

　『義経記』に語られる吉野に纏わる物語は、確かにおもしろい。しかしながら、これを史実に還元することは難しい。現存する『義経記』の本文は、室町前期には成立していた。『太平記』などで南朝の悲哀が物語られるなか、吉野に残る義経伝承について、より劇的に、より哀切に物語る語り部たちが出たのであろう。そうした語りの世界が、『義経記』本文の背景にあったはずである。

吉野における義経関係史跡

　肥大化した義経伝承によって、吉野山の諸処に数々の「史跡」が見出された。
　蔵王堂から東南に少し坂を下ると吉水神社がある。もとは金峯山寺の学頭寺であった吉水院である。古風を伝える書院には、義経潜居の間や弁慶思案の間といった展示がなされ、義経の色々威腹巻や静の舞装束が伝存している。
　吉水神社の奥には、吉野八社明神の一つ、金峯山の入口とされ、吉野山口神社とも称する勝手神社がある。社殿は平成13年に放火で焼失してしまった。
　その背後の袖振山は、大津から遁れて吉野に潜居した大海人皇子が、大友皇子に対する戦勝を勝手明神に祈願し、琴を奏すると、社殿背後から五色の雲に乗った天女が現れ、袖を振って舞ったことから名づけられたという（『吉野拾遺』上）。この後、壬申の乱に勝利した大海人皇子は天武天皇として即位し、吉野でのこの故事が、宮中で行われる五節舞のもととなった。もう一人の落魄の王、吉野における大海人皇子の復活については、『平家物語』でも触れられており（巻4「永僉議」巻8「名虎」）、大海人皇子の説話的イメージが、吉野の義経伝承に投影されている可能性も考えられよう。
　この勝手神社の社伝には、静が社前で法楽の舞を奏し、衆徒の心をとらえて義経一行を逃がしたともいい、江戸期にはよく知られた伝承であった。
　更に上千本から奥千本へと山道を登っていくと、覚範の供養塔・首塚や、浄瑠璃『義経千本桜』で忠信が矢を放ったという花矢倉が残されている。奥千本には吉野山の地主神を祀る金峯神社があり、その東側の小道を下ると修験道の行場でもある義経隠れ塔が林の中に佇んでいる。吉野法師の追っ手にこの小堂に追い込まれた義経が、屋根を蹴破って逃げた故に、蹴抜けの塔とも呼ばれる。金峯神社社務所に依頼すれば、真っ暗な堂内を廻りながら古老の語りを聞くことができる。

（源　健一郎）

《主要参考文献》

五来重編『吉野・熊野信仰の研究』名著出版　1975年

小山靖憲『世界遺産　吉野・高野・熊野をゆく』朝日選書758　2004年

大三輪龍彦他編『義経とその時代』山川出版社　2005年

高野山
―聖の物語―

平家の時代の高野山

　弘仁7年（816）、真言密教の道場として空海によって開創された高野山金剛峯寺は、空海の入定後、伽藍の整備は弟子真然等に託され、仁和年間（885-9）には完成に至った。その後は東寺との対立が高じてその末寺となり、落雷によって堂塔が焼失するなどして荒廃し、11世紀初には止住する寺僧もなくなったが、長和5年（1023）に登山した祈親上人定誉が、高野山の再興に取り組んだ。それ以降、徐々に主だった伽藍の修造が進められ、鳥羽院政期に現れた覚鑁によって大伝法院や密厳院が建立されると、院と結んで一躍寺勢を誇った。しかしながら、金剛峯寺勢力と対立した覚鑁派は、正応5年（1292）には大伝法院を根来に移し、教線を分裂させるに至る。とはいえ、こうした内紛をはらみながらも、院政期から鎌倉期にかけての金剛峯寺は、学侶・行人・聖の三派の僧侶集団を形成して多くの参詣者を集め、中世寺院としての礎を築いていったのであった。

　『平家物語』が描く時代―治承・寿永の内乱を中心とする平家一門盛衰の時代は、高野山史にとっては、ちょうど中世寺院として再生する時期に重なる。このような時代背景が、物語のなかに高野という場を印象的に刻み込むことにつながり、また、聖を中心とする高野の唱導活動に、平家一門に纏わる話題を取り込むことをも促したのであろう。そうした意味において、相対的な古態を諸処に伝える『平家物語』の一諸本、延慶本が、覚鑁派の拠点である根来寺において、延慶年間（1308〜11）・応永年間（1394〜1428）の二度にわたって書写され、管理されたことは、物語の生成の問題に及ぶ興味を私たちに喚起するだろう。

　ただし、今、私たちが高野山を訪れたとしても、『平家物語』の舞台としてのリアリティを実感することは容易ではない。壇上伽藍の金堂や根本大塔は昭和の再建で、その他の伽藍も江戸期のものが多く、東側の奥院へと続く谷々にたち並ぶ子院等、周辺の環境には近代化が及んでいる。人為的な構造物に目を

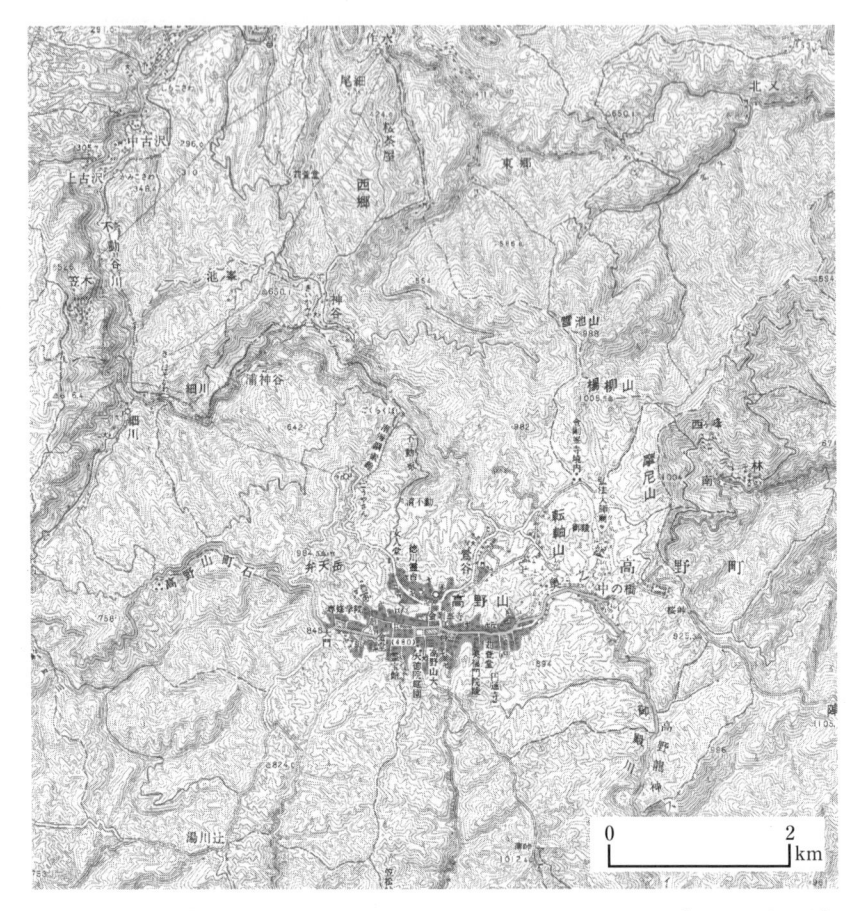

【1/5万 高野山】

向けるよりも、高野山の自然が伝えてくれる霊山の趣を感じ取り、物語の世界に思いを馳せるのがよいかもしれない。

根本大塔の再建と清盛の栄華

　治承2年（1178）11月、平清盛の娘、徳子と高倉天皇の間に皇子が誕生した。後の安徳天皇である。既に太政大臣の地位を極めてはいたが、その即位によって清盛は外祖父の立場を手に入れ、妻時子とともに准三后の宣旨をも受けることになる（巻第4「厳島御幸」）。

　このような栄達ぶりを、『平家物語』は、安芸守であった清盛が厳島を再興

したおかげであるとする。それゆえ、清盛のもとに現れた厳島明神に、「汝知れりや、忘れりや、ある聖をもっていはせし事は。但(ただし)悪行あらば、子孫まではかなふまじきぞ。」(巻第3「大塔建立」)という託宣を語らせるのである。厳島明神の言う「ある聖」とは、かつて高野山において、清盛の目前に現れた老僧(空海の化現)のことであり、「いはせし事」とは、厳島修造に功を上げれば、肩を並べる者のない官位を清盛に保証する、というその老僧との約諾である。それを厳島明神が追認したことによって、清盛の太政大臣着任と准三后の宣旨は実現したのである。

では、なぜ清盛は高野山にいたのか。実は清盛は、厳島修造の前に、鳥羽院から高野の根本大塔を修理するよう命じられていた。その大事業を終えて、高野の奥院に参詣した清盛が、化現した空海から自らの立身に関わる予言を得たことになる。

清盛が、安芸守在任中に、久安5年(1149)に焼失した大塔を再建したことは事実である。ただし、当初その任を命じられたのは、清盛の父、忠盛であり、その代官として高野へ登山したのが清盛であった。久寿3年(1156)に行われた大塔落慶法要の前年には、約50日に渡って高野に滞在し監督を勤めてもいる。忠盛はこの間の仁平3年(1153)に卒しており、この事業が忠盛から清盛へと受け継がれて成ったことは、清盛が平家棟梁の地位を掌中に収めたことを示している。

しかし、清盛にとって、その地位は予め約束されたものではなかった。当時、朝廷内では異母弟家盛が台頭し、清盛の立場を脅かしていたのである。その家盛が、大塔焼失の二ヶ月前に突然世を去ったのであった。それだけに、大塔修造を終えて高野にたたずむ清盛の感慨は一入(ひとしお)であっただろう。

一方、清盛が厳島を再興したのは、実際には十年以上後の仁安年間(1166-9)で、その当時、清盛は既に安芸守ではなかった。物語は半ば強引に、清盛、及び平家一門の厳島信仰と高野山という場とを結びつけたのである。大塔再建事業を通じて平家棟梁の地位を得た清盛に対して、空海は、両界曼荼羅垂迹の地の一つ、厳島の再興を命じ、清盛を更に高次の段階へと引き上げてゆく。このような物語の結構は、高野山の側で生成されたものであったのだろう。

高野山の歴史においても、無論、大塔再建は一大事である。鳥羽院の先代、白河院は天皇・上皇を通じて初の高野御幸をなし、以後、白河院の高野詣は三度に及ぶ。その延長線上に大塔の再建事業は位置しており、中世高野の隆盛に向けての一つの画期であったのである。

清盛の大塔再建と厳島信仰に纏わるエピソードは、『平家物語』諸本に語られる他、『古事談』という鎌倉時代に成立した説話集にも伝えられている。このように文字化されたテキスト群の背後には、高野を中心に諸国を遍歴した聖たちの唱導活動があったのであろう。厳島明神によって条件付けられた「悪行」を犯したが故に、平家の栄華は清盛一代限りのものとなったが、その一方で、高野山における清盛は、聖地復興に寄与した功績者として、その聖性が説かれる対象でもあり続けた。

聖の唱導に取り込まれた清盛

　高野との関係は、清盛の死に際して、その存在をどのように総括するか、という問題において重要であった。覚一本『平家物語』には欠くが、延慶本『平家物語』には、清盛の死後、白河院が高野山を再興した祈親上人の再誕であることが説かれる。その上で物語は、清盛が白河院の落胤であることを明かす。ここに、白河院と清盛の両者は善悪不二の同種姓であるという清盛権者説が提示されるのである。

　清盛権者説の前提が、白河院祈親上人再誕説であるわけだが、この再誕説は、寛治２年（1088）、白河院高野御幸の経緯を述べるなかで明らかにされる。天竺に生身の如来を拝しに赴くと言い出した院に対して、大江匡房は震旦から天竺への行程の困難を説き、諸宗の学匠を論破し、高野山で入定している生身の弘法大師をまず拝すべきであることを進言する。院は忽ち意を翻し、初度の高野御幸が実現したという。その際、祈親上人が立てた「二生法燈ノ願」に応じて白河院が灯明を奉ったことから、人々には院が祈親上人の再誕であると知られたのであった。現在も奥院燈籠堂の堂内正面で灯火を絶やさない祈親燈・白河燈がそれであるという。

　延慶本の他、語り本系で秘事として伝えられるこのような物語が、高野における唱導世界と重なるものであることは、『高野物語』『平家高野巻』『大師行状』付篇「匡房卿申状」『宗論平家物語』といった鎌倉・室町期のテキスト群の流布に照らして明らかであろう。延慶本のような記事は、高野山奥の院における燈明信仰が高まるなか、単独で切り出され、聖たちの唱導に活かされていった。その背景には、室町期から顕著になる聖地としての高野山復興運動があったのである。

　清盛権者説を物語る聖たちの唱導が広く認知されたことが、『太平記』のある場面に窺われる。高野を参詣した光厳院は、かつて金堂（講堂）内陣に掛け

られ、現在は御影堂に移されている伝平清盛筆絹本著色両界曼荼羅図（血曼荼羅）を目にして、「只浸空なる悪人にては無かりけるよ」との感慨を抱いたというのである（巻40「光厳院禅定法皇行脚事」）。

『平家物語』に見る高野聖

　最後に、『平家物語』に現れる高野聖たちの姿を確かめておきたい。
　代表的な人物は、横笛との悲恋で知られる滝口入道であろう（巻10「横笛」）。父から諫められた雑仕女横笛との恋を諦め、嵯峨往生院にて出家した青年、滝口。諦めきれずに往生院を訪ねる横笛。揺らぐ思いを押し殺して再会を拒んだ滝口は、高野の清浄心院に籠もる。横笛も出家し、奈良の法華寺に入るが程なくしてこの世を去った。人々は滝口を尊んで「高野の聖」と呼んだという。蓮華谷にある清浄心院は、大楽院信堅撰『信堅院号帳』によれば平宗盛の再建とも伝わる。滝口が高野山に住んだことは『高野春秋編年輯録』（治承4年＝1180・4月条）に記されるが、それが清浄心院であったかは確証がない。
　その滝口を頼って、屋島から落ちのびたのが、平家の貴公子、維盛であった。滝口入道は維盛を連れて堂塔巡礼し、奥院へと向かう。そこで物語に語られるのが、醍醐天皇の勅使として遣わされた観賢僧正が、即身成仏を果たした空海の生身の姿を見、その世話を務めたという御廟での伝承である（巻10「高野巻」）。次に続く「維盛出家」の段の序章ともいうべき章段である。
　『平家物語』の登場人物に纏わるもうひとつの子院が、熊谷直実が寄寓したという蓮華谷の熊谷寺である。平敦盛を討つことで道心に目覚めた直実（巻9「敦盛最期」）について、延慶本は、法然のもとで出家した後、高野の蓮華谷に入って聖になったと語る。『高野春秋編年輯録』（承元元年＝1207・2月条）には、新別所（蓮華谷から峠一つ越えた地）に住んでいた蓮生（直実）が離山し東山黒谷に帰ったとあり、『吾妻鏡』（承元2年＝1208・10月21日条）には黒谷の草庵での念仏往生が伝わるが、直実と熊谷寺との関わりについて、資料的に確認することは難しい。
　両寺院とも、明遍を始祖とする聖たちが集住した蓮華谷に位置する。蓮華谷を拠点とする高野聖は、諸国を廻って大師信仰を鼓吹するとともに、高野山への参詣と納骨とを勧めて歩いた。そうした聖の姿を彷彿とさせるのが有王である。
　鬼界が島に残された流人、俊寛は、童の有王に看取られて絶命する。俊寛を荼毘に付した有王は、俊寛の娘に最期の有様を伝えた後、俊寛の遺骨を首にか

けて高野山に登り、奥院に納骨し、蓮華谷で聖となって諸国修行に出かけたという（『平家物語』巻3「僧都死去」）。また、『平家物語』では、先述した新別所を築いた重源が、平重衡の遺骨を高野へ送ったとも伝える（巻11「重衡被斬」）。

　『平家物語』に見えるこれら高野聖の物語を、歴史的事実に還元することには慎重であるべきだろう。現存する主な『平家物語』諸本の展開は、鎌倉末から室町期にかけてのことであり、ちょうど高野聖の活動が最も盛んであった時期に重なる。源平合戦に材を得た聖たちの唱導の物語が、変容を続ける『平家物語』諸本の上に様々な影を落とし、そのまた逆の方向性もありえたことであろう。そして、そうした営みの源が、清盛による大塔建立に見定められるように思われるのである。　　　　　　　　　　　　　　　（源　健一郎）

《主要参考文献》
五来重『高野聖　増補』角川選書79、1975年
阿部泰郎「高野山―"高野物語"の系譜―」『国文学』37-7、1992年
日野西眞定「高野山と文芸」（『国文学　解釈と鑑賞』58-3、1993年

熊野三山
―熊野詣と水軍―

清盛、後白河院と熊野詣

　平治元年（1159）、平清盛一行は熊野に詣でていた。その間隙を縫って京都で起こった戦乱が平治の乱である。清盛は、熊野に代参を立てての帰洛を決断する。その決断を後押ししたのは、当地の豪族、湯浅宗重による加勢の申し出と「熊野ノ湛快」による武具の提供であった（『愚管抄』巻5「二條」）。熊野を詣でる者には、現在世と当来世に渡る二世の利益があると信じられていた。当時の熊野別当「湛快」立ち会いの下での代参によって、清盛は、敵の待ち受ける都に帰るという苦境の打開、現在世における自らの権力の再生を願ったのであろう。

　同じ場面が、軍記物語である『平治物語』（金刀比羅本）では、より物語的なふくらみを見せることになる。判断に迷う清盛に、密かに用意していた武具一式を差し出すのは、長年の郎等、平家貞であり、「熊野別当湛増」と湯浅宗重からは軍勢が提供されたという。

　いずれにせよ、帰洛後、乱に勝利することで平家一門の立場は格段に向上した。所領獲得により経済的基盤が拡充し、源氏の失脚により朝廷を守護する武家としての政治的地位を獲得したのである。こうした栄華の実現に、先達を代参として向かわせた熊野権現の神慮があったと見ることは、当時の人々に広く共有される認識であっただろう。

　なお、清盛に協力した熊野別当の名が、『愚管抄』と『平治物語』で異なることには注意が必要である。この点については後述するとして、王権と熊野詣の関係について、次に触れておこう。

　平家と連係しつつ平治の乱を乗り切った後白河院は、同年十月、熊野に初めて詣でる計画を立てた。出発早々、院は、自らが得意とする今様を熊野権現に手向けることの是非について、随伴した清盛に相談している（『梁塵秘抄口伝集』巻第10）。清盛はその折、熊野権現が院の今様を賞翫しに現れる様子を夢に見て、それを物語ったという。これにより、院は参詣の節々に社前で今様を

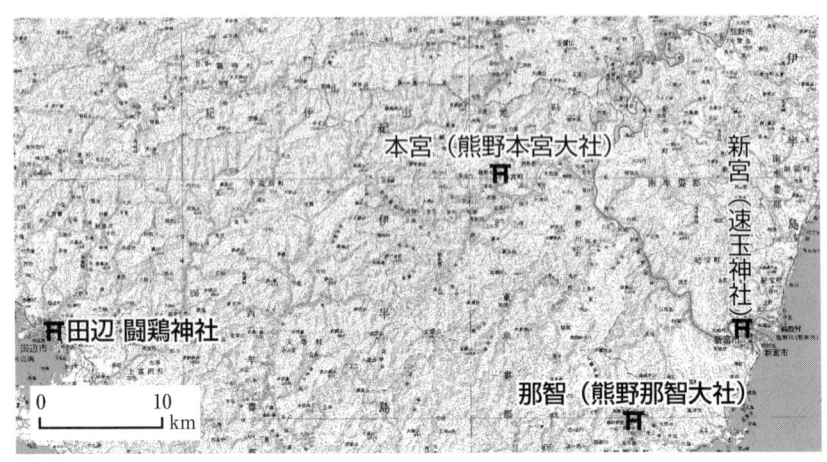

熊野三山の位置　　　　　　　　　　　　　【1/20万　田辺・木本】

謡うようになった。後白河院の熊野詣に果たした清盛の役割は大きい。
　これ以降、後白河院の熊野詣は34度にも及んだ。後白河院のみならず、その前後、白河院から後鳥羽院に至るまで、院政期の歴代の院たちは、盛んに熊野に詣でていた。いったん皇位を退いた上皇が、院として再び実質的な王の権力を掌握するには、現在世における再生を司る熊野という場の霊力が必要とされたのであろう。
　熊野には女院や貴族たちの参詣も相継ぎ、「人まねのくまのまうで」（『玉葉』文治４年〈1188〉９月15日条）と喩えられるほどになった。その後、院政による王権の行使が形骸化し、平家一門が壇浦に滅んでも、熊野三山を巡る人々が絶えることはなかった。15世紀に入ると西国三十三所観音巡礼と連動しつつ、「蟻の熊野詣」と称されるような最盛期を迎えることになるのである。
　それゆえ、中世を通じて多様な改訂が施され続け、多くの諸本（バージョン）が生み出された『平家物語』においても、熊野権現には権力の動向や動乱の行く末を左右する神としての役割が期待され続けた。院政期に急速に権力を伸長させ、たちまちに滅んでいった平家政権の有り様は、熊野との関わりのなかで様々に物語られることになる。

『平家物語』における清盛と熊野詣

　物語は冒頭部で、伊勢から熊野へ海路で詣でる清盛の船に、突如大きな鱸（すずき）

が飛び込んだ逸話を語る（巻1「鱸」）。それを熊野の神の奇瑞とする先達の助言を受けた清盛は、その場で調理し、家子・郎等などとともに食べたという。物語は、熊野権現の神慮を示して、この後の清盛と平家一門の栄華を予告するのである。

　この際の清盛の官職を覚一本『平家物語』は安芸守とするが、物語の当初の構想としては、延慶本等が伝える靫負佐（ゆげいのすけ）であったと思われる。延慶本とは、『平家物語』諸本のうち、随所に相対的な古態を残す伝本である。靫負佐ならば、年齢的には19歳以前の青年期にあたる。保延3年（1137）、

滝尻王子社周辺熊の古道

20歳の清盛は、父忠盛の熊野本宮造営の功によって肥後守に着任しており、鱸の霊験譚はこうした経緯を背景として生まれたのであろう。この伝承を事実と見る向きもあるが、物語中の清盛の言にもあるように、中国の武王の故事をもとに創作されたものである。

　清盛の栄華の由来は、清盛の出生秘話を通じて、父忠盛の熊野詣にまで遡って物語られてもいる。清盛の死後、物語が清盛の白河院落胤（らくいん）説を明かすことはよく知られていよう（巻6「祇園女御」）。清盛の母は、その胤（たね）を宿しつつ白河院から忠盛に譲られた祇園女御だという。このエピソードの中で、白河院が子（清盛）を譲ると忠盛に伝えたのは、熊野詣の道中のこととされるのである。

　ただし、この子譲りの件は、『今物語』という説話集に伝えられた話を換骨奪胎して創作されたもので、事実とは考えられない。朝廷守護の武家としての立場を源氏に圧倒されていた当時の平家は、清盛の登場により一挙に形勢を逆転させた。平家の権威の再生に熊野権現の神慮があったとするならば、忠盛への子譲りの場として、熊野詣の道中はいかにも相応しい。なお、『平家物語』の一異本、源平盛衰記には、赤子（清盛）の夜泣きに悩んで熊野に詣でた祇園女御に、清盛の健やかな成長を保証する託宣があった、ともされる。諸本の展開に伴って、清盛の栄華に関わる熊野権現の神慮も拡大したのである。

軍事勢力としての熊野

　権力者たちの熊野に対する期待は、宗教的側面だけではなかった。平治の乱の際、熊野別当から清盛に武具や軍勢が提供されたように、熊野には武装した衆徒たちが存在し、自らの権益を確保するために軍事的手段に訴えることも

あった。熊野別当家の主導権は、田辺と新宮のそれぞれに拠点を置き、鎬(しのぎ)を削った二つの家系によって争われていた。両地はともに海上交通の要衝であることから、いつしか水軍を組織するようになったらしい。動乱の時代において、熊野別当の軍勢は、時に事態の行方を左右する鍵を握ったのである。

『平家物語』において、熊野水軍の行動が印象的に描かれるのは、壇浦合戦直前、「熊野別当湛増」が田辺の新熊野社で白鶏と赤鶏を闘わせ、源氏と平家のいずれに付くべきかを占った件（鶏合(とりあわせ)）である（巻11「鶏合壇浦合戦」）。結果は、白旗を旗印とする源氏を意味する白鶏の完勝であった。湛増は、ここに熊野権現の神慮を認め、熊野水軍を引き連れて源氏方に参戦したという。「平家ノ祈ヲスル者」（延慶本）であった湛増が、熊野権現の神慮により平家を裏切ったのである。

しかしながら、熊野別当の軍勢の動向は、これ以前の物語中にも書き留められていた。清盛の死の直前、全国各地で反平家の挙兵が相次ぎ、都に急を知らせる飛脚が次々と到来していた。そうした報せの一つが、「平家重恩の身」である「熊野別当湛増」が反平家の挙兵をしたというものであったのである（巻六「入道死去」）。この記事は、鶏合と矛盾する。湛増がこの時点で反平家の立場を明らかにしていたならば、壇浦合戦の前に悩む必要がないからである。

物語は、更にその前の段階でも、熊野在地勢力の内紛を描いていた。反平家の挙兵を呼びかける以仁王(もちひとおう)の令旨は、新宮に身を寄せていた源行家によって全国に廻らされた。このことを知った「熊野別当湛増」は、「平家の御恩を天やまとかうむ」っていたこともあって、源氏方の新宮・那智を攻撃した（巻4「源氏揃」）。劣勢を強いられ、自らも負傷して本宮へと退却した湛増は、すぐに都へ飛脚を遣わし、以仁王の反乱を平家方に報告したという。

この両記事、湛増挙兵の報と新宮での合戦には、共通する問題がある。どちらの時点においても、湛増はまだ熊野別当ではなかったのである。清盛の死は、治承5年（1181）閏2月4日で、当時の別当は範智という人物であった。範智は治承5年中に別当を辞し、親平氏派の行命が別当職を継ぐが、史料の上で湛増がはっきりと反平家の立場を示したことが確認できるのは、同年9月以降である。しかも湛増の別当着任は、都落ちした平家を追うように行命が西国下向した後の寿永3年（1184）10月のことであった。

物語と史実

ここで想起したいのが、先述した平治の乱に関する物語叙述である。平治の

乱の折の熊野別当、湛快による振る舞いが、室町期に形成された『平治物語』の本文には、「熊野別当湛増」の事蹟として語られていたのである。むろん、その時点で湛増が別当であることはあり得ない。対して、当時の別当湛快は、娘を清盛の弟、忠度に嫁がせるなど、平家と関係が密であったことが明らかである。にもかかわらず、なぜ湛増に置き換えられてしまうのだろうか。

一方、熊野の軍勢に纏わる『平家物語』の一連の物語叙述も、諸本によって大きく内容が異なっている。覚一本で「熊野別当湛増」の事蹟とされた清盛の死の直前の挙兵や、新宮での合戦について、『平家物語』の古態本では、前者については名前が特定されない「熊野別当」に、「田部法印湛増」が併記される形であり、後者については湛増の名前が明記されていない。湛増別当着任後の鶏合の記事についても、諸本の中には、鶏合の占いに触れず、熊野水軍の源氏方への合流を淡々と語るだけのものがある。湛増からは離れるが、覚一本における新宮合戦では、いわゆる熊野三党のうち、宇井・鈴木の活躍が伝えられている。新宮縁起の制作を通じて熊野三党の由緒が押し出されるのは室町期以降であり、それは覚一本本文の形成期（応安3年＝1370）とも重なり合う。

要するに、『平家物語』にせよ、『平治物語』にせよ、鎌倉末〜室町期に形成された物語叙述では、動乱の時代における熊野在地の複雑な状況が単純化され、「熊野別当湛増」という代表的人物のもとに集約して、すべてが語られるようになったのである。そうして、いわば記号化した「熊野別当湛増」は、熊野水軍の統率者として、平治の乱から壇浦合戦まで一貫したイメージの中で生かされることになった。こうした方向性は、御伽草子「橋弁慶」で、湛増を弁慶の父とする伝承が生まれることなどとも軌を一にするだろう。覚一本等語り本系の『平家物語』から、源平合戦当時の熊野に纏わる史実を抽出するには、慎重な配慮が必要であるようだ。　　　　　　　　（源　健一郎）

《主要参考文献》

宮家準『熊野修験』吉川弘文館、1992年

川崎剛志「「熊野の本地」の一変奏—『熊野山略記』の記事をめぐって—」『中世文学』40、1995年

源健一郎「平家物語の「熊野別当湛増」—〈熊野新宮合戦〉考—」『中世軍記の展望台』和泉書院、2006年

阪本敏行『熊野三山と熊野別当』清文堂出版、2007年

那智の海
―浄土への船出―

維盛の入水

　源義経の奇襲によって一ノ谷合戦に敗れた平家一行は、再び四国へと退き、失意の底にあった。そんな折、平維盛は密かに屋島から逃れ、高野の滝口入道を訪ねる。維盛はその導きによって出家し、そのまま熊野へと巡り詣でた。

　熊野三山参詣は、通常、本宮から新宮を経て那智に詣でた後、再び本宮に戻って都へと帰って行くものであった。しかしながら、都に残した妻子と再会することを断念して出家した維盛に、都へ帰るという選択肢はあり得ない。維盛の下した決断は、那智における入水であった。

　　三の山の参詣事ゆへなくとげ給ひしかば、浜の宮と申王子の御まへより、
　　一葉の舟に棹さして、万里の蒼海にうかび給ふ。

（巻10「維盛入水」）

小舟は沖へと進んでゆくが、維盛の心は妻子への執着に囚われたままであった。滝口入道は、俗世への執心が深く、しかも武士という罪業にまみれた存在であっても、出家の功徳と阿弥陀如来の誓願によって、必ず浄土往生をなし得ると維盛に説く。

　　「成仏得脱してさとりをひらき給ひなば、娑婆の故郷にたちかへって妻子
　　を道びき給はん事、還来穢国度人天、すこしも疑あるべからず」とて、か
　　ねうちならしてすゝめたてまつる。中将しかるべき善知識かなとおぼしめ
　　し、忽に妄念をひるがへして、高声に念仏百反ばかりとなへつゝ、「南無」
　　と唱る声とともに、海へぞ入給ひける。

仏と成って俗世の妻子を救うべきとの滝口入道の言葉に後押しされ、ついに維盛は海に身を投じる。寿永3年（1184）3月28日のことであったという。

　物語は入水の場面に先んじて、那智籠もりの僧に、安元御賀（後白河院の50歳祝い）の際の、維盛による青海波の舞の華麗な様子を語らせている。光源氏を彷彿とさせる維盛のかつての優美さは、粗末な僧衣に身をやつして入水する今の維盛の悲劇性をいっそう際だたせている。

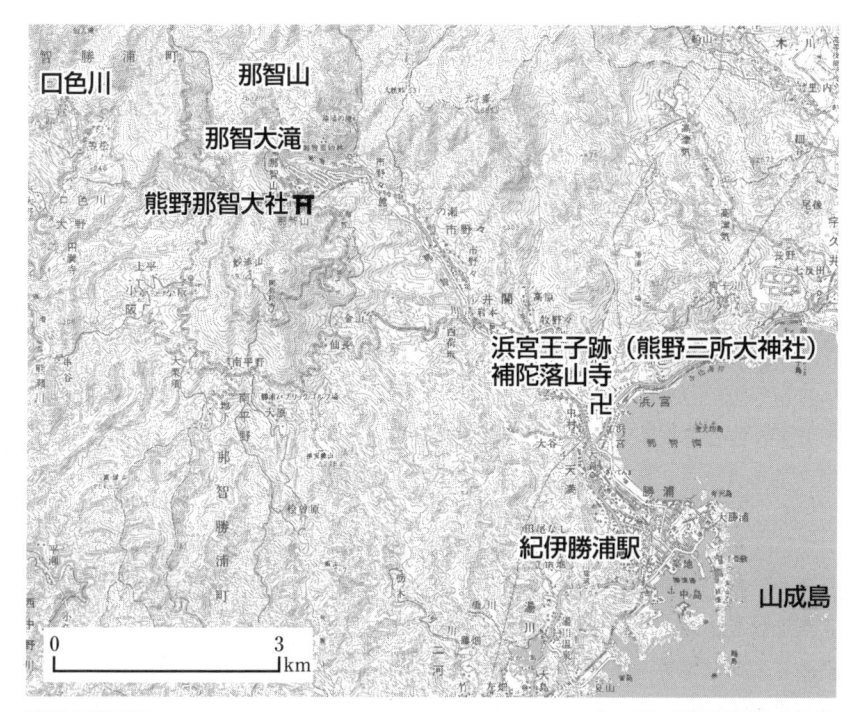

那智の浦周辺　　　　　　　　　　　　　　【1/5万　那智勝浦・新宮】

　滝口入道は、熊野証誠権現の本地が阿弥陀如来であることを説いて、維盛に念仏を勧めていた。これは思想的には、極楽浄土（阿弥陀浄土・西方浄土）への往生を期待したものであったが、滝口入道と維盛が実際に選択した行動は、補陀落浄土（観音浄土・南方浄土）への往生を目指すものであった。那智の祭神、結宮の本地は千手観音であり、那智の地こそ日本有数の補陀落浄土の入り口として認識されていたのである。

補陀落渡海

　補陀落浄土を目指して小舟で旅立つことを補陀落渡海と言う。那智では、浜宮王子（現在の熊野三所大神社）・補陀落山寺から出発した。「那智参詣曼荼羅」には、社前の浜から海に出る渡海僧の姿が描かれており、かつては間際まで海が広がっていた。『熊野年代記』によると、9世紀から18世紀までに、20名の僧が渡海したと伝える。浄土への再生を願う旅ではあるが、実質的には

捨身行であり、このような行の盛行には、海辺に生きた人々の古くからの水葬慣例が基層にあるものと考えられている。浜宮王子跡に隣接する補陀落山寺は三貎十一面千手千眼観世音菩薩立像（重文）を本尊とし、その裏山を登ると幾基もの渡海僧の墓や維盛の供養塔がある。境内には復元された補陀落渡海船も展示されている。

那智の浜が補陀落と称されたことを伝える早い例は、天仁２年（1109）、熊野三山を巡る藤原宗忠一行が「補陀落之浜」で浜宮王子に参拝したことを記す『中右記(ちゅうゆうき)』である。そのほぼ同じ時期に、補陀落渡海が行われていたことを、後に熊野三山検校となる園城(おんじょう)寺僧、覚宗からの聞き書きとして、藤原頼長が伝えている（『台記』康治元年＝1142）。覚宗は、堀川院の御時（1086〜1107）、那智で補陀落山に祈誓して千日行に励む一人の僧が、千手観音に舵を持たせて据えた小舟に乗って、大きな北風に後押しされて遙か南へと渡っていくのを見ていた。北風は渡海僧の願いに応じて吹いたものであり、７日間止まなかったという。

また、武士が補陀落渡海を行った例として知られるのが、智定坊、俗名下河辺六郎行秀である（『吾妻鏡(あずまかがみ)』）。彼はそもそも、藤原秀郷を嚢祖とし、平安末期から源氏に郎等として仕え、弓術や流鏑馬(やぶさめ)の故実を伝えた下河辺氏に出自を持つ御家人であった。その行秀が、下野(しもつけ)国那須野における狩の際、頼朝から命じられた大鹿を射損ね、その場で出家して行方知れずとなった。その後、行秀は熊野で法華経の行者となっていた。天福元年（1233）３月７日、行秀は外から釘で打ち付けられ、中が真っ暗な屋形舟に籠もり、30日分の食料と油だけを載せて、那智浦から補陀落山へと旅だったのである。那智における維盛の入水は、こうした渡海僧たちの姿と重なり合う。

ただし、現在の補陀落山寺、浜宮王子跡から、渡海僧が漕ぎ出した海を望むことはできない。維盛の入水のあり様を追体験するには、JR紀伊勝浦駅周辺に広がる勝浦温泉街に赴き、観光桟橋から出ている観光船「紀の松島めぐり」に乗船するのがよいだろう。勝浦湾から太平洋を巡る航路で、途中、松の木に維盛が銘籍を書き付けたという山成(やまなり)島を間近に見、海上からは遠く那智の滝の一筋の流れを望むこともできる。

文覚の那智修行

維盛には、那智から浄土への船出が語られるのだが、那智において現世で新しく生まれ変わったとされるのが、怪僧文覚である（巻５「文覚荒行」）。熊野

参詣の利益は現当二世に渡ると説かれており、当来世（浄土）への往生のみならず、現在世における再生の可能性が信じられていた。出家して各地で修行を重ねた文覚は、極寒のさなか、那智の滝壺に入って修行する。その激しさの余り、二度にわたって意識を失う文覚であったが、「無上の願ををこして、勇猛の行をくはたつ」と不動明王に認められ、その使者である天童によって助け上げられた。それ以降、文覚は、より超越的な存在へと再生を果たす。物語によれば文覚は、頼朝に平家打倒の決意を促し、時代を大きく動かす要の存在となったのである。

補陀落山寺にある平維盛供養塔

その文覚が補陀落渡海をすることはない。しかし、文覚は海路、本州南側の太平洋を伊勢から東へと向かうことがあった。院御所で神護寺復興の勧進を強行した罪により、伊豆へ流されたためである。その最中に大嵐に襲われた文覚は、「奥の方」（南方）を睨み付け、千手観音の眷属である竜王に対して大音声で叱責を始める。すると程なく、波風は収まったという。那智において再生した文覚は、補陀落浄土に渡らずとも千手観音と結縁していたことになろうか。

ちなみに、『平家物語』には多くの諸本（バージョン）があるが、編集された時期が下る諸本では、源平盛衰記に「千手経ノ持者」、覚一本『平家物語』に「やいばの験者」と評されるなど、文覚の那智行者としてのイメージが強化されている。後者はそもそも、寺門（園城寺）派修験の代表的人物である行尊に与えられたキャッチフレーズであった。寺門派修験は、南北朝期以降、熊野三山検校職を通じて熊野支配の実権を握っていった。また那智は、寺門が領導した西国三十三所観音巡礼の第一番でもあった。『平家物語』における那智の物語には、寺門派修験の活動が影を落としているのである。

鹿ヶ谷陰謀の露見によって俊寛等とともに流罪となった平康頼が、鬼界島の地形を熊野に見立てて参詣し、帰洛を祈ったことはよく知られていよう（巻２「康頼祝」）。古態本では本宮を想起させる熊野の状景が描かれるのに対して、覚一本等の語り本系『平家物語』では滝（飛瀧権現）の伴う那智のイメージに置き換えられている。先と同様の例である。

維盛落人伝説と『平家物語』の立場

　話を維盛に戻そう。維盛の入水は、はたして事実であったのだろうか。維盛の弟、資盛の恋人であった女房は、その歌日記に「維盛の三位中将、熊野にて身を投げてとて人のいひあはれがりし」と書きつけ、その死を悼む和歌を残している（『建礼門院右京大夫集』）。都でも維盛入水の噂は広まっていたらしい。

　しかし、間際まで妻子への妄執に苦しむ維盛に入水往生が達成されたか否か、懐疑的に見る人々も多かったのであろう。維盛には様々な落人伝説が語られることになった。『平家物語』諸本の中でも源平盛衰記には、二つの維盛生存説が載せられる（巻40「中将入道入水事」）。熊野参詣後、関東下向の途中、相模国で没したとも、入水を偽装して那智の山中に隠れ住み、子孫繁盛したともいうのである。『太平記』にも、十津川で戸野（竹原）氏の先祖が維盛を匿った（巻5「大塔宮熊野落事」）と伝え、近世に入って『大日本史』には、牟婁郡藤縄で匿われ、その末裔が熊野の小松氏・色川氏であるとする。『高野春秋編年輯録』には、「入水往生人」として補陀落渡海する維盛を語る一方、深山に隠れ小松氏の祖となったとも伝えている。

　ただし、盛衰記を除き、『平家物語』にとって、このような伝承は許容されるものではなかった。

　維盛の父、重盛は自らの死を熊野の神によって知らされていた。その足跡を追って熊野に詣でる維盛には、父重盛の鎮魂が託されている。弔われる者の鎮魂が、弔う者の往生によって保証されるからには、維盛は現世を生き延びてはならない。また、先述した滝口入道の説諭によれば、維盛の成仏は都の妻子を救済するものでもあった。維盛の補陀落浄土への往生は、平家一門の鎮魂を物語る『平家物語』にとって重い意味を持ったのである。

　ゆえに物語は、維盛嫡子の六代にも、父と同じ道程を巡り詣らせる（巻12「六代被斬」）。六代は、高野で滝口入道から父維盛の最期の様子を聞き、熊野に詣でて那智の浜宮王子から山成島を見渡し、入水を遂げた父を弔うのである。那智は、重盛、維盛、六代という小松家3代の鎮魂の場であるとともに、物語が平家一門の救済の可能性を探る場の一つでもあった。　　　（源　健一郎）

《主要参考文献》
根井浄『補陀落渡海史』法蔵館、2001年
和歌山県立博物館特別展図録『熊野・那智山の歴史と文化―那智大滝と信仰のかたち―』2006年

西国の舞台

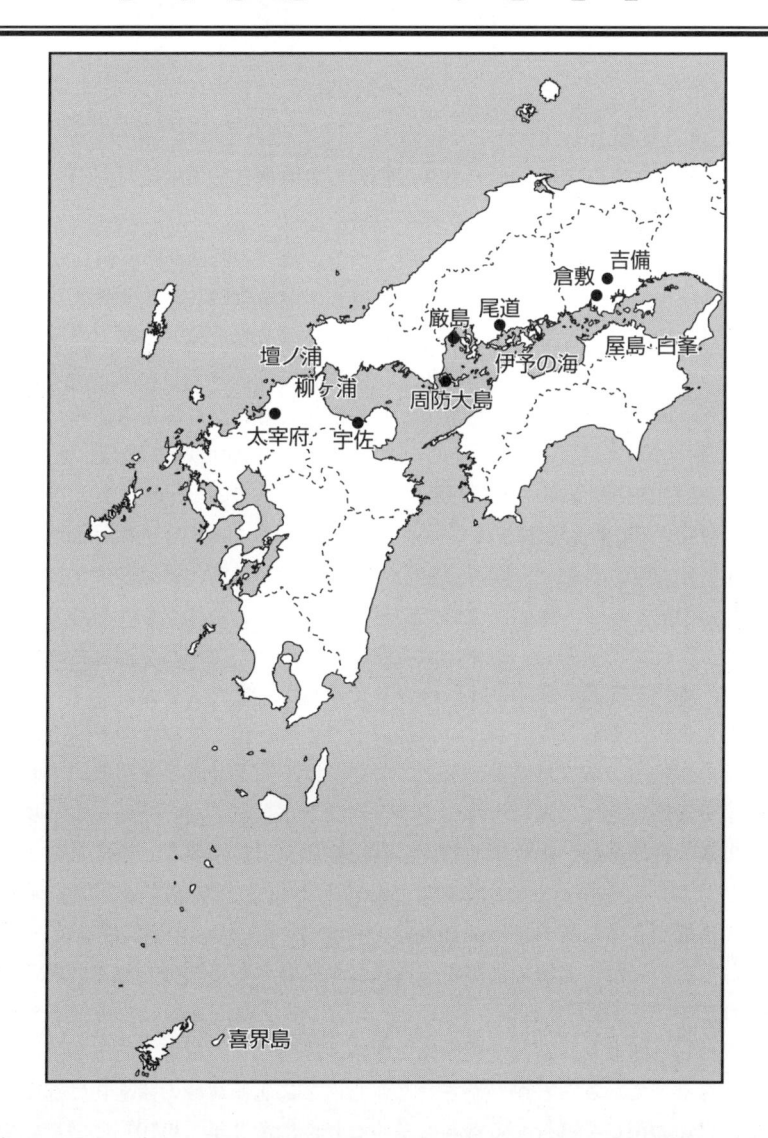

吉備
倉敷
厳島 尾道
屋島・白峯
壇ノ浦 伊予の海
柳ヶ浦 周防大島
太宰府 宇佐

喜界島

倉敷

―二つの古戦場―

海上交通の要衝として

　江戸時代には幕府の天領地であり、物資の集散地として栄えた岡山県倉敷市は、今も白壁や蔵造りの家並みを残している。

　そもそも「倉敷」とは「倉敷地」のことで、遠方の荘園から年貢などを領主のもとに運上する際、一時的にそれらを収納する場所のことを意味する。こうした役割を担う場所であったから、それらは自ずと水上交通の要地に設置されることになった。現在の倉敷市周辺も、高梁川上流に所在した東寺領荘園備中国新見荘（岡山県新見市）の倉敷地として機能していたものと考えられる。

　この地域を「くらしき」と称した初見史料とされているのは、永禄9年（1566）9月21日の「備中国新見荘入足日記」であり、「くらしきよりしはく迄」の費用が150文と記載されている。この史料は、東寺の使者が新見荘の年貢を運上した際にかかった費用を申告したものであって、新見荘の年貢がいったん瀬戸内海を渡って讃岐国塩飽まで運ばれているという点も、当時の運上経路を知るうえで興味深い。風や海流の関係からそうした航路が選択されたのだろうが、本州と四国の往来が比較的容易で頻繁だったことを裏付けていよう。

　ただしこの「くらしき」が、具体的にどの地域を指していたのか、どの程度の規模の倉敷地であったのか、などについては不明とせざるを得ない。おそらく高梁川河口付近に、瀬戸内海交通の港湾基地が存在したのであろう。現在の倉敷市域の海岸線は、中世末期以降の新田開発や干拓事業などの成果によって変化しており、それまでの海岸線はさらに北上して、「児島」を冠する地域との間には海が存在していた（p.199図）。

　そしてこの児島の北側の海路が、古代以来航路として利用されていたことが知られている。『本朝無題詩』には、平安期に瀬戸内海を旅した禅僧蓮禅の漢詩が収められており、道口（岡山県倉敷市玉島道口）や藤戸（同市藤戸町）などに立ち寄っていることがわかる。しかし次第に北側海域の陸地化は進んだようで、児島の南側を航行する機会も多くなり、治承3年（1179）に厳島に参詣

倉敷　197

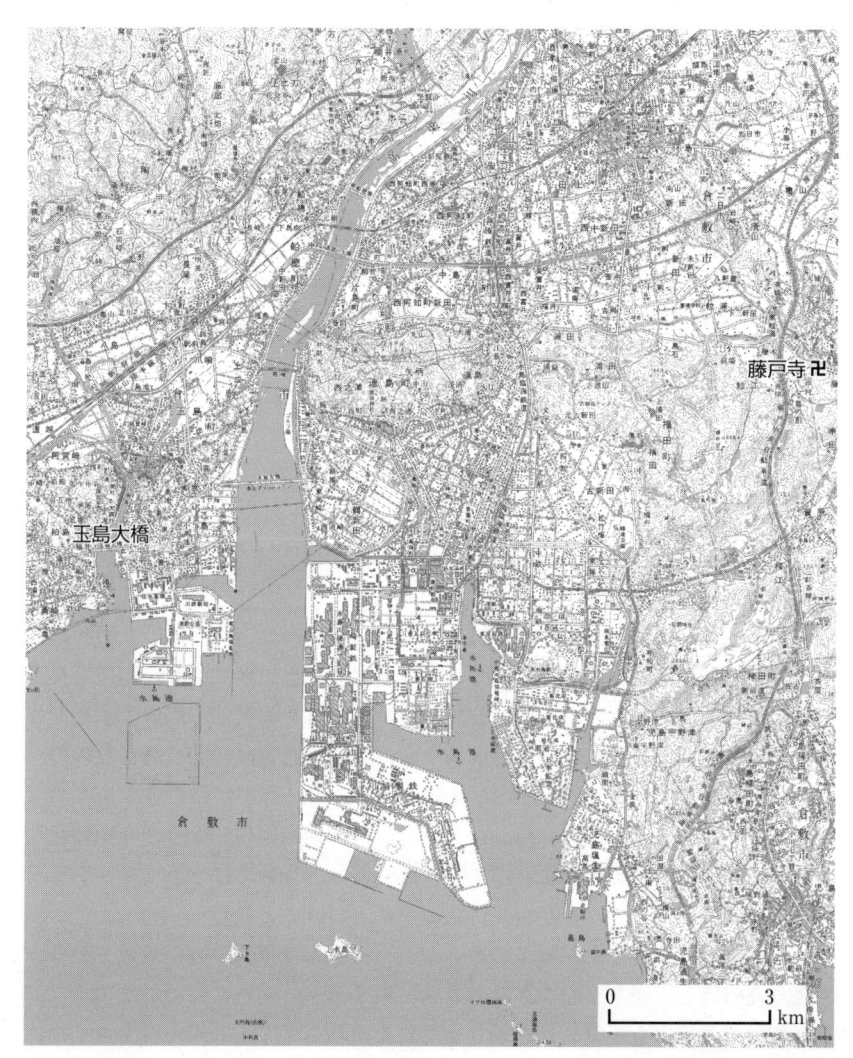

玉島大橋

藤戸寺 卍

二つの古戦場　　　　　　　　　　　　　　　【1/5万　岡山南部・玉野】

した藤原忠雅の一行は南側を航海した。とはいえ、北側の海路が完全に消滅したわけではなく、瀬戸内海交通網に果たした役割は依然として重要であり、源氏と平氏は二度の合戦をこの地域で展開することになる。

水島合戦

　木曾で挙兵した源義仲によって、寿永2年（1183）7月に京都を追われた平氏は、九州を拠点に巻き返しを図ろうとしたが失敗した。『玉葉』によれば、「平氏始め鎮西に入ると雖も、国人必ず用いざるに依って逃げ出で、長門国に向かうの間、又国中に入らず、仍って四国に懸け了ぬ」といった有り様であった（閏10月2日条）。その様子は『平家物語』巻8にも描かれており、とくに大宰府からの逃避行は悲惨なものであった（巻8「大宰府落」）。なお『平家物語』では、平知盛が管轄する長門国の目代が、九州から脱出した平氏に大船100艘を供出したとする。知盛が長門守であったことは確認できないが、長門国引島（山口県下関市）に城郭を構える程の影響力を保持していたらしい（『源平盛衰記』巻41など）。

　平氏が実際には、どのように体勢を立て直したのかは不明だが、九州脱出後山陽道・南海道諸国を急速に従えて、讃岐国屋島（香川県高松市）周辺を拠点とすることに成功した。これに対して義仲は追討軍を派遣し、備中国水島で対峙することになる。瀬戸内海の制海権を掌握した平氏方は1000余艘、義仲の追討軍は500余艘であったという。この時両軍は、平氏方が現在の倉敷市内の玉島柏島に、源氏方が同乙島に陣したとされる。両地域は現在すっかり陸地化しているが、前掲の推定図によれば当時は島であり、現状では水玉ブリッジラインの玉島大橋を挟んで、東が源氏、西が平氏ということになる。

　さて、数の上でも平氏が優勢であったが、海戦には平氏の方が長けており、平氏方の船はしっかりとつなぎ合わされ、板を渡して平らにしていたので、海上の戦いで源氏方を圧倒し、乗船させた馬を上陸させて追討軍を潰走させた。まさに「平家は水島のいくさに勝てこそ、会稽の恥をば雪めけれ」（巻8「水島合戦」）というべき戦いであった。なお「覚一本」は、この合戦における平家の大将を知盛とするが、『延慶本』や『源平盛衰記』は重衡としている。

藤戸合戦

　水島合戦で大勝した平氏は山陽道を東上し、播磨国室山（兵庫県たつの市）で源行家を敗って福原（兵庫県神戸市）に至り、一ノ谷（同市）に城郭を構え

た。一方京都にあった義仲は後白河法皇との対立を深め、寿永3年（1184）正月には源頼朝に討伐された。義仲に替わって入京した頼朝は、ただちに範頼・義経らを平氏追討に向かわせ、一ノ谷に拠る平氏を撃退したのであった。平氏は再び瀬戸内海に逃れ、屋島及び引島を中心に再起を期したのである。

この平氏を追って、いったん鎌倉に戻った範頼が関東の武士を率いて再上洛し、

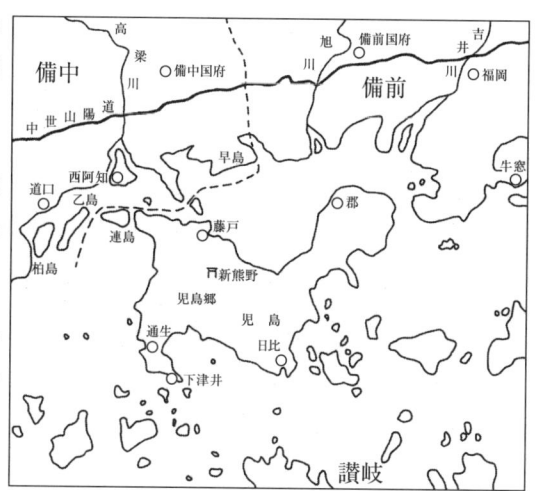

中世の倉敷周辺図（海岸線は推定、…は国境）
（『新修倉敷市史　第8巻』247頁、三宅克広氏作成）

9月には九州へ向かった。しかし範頼は、瀬戸内海の制海権を握る平氏に苦戦、長門・周防両国周辺から進むことができなかった。そして備前国児島（岡山県倉敷市）に、屋島から派遣された平行盛が駐留すると、範頼は孤立化してますます厳しい状況となった。そこで頼朝は、行盛が築いた城郭を攻め落とすため、佐々木盛綱を派遣したのである。

先の柏島・乙島同様に、今回平氏が陣した児島も、当時は島であったことが推定図からわかる。盛綱はその対岸に陣したが、両者の間にはかなり広い海路が存在したという。水島合戦の経験上、海戦には平氏に分があることは明らかであったので、行盛はしきりに源氏を海上に誘い出そうとした。『平家物語』によれば思案した盛綱は、ある漁夫の機嫌をとって浅瀬の存在を聞き出し、首尾良く海を押し渡って、平氏方を撃退したのであった。藤戸合戦で敗れた平氏は屋島に逃れたが、義経に攻められて陥落し、その後は体勢を立て直すことができずに壇ノ浦で滅亡する。現在の倉敷市藤戸町の藤戸寺周辺には、源平の勝敗を決定づけたともいうべき藤戸合戦にちなんだ遺跡が散在する。

ところで『平家物語』は、この藤戸合戦の大将を、源氏が範頼、平氏を資盛とするが、史実としては盛綱と行盛とすべきであろう。またこの時の最大の功労者というべき、浅瀬の情報を提供した漁夫は、秘密を保持するために盛綱に殺害されたといい、謡曲「藤戸」はその後日譚である。しかし盛綱の漁夫殺害

をめぐっては、「長門本」や『源平盛衰記』が漁夫に褒美を与えたとし、「延慶本」には記載がない。

陸地化する海路

　藤戸合戦以後も倉敷周辺の海上交通は活発であり、また各島を分ける海も変わらずに存在したようである。承久の乱で配流になった後鳥羽上皇の皇子頼仁親王の配所は、先の児島であった。おそらく、児島との間を隔てる海路は健在であったのだろう。しかし室町期に入ると、児島の南側の地名が史料中により多く確認されるようになる。たとえば応永27年（1420）に来日した朝鮮の使者は、日比（岡山県玉野市）・下津井（岡山県倉敷市）を通過した。また、文安2年（1445）の『兵庫北関入舩納帳』には、下津井・連島（同市連島町）・西宛（同市西阿知町）各地の名が見え、瀬戸内海交通における児島南部の役割が高まっていった。

　そして高梁川による堆積作用の進行に伴い、児島北部の役割も変化することになる。戦国期に毛利氏との間でこの地域の領有権を争った宇喜多氏は、豊臣秀吉の裁定によってその権利を保障されると、早島（岡山県早島町）付近に潮どめ堤防（宇喜多堤）を築き、干拓事業に着手した。その後近世を通じて新田開発は進められ、農業地帯に変容していく。とはいえ、物流の拠点としての性格を失ったわけではないことは、冒頭で触れたような現在に残された家並みが証明している。

　さらに近代に入って高梁川の治水事業が進展すると、干拓地・埋立地は次第に南方へも拡大していった。昭和16年（1941）に三菱重工業が進出すると工業地帯として発展し、戦後は重化学工業関係の企業が集中して水島コンビナート基地が形成された。瀬戸内海に面した好立地は、この地域に時代の要請に応じた各様の反映をもたらしたといえよう。

（櫻井　彦）

《主要参考文献》

『新修倉敷市史』全13巻、倉敷市、1996-2005年

上横手雅敬『平家物語の虚構と真実』上下巻、塙新書、1985年

吉備
―古代王国の地―

吉備王国

　「吉備」が指す地域を確定することはできないが、一般的には美作・備前・備中・備後の4カ国の集合体であったとされ、現在の岡山県全域と広島県東部にあたることになる。そしてこの地域の特殊性は、考古学的な成果によって明らかにされている。すなわち、弥生時代後期には首長の葬送儀礼に特有の土器が用いられ、それは大和地方における古墳に取り入れられたという。そして5世紀には、全国的にも屈指の巨大古墳が造営されており、その勢力の大きさが指摘されている。

　しかし5世紀末以降の古墳は小型化し、巨大古墳を造営し続ける畿内地方との差異が顕在化してくる。この背景には、大和政権の歴史書である『日本書紀』に記された吉備一族の反乱が、書紀の記載の通りであったかどうかはともかく実際に発生し、鎮圧されたことが影響しているものと考えられる。そして以後は大和政権の政治的な影響下に入り、7世紀末には備前・備中・備後3国に分割され、和銅6年（713）に備前国から美作国が分立すると、「吉備国」は消滅したのであった。

　吉備地域は温暖な気候に恵まれ、地形的にも広大な沖積平野が展開しており、農業生産に適した環境にあった。加えて鉄を産出したため、各地に製鉄遺跡が残されている。また瀬戸内海に面していることから、製塩や漁業も盛んに行われたが、それ以上に海上交通を活用した交易が可能であったことは、吉備王国が大和政権に匹敵する経済力を有したことの、重要な要素であったといえる。

吉備地域と大和政権

　このように、吉備王国は強大化する潜在能力を保有していたが、結局は大和政権の配下に入ることとなる。その原因の一つとして、上道臣（かみつみちのおみ）・下道臣（しもつみちのおみ）・三野臣（みぬのおみ）・笠臣（かさのおみ）・窪屋臣（くぼやのおみ）などの吉備一族が、それぞれの本拠地に分散し、同盟的に結合していたことが指摘されている。こうした一族の結合形態が利用され、

吉備王国の中心地　　　　　　　　　　　　　　　　　　　　【1/5万　岡山北部】

吉備一族を国造に登用する一方、非一族の国造も配置することで一族は分断された。また大和政権は、直轄地である屯倉を設置することにより、この地域を支配する拠点としたのだった。

　大和政権は7世紀中期以降、唐の律令制度にならった中央集権的な支配体制を導入し、公卿が政権の最上層を構成することになった。本来公卿は大和にあって政権運営上の本務に服した（本官）が、そのほかに各国の長官（国司）を兼務する場合もあった。国司の役割は時代の経過とともに変化するが、平安期頃までの国司には相応の経済的な恩恵が与えられていた。公卿が、本官のほかにどのような国の国司を兼ねたかを集計してみると、旧吉備4カ国は近江・播磨・伊予・讃岐各国とともに50例を超えて、最も多い国々であるという。また公卿となった人物も、旧吉備4カ国の国司を歴任する場合が多いとされる。大和政権の吉備地域への積極的な介入は、本来吉備王国の吸収を目的としていたが、大和地方に比較的近距離であり、かつ豊かな環境をもつこの地域は、そうした目的を超えて魅力的なものとなっていったのだろう。

　また、政権のトップである天皇が代替わりした際に実施された「大嘗会」には多大な費用が必要であったが、政権の構成員にとってそれに関わることは名誉といえた。大嘗会の費用は、悠紀国と主基国に選ばれた2カ国が負担することになっており、9世紀以降悠紀国は近江国に、主基国は丹波国か備中国に固定された。しかしそれ以前の事例を見てみると、美作・備前両国もしばしば選出されている。こうした事実は、大和政権による吉備地域への示威行動であったとも考えられ、多大な負担を強いることによって国勢を削ごうとする意図も感じられて、政治的・経済的な思惑が見え隠れする。

『平家物語』と吉備

　大和政権にとって吉備がきわめて重要な地域であったことを踏まえると、その政権内部の権力抗争の様子を描いた『平家物語』にも「吉備」が描かれる場面が多いものと推測されるが、実は意外に「吉備」は登場しない。地名としての「吉備」にこだわって通覧すれば、以下の一文を見出すのみである。すなわちそれは「大納言入道殿をば、同八月十九日、備前・備中両国の堺、にはせの郷吉備の中山と云所にて、つゐにうしなひ奉る」という、鹿ヶ谷の謀議の首謀者として捕らえられた藤原成親の死を伝える場面である（巻2「大納言死去」）。

　成親ははじめ、備前国児島（岡山県倉敷市）に流されたが、その後「にはせの郷有木の別所と云山寺」に移された（巻2「阿古屋之松」）。平氏への反逆者

である成親の配流先が備前国とされたのは、12世紀初頭から備前国に対する平氏への関与が強まったことと関連しているであろう。ちなみに平氏は、美作国への影響力も強めている。

また平氏の家人として、成親が預け置かれた備前国の住人とされる難波次郎経遠のほか、備中国の武士と見られる妹尾太郎兼康の活躍がしばしば描かれている。二人は清盛の側近として登場し、藤原基房の襲撃（巻1「殿下乗合」）や成親の拷問（巻2「小教訓」）の実行者であったという。しかし経遠の最期については、「長門本」で寿永2年（1183）の篠原合戦で自害したとされるが、「延慶本」などには一ノ谷の平氏軍にその名が見えるなど、はっきりしない。一方兼康は、倶利伽羅峠の合戦で義仲に生け捕られたのち、再起した平氏を追討するための義仲の遠征に偽って従軍し、備前国福隆寺縄手（岡山市）で平氏方を募って挙兵、嫡子とともに討たれたという（巻8「妹尾最期」）。

ところで、成親の没日を「覚一本」は治承元年8月19日とするが、諸本によって7月10日すぎ（『源平盛衰記』など）・7月19日（「延慶本」など）・8月17日（「屋代本」など）のように伝えて一定しない。またその他の各種史料においても、7月9日（『百錬抄』）・7月13日（『公卿補任』）・8月（『尊卑分脈』）とまちまちであり、最期の日を確定することができない。さらにその死に様に至っては、断崖の下または落とし穴に落とされて、底にうえられた魚捕りの道具である「ひし」に突き刺された（「覚一本」「延慶本」など）とするもののほか、「大納言の最期のありさま都にはさまざまに聞えけり、歎き日数をつみてやせ衰へて、思い死にに死に給たりともきこゆ、又酒にどくを入てすすめ奉たりとも申、また沖にこぎいだして海に入たてまつりたりともさたしけり」（「長門本」）ともあって、実際のところはわからない。

現在JR吉備線の備前一宮駅と吉備津駅の周辺には、この成親や妹尾兼康に関する遺跡が残されている。とくに成親遺跡（岡山市）は墓地と伝えられ、成親が幽閉された山寺跡とされており、周辺を「吉備の中山」と称した。そして隣接する中山茶臼山古墳（同市）は、吉備一族の祖ともいわれる大吉備津彦の墳墓とされ、大吉備津彦を主神として吉備一族の神々を祀る吉備津神社（同市）は、この中山の麓に鎮座しており、中山周辺が吉備王国以来重要な役割を持った地域であったことは疑いない。なお吉備王国が大和政権の影響下に入って分断されると、備前国に吉備津彦神社（同市）が、備後国にも吉備津神社（広島県福山市）が分祀された。

吉備地域のその後

　『平家物語』中に「吉備」が地名としてほとんど見られないことは、『平家物語』の段階でもはや「吉備」という地名が、一般的なものとして用いられなくなりつつあったことを意味しよう。しかし地域として考えるならば、平氏が再起のために拠点とした児島や、源氏に雪辱した水島合戦、逆に壇ノ浦での滅亡の序章ともいえる藤戸合戦などの舞台は吉備地域である。これらの土地には、『平家物語』に描かれる必然性・重要性が存在したわけであり、古代末期に吉備地域が担った役割は依然として大きかったのである。

　その後中世においては、豊かな環境を背景に地域有力者が成長し、瀬戸内海を利用した交易もますます活発化した。一方大宰府に至る官道として整備された山陽道は、瀬戸内海交通の飛躍的な発展に伴って重要性が低下したが、それでも全く衰微してしまったわけではなく、鎌倉・室町両幕府は新関の乱立を警戒している。そして室町期に、赤松氏や山名氏が吉備地域の守護職を独占して強大な勢力を持つようになったことは、この地域の経済性の高さを改めて示している。

　吉備地域の経済性は、肥沃な土壌による農業生産力の高さや、瀬戸内海流通に直結する好立地ばかりでなく、天然資源によっても裏付けされていた。製鉄業や窯業は古代以来不断の発展を遂げ、現代に備前刀や備前焼として結実している。

（櫻井　彦）

《主要参考文献》

『岡山県史』全30巻、岡山県、1981-91年

土井作治・定兼学編『吉備と山陽道』吉川弘文館、2004年

尾道

―瀬戸内水運の拠点―

海賊尾道六郎

　大同元年(806)開基とされる千光寺は、桜の名所として知られる尾道の古刹である。そしてその古刹としての文化財的な価値に加えて、境内から遠望される景観は、尾道の歴史的な役割を考えるうえできわめて象徴的である。そこからは、尾道港まで入り込んだ尾道水道と、その先の向島、さらに瀬戸内海に点在する島々が眺望できる。「尾道」の地名の初見は永保元年(1081)の年記をもつ文書とされるが、そこに「尾道浦」と見えていることも、当地と瀬戸内水運との関わりの深さを示している。

　10世紀中期に伊予国日振島(愛媛県宇和島市)を拠点として活動した藤原純友は、山陽道と南海道の海賊を率いて朝廷に抵抗したことで知られる。著者・成立年代などは不明だが、『前太平記』という軍記物語によれば、その純友に従った海賊のなかに「備後尾道の六郎」なる人物がみえている。この段階での尾道は、まだ小さな漁村であったと考えられているが、純友の兵力が農民・漁民を中心とした小規模で分散的なものだったとする評価を踏まえれば、尾道の漁民六郎が海賊化して、純友軍に参加したとしても不思議ではない。逆に六郎が純友の兵力の一端を担う人物として数え上げられていることは、彼が相応の動員力を持っていたことを示していよう。

　六郎が純友にとって有数な兵力であったとすれば、単なる漁民だったとは考えがたい。瀬戸内水運が早くから活用されていたことは、備後地域の古墳から備中地域で作成された大型の特殊器台が出土していることによっても裏付けられる。さらに天平8年(736)の遣新羅使は、瀬戸内海を南下したことが知られており、10世紀中期には瀬戸内海を利用した人的物的交流が頻繁であったに違いない。六郎も漁業に従事しながら、瀬戸内水運の一翼を担う存在であったのではなかろうか。

卍浄土寺

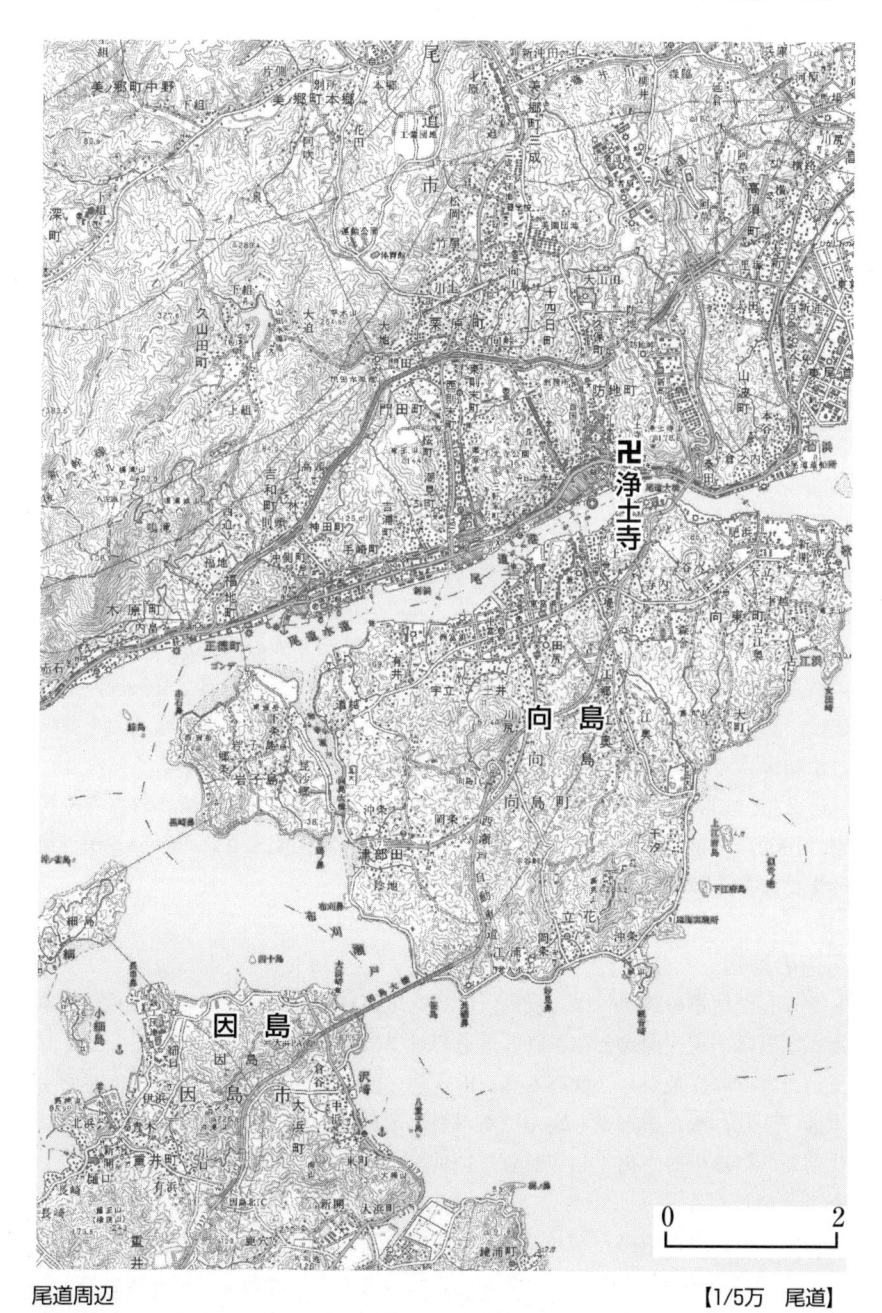

向島

因島

尾道周辺

【1/5万 尾道】

倉敷地としての発展

　尾道にほど近い因島（広島県尾道市）や伊予国能島（愛媛県今治市）は、中世には海賊・水軍の拠点となったことで知られるが、古代には海賊が拠点としたという尾道に、そのような痕跡は認められない。理由は、倉敷地として整備され、荘園領主等による管理が徹底された点にあろう。そのはじまりは仁安3年（1168）で、尾道を備後国太田荘（広島県世羅町）からの年貢米を運び出すための倉敷地にしたい、との申請が荘官から出されている。

　太田荘の荘園諸職は、開発領主の橘氏が下司職を、平氏が預所職を、後白河院が本家職を保有していた。とくに平氏にとって太田荘の年貢米は貴重な財源であって、その搬出地に指定されたことが、尾道繁栄の出発点となったのである。当時の平氏は瀬戸内海の制海権を掌握しており、尾道への不法行為は極力排除されたであろう。また平氏没落後に太田荘を寄進された高野山は、尾道の浄土寺などを拠点として太田荘支配にあたったとされる。平氏同様高野山の太田荘及び尾道への関心は高く、整備が進められた尾道には、次第に太田荘とは直接関わらない船も寄港するようになっていった。

　14世紀にはいる頃には、尾道は商業都市的な性格を強めており、多くの商人の拠点となっていた。浄土寺の整備や、正中2年（1325）の同寺焼失後の復興には、有力商人たちの援助があったことが知られている。しかし経済力を蓄積した結果、その富をねらって標的とされるという事態も発生するようになり、元応2年（1320）には守護長井貞重に襲撃されている。この時焼かれた寺や民家は1000戸を超え、数十艘の船に積み込まれた品物が略奪されたというが、復興までに多くの時間は要さなかったらしい。

尾道の周辺

　そうした尾道の周辺では、歌島（広島県尾道市）の活動が早くから確認できる。歌島は、現在向島と称される尾道の対岸に位置する島で、大炊寮領とされていた。その立地から、歌島も瀬戸内水運の要地であったが、各種の海産物も水揚げされ、また製塩業も盛んであった。歌島の製塩業の歴史は古く、古墳時代前期の製塩土器が出土しており、15世紀に至っても塩を年貢として納めていたことがわかる。

　そして歌島の西南に、布刈瀬戸を挟んで位置するのが因島である。因島では縄文時代の遺跡が発掘されているが、古代の文字史料はあまり見られない。しかし12世紀末期に後白河院領荘園となると関連史料が残されるようになり、鎌

倉期には地頭職が置かれ、幕府滅亡後の一時期、後醍醐天皇から尾道の浄土寺に寄進されている。浄土寺の地頭職は足利尊氏からも安堵を受けたが、建武5年（1338）尊氏によって東寺に寄進された。その後東寺は、15世紀中期まで小早川氏との抗争を繰り返しつつ、因島を維持している。

　因島は、歌島・伊予国弓削島（愛媛県上島町）同様塩を特産とする荘園であったが、それ以上に村上水軍の拠点として広く知られている。村上水軍はほかに、伊予国の能島と来島（愛媛県今治市）を拠点として三島村上氏などとも称されたが、彼等が一族であったかどうかは明らかでない。村上氏は、瀬戸内水運の安全を確保する存在である一方、武力集団として海賊的な側面をあわせもって活動した。とくに後者の性格は、南北朝期や戦国期の動乱時期に活用され、近世に至ると長州藩に組み込まれたのである。

対外交流の寄港地

　尾道や歌島・因島の共通点は、いうまでもなく瀬戸内海水運の要衝であるという点にあるが、尾道が周辺の港と比較して充実した環境にあったことは、大陸からの使者がしばしば寄港していることから明らかである。応永27年（1420）に大蔵経を持参しつつ、朝鮮漂流民や倭寇問題に関わって来日した使節宋希璟（そうきけい）は、往復とも尾道に寄港した。その紀行文『老松堂日本行録（ろうしょうどうにほんこうろく）』によれば、彼は天寧寺や浄土寺などに参詣して詩を詠んでいる。とくに帰路には尾道に2週間ほど逗留したが、その目的は風待ちと、行く手に集まっているという海賊を避けることであった。

　また宝徳3年（1451）明国に遣わされた東洋允澎（いんほう）の一行も、尾道に20日間滞在したらしい。この時の滞在理由は明らかでないが、銅を積み込んだのではないかと考えられている。応仁2年（1468）の貿易船には、但馬・美作・備中・備後各国の赤銅が尾道から船積みされたという。また尾道を船籍地とする貿易船も同行したようで、700石の「住吉丸」の名が確認できる。

　このころには尾道は、大陸貿易の拠点といえるほどの発展を遂げていたわけで、その存在は大陸にも伝えられていた。15世紀後期に朝鮮で作成された対日情報書ともいえる『海東諸国記』には、博多や兵庫などの港とともに尾道の名前が記されている。こうした発展は、尾道における商業活動の結果であることはいうまでもないが、日明貿易に強い関心を示した山名氏の関与も不可欠であった。山名氏は西国寺を積極的に保護するなど、貿易港としての尾道への関与を深めたのである。

物流を担って

　しかし戦国期には山名氏の勢力は衰え、杉原氏が尾道周辺に影響力を伸ばした。杉原氏は千光寺山に城郭を構えたが次第に毛利氏に吸収され、毛利氏は渋谷氏を代官として尾道に配して管理にあたらせている。毛利氏の意図は、尾道の経済活動を領国経営に活用することにあり、その仲介役となった渋谷氏が商人化していったのは自然な結果といえよう。

　慶長5年（1600）の関ヶ原の戦後は福島正則の支配下にはいったが、元和5年（1619）に正則が改易されると、和歌山から浅野氏が転じて幕末に至る。この間、尾道の整備は絶え間なく重ねられたが、とくに17世紀後期に西廻海運が整備されたことは、尾道をさらに発展させることになった。本来この航路は、日本海沿岸から下関を経て、瀬戸内海を航行し、太平洋沿岸から江戸までの米輸送を目的としたが、主に日本海から大阪に至る物流が活発化した。この海運に就航した船を北前船というが、これによって大阪や瀬戸内地方には、東北や北海道の物産が流入したのである。享和元年（1801）に、西廻海運を利用した商人吉田重房の旅行記『筑紫紀行』には、当時の尾道の様子が記されている。それによれば、尾道の賑わいは大阪に劣らぬもので、問屋や市場に並ぶ商品の種類も多く、歓楽街も充実している一方、山の手には寺院が多く建立されていたという。

　その後明治維新を迎え、さらに日本社会が近代化していくなかでも、港湾都市尾道の地位は不変であった。しかし物流システムが変化し、昭和48年（1973）以降本格化した本四連絡橋の架橋事業の進展は環境を一変させた。以後尾道の役割は変わることになったが、逆に郷愁を誘う風景が残され、映画のロケ地としてしばしば銀幕に登場している。

（櫻井　彦）

《主要参考文献》

『尾道市史』尾道市、1971-1977年

頼祺一編『広島・福山と山陽道』吉川弘文館、2006年

屋島・白峰

屋島合戦

　寿永2年（1183）7月、都落ちした平氏は、四国に渡り讃岐の屋島に本陣を構えた。内裏を造営し、幼帝安徳天皇を擁立し、京都にいる後白河法皇が擁立した幼帝後鳥羽天皇と対立していた。源氏方には船がないために、一年ほどの休戦期間がおかれた。源氏方は、西国の武士を味方につけるために働きかけた。この間、平氏は勢力を回復し、一ノ谷に軍勢を配置したが、源義経らの攻撃によって敗北した（一ノ谷の合戦）。そのため平氏は、屋島に退却することとなった。

　元暦元年（1184）9月初め、源頼朝の命で源範頼軍は九州に向かって出発した。この進撃は順調とはいえず、翌年になってやっと九州に渡ることができた状態であった。ここにいたり義経の再起用が決定し、平氏追討の先陣となった。

　元暦2年（1185）2月、源義経に従うのはわずか200艘の内の5艘・150騎、荒れ狂う風雨のなか摂津渡辺から、通常3日を要する船路を追い風に乗って6時間で阿波勝浦（徳島県徳島市）に渡った。阿波に平氏軍がいたが難なく蹴散らし、山越えをして讃岐との国境大坂峠を越え、出発して2日目の18日早朝には、早くも屋島の背後に到着した。19日朝には屋島に迫り、牟礼・高松の民家に火をかけ攻撃を開始した。平家方は背後から源氏の大群が押し寄せたものと、狼狽して海上に逃れ、陸の源氏、海の平氏の間で終日合戦が行われた。21日、平家方は屋島の東方志度浦に上陸し、屋島を回復しようとしたが義経に阻まれ、そのうえこの地方の有力武士阿波義能が義経に降伏したため、屋島を放棄して退去した。『平家物語』（巻第11　志度合戦）には、この退却の様子を「「すはや源氏の大勢づくは、なん十万騎かあるらん。とりこめられてはかなふまじ」とて、又舟にとり乗って、塩にひかれ、かぜにしたがって、いずくをさすともなく落ちゆきぬ」と語っている。

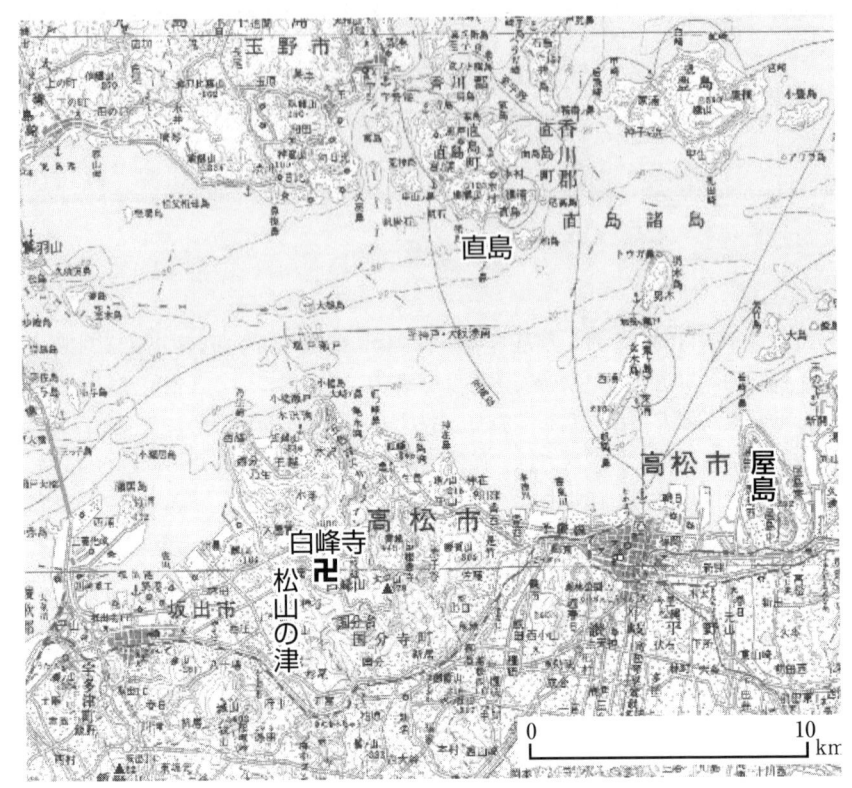

崇徳上皇の伝承地と屋島合戦の地　　　　　　　　【1/20万　岡山及丸亀・徳島】

言葉戦いと扇の的

　屋島合戦には、多くのエピソードがある。その一つが「言葉戦い」であり、一つは「扇の的」である。
　「言葉戦い」は、いわゆる言葉でする喧嘩、口論である。戦の前に相手の悪口を言い合い、相手を貶め、味方の気を奮い立たせたり、相手を興奮させて正常な判断を狂わせる効果があった。『平家物語』（巻第11　嗣信最期）には、「越中次郎兵尉盛次、舟のおもてに立出て、大音声をあげて申けるは、「……。けふの源氏の御大将は誰人であわしますぞ」。伊勢三郎義盛、あゆませ出でて申けるは、（中略）互いに詞だゝかひとまりにけり。」とある。
　矢戦に先立って、平家方の越中次郎盛嗣が挑発し、これを受けた源氏方の伊勢三郎義盛とのあいだに応酬があった。

まず、盛嗣が義経を「一とせ平治の合戦にちゝ討たれて、みなし子にてありしが、鞍馬の児して、後にはこがね商人の所従になり、粮料せおうて奥州へ落ちまどひし小冠者」と罵れば、義盛も「砺波山のいくさにおひ落され、からき命いきて、北陸道にさまよひ、乞食して、なくゝゝ京へのぼりたりし物か」と応酬し、さらに平家方は「さ言ふわ人共こそ、伊勢の鈴鹿山にて山だち（山賊）して」とつづくのである。次いでこれを聞いた源氏方の金子十郎家忠が、「無益の殿原の雑言かな。われも人も空事言ひつけて雑言せんには、誰かはおとるべき」といい、その弟与一が平家方の盛嗣をいきなり弓矢で射て、言葉戦いは終わり、戦いに転ずる。

　1日の戦いが終わった夕方、平氏方の小舟が一艘、陸地に近づいてきた。それに乗っていた若くて美しい女房が、真紅の扇で、なかに金色の日の丸を描いた物を竿の先立てて、源氏方に向かって手招きを始めた。

　源氏方から射手に指名されたのは、下野の住人那須与一宗高という若者であった。『平家物語』（巻第11　那須与一）には、「ころは二月十八日の酉刻ばかりの事なるに、をりふし北風はげしくて、磯うつ浪もたかかりけり。舟はゆりあげゆりすゑたゞよへば、扇もくしにさだまらずひらめいたり」と、情景を語っている。与一は見事的に命中させ、扇は空へ舞い上がり虚空をひらめいて海に散った。「奥には平家、ふなばたをたゝいて感じたり。陸には源氏、えびらをたゝいてどよめきけり」（『平家物語』）と、語っている。

　『源平盛衰記』によれば、この扇は高倉院縁の秘宝で、平家は武運を占うつもりで源氏に挑戦したとある。戦の勝敗を鏑矢で占う「吉凶矢」というものであり、平家の敗戦が予言されたことになる。

　与一が扇の的を射た後、50歳ぐらいの平家の老武者が突然舞い始めた。義経は「あれを射よ」と与一に命じ、老武者は首を射貫かれ倒れてしまった。叙情的な場面が、一転して殺伐とした場面に戻ってしまった瞬間である。

白峰

　上田秋成の短編小説集『雨月物語』の巻頭を飾る「白峰」は、西行と天魔と化した崇徳院との息詰まる対決が描かれている。「讃岐の真尾坂（香川県坂出市王越町水尾坂）の林」という所の近く、「白峰といふ所にこそ、新院（崇徳院）の陵ありと聞きて、拝みたてまつらばやと、十月はじめつかた、かの山に登る」と、西行は崇徳院の御陵を訪ねるところから、物語は展開する。

　崇徳院は、保元の乱後、弟の後白河天皇によって讃岐に配流となった。以後、

長寛２年（1164）８月に死去するまで、二度と都の土を踏むことはなかった。院の配所の場所は、直島（香川県香川郡直島町）、松山の津（坂出市）、鼓岡（坂出市府中町）などが『保元物語』の諸本に見える。さらに『保元物語』には、「「後生菩提ノ為ニ書タル御経ノ置所ヲダニモ免サレザランニハ、後生迄ノ敵ゴサンナレ。我願ハ五部大乗経ノ大善根ヲ三悪道ニ抛テ、日本国ノ大悪魔ト成ラム」ト誓ハセ給テ、御舌ノ崎ヲ食切セ座テ、其血ヲ以テ、御経ノ奥ニ此御誓状ヲゾアソバシタル。」とあり、その後院は、髪も切らず、爪も切らず、生きながら天狗の姿になった、という。崇徳院の怨霊化・天狗化の背景を語っている。この経典は、寿永２年（1183）、院の死後十九年の後に公表される。吉田経房の日記『吉記』に「崇徳院は讃岐国において、御自筆で血もって五部の大乗経を書写された。さらに経典の奥に天下を滅亡すべきとの文言を書き付けられた」（寿永２年７月16日条）とある。そしてちょうど源平の争乱という「天下滅亡」を予感させる惨事は、崇徳院の呪詛の仕業と意識するのである。香川県坂出市の白峰寺は、崇徳院の御陵として造営されて以来、その菩提所として信仰されている。

（松井　吉昭）

《主要参考文献》

上横手雅敬『源義経』平凡社ライブラリー、2004年

奥富敬之編『源義経のすべて』新人物往来社、1993年

佐藤和彦・樋口州男他『図説　平家物語』河出書房新社、2004年

佐藤和彦・樋口州男編『西行のすべて』新人物往来社、1999年

西田直敏『平家物語への旅』人文書院、2001年

伊予の海

日振島と藤原純友

　日振島(愛媛県宇和島市)は、平安時代中期、王朝国家を震撼させた藤原純友の拠点とされている。日振島の位置している宇和海は、伊予国の西端に長く突き出している佐田岬半島によって瀬戸内海から隔絶された別世界を形成している。瀬戸内海全体から見れば、縁辺の一小島にすぎないのである。瀬戸内海の交通や舟運を考える上で、重要な位置を占めているとは思われない。

　『日本紀略』承平6年(936)6月某日条には、「南海賊徒首藤原純友、党を結び、伊予国日振島に屯聚し、千余艘を設け、官物私財を抄劫す。ここに紀淑人を以て伊予守に任じ、追捕の事を兼行せしむ」とあり、純友はこの島を拠点に西は大宰府から東は摂津国まで、広く瀬戸内海を活動範囲とした。瀬戸内海の幹線航路からはずれているが、伊予の国府からも遠く離れ、波静かな独自の世界を形成し、多くの船団を擁するには絶好の場所ということになる。

　純友の乱鎮圧後も、瀬戸内海では断続的に海賊が姿を見せたが、瀬戸内海の舟運は順調に展開した。平安末期、海賊追捕に功績をあげて台頭してきたのが平氏一族であった。

伊予河野氏の活躍

　中世伊予を代表する武士である河野氏は、国衙領であった伊予国風早郡河野郷(愛媛県松山市)を本貫地として台頭した開発領主であったと思われる。古代越智氏の系譜を引く河野氏が、確実に史料上に登場するのは源平の争乱期からである。『吾妻鏡』には、「伊予国住人河野四郎通清反平家のために、軍兵を率いて当国を横領するの由、その聞こえ有り」(治承5年閏2月12日条)とあり、反平氏の行動を展開し、同年8月に討たれた。通清の子通信は瀬戸内海の広い範囲で活躍し、讃岐の志度合戦には30艘の兵船をそろえ、長門の壇ノ浦の合戦には、『平家物語』(巻第11　鶏合　壇浦合戦)に「又伊与国の住人、河野四郎通信、百五十艘の兵船に乗りつれてこぎ来り、源氏とひとつになりにけ

海の領主の拠点である芸予諸島。海の難所であると同時に、海上交通の要所であった。
【1/20万　広島・岡山及丸亀・松山・高知】

り」あるように、兵船を率いて活躍し、源義経軍を大いに援助した。
　しかし承久３年（1221）の承久の乱の際に、一族の大部分が京方（きょうがた）につきその勢力を失墜させた。通信は捕らえられて奥州に流され、二年後に死去した。一族の内幕府側に立ったのは通信の庶子通久（みちひさ）である。以後河野氏は、通久の系統を中心に勢力回復を図っていくことになる。その後蒙古襲来を契機に、通久の跡を継いだ通継（みちつぐ）の子の通有（みちあり）は戦功を立て所領を与えられるとともに、以後も伊予の海賊鎮圧の任に当たった。
　鎌倉幕府の崩壊にあたり、河野氏の庶流土居（どい）・得能（とくのう）両氏は討幕派に立ち、惣領（そうりょう）である通盛は幕府方として戦った。南北朝期、土居・得能両氏は、南朝方として転戦し、通盛は足利尊氏（あしかが）方として登場する。この内乱の過程で伊予の守護に補任されるが、不安定なものであった。室町期、河野氏は室町幕府を後ろ盾として分国支配の安定を図ろうとした。しかし幕府内部や諸国守護勢力相互の対立に関わり、河野氏一族の内部における分裂・抗争が激化していた。戦国期、河野氏はもはや自力で伊予支配を行うことが困難な状況であり、足利将軍家没落以後は、中国地方の戦国大名毛利（もうり）氏との提携を図った。

芸予諸島

　瀬戸内海には、大小多くの島々が点在している。戦国期、瀬戸内の海賊として知られた能島村上（のじまむらかみ）の本拠は、芸予（げいよ）諸島東部の伊予大島と伯方島（はかた）に挟まれた狭い水路の中央部に位置する小さな島である。そのほか生口島（いくちじま）・大三島・因島（いんのしま）・来島（くるしま）・見近島（みちかじま）・向島（むこうじま）・弓削島（ゆげ）・大崎上島（おおさきかみ）・大崎下島（しも）などの島々がある。さらに防予諸島には、中島（忽那島（くつな））・鹿島・屋代島（やしろ）・二神島（ふたがみ）などの島々が存在する。
　芸予諸島海域は、海の難所であると同時に、海上交通の要衝でもあった。能島の位置する船折り瀬戸（ふなおせと）は、芸予諸島を東西に通過する最短距離であり、大三島と伯方島に挟まれた鼻栗瀬戸（はなぐりせと）は、山陽道側と四国側を結ぶ重要航路である。さらに来島海峡は、芸予諸島南部を東西に通過する際の航路である。

海の領主の時代

　この海域で最も活発に活躍するのは、能島村上氏・来島村上氏・因島村上氏のいわゆる三島村上氏である。かれらは互いに同族意識を持ちつつこの海域で活躍したが、それぞれに独自の政治的対応をしていた。
　村上氏関係の家譜類によれば、北畠氏を祖とするが確証はない。彼らがこの

海域に登場するのは南北朝期からであり、東寺領弓削島荘の荘園年貢の輸送を警護する、海上勢力として歴史に登場する。室町期には、日明貿易船の警護、さらにかつての荘園年貢輸送警護から一歩踏み込み、荘園支配そのものに関わる所務請負（年貢納入を請け負うこと）をこととする存在となった。また一方では、海賊として、荘園を侵略に精を出すという存在であった。海賊衆村上氏は、「警護」行為の代償徴収から、諸方面での通行税徴収も行うようになり、戦国期には、村上氏による船舶からの銭徴収や海の関所を通過させる際の通行税徴収も見られた。こうした彼らの活動が、瀬戸内海周辺地域の戦国大名の動向に大きな影響を及ぼした。

村上氏が関わりをもった戦国大名は、伊予の河野氏、中国地方の毛利氏、豊後の大友氏である。三島村上氏のうち、因島村上氏は早くから毛利氏の家臣団の中に入り、能島・来島両村上氏は河野氏に臣従していた。しかし能島村上氏は、独立性が強く、河野氏との間にはかなりの距離が認められる。このようななかで弘治元年（1555）に守護大名大内氏の旧家臣陶晴賢が毛利元就によって滅ぼされた厳島合戦は、村上諸氏にとっても転機となった。能島・来島両村上氏も毛利氏に接近し、毛利水軍の一翼を担って活動し始めた。しかし能島村上氏は、一時大友氏に味方し、毛利氏包囲網の一翼を担うなど、その姿には依然として独立性の強さが見られる。

天正10年（1582）、織田信長による毛利攻めが本格化すると、来島村上氏は織田方につき、以後織豊政権下の水軍として活躍する。天正13年（1585）、秀吉の四国平定によって伊予河野氏が滅ぶと、能島村上氏は小早川氏、ついで毛利氏の家臣団に入ることになる。　　　　　　　　　　　　　　（松井　吉昭）

《主要参考文献》

『海と列島文化9　瀬戸内の海人文化』小学館、1991年

川岡勉『河野氏の歴史と道後湯築城』青葉図書、1992年

山内譲『海賊と海城』平凡社選書、1997年

宇田川武久『瀬戸内水軍』教育者歴史新書、1981年

厳島

平家納経と平清盛

　平家納経で知られる厳島(いつくしま)神社は、平清盛(たいらのきよもり)など平家の篤い信仰に支えられ発展してきた。平家納経とは、清盛の自筆願文(がんもん)に「書写し奉る妙法蓮華経一部二十八品、無量義、観普賢、阿弥陀、般若心経等各一巻」とあるように経典32巻のことで、これに願文をあわせると33巻に及ぶ。平家の繁栄を願い、一門(いちもん)あげて書写し、長寛2年(1164)に奉納されたものである。しかしこの通説には、異論もあるようだ。願文にある日付長寛二年に、清盛が自ら社参した形跡がないこと。一門の書写奉納というにもかかわらず、署名している者が限られていることである。このことから、清盛の寵愛した厳島内侍(いつくしまのないし)(厳島神社にいた巫女)が、清盛に頼んでこれら経典を納めたとした。そのため署名が郎等(ろうとう)に限られ、平家一門は冷淡であったというのである。いずれの説にしても問題はありそうだ。

　ところで清盛が厳島神社をとくに崇敬するようになったのは、願文によれば「往年の比、一沙門有り、弟子(清盛)に相語りて曰く、菩提心を願う者、此社に祈請せば必ず発得有りと、此言を聞きてより、偏に以て信受す、帰依の本意蓋し茲に在り」と、自ら信仰の動機を述べている。『平家物語』(巻第3大塔(おおとう)建立)には、清盛が安芸守(あきのかみ)であったとき、安芸国をもって高野大塔の修理を命じられ、6カ年で修理が終わって高野山へ登った際、老僧より厳島神社の造営を暗示されるという宗教的体験を受けたという。

　清盛が厳島に社参したことの明らかなものは、10回を数える。その多くは、清盛自身の栄達の直後であったり、ないしは一族の運命に関わる事件(中宮德(とく)子懐妊、皇子出産など)に遭遇したときである。このことから清盛の厳島信仰が現世利益の要素の濃いものであったことが推測される。さらに新興貴族である平家一門には、氏神・氏寺を求める必要性もあった。

　いっぽう厳島の方では、代々安芸国佐伯郡司(さえきぐんじ)の家柄で厳島神主でもあった佐伯景弘(かげひろ)が、安芸守となった清盛と出会い結びついた。景弘にとっては、中央の

厳島（宮島）は、古代以来の信仰の島であると同時に、瀬戸内海水運の拠点でもあった。
【1/5万　厳島】

貴族との関係ができるチャンスでもあった。一説には、清盛の寵愛した厳島内侍は景弘の女といわれている。

厳島の地理的位置

　清盛が日宋貿易を積極的に推進したことは、よく知られている事実である。厳島は、地理的には瀬戸内海のほぼ中央に位置し、大輪田泊（兵庫港）の構築、音戸の瀬戸の開削と瀬戸内海航路の整備に精力を傾けてきた。瀬戸内海に接した平氏知行国を列挙すると、播磨・淡路・阿波・讃岐・備中・周防となり、加えて治承4年（1180）には、周防をのぞく5カ国に平氏の受領が置かれていた。所領も多く領有し、瀬戸内海から日本海・東シナ海へと連なる海上交通を掌握し、また交易に深く結びつく西国の支配を行った。厳島は瀬戸内海航路を中継する港町として発展した。

　平氏が壇ノ浦で滅んだのち、神主佐伯氏の立場は恵まれたものではなかったが、しばらくの間は、源頼朝の神社崇敬の政策からその勢力はさして変わらなかった。しかし承久の乱によって大きく状況が変わった。佐伯氏の神主に変わって、新しく厳島神主の地位に就いたのは、周防前司藤原親実という者である。親実は、父は中原親能であり、大江広元の義兄という頼朝の側近である。兄に豊後守護となった大友能直がいる。おそらく佐伯氏は、承久の乱の際上皇方に味方し失脚したものであろう。

厳島の発展

　南北朝時代に入り政治情勢が動揺するにつれ、安芸国内の諸豪族は自己の都合のよい陣営に参加し自己の勢力を伸ばそうとした。藤原神主家も、同じような動きを示した。隣国周防に拠点を置く守護大名大内氏と結び、その援助後押しが大きな力となった。

　この時代厳島は、博多商人達との関係が生まれ、正平21年（1366）、厳島神社に博多の講衆から青銅製の灯籠が寄進されている。厳島神社は瀬戸内海有数の神社として海に生きる人々の信仰をうけ、厳島は次第に商品流通・交通の拠点としての性格を持つようになっていた。このため、村上氏や白石氏などの海賊衆、大内氏や陶氏・毛利氏などの戦国大名は、この地の流通支配を巡って争いを重ねている。

　戦国時代には、伊予（愛媛県）をはじめ、室津（兵庫県たつの市御津町）・塩飽（香川県丸亀市）の船が来航し、九州から畿内へ延びる航路に加えて、琉

球から南九州を経て瀬戸内海・堺に至る貿易航路も厳島近海を経由していた。このような流通・航路上の要地であったため、厳島近海では海賊衆白石氏・村上氏が、輸入品に対して海上での課税を行い、堺の商人たちとの争いが度々大内氏へ持ち込まれた。

厳島は戦国大名間の争奪の中心ともなり、大内氏(おおうち)・毛利氏(もうり)などによる占拠が繰り返された。陶晴賢(すえはるかた)は天文20年(1551)、主君の守護大名大内義隆(よしたか)を殺害して中国地方西部の実質的支配者となった直後の天文21年、厳島に対して「他国の商船への警護米賦課の禁止、島での博奕禁止、島での国質・所質の禁止」などの掟を定めている。そこには他国からの商人が集まり易い状況をつくるなどの、厳島に対する商業保護・振興政策を見ることができる。

厳島合戦

大内義隆の死後、中国地域は尼子(あまこ)・毛利・陶の3氏による勢力争いがつづいた。毛利元就は、天文23年(1554)、陶氏との対決を決め、広島湾沿岸の諸城を次々に陥れ、さらに厳島を占領してこの地域から陶氏の勢力を一掃し、宮ノ(みやの)城を築城し水陸相呼応した備えを固めた。

弘治元年(1555)、こうした元就の動きに対し晴賢は、9月21日、二万余の大軍で厳島に渡り、宮ノ城を攻めるため、南方の塔ノ岡(とうのおか)を中心に布陣した。元就は、伊予村上水軍を味方にし、30日、毛利軍本隊は鼓ヶ浦(つづみ)に上陸、塔ノ岡の背後に布陣した。毛利軍別働隊の小早川隆景(こばやかわたかかげ)は、厳島神社正面の大鳥居方面から上陸し宮ノ城勢と合流して、一気に塔ノ岡の陶軍を攻めた。奇襲を受けた晴賢は、大元浦(おおもとうら)海岸より脱出を試みて果たせず、島の西岸大江の浦から高安原にいたって自刃を余儀なくされた。

この厳島合戦によって、西国の守護大名であった大内氏は衰退し、戦国大名毛利氏が実質的に誕生した。

(松井　吉昭)

《主要参考文献》

松岡久人『安芸厳島社』法蔵館、1998年

『毛利元就の生涯』別冊歴史読本72号、新人物往来社、1996年

周防大島

―宮本常一が語る平家物語―

神話と塩のふるさと

　山口県柳井市の沖に近接する周防大島（屋代島）は、瀬戸内海で3番目に広い面積を持つ。鳴門海峡に次ぐ急流で知られた大畠瀬戸に現在は橋が架けられ、JR山陽本線の大畠駅からはバスで島に入ることもできる。島内の久賀町・大島町・東和町・橘町は先年合併し、周防大島町が誕生した。近年は海水浴場としても売り出し中のようだが、蜜柑栽培が盛んな、風光明媚を絵に描いたような瀬戸内の島である。

　この周防大島は、『古事記』上巻の「国生み神話」に登場する「大島」である可能性が高い。オノゴロ島に下り立ったイザナギ・イザナミの兄妹神は、大八島国となる国土を、淡路島・四国・隠岐島・九州・壱岐・対馬・佐渡島・本州の順に生んだ後、さらに吉備児島（児島半島）・小豆島・大島・女島（姫島）・知訶島（五島列島）・両児島（男女群島）の6島を生んだ。その3番目が周防大島とされる。『古事記』に「次に大島を生みき、亦の名は大多麻流別と謂ふ」とあるように、これを祭神とする古社・大多麻根神社（一宮大明神・島根明神）が大島大橋を見下ろす島の高台に今も鎮座している。

　『万葉集』巻15に詠まれている「筑紫道の可太の大島」（3634）も周防大島のことで、同じく「名に負ふ鳴門の渦潮」（3638）は大畠瀬戸のことであろう。近年は藤原宮跡・平城宮跡などで出土する木簡から古代史の重要な情報が得られているが、これまでのところ周防国が貢進したと見られる付札木簡46点のうち、大嶋郡からの「調塩」木簡は33点に及ぶという。奈良時代において、周防大島は主要な塩の生産地で、調として平城宮に運ばれるとともに、長屋王邸においても大量に消費されていた事実が明らかとなった。

宮本常一、故郷のやま

　周防大島は、著名な民俗学者・宮本常一（1907～1982）の生れ故郷でもある。全国を歩き回り、膨大な著作を遺した宮本だが、次のように始まる小編「私の

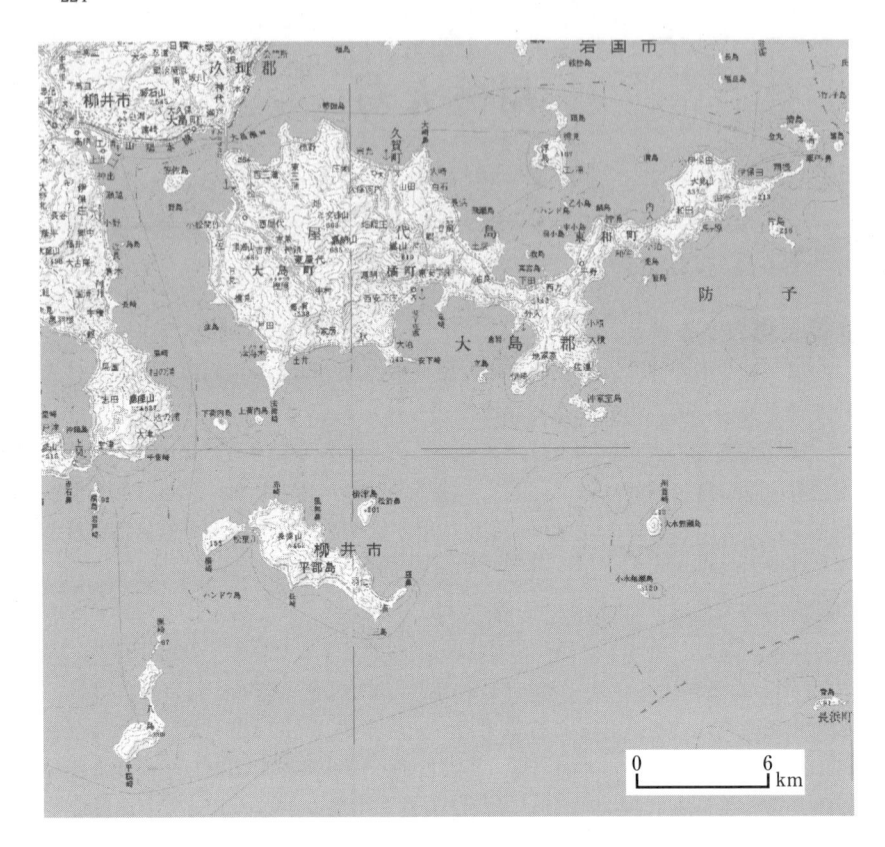

大きな金魚のような形をした周防大島は、大島大橋架橋前は柳井港と船便で結ばれていた。2004年10月、4町合併により山口県大島郡周防大島町が誕生。　【1/20万　松山】

ふるさと」(『家郷の訓』所収)の描写は、鮮やかで美しい。

　私の生れたのは瀬戸内海の島の一つである。周囲は二十六里あるといわれているが、屈曲の多い東西に長い島である。そして私の村はその北岸の深い入海になったところにあって、広島湾に面して家は石垣一つで海に接している

そして、生家のある旧家室西方村(かむろにしがた)の背後にはこんもりとした山があった。

　島から見る陸の風景はよかった。浜辺に石垣を築いて、その上にならんでいる家々、その背後の丘の段々畑。畑の向うには白木山という松のよく茂った四百メートル近い安山岩の山がある。一見トロイデのように見える。お宮の森はこんもりとして茂っており、その上に円錐形の城山(じょうやま)がそびえ

ている。古く城があったのだ
という
　宮本は、子供の頃、薪取りなど
のためによく白木山に登った思い
出も書いている。
　その上にあがると南には四国、
西には九州の山々ものぞまれ
た。海には島が多かった。見
はらしがきくということは人
びとに遠い世界へいろいろの

周防大島「城山」からの眺望

思いをはせさせるものであった。(中略) 島にはみんな名があった。名の
ない島というものはなかった。そしてそれぞれ何か話題になるものをもっ
ているのである。そういう話をきいていると、自分も一つ一つの島へわ
たって見たいと思った。また中国や、四国や九州の山々を見つめていると、
その山の向こうに何があるだろう、どんな世界があるだろうと山の彼方の
世界に心をひかれた

（『著作集29　中国風土記』）。

この山こそ、島の重要な歴史が刻まれていると宮本は考えるようになった。

　シロヤマといわず、ジョウヤマといっているから、中世に城があった所で
はないかと思われる。頂上に平らなところがあり、少し下った所にも平ら
なところがあり、また石垣らしいものものこっている。砦のようなものが
あったことは想像せられる。あるいはここが『吾妻鏡』の中に見える島末
城のあったところではないかと思っている

（『私の日本地図9　周防大島』）。

　島末城というのは、『吾妻鏡』文治4年（1188）条所引の島末荘地頭職補任
の文書に「大嶋者、平氏謀反之時、新中納言構城居住、及旬月之間、嶋人皆以
同意」とあることから存在が知られる山城である。周防大島東部を島末といい、
後白河上皇の妃・建春門院滋子が創建した最勝光院領の島末荘もそのあたりに
あったのであろう。元暦2年（1185）2月の屋島の合戦で敗れた平知盛は、安
徳天皇を奉じて落ち延びる途中、一時期この城に拠った可能性がある。

周防大島から見た平家物語

　その宮本に『大島源平盛衰記』（『著作集41　郷土の歴史』）という短編の歴史

小説があることはあまり知られていない。1953年、地元の村役場の広報誌に三矢茂人のペンネームで連載されたものである。屋島の合戦直後の周防大島が小説の舞台である。

　寿永三年（1184）一月のことです。平家は屋島児島の合戦に破れてついに九州におち、中国路は非常の飢饉におそわれて、まったく生色のないありさまでした。（中略）平氏はこの勢力（源頼朝が派遣した軍）を何とかして中国路のどこかで、くいとめたいと思い、新中納言知盛をして周防国大島のうち島末荘に城をきずかせました。島末城は島の最中、四方に見通しのきくところであり、南北に海をひかえて作戦には便利なところにありました。これが今は平家の瀬戸内海における唯一の根拠地でした。

宮本はここで、島末城主の鵜野筑後守助経とその子息・主膳、その若妻という家族を登場させる。しかし、知盛は城を捨ててさらに西へ敗走。城主以下はこれを追って行くことを協議して決定する。島に残された若妻は絶望の果て、死を選ぶ。

　主膳の若い妻は他の女たちと城山へのぼってゆきました。そこからは西へ西へ漕ぎすすむ夫たちの乗った船がまだ見えます。安下崎をまわってやがて見えなくなるまで、人々はじっと見送ったのでした。（中略）その翌日のこと、下田の漁師が生島の三ツ岩の間に、白蠟のように白くはかなげに事されている若妻の姿を見つけました。南の風の吹いている明かるい日でした。（中略）鵜野助経が下関に下っていった翌々日、島末荘の人々は神ノ崎と浮島の間をおびただしい軍船の下っていくのを見つけました。「なんとたまげたことじゃ。生まれて初めてど……」「えっと通るじゃないか、あれまあ、何ばいいるじゃろうか」「やあ、日本中の船をみな集めたほどじゃろう」。

物語の視点は、若妻の死を見届けた後も次の激戦地・壇ノ浦に移動することなく、周防大島に留まるのが特徴である。そして、島には目もくれない義経の大軍を西に見送った後、しばらくして平家滅亡が伝えられた。やがて東国武士が地頭として島へ着任し、平家に焼かれた東大寺再建の負担も島の人たちに課せられたことなどが語られていく。日本史の大きな変革期に一地域が果した役割を、島に暮らす人々の視線で描かれているといえよう。

宮本常一の視線

　『大島源平盛衰記』の最後の締めくくりも宮本らしい記述になっている。

大仏殿はその後、松永久秀の兵乱にもう一度やけて、今のものは元禄年間に公慶上人の建てたものですが、南大門、鐘楼、三月堂その他の建物は、重源のたてたものがそのままのこっています。私は奈良の地を訪れ、東大寺にまいるたびに昔をしのび、私たちの先祖の苦労を思い出してなつかしい気がするのです。そしてあの大きな門や鐘楼の柱などのなかに、大島から伐り出して持っていったものもきっとあるだろうと思っています。平家から源氏へ世の中が移ってゆくころ、大島の人たちはずいぶん苦労したものでした。

（小野　一之）

《主要参考文献》

八木充「周防国大嶋郡と調塩貢進木簡」『日本古代出土木簡の研究』塙書房、2009年

宮本常一『家郷の訓』岩波文庫、1984年。

『宮本常一著作集29中国風土記』未来社、1984年。

『宮本常一著作集41郷土の歴史』未来社、1997年。

『宮本常一著作集別集　私の日本地図9瀬戸内海Ⅲ周防大島』未来社、2008年。

長門壇ノ浦と阿弥陀寺

―幼帝鎮魂―

壇ノ浦の戦い

　本州西端の山口県下関市と九州北東部の福岡県北九州市にはさまれた、狭くて潮の流れの速い関門海峡の中でも、一段と狭くなっているところを早鞆ノ瀬戸という。現在、この早鞆ノ瀬戸の上に高速自動車道の関門橋が架かり、海底を国道トンネルと新幹線トンネルが通っているが、関門橋の下関側橋脚付近の海岸地域こそ、かつての源平両氏による最後の決戦＝壇ノ浦の戦いの舞台である。

　『平家物語』巻11鶏合・壇浦合戦などによると、源氏方3千余艘、平氏方1千余艘をもって合戦が始まったのは、元暦2年（1185）3月24日の午前6時頃。当初は潮流にのった平氏方が有利に戦いを進めていたが、途中から潮流が変わったために戦局も逆転、平氏方の敗北・滅亡が決定的となり、故平清盛の妻二位尼は、わずか八歳の孫の安徳天皇を抱き、「浪のしたにも都のさぶらふぞ」と語りかけながら海に入ったという。なお当時右大臣の九条兼実の日記『玉葉』元暦2年4月4日条には、合戦時刻は正午から夕方までと見え、また鎌倉幕府の記録『吾妻鏡』同年4月11日条は源平両軍の兵力を源氏方8百余艘、平氏方5百余艘としている。

　幼帝入水・平氏滅亡から6年後の建久2年（1191）、後白河法皇の院宣により、安徳天皇の菩提を弔うため、長門国の古戦場に一堂が建立されることになった。今日、壇ノ浦を見渡す台地に鎮座する赤間神宮の前身阿弥陀寺である――赤間神宮は明治初年の神仏分離政策によって安徳天皇社となり、その後赤間宮をへて赤間神宮と改称。安徳天皇陵や平知盛らの七盛塚など平氏一門の墓碑が隣接する――。

　ところで14世紀後半、室町幕府3代将軍足利義満から九州探題に任じられた今川了俊は、下向の途中、この阿弥陀寺を訪れており、その際、安徳天皇の入水後、知盛の娘で少将の尼なる女性が当地に留まって一門の後世を弔っていたものが、のちに菩提所とされたという伝承などを聞いて、これを書き留めて

長門壇ノ浦と阿弥陀寺　229

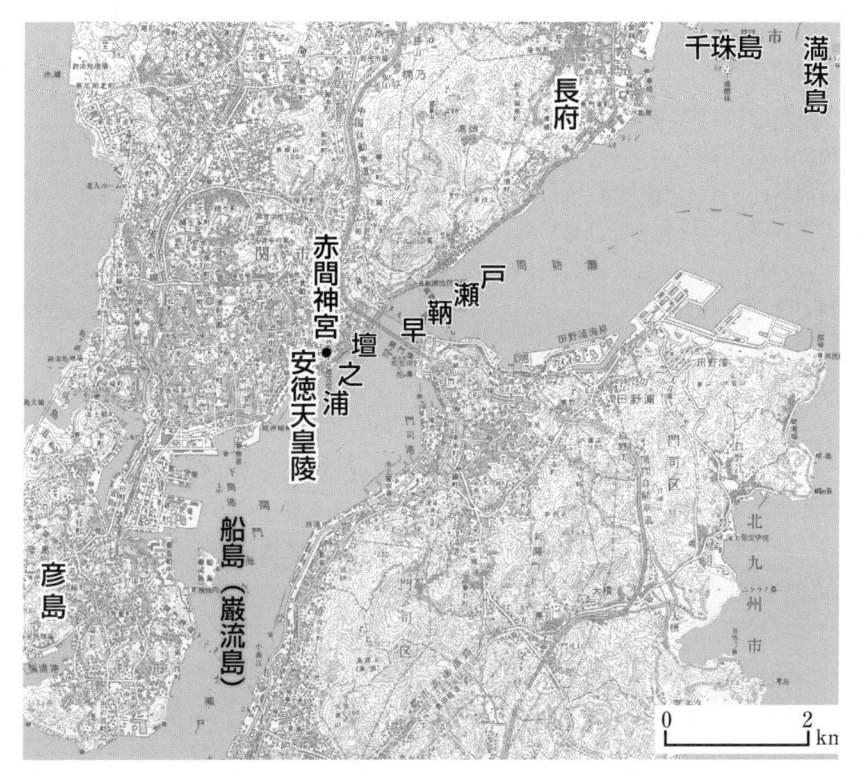

満珠島
千珠島
長府
赤間神宮
安徳天皇陵
壇之浦
戸瀬
早鞆
船島（巌流島）
彦島

義経率いる源氏の船団は満珠・千珠島付近から進発。一方、平氏軍は拠点としていた彦島から出撃し、壇ノ浦海上で激突した。なお関門海峡付近には宮本武蔵と佐々木小次郎の決闘で知られる巌流島も見える。【1/5万　下関・宇部】

いる（『道ゆきぶり』）。また17世紀末、徳川幕府5代将軍綱吉の時代、オランダ商館長の随員として江戸におもむく途中、やはり阿弥陀寺を訪れたドイツ人ケンペルは、そこで若い僧に案内されて安徳天皇の像を拝し、金張りの襖（ふすま）に描かれた平家の人々の悲しい物語を聞いたことを記している（『江戸参府旅行日記』）。すなわち阿弥陀寺は安徳天皇や平氏一門の鎮魂の寺であり、幼帝入水や平氏滅亡の物語を語り継いでいく寺だったのである。

耳なし芳一の話

　阿弥陀寺＝鎮魂の寺を象徴する物語といえば、小泉八雲（こいずみやくも）（ラフカディオ・ハーン）著『怪談』に収められている「耳なし芳一（ほういち）」の話があげられる。八雲は、その冒頭において、壇ノ浦の戦いからのち、付近の海も浜辺も亡霊にとりつかれたため、阿弥陀寺を建て、墓地もつくって死者を弔ったが、なおも時々、怪しいことが起こったとして、次のような話を紹介しているのである。

　　阿弥陀寺の和尚の勧めで同寺に住むようになった盲目の芳一は、琵琶を弾いて語ることの巧みな若者であった。ところが、ある夏、芳一は夜な夜な平氏の亡霊たちの前で『平家物語』壇ノ浦の合戦の段を語らされることになってしまった。そこで芳一を救おうとした和尚が芳一の五体に護符（ごふ）の経文を書き付けたものの、両耳だけは書き忘れたため、それをちぎり取られてしまった。以後、芳一は「耳なし芳一」の名で有名になった。

　この話のもとになったのは、江戸時代の天明2年（1782）刊行の怪談集『臥遊奇談（がゆうきだん）』巻二「琵琶の秘曲幽霊を泣かしむ」で――小泉八雲著・平川祐弘編『怪談・奇談』所収。なお同書にはさらに100年もさかのぼる類話の存在も明らかにされている――、八雲は再話にあたって邦訳で4～5倍もの量にふくらませているが、興味深いのは、江戸時代、実際に壇ノ浦周辺では、このような平氏一門の亡霊にまつわる話が語られていたことである。江戸後期、肥前平戸の前藩主松浦静山（まつらせいざん）が隣家の僧から聞いたという次のような話もその一例である（『甲子夜話（かっしやわ）』）。

　　ある年の3月18日、長門国の赤間関（あかまがせき）（下関）で船が停泊中の折、船頭から、「今日は平家滅亡の日ゆえ（事実は24日）、何ごとも申されるな。さもないと必ず災難がおこる」との注意をうけた。すると海上一面に霧がかかり、ぼんやりと人の形らしきものが数多くあらわれた。船頭は、「これこそ平家の怨霊で、彼らは人の声を耳にすると直ちにその船を転覆させてしまうと伝えられている」と言った。

また八雲は、壇ノ浦では甲羅に人間の顔があらわれていて、平家の武士たちの怨霊といわれる蟹＝平家蟹がとれることなども紹介しているが、壇ノ浦＝平家怨霊出没の地のイメージは、20世紀後半に至っても消えることはなかった。昭和33年（1958）に開通した関門国道トンネルの工事中に聞こえた海峡を往来する船のエンジン音についても、平家の怨霊によるうなり声説がささやかれたというのである（古川薫『関門海峡』）。壇ノ浦地域における平家怨霊伝説の根強さがうかがわれる話である。

幕末の阿弥陀寺

　先に触れた今川了俊やケンペルばかりでなく、明治期以前、実に多くの人々が阿弥陀寺を訪れ、安徳天皇の死や平氏一門の滅亡に対する哀惜の思いを、それぞれの紀行文に記している（梶原正昭『平家残照』、本稿で紹介した紀行文はすべて同書による）。しかし阿弥陀寺参詣者の多さの説明としては、単に安徳天皇・平氏一門追悼からだけでは不十分である。それは、たとえば下関＝赤間関の「関」（道路・水路の要地に設けられた検問施設。中世には通行税徴収を目的に設置された）という呼称とか、朝鮮からの外交使節として派遣された朝鮮通信使が、この阿弥陀寺を宿舎としていたことなどからも理解できよう。すなわち阿弥陀寺のある下関＝赤間関が、関門海峡を中に九州側の門司関とあわせて、古くから海陸交通の要地として重視されていたという歴史的・地理的環境が大いに関わっていたのである。天明3年（1783）に阿弥陀寺を訪れた古川古松軒などは、地理学者らしく、「西国第一の湊にして、浪華より中国および九州四国航路往来の咽くびにて、諸州の廻船寄らざるはなし」と記し、人口約1万人の町、下関＝赤間関の当時の「繁昌富饒」ぶりを伝えてくれているのである（『西遊雑記』）。それゆえ阿弥陀寺もまた、同寺を管轄下におく長州藩が中心的役割を担った幕末の動乱と無縁でいることはできなかった。

　文久3年（1863）5月9日、阿弥陀寺に参詣した長州・山口藩士金子文輔は、年若い僧が先に鳥の羽毛をはさんだ3尺ばかりの竹竿で、『平家物語』を描いた屏風を指しながら絵解きをするのを見学し、さらに平知盛以下の墳墓（七盛塚）、安徳天皇陵の順にまわっているが、その帰途、壇ノ浦で次のような光景を目撃したという（『馬関攘夷従軍筆記』）。

　　雨の中、昼夜兼行で海岸砲台が築かれていた。官役の人夫、近傍の有志、あわせて数千人の人々が砂石を運搬し、また彼らを励ますように2人の盲目の人が蓆の上に座って太鼓を打っていた。

この時期、尊王攘夷運動が高まる中、長州藩は、翌5月10日をもって攘夷決行の日と定め、関門海峡を通る外国船を砲撃することになっていたのであり、そのための砲台築造だったのである。ほかならぬ文輔もまた、攘夷決行のために動員され、山口から下関へ来ていたのである。

　5月10日のアメリカ船砲撃を皮切りに、23日・26日と長州藩による攘夷は実行されたが、6月になると外国艦による報復攻撃も激しくなり、かえって長州藩側に大きな被害が出はじめた。こうした情勢の中、態勢立て直しのために起用された高杉晋作（たかすぎしんさく）によって、下関の豪商白石正一郎宅で結成されたのが、身分にかかわらず志願者を募ったことで知られる奇兵隊（きへいたい）である。そして数日後、奇兵隊は人員増加のために本営を移すことになったが、その移転先こそ阿弥陀寺であった。先の金子文輔も、この奇兵隊に編入されているが、彼の記すところによると、阿弥陀寺本門前の石段上には野戦砲台2台、小銃の弾丸数百発が埋装されていたという。源平の古戦場は、長い鎮魂の歳月をへて、またしても戦場と化したのである。

（樋口　州男）

《主要参考文献》

梶原正昭『平家残照』新典社、1998年

小泉八雲著・平川祐弘編『怪談・奇談』講談社学術文庫、1990年

砂川博『平家物語の形成と琵琶法師』おうふう、2001年

古川薫『関門海峡』新日本教育図書、1993年

田中彰『高杉晋作と奇兵隊』岩波新書、1985年

柳ヶ浦

―― 平家滅亡をめぐる二つの「歴史」――

清経入水 〜「死」に向かう小松家の公達

　治承3年（1179）に病死した平重盛（清盛嫡子）の三男、清経が亡くなったのは、寿永2年（1183）9月のことであった。建礼門院右京大夫は、清経の死について次のように語っている。

　　ことにおなじゆかりは、思ひとるかたのつよかりける。うきことはさなれども、この三位中将、清経の中将と、心とかくなりぬるなど、さまざま人のいひあつかふにも、のこりて、いかに心よわくや、いとゞおぼゆらんなど、さまざま思へど（以下略）

（『建礼門院右京大夫集』216）

長兄・維盛（三位中将）と三男・清経とに先立たれ、一人遺された二男・資盛の心細さと悲しみを推し量っている。「心とかくなりぬる」は、みずからの意思で死を選んだことを表現している。

　『平家物語』は、重盛以下の小松家（重盛居宅が東山の小松谷あったことに由来する）の人々が、一門の滅亡を察し、自ら「死」を選んだ物語に多くの筆を費やしている。重盛は、子孫繁栄のために父清盛の悪心を和らげ、天下に安全をもたらすことと自らの命を引き換えにする祈願を熊野権現におこない、まもなく死去している（巻3「医師問答」）。維盛は、「あるにかひなき我身かな」と嘆じ、屋島合戦の戦場から人知れず離脱、那智の海に入水している（巻10「横笛」〜「維盛入水」）。清経の入水は、都落ちして太宰府を追われた寿永2年（1183）秋のことで、長兄維盛の那智入水は約半年後のことであった。清経の入水は少なからず兄の行動に影響を及ぼしたことだろう。

　清経入水に至る経緯を『平家物語』に見ておこう。安徳帝を奉じて都落ちした一門は、鎮西太宰府の地に内裏を構えようとしたが、国司・藤原頼輔とその子目代・頼経の命により豊後国の住人緒方三郎惟栄は、大軍を率いて太宰府に攻め入ろうとする。平家は太宰府を逃れ、水城の戸から筥崎の津へ渡り、途中「住吉・筥崎・香椎・宗像ふしをがみ」、さらに「たるみ山・鶉濱などいふ

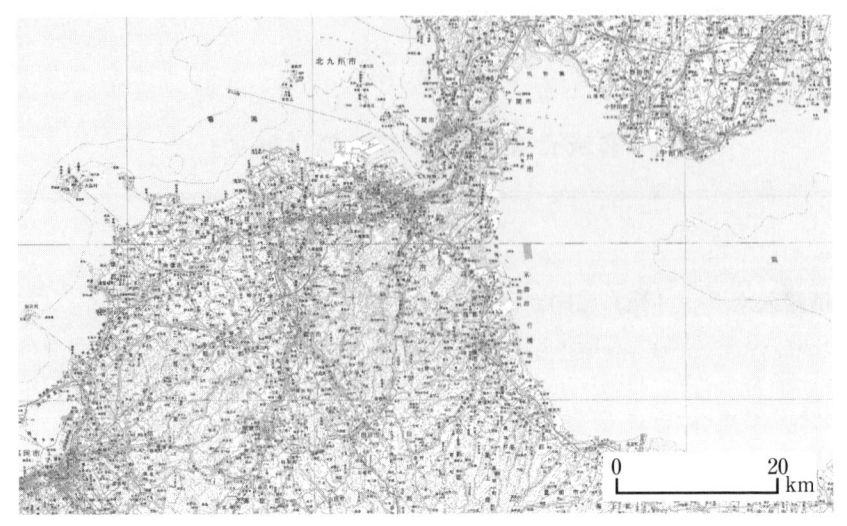

2つの「柳ヶ浦」の位置　　　　【1/20万　小串・山口・福岡・中津】

峨々たる嶮難をしのいで」、「山賀の城」にたどり着く。追っ手が山賀城にも及ぶと知った一門は夜を徹して「豊前国柳が浦」にいたる。当地に御所を設けようとしたが、経済的な事情によって断念。さらに長門から源氏勢が寄せるとの報に、再び海上に逃れる。清経はこのような逃走の日々に絶望し、以下のように述懐して海に身を投じたのであった。

　　小松殿の三男左の中将清経は、もとより何事もおもひいれたる人なれば、
　　「宮こをば源氏がためにせめおとされ、鎮西をば維義がために追出さる。
　　網にかゝれる魚のごとし。いづくへゆかばのがるべきかは。ながらへはつ
　　べき身にもあらず」とて、月の夜心をすまし、舟の屋形に立出でて、
　　やうでうねとり朗詠してあそばれけるが、閑かに経よみ念仏して、海にぞ
　　しづみ給ひける。男女なきかなしめども甲斐ぞなき。
　　　　　　　　　　　　　　　　　　　　　　　　（巻8　太宰府落）

　一門に惟栄謀叛の報は入っていたが、それは収められるものと高をくくっていた。時忠は「彼維義は小松殿の御家人也。小松殿君達一所むかはせ給ひて、こしらへて御らんぜらるべうや候らん」と、惟栄懐柔のために故重盛の三男資盛を派遣している。このあとも平家と緒方は交渉するが、最終的に惟栄は「こはいかに、昔はむかし今は今」と言い放って平家を攻めたのであった。つまり、小松家の三男清経としては「小松家」対「緒方」の主従関係に期待していたと

ころを惟栄に一蹴されてしまったわけである。何事も思いつめる性分と、小松家の人間としての立場を考えれば、父重盛がおらず一門を主導できない小松家の立場のなさを歎いてのことに違いない。

宇佐の「柳ヶ浦」 〜源平盛衰記の伝承

壇ノ浦（内司港）

　「柳ヶ浦」の地をめぐっては、二ヶ所の伝承地が存在する。一つは福岡県北九州市門司区大里(だいり)の沖、いま一つは大分県宇佐市柳ヶ浦の沖である。この二ヶ所は周防灘を直線航路で結んでも70kmほど離れている。史実としては、前者の北九州市門司の「柳ヶ浦」の地が妥当とされている。ただし、『平家物語』の世界から見ると、後者の宇佐にもそれなりの整合性がある内容を伝える本がある。『平家物語』には多くの諸本があるが、平家太宰府落ち以降の地理的状況の叙述（移動ルート）に異同があり、たとえば源平盛衰記の記述に従えば宇佐市柳ヶ浦とも考えられるのである。

　物語の展開からみてみると、清経入水の理由については二大別できる。先に覚一本を引用したとおり、平家の敗色をいち早く覚ったという理由で、いま一つは都に残してきた女房に見限られた悲嘆を加え、戦況に絶望したというもの（延慶本や盛衰記）である。後者の話では「形見」として女房に送った鬢(びん)（髪の毛）が、「見カラニ心ツクシノカミナレバウサニゾ返ス本ノ社ニ」（盛衰記、巻33）という一首の歌とともに清経に返される。妻へ形見を送るモチーフは謡曲「清経」にも継がれるものである。歌には「尽くし」と「筑紫」、「髪」と「神」、「憂さ」と「宇佐」という掛詞が用いられており、舞台は宇佐の地がふさわしい。ただ、清経が都落ちの道中（特定できない）に形見の「鬢」を都へ送り、それとこの歌が清経に返されるまでの時間的経過を考えれば、清経が宇佐周辺でこの歌を受け取っているのは出来すぎている。この歌の整合性を図るための舞台として、宇佐社周辺の柳ヶ浦が設定された可能性も考えて良いだろう。

　ちなみに延慶本もこの歌を載せるが、「豊前国柳」に到着した一門は緒方来襲の報に7日間の滞在でここを発ち、船で「四国の方」に移動した後、清経入水を描いている。延慶本は「みるたびに心づくしの神なれば宇佐にぞかへすも

との社へ」という、かな書きではない表記で「宇佐」の神が前に出ているため「宇佐に帰る」を暗示しているようでもある。門司発の一門の動向としてすっきり断じられないところである。

盛衰記が伝える、宇佐市の「柳ヶ浦」伝承を支える背景として、清盛以来平家と親密な関係にあった宇佐大神宮司公通の存在がある。太宰府落ちより以前、養和元年（1181）2月の段階で、緒方ら九国勢の反平家蜂起を飛脚で伝えたのが公通であった（巻6「飛脚到来」）。物語には載らないが、緒方惟栄は一門が九国から逃れた後に宇佐社を攻め、元暦元年（1184）7月に同社の神宝を掠め取る暴挙に及び（『玉葉』）、この時宇佐神宮を焼き討ちにしたと伝えられている（「元暦文治記」）。惟栄が宇佐神宮と対立していたのは確かで、対緒方という状況で言えば平家が宇佐の地に身を寄せる、という足取りは理解しやすい。

とはいえ、宇佐市に「柳ヶ浦」という地名が現れるのは、明治22年（1889）の「柳ヶ浦村」で、やはり近代になってからである。しかし、門司とは異なるのはJRの駅名など、「柳ヶ浦」の地名を現在まで使っているのは宇佐市の方である。当然、インターネットで「柳ヶ浦」の地名を検索すれば、宇佐市の伝承が示される。しかし、地名が残っていることと史実とが一致するとは限らない。では、史的に有力とされる門司の「柳ヶ浦」とは、どのようなところであるのか。

門司の柳ヶ浦　～安徳帝の内裏

都落ち後、九州での平家一門移動ルートは諸本でさまざまだが、柳ヶ浦に至る直前の滞在地は、山鹿秀遠の居城のあった「山賀の城」ということで一致する。ここは現在の福岡県遠賀郡芦屋町山鹿周辺の遠賀川河口付近であり、響灘に面した海上交通に至便な地である。ここへ緒方軍が寄せたため、再び逃走せざるをえず「小舟どもにめして、夜もすがら豊前国柳が浦へぞわた」ったのである。これが可能な地理的状況は、北九州市門司周辺が妥当だろう。遠賀郡芦屋町から「柳」に比定される門司区の大里地区までは沿岸沿いに30kmにも満たない距離である。一方、宇佐の「柳ヶ浦」では海路で関門海峡（後に滅亡の地となる「壇ノ浦」）を通過して100km以上となり、航程上、一晩での到達は無理だろう。

また、「分限なかりければそれも叶はず」と内裏造営を断念する一節がある。「内裏を造営するほどの資力を調達できなかったので」と解釈するところであろう。盛衰記は「分限なかりければ」に触れておらず、公通を通じて期待され

る宇佐社の資力が意識されているようだが、現地での調達ができなかったとする多くの本が伝える状況が現実的だったろう。

　また、今川了俊の『道ゆきぶり』（応安3年（1371））や宗祇の『筑紫道記』（文明12年（1480））などの紀行文に、門司の「柳の浦」が里内裏であったことが書かれている。他にも論拠は加えられるだろうが、史実としてはやはり門司の地と考えるべきだろう。

　宇佐の柳ヶ浦は現在も地名（駅名）が残るが、門司の方は明治22年（1889）に柳村や大里村など六村が合併して「柳ヶ浦村」ができている。宇佐の「柳ヶ浦村」と同年の成立が興味深い。のち、明治41年（1908）には「大里町」と改称、大正12年（1923）には「門司市」に合併した。「柳」の郷名は鎌倉時代から見え、豊前国企救郡に属している。現在は門司駅南口近くに「柳」の名をわずかに残しているが、大正に「大里町」と改称されているように、安徳天皇の行宮を構えた歴史によって「内裏」（＝大里）の地名が尊重されたのだろう。今でもこのあたり一帯（大字）は「大里」と付く地名が多い。これは、安徳帝が入水した壇ノ浦を臨む地理的状況がそうさせたものだろう。今川了俊や宗祇が訪れた前近代から、明治・大正という近代に至っても天皇の存在は大きく、安徳帝を偲ぶ「歴史」が、清経入水地としての「柳ヶ浦」の地名を後退させたと考えられる。

　以上によって、「柳ヶ浦」をめぐる二つの地にとって、「清経入水伝承地」と「安徳帝行宮を構えた地」という、歴史事象に対する向き合い方が異なっていることが浮き彫りとなる。『平家物語』や謡曲「清経」が伝える清経の悲劇の「歴史」を伝えようとしているのが宇佐の「柳ヶ浦」であり、実際の清経入水であったことよりも安徳帝が訪れた「歴史」を重視したのが門司の「柳ヶ浦」であったと言える。
　　　　　　　　　　　　　　　　　　　　　　　　　　　（久保　勇）

《主要参考文献》

砂川博「清経入水考」『平家物語の形成と琵琶法師』おうふう、2001年

渡辺澄夫『源平の雄　維方三郎惟栄（増補新版）』山口書店、1990年

宇佐

―歴史を変えた神前―

平家を拒んだ宇佐の神　〜一門の宇佐参詣

　宇佐と言えば、全国に広がる多くの八幡社の総本宮である宇佐神宮が歴史の舞台となる。「八幡」といえば源氏の宗廟神だが、源平合戦の時代の宇佐神宮は平家方についていた。清盛が保元3年（1158）に大弐となり太宰府を掌握して以来、宇佐大宮司公通は平家と結び宇佐社内での地位を安定化し、仁安元年（1166）に自身は太宰権少弐となり（『吉記』）、治承4年（1180）には豊前守になっている（『山槐記』）。『平家物語』での公通は、治承5年（1181）2月に緒方ら九国在地勢力の叛乱を都の平家にいち早く伝えており（巻6「飛脚到来」）、平家に忠実な人物として描かれている。公通を窓口とする人的なつながりは密接だったが、「神」とのつながりは別だったようである。『平家物語』には経盛の長男・経正が宇佐使を務めた折のことを以下のように伝えている。

　　此経正十七の年、宇佐の勅使を承ってくだられけるに、其時青山を給はって、宇佐へまいり、御殿にむかひ奉り秘曲をひき給ひしかば、いつ聞なれたる事はなけれ共、ともの宮人をしなべて、緑衣の袖をぞしぼりける。

　　　　　　　　　　　　　　　　　　　　　　（巻7　青山之沙汰）

　経正の「宇佐使」は史実としては確認できない。天皇即位の折に遣わされる「和家使」は和家氏五位以上とされていたから、臨時勅使としてもこの若さで派遣されることは考えにくい。

　ところで、『平家物語』で琵琶の名演奏といえば、もう一人、藤原師長が挙げられる。治承3年（1179）11月に清盛のクーデターにより、太政大臣の職を解かれ尾張に流罪となったが、熱田明神で神明法楽ために朗詠、演奏した琵琶は直ちに明神に納受され、宝殿が鳴動したという（巻3「大臣流罪」）。一方、経正の琵琶演奏に宇佐の神は沈黙している。その素晴らしさに反応したのは、演奏を聴いた「ともの宮人」（神主たち）だけである。宇佐使は神託を得ることが任務であるし、何かしらの事を勅使に告げるのが宇佐の神である。名演奏

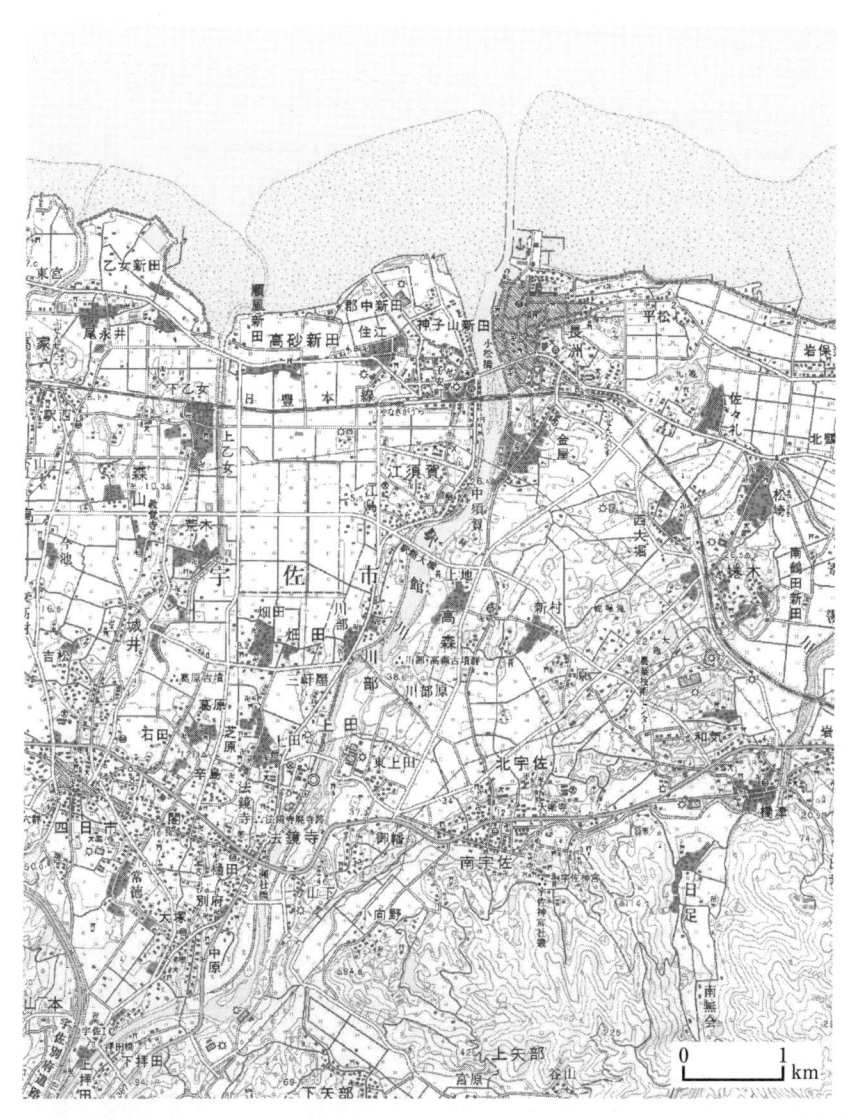

宇佐神宮と柳ヶ浦 　　　　　　　　　【1/5万　宇佐・豊岡】

を前にして沈黙する宇佐の神には、何かの暗示があるように思われる。
　宇佐の神が口を開くのは、一門が都落ちして宇佐に参籠し、七日目の明け方に宗盛に発した次の夢告である。

　　御宝殿の御戸をしひらきゆゝしくけだかげなる御こゑにて、
　　　世のなかのうさには神もなきものをなにいのるらん心づくしに
　　大臣殿(おほいとの)うちおどろき、むねうちさはぎ、
　　　さりともとおもふ心もむしのねもよはりはてぬる秋の暮かな
　　といふふる歌をぞ心ぼそげに口ずさみ給ける。
　　　　　　　　　　　　　　　　　　　　　　　（巻8　緒環(おだまき)）

「世の中が憂いに満ちて神がおらず叶えられようもないのに、心を尽くしていったい何を祈るのか」という一門の行為を突き放す歌が告げられたのである。世の中の「憂さ」と「宇佐」、心を「尽くし」と「筑紫」を掛けているが、宗盛がとっさに返した歌は『千載集』（巻5）の俊成の詠だが、動転し落胆する宗盛の姿を表している。宇佐の神前での平家は拒まれる存在であった。

国家を揺るがす神の言葉　〜道鏡事件

　「宇佐使」は国家的な危機に際し、宇佐社から託宣を得るために朝廷から遣わされたもので、天平9年（737）から始まっている（『続日本記』）。いまなお議論の多い、歴史的神託は「道鏡を天皇の位につければ天下太平」という、神護景雲3年（769）に太宰主神習宜阿曾麻呂(かんづかさすげのあそまろ)からもたらされた神託である。いわゆる「道鏡事件」であり、先の天平宝字8年（764）に起きた「恵美押勝の乱」（藤原仲麻呂の乱）から続く、道鏡をめぐる政争に宇佐社が深く関わっているのである。次に神託を得るために宇佐に下ったのが和気清麻呂(わけのきよまろ)で、清麻呂は「天つ日嗣(あまつひつぎ)は必ず皇緒(こうしょ)を立てよ」（『続日本紀』）という先の神託を覆す内容を奏上し、流罪となった。称徳天皇が亡くなり道鏡が失脚すると、清麻呂は桓武天皇の治世に政界に復帰し再び重用されている。以後、天皇即位時に遣わされる宇佐使は代々和気氏が務めることとなっている。清麻呂が忠臣としてクローズアップされがちであるが、宇佐の神が皇統存続の危機を救う役割を果たしている。
　延慶本『平家物語』は、上の道鏡事件と恵美押勝の乱について一章段を設け、次のような内容を伝えている。

　　　　帝の御寵愛甚(はなはだ)しくして恵美大臣の権勢事の数ならず押しのけられにけり。法師の身にて太政大臣になさる。はては位を譲らむと思食(おぼしめし)て、大納

言和気清麻呂を御使として、宇佐宮へ申させ給たりけるが、宇佐の御託
宣に云「西海のはてに居ながらも心憂き事を聞よ」とて、
　西のうみ立白波のうへに居てなにすごすらむかりの此の世をと、うらみの
御返事ありて、御ゆるされなかりければ、力及ばせ給はで、只法皇の位を
授られて、弓削の法皇とぞ申ける。

(巻7・33　恵美仲麻呂事　付道鏡法師事)

　この章段では、朝敵となり、都の邸宅を焼いて都落ちする平家と恵美仲麻呂をなぞらえ、「西国へ落給たりとても、幾日何月かあるべき。只今に滅なむずる物を」と人々が批判している。のちに平家が宇佐社参詣の折に見放された神託(歌)の伏線になっている。

　宇佐の神託そのものが現実にあり得るか否かという議論は抜きにして、人を介した「神」の言葉があったことは事実だろう。道鏡事件について諸説あるように、事件に関係した人々の思惑によって伝承が作られた可能性が高い。『平家物語』も道鏡事件と同じように朝廷の秩序を乱す「朝敵」や「凶徒」を排除し、来たるべき「滅亡」を告げる神として宇佐の神託を作っているのだろう。さらに言えば、延慶本は来たるべき源氏の世に寄り添った描き方をしているのであろう。

再興する神の社　～大宮司公通のその後

　平家と結んでいた大宮司公通は、平家一門滅亡後どうなったのか。平家に協力した者として処分されたと想像されるだろうが、結果はその反対であった。その理由は大きく二つ考えられる。

　一つは宇佐の「神」を大切にした頼朝の姿勢によるものである。壇ノ浦合戦から2ヶ月後の文治元年(1185)5月、「宇佐大宮司公房、日頃平家の祈祷を致すといへども、御敬神によって、元のごとく官務を管領すべき事」との決定を下している(『吾妻鏡』公房は公通の子だが誤り。以下同)。このほかに去年の合戦によって破損した神殿の造替を指示している。翌々年の文治3年(1188)2月には「多くもって二品の御恩に浴す」(『吾妻鏡』)とあって、頼朝のご恩で新給、本領の土地が安堵されている。ただ、公通に対して何のペナルティが全くなかったかというと、そうでもなく、文治4年(1189)2月に「鎮西宇佐宮造営の事、大宮司公房その咎あるによって、これを贖はしめんがために、彼に仰せられて造進すべきか」という幕府の意見があり、これを受けて公通は同年5月から10月に遷宮を果している(『玉葉』)。宇佐社の再興と存続

のため、公通が宇佐大宮司として続投させられたのである。
　もう一つの理由として考えられるのが、宇佐社を含む豊後国そのものに対する強硬な頼朝の対応がある。これは頼朝に反旗を翻した義経に緒方惟栄が協力していたためである（巻12「判官都落」）。義経追捕の宣旨は文治元年（1185）11月25日に下されたが、頼朝は12月6日に「豊後　申し給はらんと欲す。その故は国司といひ国人といひ、行家、義経の謀叛に同意す。よってその党類を尋ね沙汰せしめんがために、国務を知行せしめんと欲するなり。」と、数ある国々の中で豊後のみ自らの知行国とすることを朝廷に要求したのである（『吾妻鏡』）。
　国司とは「鼻豊後」と称される藤原頼輔と子の目代頼経、国人は緒方惟栄、臼杵惟隆などの大神一族であり、豊後で義経に協力する勢力を直接制圧しようとしたのである。この要求は容れられ、豊後は「関東御分国」になった。目前の敵は義経であり、過去に源氏方（義経）に協力した在地勢力を排除することになれば、残された在地有力者で頼りになるのはかつて平家方にあった宇佐大宮司公通、ということになる。
　ここまで『吾妻鏡』の記すところに従えば、５月段階で頼朝は宇佐に対する「敬神」の態度を表明しているから、豊後の関東御分国化がその後になされ、新たな土地や本領を回復させ宇佐社を保護できるようになった、という流れだろう。捕らえられた緒方惟栄が宇佐宮での濫行の罪をもって、朝廷に裁かれ上州流罪の処分に収まったのは、すでに義経が討たれていたからだろうが、国家宗廟社として朝廷と宇佐社の関係を重視し、必要以上に介入しなかった幕府の姿勢を表していよう。
　宇佐社はこうした源平合戦の混乱をくぐり抜けて今日にある。現在の宇佐神宮本殿は、安政２年（1855）から文久元年（1861）に造営されたもので、昭和27年（1952）に国宝に指定されている。基本的に社殿は33年ごとに定められた「式年造替」によって、長保３年（1001）以来維持されてきた。この造替の期間中は作業に携わる人々の精進潔斎が徹底され、国中の殺生が禁断されたという。ただ、「式年造替」も後醍醐天皇の元亨２年（1322）をもって絶え、あと

宇佐八幡宮

は「臨時造替」が続く。これは、33年という間隔で社殿が維持できなかった歴史があったことを意味する。ちなみに文治4年（1188）の公通による造替は、治安2年（1022）以来、約160年ぶりの臨時造替であった。宇佐神宮に限らず、「神」の社が造り替えられる歴史は、兵乱と平和の歴史を物語っている。

（久保　勇）

《主要参考文献》

『宇佐神宮史』宇佐神宮庁

外山幹夫『中世の九州』教育社、1979年

渡辺澄夫『源平の雄　緒方三郎惟栄（増訂新版）』山口書店、1990年

工藤敬一『荘園公領制の成立と内乱』思文閣出版、1992年

太宰府
―抗争と望郷の舞台―

大宰府政庁と天満宮　〜二つの舞台

　太宰府では古代から中世にかけてさまざまな歴史が繰り広げられているが、『平家物語』では平家一門が都落ちした場（巻8「太宰府落」）として登場する。これからみるように『平家物語』（特に読み本系）はその物語の中で、太宰府が負ってきた歴史を振り返っている。また、物語の前史となる平家栄達の舞台としても重要である。

　一概に「太宰府」と言っても、主に歴史の舞台としては二ヶ所ある。一つは最も多くの人々を集める「太宰府天満宮」、いま一つは政庁としての「太宰府」である。太宰府天満宮は、西鉄太宰府線の終点「太宰府駅」から数分の徒歩圏内にあり（太宰府市宰府4）、平成17年（2005）に「九州国立博物館」が開館し、従来の参詣者に加え、訪れる人が多くなった。一方、太宰府政庁跡（都府楼跡）は天満宮から南西方向に2kmほどの場所（太宰府市観世音寺4）にあり、今は礎石を残す史跡公園である。ちょうどこの二ヶ所の中間に太宰府市役所があり、市役所を中心に見れば、太宰府市は福岡市の中心部から南東に20km弱のあたり内陸部に位置している。旧来からの鉄道路線（JR線・西鉄線）と国道3号線に加え、福岡都市高速2号線の開通によって、福岡市中心部からのアクセスが格段に良くなった。筆者が初めて同地に訪れたのは30年以上前になるが、その頃から比べて風景もかなり変わっている。

　「太宰府」が指す歴史の舞台として、おもに上の二つの場が挙げられるが、『平家物語』を中心に繰り返された歴史には二つの顔がある。一つは「抗争の歴史」であり、いま一つは「望郷の歴史」である。

対アジアの玄関として　〜防衛と交流の拠点

　政庁としての太宰府の歴史は古く、天智天皇10年（671）にはその名が確認され（『日本書紀』）、この頃からアジアに向かった軍事・外交の拠点として、その基盤を形成していた。これは天智天皇2年（663）の「白村江の戦い」で

大宰府周辺　　　　　　　　　　　　　　　　　　　　　【1/5万　大宰府】

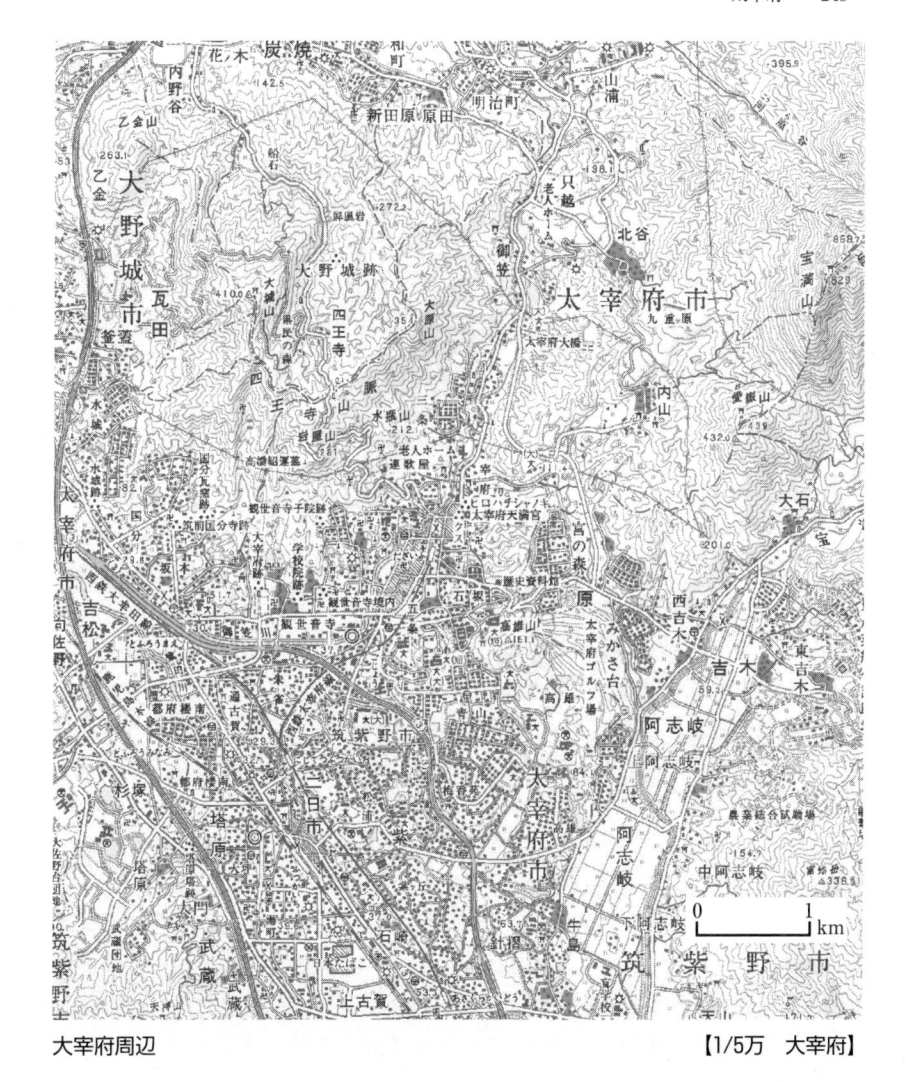

日本が唐・新羅の連合軍に朝鮮半島で敗れ、対外的に防衛強化の必要が生じたことによる。敗戦の翌年には「水城」を、さらに翌年には「大野」「基肆」を築いており、大宰府はこれらの要害に囲まれている。『万葉集』で有名な「防人」は、大化の改新後の「詔」(646)によって配備されたが、この時期から整備されたようである。

大宰府

実際、九州に異国の軍が攻め入ったのは、寛仁3年(1019)の「刀伊の入寇」(刀伊とは中国、沿海州から黒龍江省方面の女真族)であった。同年3月末から4月中旬まで、九州沿岸部で攻防が繰り広げられたが、太宰権帥藤原隆家の指揮によって撃退している。この時主力として活躍したのが、大蔵種材をはじめとする太宰府の府官など、当地に土着した者たちであった。

一方、太宰府が海外の交易拠点であったので、その権益をめぐって国内的に太宰府が狙われた歴史がある。寛平6年(894)の遣唐使廃止後、官営貿易管理の府として機能し続けるが、「刀伊の入寇」のあった11世紀頃には太宰府の役人としての立場を利用し、私利をむさぼる者が横行し始めたのである。

平家一門の栄達もこの延長線上にある。清盛は太宰大弐となり、この利権を足がかりにして、のちには大和田泊(兵庫港)を整備し、日宋貿易を拡大し勢力を伸ばしていったことはよく知られている。

『平家物語』で、平家と大陸(宋)との交渉を伝えるのは、清盛嫡男であった重盛に関わる巻3の記事(「医師問答」「金渡」)だが、九州の地がアジアの玄関口として大陸への航路を支配する地域としてあり、そのルートを危機に陥った平家が頼みにしていたことが知られる記事もある。都落ちした一門が太宰府に身を寄せ、緒方三郎惟栄らによって九国を追い出された際、「新羅、百斉、高麗、荊旦、雲のはて海のはてまでも落ゆかばやとおぼしけれども」(巻8「太宰府落」)と、玄界灘から朝鮮半島へ逃れる選択肢があったと伝えているし、延慶本の壇ノ浦合戦直前には「緒方三郎惟栄は九国の者共駈具て、数千艘の船を浮て、唐地をぞ塞ぎける」(巻11「平家長門国檀浦ニ付事」)と、大陸への海路逃亡ルートを九国勢により封鎖されている。

内乱の舞台として　～九国を掌握する拠点

　律令制下の五畿七道のうち、西海道の九国三島（筑前、筑後、豊前、豊後、肥前、肥後、日向、薩摩、大隅）と三島（壱岐、対馬、多禰）を太宰府が管掌するようになったのは、持統天皇4年（690）であった（『日本書紀』）。九国の一大拠点として、西海道制覇を目論む勢力による内乱の舞台ともなっている。
　伊予を拠点に海賊勢力をもって瀬戸内地域から西海道へ勢力を広げた藤原純友が、本拠地である日振島を官軍に追われ、天慶4年（941）に太宰府に侵攻した折の被害は甚大であった。「純友の乱」終焉に近い事件だが、この時に小野好古とともに純友軍を掃討したのが、「刀伊の入寇」で活躍した大蔵種材の父・春実である。大蔵一族は「府中有縁の輩」と称され、府官として太宰府を現地で掌握する立場にあり、「太宰府落」でも原田（大蔵）種直が一門を太宰府に迎え入れている。
　平家が太宰府に進出する以前、純友と同様に「武力」をもって太宰府に進出したのは源氏であった。「保元の乱」で超人的な武勇を発揮した源為朝は、鎮西に育ち、若くして九国を制圧している。以下は父・為義が、新院（崇徳院）にそのことを紹介する『保元物語』（半井本）のくだりである。

　　余りに不用に候て、筑紫へうて候へば、豊後国をとなしが原に居住して、尾張権守家遠を傅にて、鎮西にしたがはざりける名主共したがへんとて、十三と申し十月より、軍をしそめて、十五の三月まで、大事の軍共廿余度罷合て、城を落す其支度、敵を打はかり事、人にすぐれて候也。三年に九国をしたがへて、上よりもなされぬに、我と鎮西の惣追捕使に成て、今年六年に候つる也。為朝が狼藉の故に、為義、此程解官せられまいらせて候。

　　　　　　　　　　　　　　　　（上巻「新院、為義ヲ召サルル事」）

　為朝は乱暴者で都から筑紫へ逐われ、13歳から15歳まで自らに従わない九州の在地勢力と合戦を繰り返し、3年のうちに九州全域を勢力下とし、朝廷による任命もないまま「鎮西の惣追捕使」を名乗り6年になったという。古活字本『保元物語』はさらに、狼藉によって香椎宮神人らに訴えられ、久寿元年（1154）に処分の宣旨が下されていることを伝える。『百錬抄』久寿2年（1155）4月3日条に「源為朝、豊後国に居して宰府を騒擾し、管内を威脅す。仍て与力の輩を禁遏すべきの由、宣旨を大宰府に賜う」と確認されることである。既に約半年前に父・為義は、為朝の濫行によって大夫尉の職を停任されている（『兵範記』）から、短い期間とはいえ源氏の武力による九国支配、

大宰府侵攻があったのである。

　しかしながら保元元年（1156）の「保元の乱」で、新院方に参戦した為義と為朝は敗北を喫し、為朝不在の九国の地の情勢は大きく変わった。平家も源氏と同じ武門であるが、源氏のような「武力」を用いず、政治的に太宰府の権力を手に入れることにより、九国を勢力下にしていったのである。

　平家一門の西国進出は、清盛に始まるわけではない。祖父・正盛（まさもり）が肥前国の平直澄追討の功により従四位下に昇進した際にはすでに西海・南海道の名士を随えていたというし（『長秋記』）、父・忠盛（ただもり）は院領（いんのりょう）・肥前国神崎荘の預所（あづかりどころ）に任じられた際、院宣を偽造し宰府を通さない私貿易によって財を蓄えていた。古く遡れば、桓武平氏の先祖にあたる葛原親王は弘仁年間に太宰帥（だざいのそち）に任じられている。

　こうした流れのなか、清盛は保元3年（1158）に大宰大弐に補任（ぶにん）される。2年後の永暦元年（1161）に辞任するが、異母弟（母は池禅尼）の頼盛が仁安元年（1166）から翌々年まで大弐を務めている。頼盛は、通常大弐が在京のままの職に当たる「遥任（ようにん）」の職にもかかわらず、異例の現地赴任をした。現地赴任の間に頼盛は、広大な所領を有する宇佐宮勢力との協働を図り、在庁府官の一族である原田（大蔵）種直と主従関係を結ぶなど、在地の勢力の取り込みをおこなっていたようである。現地で勢力拡大を図る頼盛の動きは、九州に荘園を有する都の貴族や末寺・末社をもつ社寺から反感を買い、大弐の職を解かれるに至ったという（飯田久雄）。

　西海道での基盤をもとに、より都に近い瀬戸内海域に勢力を広げた平家だったが、寿永2年（1183）に義仲によって都を追われ、再興を期してたどり着いたのが太宰府である。皮肉にも、かつて藤原純友が、本拠地日振島（ひぶりじま）を追われ太宰府に入った足取りと似ている。安徳帝をいただき、在地勢力を取り込んでいた点が異なるが、在地の「武力」に屈して追われた顛末は通じている。

　一門を待ち構えていたのは、豊後の国司藤原頼輔（よりすけ）（通称・鼻豊後（はなぶんご））と当国の住人緒方惟栄による太宰府退去命令であった。故・重盛による重恩を主張する時忠に対し、惟栄が「こはいかに、昔はむかし今は今、其の義ならば速かに追出したてまつれ」と言い放った一節はよく知られている。石母田正が「停滞的な古代の権威観念や人的隷属を破壊していく精神上の大きな進歩」と論じ、よく知られる一節である。確かに太宰府が奪ってきた古代以来の権威が失墜したのは事実であろう。この惟栄がのちに義経に協力し、幕府から追われる身となる（巻12「判官都落」）ことも興味深い。

「望郷の舞台」として 〜安楽寺（太宰府天満宮）

　「望郷の舞台」としての太宰府、といえば、その歴史はさまざまに想起されるだろう。東国から多く徴発された８世紀の「防人」たちの思いは『万葉集』（主に巻20）の歌によって知られているが、太宰府の地に追いやられた人物としては菅原道真の存在が大きい。昌泰４年（901）、藤原時平による醍醐天皇への讒奏によって太宰権帥とされ左遷された道真は、再び故郷の都へ戻ることなく延喜３年（903）、59歳で太宰府に没した。後に、都に次々と災厄をもたらす怨霊となり、それを鎮めるために10世紀末までには「天満天神」という神として祀られるようになった。京都の北野天満宮は天暦５年（947）に創祀されているが、同じように道真を祀る太宰府天満宮は、もともと道真御墓寺として発展した安楽寺と一体化した天満宮安楽寺である。明治の神仏分離令の後に太宰府天満宮となり、今日、「学問の神」として毎年初詣の時期には全国から200万人以上の参詣者が訪れる人気の神社である。道真が不遇の身を歎き、望郷の思いを募らせたまま亡くなり、その思いが死後の怨霊伝承を生み、人々の畏怖によって「神」となった歴史は人々にあまり意識されていない。

　天満天神となる道真の伝承は『北野天神縁起』に描かれているが、延慶本『平家物語』（巻８）でもそれに近い内容を伝えており、物語の展開を脱線するほど多くの筆を費やしている。平家一門が再び都へもどることを祈願するため、道真墓所としてあった「安楽寺」へ参詣する章段がそれである（「平家人々詣安楽寺給事」、「安楽寺由来事　付霊験無双事」））。延慶本によれば、一門は寿永２年（1183）８月17日に筑前国太宰府に着き、菊池高直、大蔵種直ら在地の豪族たちから「里内裏」を造進された後、安楽寺へ参詣している。無実の身でありながら藤原時平の讒奏によって太宰府配流の憂き目に遭った道真と、義仲の進軍によって都を追われた平家一門の境遇とが重ね合わせられている。「安徳天皇と三種の神器を奉じているのだから再び都へ帰れないことはない」と、祈願成就の思いを強くするが、道真と変わらず、再び都の地を踏むことなく滅亡を遂げる。

　延慶本がこのように独自に安楽寺詣での物語を展開しているのは、「望郷」の思いを遂げられず死を迎えることに着眼があるのだろう。山本五月氏は「後世に忠臣と讃えられた天神の言葉すなわち託宣を引用することこそが、平家一門の霊を鎮めることにつながる。それが延慶本の意図するところであった」と論じている。歴史的には一門再興の地として太宰府入りは位置づけられるだろうが、物語は平家一門の「鎮魂の舞台」として安楽寺を描いているのである。

『平家物語』にはほかにも太宰府の地へ赴き、そこで滅亡した人の歴史と伝承を語っている。天平12年（740）の「藤原広嗣の乱」を描いた「還亡」（巻7）である。広嗣は、天平10年（738）に太宰大弐として左遷、翌々年に玄昉と吉備真備らの中央政界排除を訴えるも容れられず、肥前松浦郡で挙兵して敗北した。死後4年後（『扶桑略記』では6年後）、政敵であった玄昉が太宰府観世音寺で供養の導師を務めた際に「雷」となった広嗣が玄昉の首を取り、3年後に興福寺の庭にその首を落としたという怨霊説話である。太宰府の地から中央に対して反旗を翻した広嗣の行動に共感する人々の思いが背景にあったと考えられる話である。

　心ならずも太宰府に至り、「望郷」の思いを抱きつつ、当地で死した人々の歴史は、数々の鎮魂の歴史（＝物語）を生み、そのいくつかが『平家物語』の世界にいくつか刻まれているのである。　　　　　　　　　　（久保　勇）

《主要参考文献》

石母田正『平家物語』岩波書店、1957年

飯田久雄「平氏と九州」『荘園制と武家社会』吉川弘文館、1969年

竹内理三『日本の歴史6 武士の登場』中央公論社、1973年

山本五月「追憶する神―延慶本における天神の託宣―」『『平家物語』の転生と再生』笠間書院、2003年

鬼界ヶ島
―俊寛が流されたのはどこか―

ひぎやのうみもあれてょ、にしのうみもありて
(東の海も荒れて、西の海も荒れて)
いゆさかな　ねらじ　わうたわうたさかな
(酒の肴はありません、私の唄を肴にしてください)

　鹿児島県大島郡の喜界島で宴席の始まりに唄う「ごじんぼう」という島唄である。ごじんとはご飯を意味する敬語である。
　喜界島は奄美大島本島東北端から25kmに位置し、今でこそ飛行機の便もあるが、かつてはこの島唄のように海が荒れれば漁も、他島との交通も遮断されてしまう島であった。そのためこの島には源為朝伝説、平家落人伝説などの様々な流人伝説が伝えられている。そのうち最も有名なものは『平家物語』の伝える俊寛の話であろう。

足摺

　安元3年(1177)6月後白河院の近臣らによる平家打倒計画が発覚した。いわゆる鹿ヶ谷事件である。院の近臣藤原成親や西光を中心に成親の子成経、法勝寺執行の俊寛、検非違使の平康頼らが鹿ヶ谷にある俊寛の山荘で平家打倒の計画を企てていた。ところがその稚拙さに見切りをつけた多田蔵人行綱によって密告され、発覚。西光は斬首、藤原成親は備前へ配流され、その後謀殺された。さらに成経、俊寛、平康頼の三人は鬼界ヶ島へと流された。
　翌年、成経と康頼は高倉天皇中宮徳子の懐妊に伴う大赦により許されたが、どうしたわけか俊寛だけは取り残されてしまう。一人残った俊寛は渚で足摺をして悲嘆にくれたという。
　謡曲や歌舞伎、あるいは小説などでもお馴染みの話である。この話の舞台となった鬼界ヶ島については昔よりいくつかの比定地が挙げられてきた。喜界島ももちろんその一つである。ところが、一般的には現在の薩南諸島の硫黄島(鹿児島県鹿児島郡三島村)だとする説が有力視されている。俊寛らが流されたのは一体どこだったのだろうか。

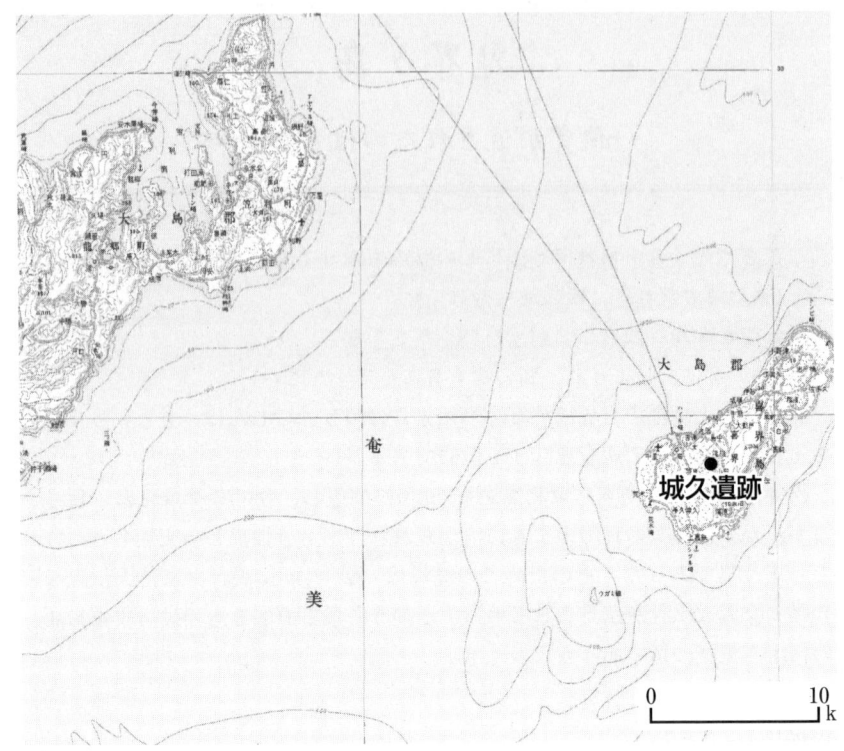

喜界島は奄美大島の東約25kmに位置している。　　　【1/20万　奄美大島】

鬼界ヶ島はどこか

　まず『平家物語』の記載を見てみよう。『平家物語』には様々な写本があるが、そのうちの一つ、覚一本と呼ばれるものには単純に3人が「薩摩潟鬼界が嶋」（第二大納言死去）へ流された、と書いてある。これだけをみればキカイガシマという音からして喜界島が有力となりそうである。しかし、『平家物語』の写本の中でも古態をよく残していると言われる延慶本には次のように書かれている（第1末、成経康頼俊寛等油黄嶋へ被流事）。

　「鬼界島」とは「流黄島」の別名で、端五島と奥七島を合わせた12の島の総称のことである。端五島とは昔より日本に従う島で、奥七島とはまだ日本の人間が渡ったことのない島である。端五島のうち流黄の出る島々を油黄の島と呼ぶ。3人のうち成経は「三ノ迫ノ北ノ油黄島」へ、康頼は「アコシキノ島」

へ、俊寛を「白石ノ島」へ流した。…しかし後には俊寛も康頼も成経のいる「油黄島」へたどり着いた
　こうなるといささか話はややこしくなる。ここにいう流黄は硫黄のことであるが、昔から日本に従っている端五島のうち流黄の出る島々を「油黄島」と名づけ、総称として用いる「流黄島」と区別する。そして鬼界ヶ島とは「流黄島」の別名で12島の総称だというのである。さらに俊寛ら3人は当初それぞれ別々の島に流されたが、最終的には油黄島で一緒になったとある。こうなると鬼界ヶ島＝喜界島説はなかなか危ういようだ。いずれにしても『平家物語』自体に様々な記述がある以上、現地比定はとても難しいのである。

鬼界ヶ島は硫黄島？
　『平家物語』によれば師の俊寛を訪ねた有王(ありおう)に俊寛は島での暮らしについて「身に力があるころは山に登って「湯黄」というものを掘り、九州よりやってくる商人に会って食料と代えていた」と述べており、俊寛の流された島が硫黄の産地であることが知られる。(巻3　有王)
　また、鎌倉幕府が編纂した史書『吾妻鏡』の正嘉2年（1258）9月2日条には平康頼の孫俊職が硫黄嶋に流罪になるという記事がある。『吾妻鏡』はその記事の中で祖父康頼が流されたのと同じ島に孫が流されることを感慨をこめて記述している。
　この『吾妻鏡』の記述によって平康頼の流刑地が硫黄島であったことは裏付けられよう。これらの点から3人が流されたのは硫黄島であるとする説が有力視されているのである。

注目すべき喜界島
　一方、喜界島については考古学的にいくつか興味深い点がある。一つはボーズンメー（坊主前）という墓である。この墓は俊寛のものと伝えられている。今から30年以上前の1975・76年の2年にわたって著名な人類学者の鈴木尚氏が発掘調査を行っているが、りっぱな隅金具のついた棺に納められた、今から1000年くらい前の、推定年齢50歳、身長約157cmの男性人骨が出土している。もちろんこの人骨が俊寛のものであるという確証があるわけではないが、想像力を刺激する話である。ちなみに現在喜界島には出土した人骨をもとに復元された俊寛座像が置かれている。
　さらに近年、喜界島の城久遺跡群(ぐすく)と呼ばれる遺跡から画期的な発掘成果があ

がっている。この遺跡群からは9世紀ごろ大宰府で使用されていた高坏(たかつき)と同型のものと思われる土師器片(はじきへん)が出土している。さらに、9本の総柱建物(そうばしらたてもの)や四方に廂(ひさし)を持つ大規模な掘立柱建物跡(ほったてばしらたてもの)、白磁(はくじ)、青磁(せいじ)なども見つかっている。これらの大型建物は官衙(かんが)、役所の可能性があり、これらから喜界島に大宰府の出先機関があったとの指摘もある。

『日本紀略(にほんきりゃく)』という歴史書の長徳4年（998）9月14日条には次のような記事がある。前年の長徳3年（997）、「南蛮」が大宰府管内(だざいふかんない)へ乱入するという事件が起こった。この事件を処理するために、大宰府は「貴駕島」に南蛮を追討するよう命じていたという記事である。つまりこの記事によれば10世紀末に「貴駕島」には大宰府の命を受け実行するような受け皿、大宰府の出先機関のようなものがあったことになる。喜界島の発掘成果はこの記述を裏付けるものかもしれないのである。

果たして喜界島に大宰府の出先機関が存在したのか、存在したとしてもそれがいつまで存続したか、俊寛の時代まで存続したのか、俊寛ら流罪人と関連するのかなど、まだまだ今後の検討を待たねばならないのだが、流人を監督するためには官衙などが必要であったのではないだろうか。

だとすれば俊寛らの流罪地が喜界島であった可能性もあるのではないだろうか。但し、喜界島では硫黄はとれないようである。この点、相変わらず不利ではあるが、今後の研究の進展に注目したいところである。

流罪の地としての南島

さて、俊寛が流された鬼界ヶ島がどこかという問題はさておき、古代・中世に鬼界ヶ島と呼ばれた南島は流罪の地であった。鎌倉時代にもしばしば流罪の地として鬼界ヶ島の名が見られる。

鎌倉末から南北朝期にかけて活躍した怪僧文観(もんかん)も硫黄島に流罪になった一人である。彼は最初律宗(いっしゅう)の僧侶であったが、後に真言宗の僧となり、後醍醐天皇に接近、中宮の安産祈願と称して鎌倉幕府打倒の祈祷を行なった人物である。また、邪神とされるダキニ天を祭り、真言立川流を大成したとも言われる怪僧である。

彼は元弘元（1331）年に鎌倉幕府を調伏したことが発覚、そのために硫黄島に流罪となる。元弘3（1333）年、幕府が滅亡すると京都に戻り、後醍醐の信任を背景に仏教界に君臨するようになる。このように平安末期から鎌倉末期まで鬼界島や硫黄島は流罪の地とであった。古代・中世の人々にとってこれらの

島々は日本の西端の境界の地であると認識されていたが、そのために流罪の地として位置づけられていたのである。　　　　　　　　　　　　　（戸川　点）

《主要参考文献》

『東アジアの古代文化』130（特集古代・中世の日本と奄美・沖縄諸島）大和書房、2007年

永山修一「キカイガシマ・イオウガシマ考」笹山晴生先生還暦記念会編『日本律令制論集』下巻、吉川弘文館、1993年

佐倉由泰「『きかいが島』のさまざまな見え方」『国文学　解釈と鑑賞』71-5、2006年

『先史・古代の鹿児島』通史編、2006年

●文献案内―平家物語の舞台を訪ねる

ここでは、地域史にスポットをあて、歴史と伝説の舞台を旅するのに有益な本をとりあげた。各地の博物館で企画された展示会図録も、図版と解説が豊富で見逃せない。

日下力『平家物語を歩く』講談社カルチャーブック1999年
西田直敏『平家物語への旅』人文書院2001年
佐藤和彦ほか『図説 平家物語』河出書房新社2004年
五味文彦・櫻井陽子編『平家物語図典』小学館2005年
日下力・鈴木彰・出口久徳編『平家物語を知る事典』東京堂出版2005年
佐伯真一『物語の舞台を歩く―平家物語』山川出版社2005年
いのぐち泰子『歩いて楽しむ「平家物語」』風媒社2007年
歴史資料ネットワーク編『地域社会からみた「源平合戦」』岩田書院ブックレット2007年
川合康編『歴史と古典 平家物語を読む』吉川弘文館2009年

宇治市歴史資料館編『宇治橋―その歴史と美と』1995年
京都文化博物館編『京都・激動の中世―帝と将軍と町衆と』1996年
神戸市立博物館編『源平物語絵セレクション』1997年
高松市歴史資料館編『源平合戦図絵の世界』1999年
葛飾区郷土と天文の博物館編『源頼朝と葛西氏』2001年
横浜市歴史博物館編『鎌倉御家人 平子氏の西遷・北遷』2003年
香川県歴史博物館編『源平合戦とその時代』2003年
大阪市立美術館編『祈りの道―吉野・熊野・高野の名宝』毎日新聞社・NHK 2004年
兵庫・岡山・広島三県合同企画展実行委員会編『津々浦々をめぐる―中世瀬戸内の流通と交流』兵庫県立歴史博物館2004年
栃木県立なす風土記の丘資料館編『那須与一とその時代』2004年
奈良国立博物館編『厳島神社国宝展』読売新聞大阪本社2005年
神奈川県立金沢文庫編『頼朝・範頼・義経―武州金沢に伝わる史実と伝説』2005年

川崎市市民ミュージアム編『つわものどもの光と影―稲毛三郎とその時代』
　　2007年
NHK仙台放送局・NHKプラネット東北編『平泉―みちのくの浄土』NHK
　　2008年
埼玉県立歴史と民俗の博物館編『誕生　武蔵武士』2009年
姫路文学館編『安野光雅が描く　繪本平家物語の世界』2009年

❖検証・日本史の舞台　執筆者一覧（五十音順）

◎は編者、〇は編集協力者

◎小野　一之（おの・かずゆき）	府中市郷土の森博物館
〇久保　　勇（くぼ・いさむ）	千葉大学大学院人文社会科学研究科
櫻井　　彦（さくらい・よしお）	宮内庁書陵部
志立　正和（しだち・まさかず）	秋田大学教育文化学部
〇谷口　　榮（たにぐち・さかえ）	葛飾区郷土と天文の博物館
◎戸川　　点（とがわ・ともる）	東京都立松原高等学校
長村　祥知（ながむら・よしとも）	京都大学大学院人間・環境学研究科
錦　　昭江（にしき・あきえ）	鎌倉女学院中学校・高等学校副校長
橋場万里子（はしば・まりこ）	パルテノン多摩歴史ミュージアム
◎樋口　州男（ひぐち・くにお）	中世史家
松井　吉昭（まつい・よしあき）	東京都立向丘高等学校
源　健一郎（みなもと・けんいちろう）	四天王寺大学人文社会学部

検証・日本史の舞台

2010年1月30日　初版印刷
2010年2月10日　初版発行

編　　者　戸川　点・小野一之・樋口州男
発　行　者　松　林　孝　至
印　刷　製　本　亜細亜印刷株式会社

発行所　株式会社　東京堂出版
　　　　〒101-0051　東京都千代田区神田神保町1-17
　　　　電話　03-3233-3741　振替　00130-7-270

ISBN978-4-490-20679-1　C0021
©Tomoru TOGAWA, Kazuyuki ONO, Kunio HIGUCHI, 2010

●東京堂出版の本

平家物語を知る事典　CD付
日下　力・鈴木　彰・出口久徳編　四六版　322頁　本体2800円
文学作品でありながら、源平合戦を描いた歴史書でもある「平家物語」を、あらすじ・名場面・登場人物に分けて平易に解説する。書誌学的解説、系図や合戦地図を加え、核心に迫る。平家琵琶「横笛」のCD付。

地図でたどる日本史
佐藤和彦・佐々木虔一・坂本　昇編　菊版　236頁　本体2500円
日本史の上で重要な事項から地図を必要とする60の事項を選び、4つのテーマに分類。個々の事項を平易に解説し各時代を通観できるように工夫。新しい研究成果を取り入れた簡便な歴史地図。

地図の読み方事典
西ヶ谷恭弘・池田昌一・坂井尚登著　四六倍版　180頁　本体2500円
地図の基本的な見方・読み方を解説し、自然地形や具体的な場所、歴史上の事件などを取り上げて、大判の地図、図版、写真などを掲載して地図から読み取れるよう解説した入門事典。

人物伝承事典　古代・中世編
谷口　榮・樋口州男・小野一之・鈴木　彰編　Ｂ６版　324ページ　本体2500円
在原業平・西行・親鸞・平清盛・源義経など古代・中世に活躍した人物およそ100人につき、同時代人が描いた人物像や、没後いかに語り継がれていったかなどを、古記録や文学作品中に拾う。

城郭みどころ事典　東国編・西国編
西ヶ谷恭弘・多鷺正芳・光武敏郎編　菊版　256頁　本体各2200円
城によってみどころは天守のほか櫓や門・石垣・堀にもあることを指摘、またどの季節・時間に行くべきかまで懇切に説明した新しい城郭ガイド。カラー写真や縄張図を多数収める。東国編72城、西国編83城。

◎定価はすべて本体＋税となります。